U0163936

王向遠教授
學術論文選集

● 第一卷 ●
國學、東方學與東西方文學研究

編輯弁言

　　萬卷樓圖書股份有限公司與王向遠教授部分的學生，組成編輯委員會，於王向遠教授從事教職滿三十週年（1987-2016）之際，推出《王向遠教授學術論文選集》。

　　《王向遠教授學術論文選集》是王向遠教授的論文選集，選收一九九一至二〇一六年間作者在各家學術刊物公開發表的學術論文二百二十餘篇，以及學術序跋等雜文五十餘篇，共計兩百五十餘萬字，按內容編為十卷，與已經出版的《王向遠著作集》全十卷（寧夏人民出版社，2007年）互為姊妹篇。

　　各卷依次為：

　　第一卷《國學、東方學與東西方文學研究》

　　第二卷《比較文學學科理論研究》

　　第三卷《比較文學學術史研究》

　　第四卷《翻譯與翻譯文學研究》

　　第五卷《日本文學研究》

　　第六卷《中日現代文學關係研究》（上）

　　第七卷《中日現代文學關係研究》（下）

　　第八卷《日本侵華史與侵華文學研究》

　　第九卷《日本古典文論與美學研究》

　　第十卷《序跋與雜論》

　　以上各卷所收論文，發表的時間跨度較大，所載期刊不同，發表時的格式不一。此次編入時，為統一格式原刊有「摘要」（提要）、關鍵詞等均予以刪除；「注釋」及「參考文獻」一般有章節附註與註腳

兩種形式，現一律改為註腳（頁下註）。此外，對發現的錯別字、標點符號等加以改正，其他一般不加改動。

　　感謝王向遠教授對本書編輯出版的支持，也感謝本書編委會諸位成員為本書的編校工作及撰寫各卷〈後記〉所付出的辛勞。

萬卷樓圖書股份有限公司

二〇一六年六月

目次

「國人之學」即是「國學」[1]

外國研究不是簡單地模仿外國、學習外國，而是站在中國的立場上審視外國、闡釋外國，乃至揚長避短、超越外國，將外來的東西化為己有。這樣的「洋學」就具備了中國「國學」的品格。

中國人的外國問題研究也應屬於「國學」的範疇

從近百年來的中國學術史上看，那些體現時代精神的優秀學者，幾乎沒有不關注外國問題的。不管他們懂不懂外語，懂多少外語，都不減他們探索研究外國問題的熱情。近代的王國維、章太炎、梁啟超、魯迅等，現當代的錢鍾書、季羨林、朱光潛、王元化、饒宗頤等，他們其實都不僅是研究中國之「國故」的所謂「國學家」，而且是研究「洋學」的「外國學家」。

國學、洋學（包括西學、東方學）本來是研究領域上的相對劃分。「國學」這個詞原本就不是中國的國產，而是在日本江戶時代產生的一個日語詞，是日本學界在「漢學」、「洋學」之外，對本國學術的身分確認。「國學」一詞輸入中國後，也與「西學」、「洋學」（外國學）相對而言。而在學術日益國際化的今天，「國學」與「洋學」的絕對分野已經不存在了。「學貫中西」或「學貫中外」成為可能，「國學」、「西學」（西方學）、「東方學」之間只是研究對象與研究領域上

1　本文原載《社會科學報》（上海市：上海社會科學院，2013年2月21日）；又以〈我的「國學」觀〉為題，載《北京日報·理論版》（2013年3月11日）。

的區分，而不是研究者文化立場與文化身分的標注。因而，在更高的意義上說，凡是中國人做的學問，不論是研究中國還是研究外國問題的，都應屬於「中國之學」，即「國學」；凡是中國人所做的學問，包括對外國問題的研究，只要體現了中國人的文化立場與思想智慧的，都應該稱之為「國學」。「國學」不僅指研究中國的學問，也包括我們研究外國問題的「洋學」。簡言之，凡是「中國人之學」就應該稱為「國學」。這是時代所賦予「國學」的新的涵義。

近年來，或許人們自覺不自覺對「國學」這個詞有了這樣新的理解，一些原本以研究外國問題為主業的學者，更多地被人稱為「國學」家。例如近幾年來大眾媒體對季羨林先生報導較多，大多以「國學家」稱之。實際上，季先生很少研究純粹的中國問題，而是在中印及中外文化交流中來研究中國問題，主要屬於「印度學」及「東方學」的範疇，而不屬於通常所謂的「國學」範疇。對他以「國學家」相稱，不太符合傳統意義上的「國學」及「國學家」的內涵界定，引起了一些學者的疑惑。或許大眾媒體對季羨林先生使用「國學家」這一稱謂，更多地是為了讓普通受眾理解其價值。因為，所謂「東方學家」、「西學家」之類，畢竟聽上去太專業化。然而，若根據「國人之學即是國學」這樣的判斷，把季羨林先生這樣的「東方學家」稱為「國學家」，倒是「歪打正著」了。

不僅是對季羨林先生，「國人之學即是國學」──這一判斷也符合晚清以來中國學術史的實際情況。一百多年來，包括「西學」和「東方學」在內的許鄉優秀的「洋學家」或「外國學家」，同時又都是優秀的「國學家」。他們研究外國問題並不是拾洋人之牙慧，而是用中國人自己的思想去燭照外國、闡釋外國，並由此反觀本國。這樣的「外國學家」歸根到柢是屬於中國的，是屬於中國學術史的。這樣的中國的外國問題研究，也應該屬於「國學」的範疇。

中國的「洋學」應該有「國學」的品格

　　稱得上「國學」的外國問題研究，稱得上「國學家」的外國問題研究者，就不能沒有中國人自己的立場、自己的視角和自己的思想觀點，就不能不對外國人有所超越。簡言之，中國的外國研究、即中國的「洋學」，應該有中國「國學」的品格。

　　一些人認為，中國人研究「洋學」，其水平難以與對象國的研究相比，因為人家具有天時地利，而我們則沒有。但是，這種看法只反映了問題的一個方面。研究外國問題當然比研究本國問題有著更多、更大的困難，不僅收集資料存在很多不便和麻煩，而且還有著地理、語言、文化上的種種阻隔。但是，也恰恰因為是這樣的阻隔，外國問題研究者才有更多的跨文化優勢。

　　今天，我們研究外國問題，尤其是外國的學術問題，要保持好中國人的姿態和文化立場，就要繼承和借鑒前輩學者的經驗。首先必須尊重、必須弄懂外國的原典、了解外國的歷史文化背景，然後做出我們的解讀和判斷，為此就不能以外國學者的觀點為圭臬，不能以獲得某些外國人一時的認同誇讚便沾沾自喜、忘乎所以；不能以「國際化」、「國際交流」或「與國際接軌」等交際性的理由，對外國人隨聲附和。否則，就會將學術文化的交流等同於急功近利的政治交易或商業交換。

　　另一方面，倘若我代有了足夠的自信、足夠的獨立精神，就不必急於求得外國人的所謂「承認」。對外國學者應該不苟同、但存異。只有這樣，我們的思想與學術才能獨立，才能在世界思想和學術中發出自己的聲音、占有自己的地位。

　　不妨設想一下，假如國外的漢學家與中國人的立場、觀點、方法是一樣的，我們會真正尊重和重視國外的漢學嗎？我們有必要像今天這樣興師動眾地研究「國外漢學」嗎？同樣，假若我們研究外國學問

而與外國人趨同，例如研究美國問題便附和美國人，研究日本問題便以日本學者的觀點為規矩繩墨，研究德國問題就不敢越德國學者雷池之一步，那情形將會怎麼樣呢？那樣做，可能很快就會得到一些外國人廉價的讚賞，然而，低首下心的模仿者可以取悅於人，但絕不會受到真正的重視和尊敬。相反，在學術問題上，我們若有獨到的思路和見地，能夠提出自己合於事實、又合於邏輯的看法和觀點，可能會使一些外國人感到不適和不爽，但是最終他們可以不「心悅」，卻不能不「誠服」。

　　一句話：今天我們研究學問，特別是研究外國問題，應該有自己的獨立思想，不能滿足於跟在外國人後面亦步亦趨。我們要向十九世紀西方國家的那些東方學家們學習，又要向現代的那些外國漢學家們學習，要努力放出自己的眼光、發出自己的聲音，做出自己獨立的判斷。這是時代的要求，也是我們自身的要求。

　　這樣一來，外國研究就不是簡單地模仿外國、學習外國，而是站在中國的立場上審視外國、闡釋外國，乃至揚長避短、超越外國，將外來的東西化為己有。這就是中國人應該做的學問，這樣的「洋學」就具備了「國學」的品格，這樣的洋學家或外國學家，也就是真正的「國學家」。

涉外學術研究是中國文化外傳的有效途徑[1]

這些年中國文化的「外推」或「外傳」，效果如何

　　這些年中國文化的「外推」或「外傳」，效果怎樣？這個問題已經有許多文章、多次相關的研討會，都談過了。花了很多錢，設立不少項目，投入了大量人力物力，成效是顯著的。但是另一方面，我們付出的代價與努力，與實際的效果之間，與我們的期望之間，是有落差的，這一點不得不承認。例如，我們自己出錢出人翻譯成英文、法文等外文的那些名著，在外國的閱讀情況如何？對此，曾有研究者專門對歐美主要國家的圖書館做了借閱率的調查，結果發現絕大多數書幾年中竟然沒有借閱者，而中國譯者自己翻譯的《紅樓夢》，儘管在譯文質量上比老外的要好很多，卻不太被外國讀者待見。

　　這裡面的原因當然有很多。概而言之，主要有三個方面：第一，單方面地推出去，免不了罔顧別人感受，勉強塞給人家，其實不如人家根據其需要，自己過來取、過來拿。第二，必須看到，許多西方國家對當代中國的主流意識形態的排斥，也連帶著影響了對中國文化的印象與看法，從而影響我們外推、外傳的效果。第三，中國古代典籍作品，有許多已經遠離現代社會生活，不用說遠離了外國人的現代生

1　本文是作者在「中國文學對外傳播學術研討會」（天津市：2013年11月17日）發言稿基礎上改而成。原載《北京日報》理論週刊二〇一四年二月十日，原題〈中國涉外學術「有實無名」弊端凸顯〉。

活，也遠離了現在我們中國人自己的生活，更有一些已經與現代觀念格格不入了。對於外國人而言，只有很少數的人在求知的層面、純學術研究的層面上，才有閱讀的需要。

涉外學術研究最能擴大一個國家的學術影響

中國文化的外推、外傳，都是必要的，但我們要找到一種更加自然而然、更加事半功倍的方法。綜觀中外學術史和文化交流史，一個國家什麼樣的文化形態更容易走向世界，更容易被為外國所注意、所看重呢？答案似乎應該是：涉外的學術文化、涉外的學術研究。

從比較文化與比較文學的意義上，涉外學術研究（可簡稱「涉外研究」）是一種跨文化、跨國界的學術研究，包括涉及外國問題的所有領域的學術研究。「涉外」是雙向互指的，外國學者涉及中國問題的研究叫涉外研究，中國學者涉及外國問題的研究也叫涉外研究。

涉外學術研究之所以會受到對方的重視，原因是不言而喻的，主要是因為不使對方感到與己無關。沒有一個正常的國家會對別國涉及自己的研究無動於衷。當然，學術文化不同於政治經濟，它是軟性的，不能期望對方立刻做出反應，但只要涉外研究真正體現研究者獨特的立場和見識，那麼對方終究是不會對此視而不見或無動於衷的。

此前聽說某大學的文學院碩士論文開題報告會上，一位從事中國古典文學的教授對進行外國文學的研究生說：「我們研究中國文學，是弘揚中國文化；你們研究日本文學有什麼用呢？還不是弘揚人家嗎？」看來，對於「學無東西」的道理，對於涉外學術研究的重大意義，並不是所有學者都能真正理解。一些人不知道，我們研究外國絕不是為了「弘揚」外國，為了外國而研究外國，而是為了我們自己的需要而研究外國。再準確地說，涉外學術研究是跨文化對話，而不是一廂情願地朝著對方「弘揚」自己，但與此同時，在言說別國的時

候，可以將自己的思想穿透力、學術創造力、話語投射力，都充分發揮出來，這恰恰是外傳自己的思想最為有效的途徑。

應將國人的涉外學術研究納入「國學」範疇

我主張，要使中國當代文化走向國外，就必須進一步重視和加強涉外研究，而不能只是一味地向外國推銷自己。為此，就要打破狹隘的「國學」觀念。不要認為只有四書五經等傳統的典籍文化及幾大名著才是「國學」、才能代表中國文化。它們只能代表過去的已經固化了的中國文化。而新的、活生生的當代中國學術文化，更應該屬於當代「國學」的重要組成部分。而對這一點，我們的認識還遠遠沒有到位。

現在也有不少人提出了「新國學」的概念，就是有感於傳統國學的封閉性，希望能夠吸收西學與現代學術的營養，與世界學術接軌，這些主張對打破狹隘的國學觀念是必須的、可取的。但是，即便是廣義上的「新國學」的概念，也沒有明確將中國學者的涉外研究納入進來，而只是包括了外國漢學、中國學。在這樣的觀念主導下，我們的「中國文化對外傳播」或「中國文學對外傳播」的「傳播」對象，仍然指的是中國文化或者是研究中國自身的學問，而基本上沒有包括中國人對外國問題的研究，沒有包括中國的西方學、東方學的研究。

實際上，中國學者對英法德俄等西方各國的研究的歷史很悠久、成果很豐碩，但我們至今沒有「西方學」之名（所謂「西學」並不同於「西方學」，而主要是指來自西方的學問。這是無須多言的）。同樣的，中國學者研究印度、日本、韓國等的學術成果歷史悠久、成果豐碩，但至今仍沒有「東方學」之名。「東方學」在歐美各國、日本、韓國都有名又有實，但在中國卻至今連個「東方學」學會這樣的學術組織都沒有，無論是官方頒布的學科目錄還是研究項目指南中，都沒

有「東方學」這樣的學科。中國的許多事情常常是「有名無實」，而唯獨研究西方、東方的涉外的學問，卻是「有實無名」。

在這種情況下，近年來我才在有關報刊撰文提出了「國人之學即是國學」的主張，認為那些體現了中國學者的文化立場的、蘊含著中國人思想智慧與發現的涉外研究，包括「東方學」研究與「西方學」研究，都應該納入「國學」的範疇。

中國文化的「對外傳播」，應變「外推」為「外傳」

現在許多人似乎認為，把中國的典籍作品翻譯出去、推出去，這才叫中國文化的「對外傳播」。其實，這種方式主要屬於強力「外推」的方式，而不是自然「外傳」的方式。而真正有創造性的涉外研究，幾乎不用刻意的「外推」，即可自然而然地「外傳」。「外推」是單向的，人為性的；「外傳」是雙向的，自然而然的。

「外傳」中國文化，特別是中國文化中的高端的學術文化，最有效的方法之一，就是靠我們中國人的智慧、思想、話語來研究外國問題，拿出我們的成果來。這樣不僅會有力地彰顯我們的話語權，傳播我們的文化，而且也由這樣的學術方式而能「掌握」世界。當我們能夠對世界各處「說三道四」、把我們的聲音投射到世界各處的時候，我們的文化才是真正的「走出去」、「傳出去」。當我們「說」別人的時候，才能使別人側耳傾聽。假如一味地只顧說自己，那往往是自言自語，有時候還會暴露出文化自大、文化自卑或文化自戀等不健康的心態。換言之，不僅僅是推銷自己傳統的「國粹」，而更注重我們中國人對當代世界的獨特的關注、評說與研究。

因而，只有長期重視並埋頭於涉外的學術研究，我們的文化才能更有國際影響力；好好研究外國，是外傳我們學術文化的有效途徑。

中國東方學「實」至而「名」未歸[1]

　　中國的學問，按空間劃分，一般有兩種：第一是「國學」，狹義的「國學」是指中國自身的歷史文化的研究；第二是「西學」或「西方學」，主要指來自西方（歐美）的學問，也指我們對西方的研究。這兩種學問，通常被表述為「中學」和「西學」，並反映在「中學為體、西學為用」、「中西比較」、「學貫中西」等等約定俗成的詞組、命題與表述中。但是，這樣的「國學」、「中學」和「西學」的劃分，能夠涵蓋「東方學」嗎？顯然不能。

　　眾所周知，「東方學」是個源遠流長、成果豐碩的國際性學科，不僅英法德等西方各國有「東方學」，日本、韓國等東方國家也有「東方學」。在中國傳統的學術史上，因為缺乏「東方、西方」的世界二分觀念，沒有產生出類似於歐美的「東方學」這一概念，也沒有東方學的學術自覺。進入近現代，「中西中心主義」在中國學術文化界長期盛行，許多學人習慣上以「中國」代表「東方」，認為中國的「國學」就代表了「東方學」，或者覆蓋了一大部分的東方學，認為剩下的那些就不太重要了，由此造成了「東方學」意識的淡漠。

　　然而，實際上，中國的東方學卻有著悠久的傳統。漢魏時代的《漢書》、《後漢書》、《三國志》等文獻對西域中亞各民族、印度、波斯、日本、朝鮮、東南亞等亞洲國家與民族的歷史文化的記載，唐代

1　本文是作者向「中國東方文學研究會第十四屆年會暨東方學與東方文學學術研討會」（天津市：2014年6月13-15日）提交的發言稿。原載《中國社會科學報》（北京），2014年4月11日。

的義淨、玄奘等對印度與西域的遊歷與記述，明代以後的《日本考》等著作，都可以視為中國「東方學」的基礎和淵源。清末民初佛學復興時期康有為、章太炎、蘇曼殊、梁啟超對印度的評論與研究，黃遵憲、梁啟超等對日本的介紹和研究，使中國東方研究進入了實地考察與文獻互徵的近代學術狀態。進入二十世紀後，在歐洲學術文化的影響下，「東方」、「東方文化」這樣的概念在中國學術文化界被大量使用。一九二〇年代，中國學術文化界展開了一場關於東西方文化優劣問題的大論戰，也推動了此後的人們對東西方文化分野的重視。二十世紀，中國學術界出現了一批有成就的堪稱「東方學家」的學者，如章太炎、梁啟超、周作人、陳寅恪、徐梵澄、豐子愷、吳曉鈴、饒宗頤等。

　　但是，真正的、嚴格意義上的中國「東方研究」，就大陸地區而言，是在改革開放後的三十多年間成熟和發展起來的，並且在國別研究和分支學科兩個方面得以展開。在國別研究方面，埃及學、亞述／巴比倫學、印度學、東南亞學、中東學、中亞學、藏學、蒙古學、日本學、朝鮮／韓國學等學科概念都被明確使用，不僅成立了以「××學」為名稱的學會及研究機構、教學機構，而且出版了以「××學」為名稱的學術雜誌、書籍等。中國的印度學研究歷史最為悠久，學術底蘊豐厚，日本學則具有較大的關注度，成果也最多，朝鮮／韓國學後來居上，阿拉伯學、伊朗／波斯學及中東學穩步推進，蒙古學、藏學得天獨厚，東南亞學不甘示弱。在這些分支學科領域中，出現了一批新的著譯等身的東方學家。在分支學科方面，東方哲學、東方文學、東方美學、東方藝術、東方戲劇等，在各分支學科中，學科意識較為自覺。其中，中國「東方文學」的學科意識最為鮮明和自覺，研究成果也較為豐富，形成了源遠流長的學術史。

　　儘管中國已經有了豐厚的東方學的傳統積累，但直到現在還沒有與歐美的「東方學」、日本的「東洋學」或「東方學」相對應的「東

方學」學科建制與普遍的學科自覺，中國「東方學」至今處在「無名」狀態。世界許多文化大國都早已成立了「東方學會」、「亞洲學會」之類的學術團體，中國至今連個「中國東方學學會」這樣的學術組織都沒有；無論是官方頒布的學科目錄，還是研究項目指南中，都沒有「東方學」這樣的學科。近年來，有一些研究西方「東方學」的成果，但對中國的「東方學」加以系統評述和研究的專門著作，一直付之闕如。

　　在這種情況下，中國的「印度學」、「日本學」、「朝鮮／韓國學」等學科，各自為政，還未能有效地整合為更高層次的東方學，缺乏東方學的整體感和學科歸屬感。沒有「東方學」的學科觀念以及學術團體、學術體制，印度學、日本學、阿拉伯學、東南亞學、朝鮮／韓國學等就像五指不能握成拳頭，甚至連相互間的交流都缺乏應有的平臺。

　　當務之急，是以「東方學」這一學科概念，將已經有了豐厚積累的東方各國問題的研究，以及東方研究的各個分支學科統合起來，使各分支學科突破既定學科的視閾限制，以打造更寬闊的學問空間和學科平臺，使中國的「東方學」與「西方學」、「國學」三足鼎立，形成一個完整的、協調的，而不是顧此失彼或厚此薄彼的學科體系。

　　建立「東方學」，可以更好地發展二十一世紀中國與東方各國間的新型國際關係，與英、法、美、日等發達國家的東方學並駕齊驅。為此，就需要在教育與教學體制上逐漸改變「英語至上」的作法，充分尊重多語言、多民族、多國家、多元文化的世界格局，重視東方各國語言文化的學科建設與教學，為中國的東方學的繁榮發展創造必要的基礎和條件。

中國「東方學」：概念與方法[1]

一　東方／西方；東方學／西方學

　　中國的學問，按空間範圍，大致可以分為三種：第一是「國學」，研究中國自身的歷史文化，其核心是漢字所承載的傳統文化，即漢學；第二是「西學」或「西方學」，是研究歐美（西方）的學問；第三是「東方學」，研究除中國以外的東方各國的學問。當然，在國學與東方學之間，也有交叉重疊的部分，例如關於中國與東方各國歷史文化關係的研究、中國少數民族特別是跨境民族的歷史文化研究，其中有一些已經積澱為一個國際性的學科，如蒙古學、藏學、敦煌學、絲綢之路研究等，在一定語境下也可以劃歸為「東方學」的範疇。

　　在上述三種學問中，國學（中學）和西學（西方學）是眾所周知的，以至於在許多中國學人的意識中，除了國學，就是西學。這種意識集中反映在「中學為體、西學為用」、「中西文化」、「中西學術」、「中西比較」等等約定俗成的詞組、命題與表述中。相比之下，東方學雖然早就有豐厚的歷史積累，但「東方學」這一概念卻使用不多，缺乏學科自覺，這恐怕也是盛行中國學術文化界為時已久的「中西中

1　本文是在北京大學的專題講座（2012年9月24日）上的講座稿、廣東外語外貿大學「東方文化與東亞文化國際學術研討會」（2012年12月8日）上的基調演講稿。原載《東疆學刊》（延吉）2013年第2期，中國人民大學複印資料《文化研究》2013年第8期複印轉載；又載《北大南亞東南亞研究》（北京）創刊號，2013年。

心主義」的一種表現。東方學意識的缺席，主要是因為許多學人習慣上以「中國」代替「東方」，認為中國的「國學」就代表了東方學，或者覆蓋了一大部分的東方學，在某些人看來，或許剩下的部分就不太重要了。另一方面，「印度學」、「日本學」、「朝鮮—韓國學」等學科，大多數情況下各自為政，還未能有效地整合為更高層次的東方學。

在中國傳統的學術史上，因為缺乏「東方、西方」的世界觀念，而沒有產生出類似於歐美的東方學這一概念，也沒有東方學的學術自覺，然而中國的東方學卻有著悠久的傳統。漢魏時代的《漢書》、《後漢書》、《三國志》等歷代文獻對中國周邊國家，包括西域中亞各民族、印度、波斯、日本、朝鮮、東南亞等亞洲國家與民族的歷史文化的記載，六朝至唐代的義淨、玄奘等對印度與西域的遊歷與記述，明代以後的《日本考》等著作，都可以視為中國「東方學」的基礎和淵源。清末民初佛學復興時期，康有為、章太炎、蘇曼殊、梁啟超對印度的評論與研究，黃遵憲、梁啟超等對日本的介紹和研究，使中國東方研究進入了實地考察與文獻互徵的近代學術狀態。進入二十世紀後，在歐洲學術文化的影響下，「東方」、「東方文化」這樣的概念在中國學術文化界被大量使用。一九二〇年代，中國學術文化界展開了一場關於東西方文化優劣問題的大論戰，也推動了此後的人們對東西方文化分野的重視。一九五〇年代，中國曾翻譯出版前蘇聯學者寫的《東方學》、《古代東方史》等書，雖然書中充斥意識形態論辯色彩和階級決定論，但對中國「東方學」學科意識的推動是有益的。一九五〇至一九七〇年代以東西方冷戰為背景，以「第三世界」理論為基礎的所謂「亞非拉」問題的評論研究，也有很大部分與「東方學」領域相疊合。到了二十世紀，中國學術界出現了一批有成就的堪稱「東方學家」的學者，如章太炎、梁啟超、周作人、陳寅恪、徐梵澄、豐子愷、吳曉鈴、饒宗頤等。

　　但是，真正的、嚴格意義上的中國「東方研究」，就大陸地區而言，是在改革開放後的三十多年間成熟和發展起來的。並且在國別研究和分支學科兩個方面得以展開。在國別研究方面，埃及學、亞述／巴比倫學，印度學、東南亞學、中東學、中亞學、藏學、蒙古學、日本學、朝鮮／韓國學等學科概念都被明確使用，不僅成立了以「××學」為名稱的學會及研究機構、教學機構，而且出版了以「××學」為名稱的學術雜誌、書籍等。中國的印度學研究歷史最為悠久，學術底蘊豐厚，日本學則具有較大的關注度，成果也最多，朝鮮／韓國學後來居上，阿拉伯學、伊朗／波斯學及中東學穩步推進，蒙古學、藏學得天獨厚，東南亞學不甘示弱。在這些分支學科領域中，出現了一批新的著譯等身的東方學家，如古代東方史學家林志純，東方藝術專家常任俠，印度學家季羨林、金克木、劉安武、黃寶生，阿拉伯學家納忠、仲躋昆，波斯學家張鴻年，朝鮮學家韋旭升，日本學家周一良、汪向榮、梁容若、葉渭渠、嚴紹璗、王曉平等等。在分支學科方面，東方哲學、東方文學、東方美學、東方藝術、東方戲劇等，在各分支學科中，學科意識較為自覺。其中，中國「東方文學」的學科意識最為鮮明和自覺，研究成果也較為豐富，形成了源遠流長的學術史。中國東方研究會從一九八三年成立，迄今已經有了近三十年的活動歷史。期間，許多大學中文系開設了東方文學課程，以「東方文學」為題名關鍵字的專著、教材以及相關著作已有上百種，論文數千篇。北京大學東方文學研究中心的《東方文學研究集刊》也在連續不斷編輯出版中。延邊大學等大學設立了專門的「東方文學」二級學科博士點。這些都表明，東方文學在中國已經形成了較為可觀的東方學分支學科。

　　但是，儘管中國已經有了豐厚的東方學的傳統積累，但直到現在還沒有與歐美的「東方學」、日本的「東洋學」或「東方學」相對應的「東方學」學科建制與普遍的學科自覺。世界許多文化大國都早已

成立了「東方學會」、「亞洲學會」之類的學術團體，中國至今也沒有出現。在這種情況下，長期以來，各個分支學科的研究，就相對缺乏東方學的整體感和學科歸屬感。因此，現在的當務之急，是以東方學這一學科概念，將已經有了豐厚積累的東方各國問題的研究，以及東方研究的各個分支學科統合起來，使各分支學科突破既定學科的視閾限制，以便打造與世界東方學接軌的更寬闊的學問空間和學科平臺，使中國的「東方學」與「西方學」、「國學」三足鼎立，形成一個完整的、協調的、而不是顧此失彼或厚此薄彼的學科體系。這樣一來，國學、東方學、西方學，就可以成為在世界學術背景下確立的三個「集群學科」的名稱。這三個「集群學科」是在世界學術文化的大背景下，在空間區域上劃分出來的、置於「一級學科」之上的跨學科的學科。在學科劃分上，現在中國在學術體制上只有「一級學科」、「二級學科」、「三級學科」的劃分，當「一級學科」尋求更高的學科依託，探索跨學科的、區域性、整體性研究的時候，往往就需要歸靠在、依託在國學、西學、東方學這樣的集群學科上。就東方學而言，假若沒有「東方學」的學科觀念以及學術團體、學術體制，那麼印度學、日本學、阿拉伯學、東南亞學、朝鮮／韓國學等，就像五指不能握成拳頭，甚至連相互間的交流都缺乏平臺。只有建立東方學，才能適應二十一世紀中國與東方各國新型的國際關係與文化關係的需要，才能使中國的東方研究與英、法、美、日等發達國家的東方學並駕齊驅。為此，就需要在教育與教學體制上逐漸改變「英語至上」的作法，充分尊重多語言、多民族、多國家、多元文化的世界格局，重視東方各國語言文化的學科建設與教學，為中國的東方學的繁榮發展創造必要的基礎和條件。

二　「東方學」與「東方觀」及「東方觀念」

　　任何一個學科都有自己一整套學科概念和術語，這是構成學科體系的基本要件。東方學也不例外。在中國的東方學學科理論建構中，除了上述的「東方學」這個學科名稱及與此相對應的「西學」、「國學」等學科概念外，還涉及到學科內部的相關概念，主要是「東方主義」與「西方主義」、「東方觀」及「東方觀念」等。這些看上去似乎明明白白的概念，卻因為種種原因，而變得似是而非，因此有必要加以辨析。

　　在西方，那些關於東方國家的描述和議論以及在此基礎產生的思想觀念，被稱為「東方主義」（Orientalism）；那些研究東方的學者、思想家，以東方國家為題材、對東方加以描寫的作家與藝術家們，則被稱為「東方主義者」（Orientalists）。的確，站在「西方主義文化」的立場上，較多地關注東方、描寫東方、談論東方，就是「東方主義」或「東方主義者」。這顯然是「東方主義」的原本含義，因為站在西方及「西方主義」相對立場上看，東方學家們對東方世界的關注與研究，是對東方世界的弘揚，所以屬於「東方主義」。這個詞早在一九二〇年代，就被日本學界所使用，並且有所討論。例如日本作家谷崎潤一郎在一九二六年發表的系列評論《饒舌錄》中，將弘揚東方文化的印度的泰戈爾和中國的辜鴻銘，看成是「東方主義」的代表人物。谷崎潤一郎及當時日本人所理解的「東方主義」，應該說是「東方主義」的本義。事實上，在西方學術史及思想史上，「Orientalism」這個詞原本就是在這個意義上使用的。

　　然而，近幾十年間，那些生活在西方世界，特別是美國的阿拉伯裔的學者評論家們，卻在與「Orientalism」這個詞的本義正相反的意義上使用這個詞，如賈米拉的《伊斯蘭與東方主義》，提巴威的《說英語的東方主義者》，希沙姆・賈依特的《歐洲與伊斯蘭教》，薩義德

的《東方主義》等著作，都在西方人的一些「東方主義」作品裡看出了想像東方、歪曲、醜化東方，特別是歪曲、貶低阿拉伯伊斯蘭文化的、反東方的、或者「非東方主義」的傾向。但他們在表述這一看法的時候，卻仍然依照西方學者已有的習慣，將這些傾向稱為「東方主義」，直到一九九七年薩義德的《Orientalism》的出版，一直都是如此。而國內一些學者也照英文直譯為「東方主義」，在著書作文時頻頻使用「東方主義」一詞。於是，在漢語語境中，「東方主義」這個詞，其字面含義與實際含義之間就形成了嚴重的悖謬。

　　眾所周知，「主義」一詞，是日本人對英文詞綴「ism」的翻譯，「主義」傳到中國後，對中國現代的語言文化產生極為深遠的影響，與此同時，「主義」這個詞在漢語中，其詞性已經發生了變化，它既可以像英文的「ism」那樣作為接尾詞，也可以成為一個獨立的名詞來使用，如五四時期胡適提出的著名的主張「多研究點問題，少談點主義」，這裡的「主義」就是作為獨立的名詞來使用的。同時，在漢語的語境中，「主義」作為結尾詞，其含義是正面的、肯定的。凡主張一種觀點、推崇一種學說、肯定一種制度，便稱之為「某某主義」。「主義」是一種主張、一種理念，例如「霸權主義」是對霸權的主張，「個人主義」是對個人權力和利益的訴求，「自由主義」是主張自由的，「資本主義」是主張資本利潤與自由市場的。依此邏輯，「東方主義」也應該是主張東方的，是對東方的正面肯定、弘揚與堅持。但是事實上，「東方主義」指的卻是西方人站在自身文化價值觀立場，乃至殖民主義、帝國主義立場上對東方形成的一系列浪漫化的想像和一整套的觀念、看法。在特定條件和特定語境下，這些想像、觀念和看法中，也含有一些本來意義上的「東方主義」——肯定和弘揚東方——的傾向，但總體上卻不是「主張」東方，而是對東方文明與東方社會做出的否定性評價，是把東方「他者化」，把東方作為西方文明優越的一種反襯，從而具有「西方中心論」——可以稱之為「西

方主義」的——「反東方主義」的傾向。因此，無論是從漢語中「主義」一詞的約定俗成的詞義，還是從上千年西方人的東方觀、東方觀念來看，用「東方主義」這一概念來指稱西方人的東方觀，都是錯位的、乖戾的，甚至是悖謬的。就薩義德的《Orientalism》一書的中心主題而言，作者所評述的也不是西方的「東方學」研究（Oriental studies）史，而是西方人的東方觀念，是西方人為了與自身對照，在關於東方的有限知識基礎上，站在自身文化立場上形成的，對於東方世界的一種主觀性印象、判斷與成見；實際上，薩義德所描述和著力批判的，是西方關於東方的話語中那些「西方主義」，或者說是「反東方主義」的觀念與傾向，而不是「東方主義」的傾向，準確地說，是西方人的「東方觀」，是西方人關於東方的觀念。這樣說來，綜合薩義德的全書基本內容，把「Orientalism」譯為「東方觀念」或「東方觀」也許更為合適。

　　筆者在這裡要說的，重點不是薩義德那本書的譯名問題，而是因為這裡涉及到了「東方學」研究中幾個重要問題——「東方學」到底是什麼？「東方學」與「東方研究」是什麼關係？「東方學」與「東方主義」、「東方學」與「東方觀」或「東方觀念」是什麼關係？既然有了所謂「東方主義」傾向，那麼有沒有與之相對的「西方主義」？如果有，那麼應該怎樣看待東方學中的「東方主義」和「西方主義」兩種對立的思維傾向，要回答這些問題，就需要對這幾個重要概念進一步加以辨析。

　　首先，是「東方學」與「東方觀念」（東方觀）兩者之間的關係。

　　「東方學」與「東方觀」、「東方觀念」之間，具有相當的聯繫性，又有很大的區別。區別在於，「東方學」是一個學科概念，「東方觀念」是一種思想概念。「東方學」與「東方觀念」之間的關係，是學術研究、學科與思想形態之間的關係。作為一門科學研究的東方學學科，強調的是對某些具體問題、具體領域的深入研究，注重研究的

實證性、客觀性和科學性。例如，十八至十九世紀英國的威廉・瓊斯，法國的商博良、安迪格爾、德・薩西，德國的馬科思・韋伯等人，他們都是嚴格意義上的東方學家，分別對東方語言、東方文學、東方宗教、東方歷史文化等做過專門的、深入系統的開創性研究，在此基礎上形成了自己系統的東方觀或東方觀念。

　　另一方面，對於一些思想家、評論家、旅行家、宗教家而言，他可能沒有專門的東方學研究實踐，但總是要發表他對人類、世界——包括東方世界和西方世界——的評論，在構架其思想理論體系時將東方世界納入視野，並提出了自己關於東方的看法，這就形成了他們的「東方觀」。這樣一來，「東方觀」或「東方觀念」就呈現出了複雜的形態。有時表現為以東方研究為基礎的較為客觀科學的形態。有時則是一種在他人的東方學研究的基礎上，所發表的對東方問題的評論觀點和看法；有時則是與科學的東方學研究無關的關於東方的想像、成見乃至偏見；有時則是這幾種情況的複雜交錯的狀態。

　　更進一步加以區別的話，「東方觀」與「東方觀念」也有不同，「東方觀」是零碎的、片段的、個別的，而「東方觀念」則有一定的系統性、普遍性。當「東方觀」積累到一定程度、形成了一套固定的、流行的或主流的看法之後，便發展到了「東方觀念」。在西方思想史上，愛爾維修、布朗熱、孟德斯鳩的「東方專制主義」論，黑格爾的審美三形態論、「主觀精神、客觀精神、世界精神」論，馬克思「亞細亞生產」方式論，美國學者魏特夫的東方專制主義與治水理論等，都形成了系統的東方觀念。「東方觀念」一旦形成，也會對「東方學」研究產生持續不斷的影響，長期以來西方主流東方學滲透著的根深柢固的「東方觀念」，表現出來的「西方主義」偏見，就是很好的例證。

　　因而，在東方學的理論建構中，應該認真清理「東方學」與「東方觀」、「東方觀念」之間的關係，這樣才能對東方學的內涵和外延做

出明確的界定。廣義上的東方學史或東方研究史，當然應該分析、評述東方學家的「東方觀」或「東方觀念」史，但是，非東方學家的「東方觀」和「東方觀念」只能是背景性、附屬性的。在嚴格的學術層面上，東方學史應該是東方研究的學科史和學術史，它與作為思想史的「東方觀念史」是有區別的。相應地，「東方學」的歷史與「東方觀」的歷史，在寫作上也應屬於兩種不同的學術理路，前者屬於學術史的範疇、後者屬於思想史的範疇。例如，我們要對馬克思及馬克思主義（包括馬克思、恩格斯、列寧、史達林）關於東方的思想觀點加以研究，準確地應該表述為「馬克思主義東方觀」；當我們在構架《東方學概論》之類的概論性著作的時候，應該將西方國家、東方國家（包括中國）的東方學研究成果作為基本材料，對東方學家的學術成果做出全面評述，而不是僅僅評述西方的東方學家。同時，根據研究的需要，也可以把那些非東方學家的東方觀包括進來，但是那應該是次要的。

三　東方學的方法

對學術研究而言，所謂研究方法，不僅是具體可操作的行為規則，也是一種基本思路。任何學科都有自己的研究方法，東方學作為一門學科，當然也不例外。但東方學作為一個學科，在研究對象、研究目的上又具有自己的規定性，因而方法論上也應該有自己的某些特殊性。而且在東方學的不同的歷史階段，研究方法也應該有所變化。當「東方學」這門學科在十九世紀的英、法等國開始興起的時候，所採用的主要是考古學、民俗學、語言學三種基本方法。地下考古發掘解決的是包括古代遺址、各種文物在內的物質層面上的東方學資料問題；民俗學的方法主要是通過田野作業，深入某種文化的基層，對地上文物、對相關的人與事加以採訪調查和收集資料；語言學的方法要

解決的則是文獻的識別、閱讀和翻譯問題，它與比較故事學的研究一
道，直接導致了歐洲比較語言學學科及研究方法的誕生。歐洲東方學
家們的考古學、民俗學和語言學的方法，為東方學的研究開闢了道
路、奠定了基礎，也在一定程度上對中國現代學術有相當的啟發。王
國維提出的地上文物與地下文物相互印證的二重證據法，就與東方學
的研究方法密切相關。

　　但是，我們今天的東方學研究，與十九世紀的東方學，其歷史階
段、學術環境和研究宗旨都發生了很大變化。例如，就古代東方研究
而言，大規模的考古發掘的時代似乎已經過去，而且考古發掘涉及到
國家主權，不能像十九世紀的西方列強的考古學家那樣隨便闖入。中
國的東方學家所能做的，就是關注相關國家考古發掘的最新成果。另
一方面，古代東方語言識讀的基本問題大部分也已經解決，我們要做
的是如何將相關文字材料譯成中文。所有這些，都決定了今天中國東
方學的研究方法不同於歐洲古典東方學的研究方法。事實上，最近幾
十多年來，中國幾位有成就的東方學家，如季羨林、饒宗頤、王曉平
等先生的研究，已經為中國東方學的研究方法做了很好的示範，對此
加以總結和發揮，就可以解決今天的東方學方法及方法論問題。

　　我認為，中國的東方學研究，應該採用三種基本方法，第一是翻
譯學的方法；第二是比較研究的方法；第三是區域整合和體系建構的
方法。

　　首先是翻譯學的方法。

　　翻譯學的方法是東方學研究的基本方法，也是東方學研究的基礎
性工作。中國的東方學屬於中國的學術，所有其他國家的文字材料，
都必須首先轉化為中文，才有可能在漢語語境及中國學術文化的平臺
上進行。對於東方古代文獻而言，翻譯不僅僅是一個語言文字的轉換
問題，翻譯本身就是一種研究，這是古典文獻、古典作品翻譯的一個
顯著特點。由於古典文獻作為一個國家、一個民族歷史文化的濃縮和

積澱，蘊含了多側面的豐富知識與思想信息，翻譯古典文獻不僅僅是一個語言轉換的過程，也是翻譯家站在自身的文化的立場上，去理解、探究、闡釋對象文化的過程，這個過程本身也就是一個研究的過程。這一點應該為更多的學生、學者所體會、所認識。縱觀中外東方學研究的歷史，有成就的東方學家首先是古典文獻及古典文學的翻譯家，例如，英國及歐洲東方學的奠基者威廉・瓊斯一生的學術活動，都把古代東方作品翻譯成英文作為主要事業。他翻譯了印度的梵語文學經典《沙恭達羅》、《牧童歌》、《嘉言集》，翻譯了波斯詩人菲爾多西的長篇史詩《列王紀》、涅扎米的長篇敘事詩《蕾麗與馬傑農》和《秘密寶庫》以及哈菲茲的抒情詩，翻譯了古代阿拉伯的《懸詩》，還翻譯了中國《詩經》中的有關詩篇。瓊斯對古代印度、波斯、阿拉伯的評論與研究，都是建立在這些翻譯之上的，這些翻譯為英國的印度學、波斯學、阿拉伯學奠定了基礎。同樣的，在中國，從漢末六朝到唐代的持續不斷的佛經翻譯，也為中國現代的印度學、中亞學奠定了基礎。到了二十世紀，季羨林對《羅摩衍那》、《沙恭達羅》的翻譯，徐梵澄對《奧義書》和《薄伽梵歌》的翻譯，金克木、黃寶生等對印度古典詩學與文論的翻譯及對《摩訶婆羅多》的翻譯，納訓對阿拉伯《一千零一夜》的翻譯，張鴻年等波斯學家對《列王紀》等波斯古典詩歌的翻譯，饒宗頤對「近東開闢史詩」的翻譯、周作人對《古事記》及江戶文學的翻譯，錢稻孫、楊烈、李芒、趙樂甡對《萬葉集》的翻譯，豐子愷、林文月對《源氏物語》等物語文學的翻譯，還有剛問世的《日本古典文論選譯》（兩卷四冊）等，都是中國東方學的成果，都具有很大學術價值。許多東方學家用了大量的心血和時間從事翻譯工作，這不僅為他們個人的學術研究奠定了堅實基礎，也使東方各國的古典文獻作品突破了語言壁壘而進入漢語語境、進入了更大的「東方學」的學術平臺。可以說，沒有翻譯，就沒有「東方學」的形成。東方學者除了自己的專攻之外，要對其他東方國家有所了

解，自然就需要借助翻譯。沒有翻譯，只能是各自為政的國別研究，而不會出現真正的東方學。

到現在為止，東方古典文獻及古典作品的漢語翻譯，已經取得了相當的成就，最重要的文獻大部分都已經有了中譯本。這是否意味著翻譯及翻譯學的方法在今後的東方學研究中就不是那麼重要了呢？答案是否定的。一方面，古典作品的翻譯有一種譯本往往是不夠的，首譯本具有開創性，在翻譯史上具有無可替代的地位。但恰恰是因為它第一次翻譯，就可能存在種種缺憾，因而出現能夠超越首譯本的譯本，是必要的和值得期待的。另一方面，東方各國沒有漢譯本的古典作品尚有很多，例如，印度現存十八部「往世書」至今仍然沒有漢譯本，各種古代民間故事集也缺乏全譯本。阿拉伯的古典詩學及文學批評據說很發達，但是至今只有區區三四萬字的翻譯。日本出版的各種《日本古典文學大系》只是選本，尚且有上百卷之多，我們僅僅譯出了其中的小部分。其中「渡唐」物語《濱松中納言物語》和《松浦宮物語》，中世「戰記文學」經典《太平記》，松尾芭蕉、與謝蕪村、小林一茶等人的「俳文」，《日本靈異記》和《砂石集》等「佛教說話」，都有極大的文學價值與文獻價值。古代中東、東南亞各國的翻譯情況也是如此。因此，在今後相當長的時期內，翻譯、尤其是東方經典作品的翻譯，仍然是東方學的基礎，也是東方學的不可繞過、不可迴避的基本途徑和方法。但是，需要強調的是，當我們強調「作為東方學之方法的翻譯」的時候，那麼翻譯在很大程度上就是途徑和手段。對於一個學者而言，翻譯是研究的基礎，建立在親手翻譯基礎之上的研究，是最為可靠的、也是最值得人們信賴的。但是假如一個學者只做翻譯而很少做研究，那就令人遺憾了。

第二，是比較研究的方法。

比較研究是所有現代科學和學科都通用的方法，但對東方學來說，特別需要比較的方法。看看中外東方學的歷史，那些東方學大

家，無一例外都是比較研究的專家，他們的學術發現更多地依賴於比較。例如，正是運用了比較語言學的方法，英國的威廉‧瓊斯發現了印歐各民族語言之間的深刻廣泛的聯繫；正是運用了比較文學的方法，瓊斯發現東方各民族詩歌的某些共通性，以及東方詩歌與西方詩歌的異同點。中國的東方學家也是如此。比較就要有比較的資本。對於中國的東方學而言，比較研究的資本首先是國學。沒有國學的底蘊和修養，沒有對國學的某一領域、某些課題的深入了解和研究，就不可能展開有效的比較研究，比較方法的運用就無從談起。事實上，一個好的東方學家，幾乎都是一個優秀的國學家。上文提到的季羨林、饒宗頤、王曉平等東方學家，幾乎全部可以稱為國學家。比較方法的運用，使他們打通了國學與東方學之間的界限。

　　近三十多年來，由於比較方法在東方中的大量運用，研究成果大量出現，實際上形成了一個獨特的研究領域、研究方向，可以稱之為「比較東方學」，是東方學的一個重要的分支學科。「比較東方學」中最突出的是中日比較、中印比較、中韓／中朝比較等。可以預料，「比較東方學」今後還將有更為廣闊的研究前景。

　　第三，是區域整合、體系構建的方法。

　　「東方學」本身是一個整合性的概念，它是由東方各國的國別研究組成的，是以各國別、各語種的研究為基礎的。因而東方學分支學科較多，學科領域很龐大、很龐雜。從實踐上說，除了特殊時代極個別的天才人物，像威廉‧瓊斯那樣的人，沒有面面俱到的「東方學家」，也沒有人是所有的分支學科的行家裡手。但是，東方學並非要求一個學者全面而又深入地研究東方各國的歷史文化問題，而是要具備東方學的學科意識、學術眼光以及必要的學術修養。要求在從事東方學的某一分支學科研究的時候，不能只是孤立地就事論事。例如，研究印度問題，必然與東南亞問題、中國問題聯繫在一起；研究日本問題，也必然與中國問題、朝鮮問題，乃至印度佛教等問題聯繫起

來；研究阿拉伯伊斯蘭問題、必然與東南亞海島各國問題，中國回族與西北部歷史文化問題聯繫起來；研究中國的藏學、敦煌學，也必然與印度研究、西域研究聯繫在一起等等。更有一些問題本身是跨國界的，因而必須使用「區域整合」研究方法，例如季羨林先生的《糖史》以及他對造紙術、絲綢及其文化傳播問題的研究，王曉平先生的《佛典・志怪・物語》這樣的選題，都必須突破國別研究的孤立性和侷限性，尋求區域的相關性和聯繫性。這種國際跨界、區域整合的方法是一種以揭示「傳播—影響—接受」為主要宗旨的歷史文獻學的方法，它主要依賴於歷史實證、典籍考據、文獻解讀等手段。如果說「區域整合」是以揭示研究對象之間的事實聯繫為目的，那麼「體系構建」則是一種理論構擬的方法，就是要在某些研究對象之間建構一種超越事實之上的精神聯繫，從而產生出含有思想素質的新的知識形態。對於東方學研究而言，這一點尤其重要。凡是以「東方」為定語的各學科的研究，例如「東方歷史」、「東方宗教」、「東方哲學」、「東方美學」、「東方文學」、「東方藝術學」等，都需要有體系的構建。以「東方文學」的研究為例，東方各國文學之間是有著深刻歷史聯繫的，因此研究東方文學就必須採取國際越界的方法，揭示他們之間的事實上的傳播與影響的關係。但是僅此還不夠，還要在更高的層面上為東方文學構擬出一個理論體系。這個體系固然必須建立在歷史事實基礎上，但同時它主要是邏輯的、是思想的產物，因而是「超事實」的，並非純客觀的東西，是作者對研究對象的整理、提煉、綜括和詮釋，因而帶有「理論構擬」的性質。再以「東方美學」的研究為例，倘若只是把東方各國的審美意識、審美思想評述出來，那是遠遠不夠的。既然稱為「東方美學」，就不能僅僅是東方各國美學的簡單相加，否則只寫國別美學史就夠了；而且既然稱為「美學」，就不能把東方美學史寫成「審美意識史」。要發現和提煉一系列概念、範疇，要為東方美學建立起理論體系或理論譜系。

被誤解的「東方學」[1]

　　「東方學」是一個源遠流長的國際性學科，在歐美各國，在日本和韓國，都有東方學的學科建制。但是，長期以來，由於種種原因，中國的東方學卻處於有實無名的狀態。一些本來應該運用「東方學」這個學科概念的場合，卻使用了非學科概念來替代。例如，近三十年間，一些大學成立了「東方學院」或「東方語言文化學院」，這是名正言順的，但也有一些大學的相關院系命名為「亞非學院」。「亞非」或「亞非拉」這些說法，都是國際區域政治地理的概念，而不是學術或學科概念，不能以政治話語與政治概念，來代替了學術話語和學術概念。再如，一九九〇年代中期開始策劃出版的大型叢書《東方文化集成》，本來是一套很好的堪稱「東方學」研究的書，當初卻沒有命名為「東方學集成」，而是使用了非學科概念「東方文化」這一詞組。「東方文化」是東方學的研究對象，卻不等於「東方學」。

　　新舊世紀之交，正當中國各大學的學科建設如火如荼的時候，薩義德的被漢譯為《東方學》（Orientalism）的書並廣為流布。它的正確譯詞應該是「東方觀」或「東方觀念」。譯成「東方學」或者「東方主義」，都是字面上的正確、意義上的悖謬，這一錯譯使作為學科概念的「東方學」，染上了憤世嫉俗、以偏概全的後殖民主義政治意識形態的色彩，使得「東方學」這個學科概念，與名為「東方主義」

1　本文是作者在北京大學「對話、視野、方法──東方學研究方法論國際研討會」上　（2014年5月16-17日）一小時基調發言的基礎上整理壓縮而成。原載《中國社會科學報》（北京）2015年2月5日，第5版。

實為「西方主義」的西方的東方觀混淆起來，與後殖民主義的意識形態混淆起來，使得「東方學」無端地沾上了不客觀不公正的、反學術的、傲慢與偏見的嫌疑。許多年輕讀者，一提起「東方學」，就想起中文譯本薩義德的「《東方學》」，這是很令人遺憾的事。

中國「東方學」具有國學品格

鑒於此，當務之急，我們需要為「東方學」這個學科正名。「東方學」是一個世界性的、源遠流長的學科名稱。有西方的東方學，有東方的東方學，也有中國的東方學。中國的東方學近百年來早已形成了一種學術傳統。體現了我們中國學者獨到研究中國「東方學」，既是「國學」研究的自然延伸，也自然具有了國學的品格，成為廣義上的、開放性的「國學」的重要組成部分。

眾所周知，在中國的傳統的學術史上，並沒有產生「國學」這個概念。因為我們的傳統學術基本是封閉的。近代從日本引進了「國學」、「國粹」等新名詞後，我們的學術才逐漸具有了開放性，新的「國學」概念承認了外來學術的存在，我們的「國學」才有了參照物，才成為開放的國學。換言之，當「國學」這個詞引進並使用時，就已經不存在純粹的、孤立的「國學」了。

開放的國學最早展開的層面，就是「東方學」。在清末民初和五四新文化運動前後，中國第一批「國學家」的學術研究都有一個顯著特點，就是打破了此前研究的封閉性，而將研究視野擴大到「東方學」，如康有為、梁啟超、章太炎、王國維、蘇曼殊、許地山、陳獨秀、周作人、魯迅，陳寅恪等，他們都是國學家，同時也是印度學家、日本學家，也是中國第一代東方學家。他們的學術研究，與傳統的、單純的、封閉的「國學」劃出了一道分水嶺。可以說，「國學」的自然而然的延伸，就會走向「東方學」，因為我們中國傳統的文化

學術，是和周邊其他東方國家密切關聯的。要研究中國文化的外來淵源、要研究中國文化的對外傳播與影響，就必須研究印度、日本、阿拉伯、朝鮮半島、東南亞。中印文化關係、中日文化關係的研究，是中國比較文化與比較文學的第一批的成果，也是中國東方學的最早形態。中國近代開放性國學研究的第一波代表性的學者，大都是東方學家，他們的著作成果，既屬於國學，也屬於東方學。這樣看來，「東方學」就與「國學」有了不可分割的關係，中國「東方學」就有了國學的品格。

什麼才是真正的東方學

由開放的國學自然延伸開去而形成的中國「東方學」，還具備了如下三個基本特點。

第一，中國東方學一開始就把自己的「國學」包括在內，因為中國屬於東方。這就與西方的東方學在立場上形成了根本的不同。西方的東方學是把東方作為「他者」，而中國的東方學卻是把東方各國作為自己的文化連帶體，而進行求同存異的研究，這就避免了他者視角所難以避免的隔膜性與獵奇性，而能較為便捷地進入深度理解、深入研究的層面。

第二，中國東方學並非僅僅孤立地研究某個東方國家本身，即並非孤立研究國別之學，而是常常立足於中國，從「關係史」的角度入手去研究對方，這就使得中國的東方學一開始就有了東方區域研究的性質。只有東方區域的比較的、綜合、整體的研究，才是真正的東方學。當然，國別研究、具體問題的研究，無疑都是東方學的基礎和構成部分。但是，缺乏中國「國學」與東方學區域整體研究的學術立場，僅僅侷限於印度、日本等的國別研究，我們恐怕只能模仿印度、日本等國，而難以超越。那樣，我們的學術就永遠不會得到認可，我

們的「國學」也因此就削弱了對外投射力、對外傳播力和影響力，也愧稱「中國的東方學」。相反，在中國的「東方學」的立場上，我們的印度學研究、日本學研究、阿拉伯與中東學的研究等，就完全可能超越研究對象國的學者。因此，東方整體的區域研究、雙邊及多邊的比較文化、比較文學的研究，是中國東方學的第二個特點。

　　第三，如果說十九世紀歐洲各國原創期的、傳統的東方學研究的主要途徑和研究方法，是考古學、文化人類學、比較語言學，那麼中國東方學研究的基礎和途徑，則主要是文獻學的文本的翻譯與研究。將東方文獻與文學的翻譯作為基礎，這是中國東方學的第三個特點。對於東方古代文獻、古典文學而言，翻譯不僅是研究的基礎，而且它本身就是一種研究。語言上的創造性的轉換、詞語典故的注釋與意義詮釋等，都屬於研究形態。而對東方文獻的譯本進行翻譯學層面上的文本批評與比較研究，也是中國東方學的有機構成部分。

「一帶一路」與中國的「東方學」[1]

　　「一帶一路」即「絲綢之路經濟帶」和「二十一世紀海上絲綢之路」，是二十一世紀二〇年代中國政府提出的跨國區域性經濟發展布局和戰略，並由二〇一五年發布的《推動共建絲綢之路經濟帶和二十一世紀海上絲綢之路的願景與行動》加以具體闡述。作為一項長期的區域性的跨國系統經濟建設工程，用「絲綢之路」一詞加以命名和概括，既體現了它的國際經濟貿易的屬性，也體現了深刻的歷史文化內涵。眾所周知，「絲綢之路」這個概念，是德國地理學家李希霍芬一八七七年在其名著《中國——親身旅行和據此所做的研究成果》一書第三卷中首次提出來的，用來描述從古代中國長安經由中亞、西亞通往歐洲的陸上貿易通道。一九一〇年，另一個西方學者赫爾曼較早接受這個概念，並將自己的一部相關著作命名為《中國和敘利亞之間的古代絲綢之路》，此後歐洲各國的許多東方學者，特別是研究世界交通史、東西方文化交流史的學者都使用了這個概念，以「絲綢之路」為書名的書籍著作也大量湧現，雖然這也造成了這個概念濫用和寬泛化，但同時也賦予這個概念以國際文化交流史的豐富內涵。據姚楠在〈海上絲綢之路與中外文化交流〉一文中，說法國東方學家沙畹在《西突厥史料》一書中曾指出「絲路有海陸兩道」[2]，是把絲路的內涵進一步擴大至海上，後來便衍生出了「海上絲綢之路」這個概念。

1　本文原載《廣西師範學院學報》（南寧）2016年第5期。
2　姚楠：〈海上絲綢之路與中外文化交流·序〉，載陳炎著：《海上絲綢之路與中外文化交流》（北京市：北京大學出版社，1996年3月），頁2。

在中國學界，有學者對「海上絲綢之路」的名稱之形成做了探討，如王翔在〈誰最早提出「海上絲綢之路」？〉[3]一文中，認為是饒宗頤先生在一九七三年最早使用了這個「海上絲路」這個詞；施存龍先生在〈「海上絲綢之路」理論界定若干重要問題探討〉一文中，認為陳炎先生一九八一年最早使用「海上絲綢之路」這個概念。[4]

一　絲綢之路研究應屬於「東方學」範疇

在現代中國，「絲綢之路」研究有了長時期的積累，形成了豐厚的學術傳統。早在一九九四年，岳峰、周玲華就編纂出版了《絲綢之路研究文獻書目索引》（新疆人民出版社，1994 年），可見截止到一九九四年時，研究成果的積累就已經相當多、規模已經相當大了。從上世紀八○年代至二十一世紀頭十年，以「絲綢之路」為關鍵字的學術著作出版了幾十部，[5]到了一九八○年代初，「絲綢之路」的概念又

3　王翔：〈誰最早提出海上絲綢之路？〉，《人民日報》（海外版），1991年10月9日。

4　參見《跨越海洋──「海上絲綢之路與世界文明進程」國際學術論壇文選》（杭州市：浙江大學出版社，2012年），頁21。

5　重要的著作有：楊建新、盧葦：《絲綢之路》（蘭州市：甘肅人民出版社，1988年），陳高華：《海上絲綢之路》（北京市：海洋出版社，1991年），趙豐：《唐代絲綢與絲綢之路》（西安市：三秦出版社，1992年），王炳華：《絲綢之路考古研究》（烏魯木齊市：新疆人民出版社，1993年），姜伯勤：《敦煌吐魯番文書與絲綢之路》（北京市：文物出版社，1994年），張志堯：《草原絲綢之路與中亞文明》（烏魯木齊市：新疆美術攝影出版社，1994年），黃新亞：《絲路文化・沙漠卷》（杭州市：浙江人民出版社，1995年），劉迎勝：《絲路文化》〈草原卷〉、〈海上卷〉（杭州市：浙江人民出版社，1995年），李明偉：《絲綢之路貿易史》（蘭州市：甘肅人民出版社，1997年）和《絲綢之路貿易研究》（烏魯木齊市：新疆人民出版社，2010年），張忠山：《中國絲綢之路之貨幣》（蘭州市：蘭州大學出版社，1999年），馬通：《絲綢之路上的穆斯林文化》（銀川市：寧夏人民出版社，2000年），陳炎：《海上絲綢之路與中外文化交流》（北京市：北京大學出版社，2002年），張一平：《絲綢之路》（北京市：五洲傳播出版社，2005年），林梅村：《絲綢之路考古十五講》（北京市：北京大學出版社，2006年），李進新：《絲綢之路宗教研究》（烏魯木齊市：新疆人民

由陸上擴大到海上，出現了「海上絲綢之路」的概念。關於「海上絲綢之路」的研究著作也不少，浙江寧波博物館的龔纓晏先生主編了《中國「海上絲綢之路研究集萃」》和《中國「海上絲綢之路」研究百年回顧》（均浙江大學出版社，2011 年）兩書，充分展現了「海上絲綢之路」研究的豐富和豐厚。這些都表明，絲綢之路研究已經成為近四十年來的一門顯學。芮傳明先生還撰寫出版了《絲綢之路研究入門》（復旦大學出版社，2009 年），對絲綢之路的學術研究的門徑與方法加以梳理總結。

　　在「絲綢之路」及「海上絲綢之路」研究蔚為大觀、「絲綢之路」概念為一般民眾所熟悉的情況下，在新世紀國家戰略的層面上，提出「絲綢之路經濟帶」和「二十一世紀海上絲綢之路」，合稱「一帶一路」，就是順乎其然、水到渠成了。或者說，是絲綢之路的大量的研究成果使得「絲綢之路」的概念廣為人知，耳熟能詳，在這種情況下，用「一帶一路」來概括「絲綢之路」與「海上絲綢之路」是約定俗成、順理成章的。「一帶一路」的提出，是以古代絲綢之路研究為基礎的，可以說，沒有此前半個多世紀的有關絲綢之路的學術研究，就難有「一帶一路」的概念與構想。這從一個側面表明，學界關於歷史問題的學術研究，會對現實與未來會產生多大的影響與啟發。也表明了現實與未來的「一帶一路」的構想與實施，是古代絲綢之路的對接與延伸，也是對古代絲綢之路的復興。鑒於古代絲綢之路的起點在中國，當代「一帶一路」的起點也在中國，因而，「一帶一路」不僅是古代商道的復興，也是中華民族偉大復興的一個重要組成部分。

出版社，2008年），黃志剛：《絲綢之路貨幣研究》（烏魯木齊市：新疆人民出版社，2010年），沈福偉：《絲綢之路：中國與西亞文化交流研究》（烏魯木齊市：新疆人民出版社，2010年），周菁葆：《絲綢之路佛教文化研究》（新疆人民出版社，2010年）、楊共樂：《早期絲綢之路探微》（北京市：北京師範大學出版社，2011年），包銘新：《絲綢之路——圖像與歷史》（上海市：東華大學出版社，2011年）、劉迎勝：《絲綢之路》（南京市：江蘇人民出版社，2014年）等等。

　　雖然有關絲綢之路的研究已經蔚為大觀，但是一直以來，人們對「絲綢之路」研究的學科歸屬問題，一直缺少明確的闡明。

　　絲綢之路研究的學科歸屬問題，在歐美、日本的學術界大體是不成問題的，他們的絲綢之路研究大都劃歸「東方學」，從事絲綢之路及其相關研究的學者，其身分都是「東方學家」。例如，《蒙古帝國》、《草原帝國》和《沿著佛陀的足跡》等書的作者、法國人格魯塞（René Grousset, 1885-1952）就不僅僅是一個「漢學家」，而是「東方學家」；戰後法國最早著手研究「海上絲綢之路」的學者讓‧菲利奧扎（Jean Filiozat, 1906-1982）也不是「漢學家」，而是研究梵文與印度學為主的「東方學家」；被耿昇先生稱為「法國出版的第一部真正科學的、具有嚴格限定意義的絲路專著」[6]的《絲綢之路》一書的作者、畢業於巴黎東方語言文化學院的布爾努瓦夫人（Lucette Boulnois, 1931-），其研究的範圍也不僅僅是漢學，而是涉及到波斯、阿拉伯、漢、藏等東方各國各民族的材料，因此她研究的實際上也不僅僅是「漢學」而是「東方學」。這種狀況到了晚近也是如此，如《新絲綢之路》的作者、當代澳大利亞學者貝哲民使用阿拉伯語與漢語，他不僅是漢學家也是東方學家。

　　上述情況對中國的「絲綢之路」研究的學科歸屬及學者的身分歸屬，也有重要的參考價值。在中國，從研究範圍上看，「絲綢之路」的研究顯然已經超出了中國的「國學」的範疇。研究中國傳統文化的狹義的「國學」與「東方學」有著不同的取向與功能。「國學」強調凝聚力，「東方學」強調發散力；「國學」是內向性的，「東方學」是外向性的。但「國學」與「東方學」也有相同、相通之處，就是它們都是把一定的研究對象與範圍作為立學的依據，而不是以現代學科的

6　耿昇：〈絲綢之路與法國學者的研究〉，載耿昇譯、布爾努瓦著：〈卷首〉，《絲綢之路》（濟南市：山東畫報出版社，2001年）。

劃分為依據。迄今為止，絲綢之路研究成果有一些屬於國學的範疇，而更多地是溢出了國學範疇，因而把它劃歸「國學」是有些勉強的，實際上許多研究都由「國學」自然延伸到了「東方學」。「東方學」本身是一個多國性的區域研究，也是多學科的綜合研究，而「絲綢之路」的研究範圍與研究性質正好與之相符。

　　在現代流行的學科劃分的體制下，「絲綢之路」研究長期以來被置於歷史學學科。二十世紀三〇年代，在歐洲和日本學術的啟發和影響之下，中國學術界大體形成了「中外交通史」或「中西交通史」這個研究領域，屬於歷史學研究的一個分支，而且事實上研究絲綢之路的大部分人也都是歷史學科出身的學者。誠然，絲綢之路研究總體上是一個歷史學問題，但它同時也是多學科的綜合研究，往往是「歷史學」這個學科所難以囊括的。它包括國際關係、民族關係、經濟學、宗教學、文學藝術、比較文化等，需要跨學科的視野與方法，難以一概歸為「歷史學」。至於把它歸為「中外交通史」、「中西交通史」，則顯得更為侷促。「中外交通史」是歷史學的一個分支，「歷史學」尚且不能完全涵蓋「絲綢之路研究」，那麼「中外交通史」就更不能了。畢竟「絲綢之路」絕不僅僅是一個「交通史」的問題。在這種情況下，最恰當的學科歸屬，應該是「東方學」。

　　更為重要的，是如今「一帶一路」願景的提出，必然要求相關的研究從歷史走向現實乃至走向未來。「一帶一路」研究與此前的「絲綢之路」研究的不同，也正在於絲綢之路研究是一個歷史的研究，「一帶一路」則是以歷史為基礎的現實問題的研究。而「東方學」所研究的問題，既是歷史的，也是現實的。既有純學術的東方學，也有為現實服務的「應用東方學」。「一帶一路」需要運用「東方學」的研究成果，而「東方學」對「一帶一路」的願景的關注，也會催生「應用東方學」。

　　另一方面，從「絲綢之路」的實際情形來看，歷史上「絲綢之

路」上的交往，主要是中國與周邊亞洲各國各民族之間的交往，而中西之間的交往則不是直接的而是輾轉的、間接的。正如耿昇先生所指出的：「自絲路開通以來，在中國至羅馬的古代交通中，中西絕少有直接來往。中國與西方貨物都是由沿途民族逐站地倒運的。當絲綢風靡羅馬並成為羅馬貴婦人們的時髦追求，從而造成羅馬金銀大量外流時，羅馬人既不知道這種植物的產地，更不懂其生產工藝。……出於商業利益，西域民族與波斯─阿拉伯人，為壟斷絲綢市場而故意隱瞞絲綢和絲路的真相，從而使絲路更蒙上了一層神秘莫測的面紗。」[7]耿昇先生在這裡所說是陸上絲綢之路的情形，這也就說明，歷史上中國與歐洲的交流，大多屬於間接交流而不是直接交流，絲綢之路固然是以中國為起點、以歐洲羅馬為終點，但實際上卻不是中國與西方人的直接貿易，而是中國與西域各民族，與波斯─阿拉伯等中亞、西亞各民族的直接的貿易交流；換言之，中國商人走到西亞、最遠到敘利亞一帶，便不再前進了。因此，「絲綢之路」概念的最早提出者李希霍芬在他的名著《中國──親身旅行和據此所做的研究成果》一書中，把「絲綢之路」定義為：「西元前一一四年到西元一二七年間，連接中國與河中（指中亞阿姆河與錫爾河之間）以及中國與印度，以絲綢之路貿易為媒介的西域交通路線。」[8]同樣的，德國史學家赫爾曼把他的一部研究絲綢之路的著作命名為《中國和敘利亞之間的古代絲綢之路》。把「絲綢之路」的西端定在敘利亞。這應該是嚴謹可信的判斷。也就是說，古代絲綢之路並未直接到達歐洲，那時的歐洲人及中國人之間相當隔膜，沒有深度接觸，也沒有深度理解。對此，布爾努瓦曾指出：「至於中國的兩大思想，即儒教與道教，它們也從來沒有進入過西方……西方人也從來沒有提到過中國人的典型

7　耿昇：〈絲綢之路與法國學者的研究〉，載耿昇譯、布爾努瓦著：〈卷首〉，《絲綢之路》（濟南市：山東畫報出版社，2001年）。

8　轉引自林梅村：《絲綢之路考古十五講》（北京市：北京大學出版社2006年），頁2。

思想，如最基本的陰陽互補的思想以及道教的『無為』的思想等；絲毫也沒有提到過中國各種學說中所採取的象徵性的東西，如顏色、季節、動物和其他許多事物。中國似乎沒有確切地通曉希臘—羅馬思想。這種徹底的、長達數世紀的空白只有一種解釋：中國人和西方人之間完全缺乏人員接觸。」[9]這是歷史事實，也是對古代「絲綢之路」進行研究所得出的結論。因此，對「絲綢之路」研究，就直接的對象與範圍而言，是中國與西域、中亞、西亞這亞洲民族的交流關係研究，屬於我們所說的「東方學」研究的範疇，也理所當然應歸屬於中國的「東方學」。

　　至於「海上絲綢之路」，對其航線的範圍、存在的歷史的上限與下限，學者們至今有種種不同的意見，狹義上、審慎的定義，如曾昭璇在〈廣州──古代「海上絲綢之路」的起點〉一文中，開門見山地指出：「本文對我國『海上絲綢之路』採取狹義的說法，即把『海上絲綢之路』看成是我國通向西亞的貿易航道的統稱。具體說，凡與東南亞、印度半島（包括斯里蘭卡）、阿拉伯沿岸地區海路交通，都納入『海上絲綢之路』。」[10]或曰「海上絲綢之路」是唐代開闢的、從廣州出發，經南海、麻六甲海峽，到波斯灣或紅海的航線。[11]也有學者認為，「大量史料證實，山東半島與朝鮮半島、日本列島之間有這一條以貿易為主要形式的『海上絲綢之路』。研究這條『東方海上絲綢之路』，可以明確山東半島在中韓、中日關係史上的重要地位。」[12]這樣說來，「海上絲綢之路」就有兩條，一條是南海絲路，一條是東

9　布爾努瓦著，耿昇譯：《絲綢之路》（濟南市：山東畫報出版社，2001年），頁108。
10　曾昭璇：〈廣州市：古代「海上絲綢之路」的起點〉，《嶺南史地與民俗》（廣州市：廣東人民出版社，1994年），頁47。
11　參見《航運史話》，編寫組編著《航運史話》（上海市：上海科學技術出版社，1978年），頁147。
12　劉鳳鳴：《山東半島與東方海上絲綢之路》（北京市：人民出版社，2007年），頁12。

海絲路。但不管是哪條，其範圍都在東方世界，所連接的是北非和西亞地區，或者是東亞的中韓日三國。

至於中國與歐洲國家通過海路的直接聯繫，那是較為晚近的事情了。葡萄牙人最早在十六世紀初攻占麻六甲，入居澳門，開啟了歐洲人通往中國的門戶，但這種中西交往更多屬於歐洲人從歐洲出發的殖民入侵，這與此前從中國出發的純商貿性質的「絲綢之路」完全是兩碼事，不能因為兩者都屬於海上交通，便混為一談；同樣的，此後開始的中國與歐洲的直接的海上貿易，屬於「中西關係史」或「中西交通史」研究的範疇，而不屬於嚴格意義上的「絲綢之路」的範疇，也不是「東方學」的範疇。毋寧說，由歐洲人開闢的通往亞洲和中國的海上航線，因為主導者改變了，起點改變了，方式改變了，某種意義上可以說標誌著古代海上絲綢之路的衰微，也是中國喪失海上絲綢之路主動權的開始。

可見，將「絲綢之路研究」看作是「東方學」範疇，並不僅僅是一個研究對象、範圍的清晰釐定的問題，對於絲綢之路研究而言，更可以防止「絲綢之路」概念的泛化，不能把所有與中國有關的中西交通史、交流史問題，都看作是「絲綢之路」的範疇。[13] 嚴格意義上的「絲綢之路」是由中國出發、以中國為主導、以中國商品為主要交易品、以和平互惠的方式所形成的商貿通道。這與歐洲葡萄西式的探險與占領、與西班牙式的奴隸貿易、以英國式的鴉片傾銷，具有極大的不同。

今天提出的「一帶一路」以及一些學者使用的廣義的「絲綢之路」，其範圍較之狹義上的古代絲綢之路有所擴展，這是時代的必然

---

[13] 在這方面，《中國「海上絲綢之路」研究百年回顧》第七章〈中國與歐洲海上絲綢之路〉和第八章〈中國與美洲海上絲綢之路〉，似存在著將「海上絲綢之路」概念加以泛化的問題。參見龔纓晏主編：《中國「海上絲綢之路」研究百年回顧》（杭州市：浙江大學出版社，2011年）。

要求。在「一帶一路」的規劃設計中,「海上絲綢之路」在原有的航線之外還擴展出了通往南太平洋諸島的線路,但這並不影響「古代絲綢之路的範圍在東方,古代絲綢之路的研究屬於東方學」這一基本的判斷。

二　「一帶一路」給「東方學」學科建制提供了契機

對於絲綢之路研究的學科歸屬的問題的討論,不僅具有「東方學」學科建設上的價值,而且對於今後的「東方學」學科建設與「一帶一路」願景建設的銜接,具有重要意義。

首先,「一帶一路」會給中國的「東方學」學科建制提供前所未有的契機。

任何學術研究起初都是為了解答現實問題而興起的。東方學也不例外。回顧中外「東方學」學術史,則可以發現「東方學」的形成無論是在歐洲,還是在日本,都與各自國家的對外經略的現實需要密切相關。雖然也存在許多並不直接服務國家政治的「無用」的、純學術的研究,但其出發點往往是國家的對外戰略。例如,英國、法國、俄國等歐洲列強國家的「東方學」實際上伴隨著十八至十九世紀對外擴張和殖民侵略的整個過程。他們對於東方各國語言學習的重視,對東方學研究的重視,直接的目的是為殖民統治服務的。戰後美國雖然沒有直接的以殖民占領為目的侵略,但正如有研究者所指出的,美國「東方學」及其代表性的學術團體「美國東方學會」,「既是美國政治的催生物,也是美國政治直接和間接影響和制約著的學術組織」。[14]同樣的、日本的「東洋學」的發達與日本近代的「亞細亞共榮圈」的

---

14 馮新華:〈摘要〉,《美國東方學會與美國東方學》(北京市:北京師範大學博士論文打印稿,2012年),頁1。

構想也不可分離，日本的「東洋學」學者們寫出了大量關於中國、朝鮮半島及東北亞、印度、東南亞等方面的研究成果，直接目的都是為了日本的「雄飛海外」服務，或者為日本領導亞洲做學術輿論的準備。可見，歷史上「東方學」的純學術性與功用性是不可分割、相輔相成的兩個功能。功用性的「東方學」可以稱之為「應用東方學」，與純學術的「東方學」相對而立。

　　因此，在中國「東方學」學術體系建構的時候，我們固然強調「東方學」的「為學術而學術」的純粹，但也不能無視「東方學」作為一門學問所可能具有的經世致用的應用價值。只有將應用價值與「為知識而知識」的純學術價值追求結合起來，學科發展才有持久的動力。中國的「東方學」的學科意識之所以較為薄弱，很大程度上是因為近百年來我們在國家層面上缺乏世界的大眼光，缺乏經營東方、經營亞洲的整體的區域戰略，故而在東方學研究中，只能是以各自為政的國別研究為主，國別研究與單學科研究獨行其道，缺乏東方學的總體布局。例如，甲午海戰後中國的日本研究的興起、抗戰時期中國的日本研究的跟進，都是因為要借鑒日本、應對日本；我們卻沒有像日本那樣提出「亞細亞」或「大東亞」的政治戰略與學術範式；二十世紀初年中國的印度研究及佛學研究的興盛，一是為了借鑒印度成為殖民地而亡國的教訓，二是為了解決中國人缺少真正宗教信仰的問題，並試圖以「佛教救國」作為對策。一九五〇至一九七九年代，關注所謂「亞非拉」與「第三世界」，但那主要是冷戰背景下國際政治層面上的宣傳話語，並不能導致學術研究的繁榮，更沒有助推中國的「東方學」。一直到新世紀，中國的「東方學」學術意識薄弱，學科建設的怠惰與缺位，很大程度上也是因為沒有一個國家層面上的大戰略與之呼應與配合。在這種情況下，對中國「東方學」而言，「一帶一路」戰略的提出可謂絕好的機遇。

　　中國的高等教育中的外語語言教育，長期以來下意識裡把英美作

為世界中心，使英語一語獨大，只把英語作為「通用語」，而把除英語以外的各個語種都稱為「非通用語」或「小語種」。實際上，世界上許多國家、包括一些東方國家，如巴基斯坦、印度、新加坡等通用英語，是曾經多年淪為英國殖民地的結果，那些英國的殖民地國家把英語作為通用語或官方語言，是歷史與現實權衡考量的選擇，而像我們中國從來沒有、也不是英美殖民地，卻自甘情願地認同英語的「世界普通話」，是從小學中學到大學唯一必學的外語。實際上，英語的「世界普通話」的地位在很大程度上是中國賦予的，占世界人口將近五分之二人口的中國不賦予它，它就算不上是「世界普通話」。在東方國家，例如我們的近鄰日本與韓國，學英語固然最多，但學習包括中文在內的其他語言的也不少，沒有使英語唯一獨大。現在，「一帶一路」願景給我們改變這種現狀提供了寶貴的契機。在國家的統一部署下，中國的各個外國語大學的語種專業都將得到極大的擴充，外國語大學的「亞非學院」或「東方語言文化學院」，將陸續開設大批新的東方語種專業，原則上「一帶一路」沿線的所有國家（其中大部分屬於東方國家）的官方語言都要陸續列入學科建制。這樣一來，未來幾年間，中國大學的東方語言語種，將由現在的攏共二、三十種，擴大到一百至一百二十種。中國的大學中東方語種專業的豐富擴大，不僅是「一帶一路」建設的需要，更是中國「東方學」繁榮的條件與基礎。在此之前，由於我們的語言專家太少，我們對東方一些小國、落後國家的研究，常常需要通過英語文獻加以了解與研究，勢必會受到英語的影響，從根本難以擺脫英語敘事與思維的支配。在不懂得語言的情況下，就難以產生真正的東方國別研究的專門家。當然，也有不少國人懂得相關語言，但由於環境條件與文化水平所限，他們往往缺乏學術底蘊，還不能算是研究那個國家的專家學者。今後我們把各個東方語言都作為大學裡的學科專業建立起來，就不僅能夠學習和掌握那個國家的語言，同時也培養有能力對那個國家加以深度研究的有學

術修養的專家。這些專家多了，中國的「東方學」的學術群體才能逐漸壯大，中國「東方學」不僅能成為一個有「戶口」、有建制的學科，而且還能成為一個強勢學科。最近，中東問題觀察家張信剛先生刊文說：「目前來看，我們的人才儲備很不夠，全國懂一帶一路的國家的人太少。大多數人都是跟著電視、報紙上說，胸中並沒有一個大格局，心裡想的還是他那一塊小利益。」[15] 這種狀況，相信會隨著東方語言文化學科的建設充實，而得到根本的轉變，從而培養出一批有中國特色的東方學者，「懂一帶一路」的人也就會也來越多。

　　但是，怎樣才是「懂一帶一路」？僅掌握了某種語言還不夠。必須具有「東方學」的學養。如此，「一帶一路」對綜合性人才的需要，使「東方學」的學科建制問題，顯得更為緊迫和突出了。迄今為止，大學裡培養的直接與「一帶一路」相關的專業人才，主要是外國語大學或外國語學院的亞非語言或東方語言文化專業。他們所獲得的學位主要是語言學、應用語言學、外國語言文學、翻譯學等。在這樣的學科專業框制中，知識結構較為單一。以書面文化為主攻的、強調知識價值的人文學科，與強調應用價值、以調查研究為主要方法的「社會科學」兩者，難以很好結合起來。這樣培養出來的人才，很難應對今後「一帶一路」建設人才的需要。一方面，受國別語言語種專業性質的限制，作為研究型人才，往往有語言功力但缺乏學術功底，許多人看問題、寫文章常常流於就事論事，不能由此及彼、由微觀至宏觀，也難以構思創新性的選題。小語種專業可以出專門家，但難出學者，更難出大學者。在中國大學的東方語言文化專業中，除了日語、朝鮮語、梵語及印地語等，其他小語種中，要出現在學術界知名的大學者是非常罕見、非常不容易的。這不是因為該領域的學者不用功、不努力，而是因為以單一語種為專業、以單純的語言學為學科歸

15 張信剛：〈「一帶」和「一路」應該是協奏曲〉，《南都週刊》（廣州）2015年12月2日，頁43。

依，就難以進入跨學科研究的廣闊視域。具體舉例來說，在這種情況下，他可以是緬甸語、或老撾或加他祿語的專門家，但他不一定是緬甸問題專家，更難以成為緬甸、老撾或菲律賓等東南亞區域問題的學者。而假如我們以「東方學」的學科建制來培養他，從一開始時就強調以中國語言文化和國學為出發點，以某種東方語言為基礎，同時更進一步培養他們綜合性地、整體地觀照國際問題、亞洲問題，整體地把握整個東方世界，就能夠使他們成為「東方學家」。在「東方學」的學術背景下，東方小語種的專門家完全有可能成為東方學家，「一帶一路」建設所需要的正是「東方學」學科框架中的複合型人才，如此，「一帶一路」就在人才培養上與「東方學」有了良性互動：「一帶一路」對「東方學」人才的培養予以推動和促進，而「東方學」則能為「一帶一路」不斷培養和輸送人才。這樣看來，從「一帶一路」建設的需要來看，「東方學」的學科建制就成為當務之急。有了「東方學」的學科，相關東方語言專業的人才就有了真正可靠的學科歸屬。

三　「東方學」為「一帶一路」提供學術文化支撐

如上所說，「一帶一路」會給中國的「東方學」學科建制提供前所未有的契機。反過來，中國的「東方學」也能為「一帶一路」提供學術文化支撐。

眾所周知，「一帶一路」的實施，難題不是資金、不是技術，不是勞務等，而是我們對有關「一帶一路」上的國家、特別是小國家及其國情國民的研究與認識太少，雙方國民之間的認識與理解還很不夠，因而在當地的建設活動招致了一些始料不及的誤解乃至阻礙。「一帶一路」的宗旨是達成互聯互通，其中最根本的是「民心相通」，而要民心相通，就要研究「一帶一路」沿線各國的民族與國民、民心與民情。在中國學界，一直以來受「西方中心主義」觀念的

支配，「一帶一路」沿線的各個東方國家、亞非國家的研究長期受到忽視，好在最近這些年，隨著「東方學」研究的展開，學者們正在為「一帶一路」不斷輸送著研究成果，除了對絲綢之路上的各國歷史文化、政治經濟、宗教社會的研究外，更有在「絲綢之路研究」框架內的關係史、交通史研究，例如對西域的研究、對茶馬古道的研究，對海洋文化史的研究、對歷史上海禁政策及海洋貿易的研究，對相關民族關係的研究等等。但關鍵的問題是，這些研究要由「學術成果」轉化為一般讀者的「知識」修養或必備「常識」，還需要經過較長時間的閱讀、接受、下滲和沉澱的過程。這將會伴隨整個「一帶一路」的建設過程。「一帶一路」的建設需要東方學，而許多「東方學」成果也具有應用性，可以為「一帶一路」提供知識的和學術的支援。「一帶一路」的建設者們、決策者們會在實踐體驗中不斷求助於「東方學」，「一帶一路」的建設更會為「東方學」提供新的研究體驗與新的課題。如此，東方學與「一帶一路」就會形成良性互動。

除了上述的微觀具體的研究之外，在事關「一帶一路」的宏觀問題、整體問題上，「東方學」更可以為「一帶一路」提供學術理論上的根據與支撐。

「一帶一路」建設所面臨的一個宏觀理論問題，就是「東方／西方」的問題。「東方學」所特有的學術立場，就是站在「東方與西方」二分論的立場上看問題。「東方」與「西方」是對世界所做的第一次劃分的結果，既是一種文化觀念，也是一種現實存在。兩個世界在相對分途發展了兩千多年後，由於某些東方國家的西方化，而在二十世紀逐漸靠攏，進入了許多人所呼喚的全球化、世界化的時代。但是，即便在全球化時代的今天，「東方學」所特有的「東方／西方」二分的世界觀，仍有助於我們觀察和理解國際政治的現狀與走勢。實際上，現在乃至將來，「東方」與「西方」的世界格局仍然存在，只不過格局發生了一些改變，東方的最東端（日本列島及朝鮮半島上的

韓國）與西方的最西端的美國，通過太平洋而連接起來。二戰結束後日本和韓國在政治上實現了較為徹底的西方化，而當下由美國主導的、美歐日等發達國家參與的 TPP（《跨太平洋夥伴關係協定》）、TTIP（《跨大西洋貿易與投資夥伴協定》）的規則制定，又特意強化美日歐韓的協調一體，蓄意把中國排斥在外，也把大多數「一帶一路」上的亞洲國家排斥在外，實際上又在國際經濟貿易格局中，人為地強化了「西方」主導權和話語權，凸顯了「西方」世界的存在，也自覺不自覺的顯示了新的東方、新的西方之間的對峙。同時，借助中日兩國的釣魚島爭端，美國又成功地阻斷了東北亞自貿區的談判進程，而把日韓拉入西方一側。這樣一來，在地域政治的意義上，中國就成了東方世界的最東端，中國與歷史上絲綢之路及海上絲綢之路上的亞洲各國，成為新的東方世界，可以簡稱「新東方」；而絲綢之路末端的歐洲及大西洋彼岸的美洲、太平洋彼岸的日本，形成了新的西方世界。可以簡稱為「新西方」。全球地緣政治上的「新東方」與「新西方」的形成，是我們理解中國的國際處境的一個視角，也是理解「一帶一路」的一個出發點。毫無疑問，「新東方」與「新西方」之間也需要合作和交流，而且還需要加深合作與交流，但是，兩者之間的合作是「競爭性合作」，更多的是伴隨著利益衝突的合作；而「新東方」之間的合作更多的是「互惠性合作」，是互利互補。而在「新東方」國家之間的經貿合作中，最重要的是中國倡導的「一帶一路」。「一帶一路」的構想與實施，是對美國為中心的「新西方」東臨中國、迫壓中國的一種因應和抵消。是規避「新東方」與「新西方」的正面相撞，轉而與「新東方」各國互補共贏。由於種種原因，美國等「新西方」可以在這裡的某一地出兵打仗，卻難以真正展開經濟建設，因為它缺錢，人手也不夠，隔洋過海，投資建設的動力也相對缺乏。有些國家（例如東南亞的半島國家、中亞國家）對西方來說是「飛地」，對中國來說卻是歷史上絲綢之路的輕車熟路的地帶，也是

今天「新東方」需要互聯互通、也能夠互聯互通的地帶，中國充盈的經濟能量，通過一帶一路，會自然向「新東方」國家即中國的南部（東南亞）、西部（中亞、西亞）遷移流動。這種天然的地利之便、地緣優勢及絲綢之路的歷史文化淵源關係，是任何其他國家難以具備的。

「東方學」還可以為「一帶一路」作為一種國際交流合作的模式找到淵源與根據。

「一帶一路」作為一種以中國為出發點、以東方國家為主要交流範圍的交流合作模式，它的歷史淵源、模式源頭在哪裡？它與歷史上其他的國際交往模式的不同又在哪裡？從「東方學」的角度加以考察，就可以清楚地看出，之所以要把以中國為起點的當代各國之間的基礎設施建設與互聯互通的偉大工程，用「絲綢之路」和「海上絲綢之路」命名，絕不是簡單的比附，而是強調兩者之間、歷史與現實之間的關聯性、相通性。如今的「一帶一路」與古代的絲綢之路，體現的是一種一以貫之的國際交流交往的模式。古代絲綢之路之所以能夠形成並保持持久的生命力和影響力，就在於它是以絲綢、陶瓷、茶葉等物質產品或物質文明為載體的國際交流。其特點就是中國與周邊各民族、各國家之間的互通有無、互利互惠。這就是獨特的屬於「絲綢之路」的國際交往模式。從歷史上看，各民族各國家的交往交涉模式大體可以劃分為五種，一是戰爭模式、二是傳教模式，三是探險模式，四是朝貢模式、五是經貿模式。「戰爭模式」是以征服、掠奪為目的的武力行使，是最具有破壞性的模式；「傳教模式」是對外傳播宗教意識形態，廣義上的傳教模式，也包括現代的輸出革命、輸出某種主義的模式，有時也不免伴隨著武力干預乃至戰爭；「探險模式」是以冒險的探索衝動為動力的對外征服活動，主要指向是新大陸或新島嶼；「朝貢模式」（亦稱「朝貢體系」）曾廣泛存在於世界古代歷史，其中最為我們所熟知的是東亞的朝貢體系，是中國周邊國家為表

達對中華帝國王朝的尊重，以供奉禮品為手段、以維持以中華帝國為中心的國家秩序為宗旨的國際交往慣例，也是歷史上中國同周邊國家交往的主導模式。而歷史上的「絲綢之路」模式，不屬於以上三種的任何一種，而是屬於第五種「經貿模式」。它的基本特點，是在與前四種模式相區分的前提下顯示出來的。它是自然形成的、和平的，沒有戰爭動機、沒有傳教企圖，沒有領土占領，沒有意識形態輸出，沒有入貢和回賜，而是基於各自的自然需求，在平等自願、互利互惠基礎上的物質交換與交流。絲綢、瓷器、茶葉等，這是中國人的品牌與勤勞智慧的結晶，體現了中國人所特有的中國的現實主義、現世主義文化，更是「東方和平主義」的積極表徵。在世界歷史上，有些國家和地區在打宗教戰爭，有些國家在從事奴隸貿易，有的以探險、傳教為名進行殖民入侵，而在中國歷史上，歷朝歷代與周邊各民族之間的交往與交流，無論是官方的，還是民間的，總體上總是以物質產品為載體，和平地交換交流，因為是和平的交換交流，因而是「文」而不是「武」，「物」的交換也包含著文化的交流，可以把這一點概括為「以物載文」。絲綢之路上的「以物載文」是以物質產品的交換為目的，文化只是自然而然的衍生，而不是特意推行。物質產品交流的任何一方都不把自己的意志強加於人，而只是通過物質展示文化的魅力。現在不得不承認，這種模式使得我們中國的傳統文化沒有對絲綢之路上的國家和民族產生決定性的影響，例如古代絲綢之路及海上絲綢之路上的東南亞國家，與中國的物質交流很多，但在文化上所接受的中國影響卻不能與印度文化、伊斯蘭文化所給與的影響相比，對中亞各國的情形也是一樣。但是在今天，古代絲綢之路上的這種國際交往模式，與充分尊重多元文化的世界價值觀卻是高度一致的。

中日交惡，中國的「日本學」何為？[1]

　　中國的「日本學」研究何為？這是一個應深入思考的問題。近兩年來，在中日兩國政治關係緊張的狀況下，儘管中國的涉日研究、涉日出版受到一些影響，但人們大都意識到，我們仍然需要翻譯、閱讀、研究日本，這足以反映中國文化界與讀者的成熟，顯示了中國社會的進步，也成為中國「日本學」研究的社會基礎。

研究日本，「學術地掌握」日本

　　中國的「日本學」，當然是「中國的」。我們研究日本，是為了更好地了解日本。馬克思在《經濟學手稿・導言》中，曾提出了宗教的、藝術的、實踐的「掌握世界」的三種方式。借用馬克思的話，在當今，我們要「掌握」世界、「掌握」日本，似乎還應該通過「學術的掌握」這樣一種方式。「學術的方式」是將「藝術的」、「實踐的」兩種方式結合起來的方式。想當初，西方人在十八至十九世紀把握東方，首先不就是通過漢學、梵學、埃及學、亞述學等「東方學」的研究來實現的嗎？通過學術研究，把我們的智慧、思想、話語透射於日

---

[1]　本文是作者在「中國日本學研究的歷史、現狀與未來學術研討會」（洛陽市：2013年11月16-17日）基調演講稿基礎上壓縮修改而成。原載《中國社會科學報》2014年2月7日，原題〈中國的「日本學」何為？〉，發表時有字句刪改。

本，徹底地看透日本、說透日本、理解日本，那我們就真正「掌握」了日本。

如今，日本學界對日益強大的中國，把握起來似乎越來越吃力了。從我們即將陸續出版的《新世紀國外中國文學譯介與研究文情報告》（日本卷）中就可以清楚地看出，新世紀以來，日本對中國文壇的譯介雖然很用功，但與以前相比，人力、物力的投入明顯遞減，學術產出減少，深度、廣度越來越平凡化，這與中國對日本文學的譯介研究的全面深入比較起來，已經形成了不對稱。事實上，在某些學術研究領域，日本與中國相比，也已經明顯落後了。例如，近三十年來，中國的翻譯研究、翻譯理論十分繁榮，我們寫出了十幾種厚厚薄薄的翻譯史，編出了多種理論文集，寫出了日本文學漢譯史。但反觀日本，五六十年前寫出了粗陳大概的翻譯史後，便沒有多大進展了，甚至連翻譯理論的基本文獻都沒有得到整理，更沒有編出像樣的翻譯理論文集。

誠然，日本學者重資料、重細節、重感受，但宏觀概括能力、理論思辨能力有限。這就給我們的進一步深入的研究闡發，特別是在理論上建構，提供了必要和可能。日本人自己說不清楚的，我們給它說清楚；日本人自己說不透的，我們給它說透。特別是在與中國相關的領域，在比較研究的領域，在理論研究的領域，我們中國學者的學術優勢，是非常明顯的。這樣，當我們能對日本的東西「說三道四」、把我們的聲音透射於日本的時候，我們的文化才是真正的「走出去」。現在許多人似乎認為，把中國的典籍作品翻譯出去、推出去才叫「對外傳播」。其實，靠我們中國人的智慧、思想、話語來研究外國問題，拿出我們的成果來，那不僅會有力地彰顯了我們的存在，傳播我們的文化，而且也由這樣的學術方式而「掌握」了世界。那才是真正有力的中國文化對外傳播。對於日本而言，更是如此。

翻譯研究日本文學，「藝術地掌握」日本

　　「學術」的方式之外，就是「藝術」的方式。所謂「藝術地掌握日本」，就是通過審美觀照、文藝鑒賞的途徑理解日本、把握日本。這是對上述的「學術地掌握」方式的一個延伸和補充，其基本途徑是對日本文學的翻譯和研究。

　　或許在一些功利化思維的人看來，「文學研究」是無用的，日本文學研究同樣也無用。其實大謬不然。在學術研究中，文學研究本來就十分重要，而日本文學研究尤其重要。在中國的日本學研究的各個領域，日語是工具，而「日本文學」則是基礎和底蘊。文學語言最複雜、最精緻，因而從事日本語言研究的若不關注日本文學，看不懂日本古典文學和現代文學名著，那他的語言水平就不到家。正如日本學者所指出的，日本人的獨特的思想主要是文學創作中表達的，因而研究日本哲學思想史的人就不能不懂日本文學。日本的美學思想主要體現在日本的文論中，因而從事日本美學研究的，就不能不懂日本文學特別是日本文論。甚至從事日本政治的人，日本歷史乃至日本經濟史研究的人，都不能忽略日本文學。

　　從比較文化的角度看，日本對世界文化的最大貢獻點，是它的審美文化。而日本審美文化的主要載體，是日本的文學藝術。紫式部、松尾芭蕉、夏目漱石、芥川龍之介、川端康成、村上春樹、日本動漫文學，這些都是我們許多年輕人耳熟能詳的。其中，《源氏物語》、《平家物語》中文譯本已各有五六種版本，包括盜版盜譯本，松尾芭蕉的散文譯本成為前兩年的暢銷書。

　　實際上，我們中國讀者讀日本文學，但我們沒有因此而被「日本化」，相反，卻是我們的讀者「化」了日本。因為我們的絕大多數讀者所閱讀的，主要不是日語的原典，而是中國翻譯家創造性翻譯的譯作。譯作是用漢語來轉換日本，在某種意義上，是把我們的語言文化

投注於日本作品之上，翻譯使我們化日本為己有。

　　同樣的，對日本文學的研究，也是我們「藝術地掌握」日本的另一個最重要的途徑。日本文學在中國的譯介、評論與研究，從晚清時代算起，已經有一百多年的歷史，形成了四代研究群體。據筆者在《中國的日本文學研究百年史》中的大體統計，到二〇一二年為止的一百多年間，中國大陸地區翻譯出版的日本文學單行本已達兩千五百多種，有關日本文學的評論與研究的文章約兩千多篇，有關研究專著有二百多部。為什麼從新文化運動時期的梁啟超、魯迅、周作人、郭沫若，到後來的一大批學者，都那麼重視日本文學，並親手翻譯、評論和研究日本文學？歸根到柢，或許還是基於「藝術地掌握日本」的內在驅動。

　　「學術地、藝術地掌握日本」，是中國「日本學」的旨歸。我們努力了一百多年，還需要再接再厲，我們會不斷地接近這個目標。

中國的東方文學理應成為強勢學科[1]

　　中國是一個東方國家，無論從哪個意義上說，東方文學及東方文
化作為學術研究的一個領域和部門，理應成為一個受到普遍重視的強
勢學科。但是，事實並非如此。長期以來，無論是在我們的外國文學
翻譯、研究中，還是在中國大學的文學學科的教育教學中，都明顯地
存在著重西方，輕東方的偏向。

　　先從文學翻譯上看，中國的外國文學翻譯開始於清末時期，從一
開始，就已經顯示了東西方文學譯介的不平衡。以當時影響最大的林
紓譯小說為例，在他所翻譯的三百多種外國小說中，除了一兩種日本
小說外，東方文學絕無僅有。林譯小說在選題上的這種傾向性，很大
程度地預示並決定了此後一百多年中國的外國文學翻譯選題上的傾向
性。讀著林譯小說成長起來的五四新文化、新文學的建設者們，談論
最多的是西方文學，最喜歡談論的是西方現代文學新作家、新思潮、
新流派，雖然其間周作人等留日出身的作家對日本近代文學也做了一
定的研究評論，但大都是將日本文學作為西方文學影響東方的一種現
象來看待的。印度、朝鮮、東南亞、及中東各國文學，在五四新文化
時期很少得到介紹。魯迅等一批有識之士，曾提倡大力譯介與研究弱
小民族的文學，但可惜所選定的「弱小民族」主要是在東歐、北歐地
區，基本上未能超出西方的範圍。一九二〇年代前期，印度的近代文
學才首次進入中國文壇的視野。東方文學在中國的弱勢，到了一九四

1　原載《廣東社會科學》（廣州）2007年第2期；《高等學校文科學術文摘》2007年第3
　期。

〇年代已經發展得極為明顯。到了一九四〇年代末期，西方十九世紀
上半期之前的西方文學古典作品，相當一部分都有了中文譯本，俄羅
斯文學、法國文學、英國文學、德國文學、美國文學的主要作家作
品，已經得到了較多的翻譯，並有了不少評論與研究文章，乃至研究
專著。而東方文學翻譯，相比之下仍然蕭條。其中在此前譯介最多的
日本文學，由於日本發動侵華戰爭而未能持續，其他東方國家的文學
譯介，仍處於零零星星的狀態。新中國成立後，時任國家文化部長的
茅盾在一九五四年召開的關於翻譯工作全國性會議上，也不得不承認
東西方文學譯介的這種不平衡狀況，他說：「……和我們有兩千年文
化交流關係的印度，它的古代和近代的文學名著，對我們幾乎還是一
片空白。傳誦全世界的阿拉伯的《一千零一夜》……我們也沒有一部
完整的譯本。日本的《萬葉集》、《源氏物語》，至今還是只聞其
名……。」² 儘管意識到了這一點，由於種種原因，「文革」前十七年
的東西方文學翻譯與研究，仍然存在巨大的反差。十七年中，歐洲古
典名著大多譯完，並且有了複譯本，但東方文學的翻譯投入的人力相
當有限，當年應冷戰形勢的需要，曾提出過非常政治化的「亞非拉」
口號，這個口號一定意義上也推動了東方文學的翻譯，可惜在政治意
識形態的主導下，所翻譯的大多是反帝、反美之類的缺乏文學性的應
景應時的作品，對東方文學的研究也難有實質性的促進。伴隨著二十
多年的改革開放，中國的東方文學的翻譯與研究有了很大的進步，東
方各國的最重要的古典作品大都有了中文譯本。但是，與西方文學相
比，落差沒有縮小，在有些方面反而進一步加大了。這主要表現在，
在西方文學方面，在主要語種英、法、德、俄的文學譯介上，我們已
經進入了古典作品大量複譯、譯本多樣化、對當下文壇及作家作品同
步跟進、及時反應和及時譯介的階段；而在東方文學方面，除了日本

2　茅盾：〈為發展翻譯事業和提高翻譯質量而奮鬥〉，原載《譯文》（北京）1954年10-
　　12月。

文學外，古典作品的翻譯尚且不齊，當代文學的譯介完全是支離破碎的狀態，中國讀者和東方國家的文壇，基本處在霧裡看花、模糊不清、支離破碎的隔膜狀態，缺乏對當下東方各國文壇即時反應的能力。

　　東西方文學在中國的這種不同待遇與境遇，也表現在中國大學的文學學科的課堂教學中。二十世紀初，具有近代色彩的新型大學的文科，便開始將外國文學課程化，但除了梁啟超、陳寅恪在清華大學所開始的以佛教為主題的佛經文學課外，進入大學課堂的外國文學，只是西方文學。一九〇六年，王國維在〈奏定經學科大學文學科章程書後〉一文中，給中國和外國文學科目，都擬定了「西洋文學史」的課程。王國維沒有西洋留學的經歷，但曾兩次赴日本求學，在學術創作上受到日本很大影響，但這樣的學術背景仍不能使他擬定出包含東方文學在內的「外國文學史」，而是將東方文學完全摒棄於大學課程之外。連王國維都是如此，那些留學西洋的其他學者教授的選擇就不言而喻了。大學教育中的這種以西方文學為中心、忽視東方文學的情況，到了新中國成立後的相當長的歷史時期仍然延續下來。一九六一年，在掌管國家文化宣傳工作的周揚的直接支援下，編纂出了一部高等學校文科教材《歐洲文學史》，並在全國各大學的中文系的「外國文學史」課程中廣泛使用，但相應的，有關部門及領導人卻沒有提出要將完整的、包括東西方文學在內的世界文學史的知識教給學生。出現這種情況的原因，仍在於「歐洲中心論」的觀念。這一觀念在一九六二年九月十八日周揚關於《歐洲文學史》教材的座談會後表述得很清楚。他說：「資本主義文化，歐洲帶有典型意義，當時的資本主義文化是世界的高峰，我也是反對歐洲中心論的，但歐洲曾經是中心，曾經是世界文化的中心，有的東西已經成為世界財富，人人都要知道。」[3] 但周揚的這番話雖能表明了他本人的「歐洲中心論」觀念，

3　轉引自龔翰雄：《西方文學研究》（福州市：福建人民出版社，2005年），頁382-383。

卻不能說明不講東方文學的理由。而且「歐洲曾經是中心，曾經是世界文化的中心」這一表述本身就很成問題，因為世界文化從來都是多中心的，多體系的，多個文化圈、多元的。在這種觀念的主導下，一九五〇至一九六〇年代之交的幾年間，只有北京師範大學等極少數大學的有關教師，不滿於「西方中心」的狀況，在課堂上開設「東方文學史」課程，並編纂出版了《外國文學參考資料》的東方卷，但勢單力薄，加之後來爆發了「文革」，寫作《東方文學史》教材的計畫不得不放棄。改革開放後，中國的東方文學學科建設、翻譯與研究有了長足的發展。在東方文學翻譯方面，經過翻譯家的努力，出現了一些標誌性的成果，由於季羨林、陶德臻等老一輩東方文學專家的支持與努力，各種東方文學史教材編寫出版，各種外國文學史教材有了東方文學的內容，此前教材的「歐洲中心論」傾向有所糾正。但是儘管如此，在今天的中國，東方文化、東方文學，還沒有全面地進入中國的大學教育體制。直接原因是主講東方文學的專職教師長期缺位。而有關大學及有關院系的決策者，由於知識結構的欠缺、由於學術視野的狹隘，或者由於學科上的習慣與偏見等等原因，對東方文學缺乏應有的重視，不願引進和補充東方文學方面的師資。一九八〇年代初，在北師大陶德臻教授等老一輩東方文學專家的據理力爭之下，教育部曾頒布了一個《外國文學教學大綱》（北京師大出版社出版），規定東方文學應占三分之一的比重，但到了九〇年代中期的新大綱中，卻表現出了明顯的倒退，西方中心的偏向再次強烈顯露出來，東方文學的比重只占整個外國文學史的五分之一，而且就這五分之一，在許多大學的課堂教學中也沒有得到真正落實。如今，除二十幾所學科建設學科齊全的大學外，大部分大學的文學院或中文系沒有東方文學教師，不能開設東方文學課程。有的大學以前曾經有東方文學教師，老教師退休後卻後繼無人。於是，所謂「外國文學史」實際上成了「西方文學史」，一個立體渾圓的文學地球，被人為地切割為殘缺的半球體。本

來，「外國文學史」作為中文系的重要基礎課，其宗旨就是要把全面系統的外國文學、世界文學的知識教給學生，使他們形成完整的世界文學的知識結構與廣闊視野。實現這一宗旨和目標，不但是這門課程的必然要求，也是新時代人材培養的必然要求，是文學院或中文系人材培養的必然要求。

事實上，在中文系本科生的「外國文學史」基礎課中不講東方文學，已經或必將帶來了一些消極後果。這主要表現在：

首先，由於歷史上東方各國文學與中國文學具有種種密切的聯繫，因此，不懂印度文學東南亞文學，就不能深刻地了解中國文學。例如，不懂印度文學，就不能深刻了解中國文學所受印度的影響；不懂日本文學、朝鮮文學、越南文學，就不能深刻了解中國古代文學對東亞鄰國的影響。站在中國文學的角度上看，學習東方文學，正如學習西方文學一樣，是為了更好地學習中國文學，是為了給中國文學在世界文學中的定位和定性，尋找出參照系和座標系。這個參照系和座標系，必須置於包括東、西方文學在內的三維立體空間中。

第二，一九九八年後，教育部規定在中國語言文學學科的本科高年級開設「比較文學」的基礎課。而「比較文學」這門課開設的前提，是學生們已經具備了中外文學史的系統全面的知識，沒有完整的「世界文學」觀念，「比較文學」作為一種以尋求人類文學共通規律和民族特色的一種文學研究，就根本無從談起。常見某些人的某些文章，只在「中西文學比較」之後，就做出種種結論，以中國代替「東方」，以「西方」代替世界，然而一旦接觸到東方文學，這些結論便往往不攻自破。沒有包括東方文學在內的完整的世界文學知識體系，就沒法進行比較文學；而缺少了「東方文學史」的「外國文學史」課程，會直接妨礙「比較文學」基礎課的學習。當初設立「比較文學」課程的基本目的，是在本科學生學完中外文學史之後，再用「比較文學」這門課做一個綜合與提升。如果說中外文學的系統知識彷彿是一

座大廈，而「比較文學」則是給大廈封頂。倘若大廈本身存在結構上
的欠缺──東方部分欠缺──大廈的封頂就不可能，也無意義。

　　第三，在中國語言文學學科開設外國文學史課程，是用中文來講
授外國文學，本質上是一種廣義上的「翻譯」。用中文講述外國文
學，外國文學便在中文、中國文化的語境中受到過濾、得到轉換、得
以闡發，也就是化他為我。伴隨著我們自己的學習、理解和闡述，我
們在逐漸地吸收外國文學，使其成為自身肌體的一部分，外國文學已
不是外國文學了。用中文講述外國文學，這一行為本身就是中外文學
與文化碰撞和融合。[4] 根據這樣理解，在中文系所講授的外國文學，
是包含著東方文學在內的全面完整的世界文學，還是以只有西方文學
的不完整的世界文學，事關我們的學生的文化營養是否均衡、文化心
理是否健全、健康的大問題。

　　東方文學的弱勢在碩士博士層次的人材的培養中也同樣存在，目
前設在中文系的「比較文學與世界文學」博士點已經有十幾個，但設
有東方文學、或東方比較文學研究方向的只有四五家，博士導師的總
人數也只有六七人而已。照例說，有一個包括東西方文學在內的完整
的世界文學知識結構，對比較文學專業的博士碩士生來說，比其他專
業更為必要和必須。因為要對文學現象、文學規律加以理論探討，要
做東西方文學的比較研究，要做各國文學交流史、關係史的研究、要
做世界文學的總體研究，就必須具備完整的、包括東方在內的世界文
學的修養，為此，東方文學必須進入比較文學與世界文學專業的學位
課程中。但是令人遺憾的是，現在的幾十個「比較文學與世界文學」
碩士點、十幾個博士點的學位課程中，絕大部分都將東方文學置之門
外。像這樣沒有東方文學在場的中外文學比較，也只能是「中西比

4　詳見王向遠：〈從「外國文學史」到「中國翻譯文學史」：一門課程面臨的挑戰及其
　　出路〉，原載《中國比較文學》（上海）2005年第2期，頁71。

較」。而以「中國」代「東方」，以「西方」代「世界」，然後就大膽做出「文學怎樣怎樣」的結論，幾乎已經成為中國比較文學的主流傾向。

在外文系情況也是一樣。同英語等西語相比，東方語言文學學科的弱勢同樣十分明顯。二十世紀前半期，在中國各大學的外文系中，除了日語外，幾乎都是清一色的西方語言文學專業，印度、阿拉伯、波斯、朝鮮等東方語言文學專業均屬空白。上世紀中葉，北京大學、北京外國語學院、上海外國語學院等大學均開設了東方語言西方學專業，但教師缺乏，專業規模偏小，招生人數很少，所培養的人才首先是為了滿足政治、外交、商務等使用領域的急需，願意從事、並能夠從事東方語言文學研究的人如鳳毛麟角。由於社會上普遍存在的急功近利的心理，願意報考東方語言文學專業的優秀學生不多，造成了有關大學的東方語言文學專業招生出現困難。一些東方語言文學專業只好被當作「小語種」，通過提前招生等手段，來保證穩定的、較好的生源。由於招生名額受限（有的語言語種專業每屆只能招生十幾個本科生），與實際的社會需求量相去甚遠，並造成了東方語言文學專業的辦學效益普遍欠佳，從事東方語言文學教學與研究的大學教師由於種種的原因，另擇高枝的跳槽現象時有所聞，造成了本來就已稀缺的東方文學教學與研究人材隊伍的流失與不穩定。可以說，目前中國在外國語言文學學科，所設立的語種專業及學生比例，存在著相當嚴重的失衡現象，絕大多數的學生選學英語，英語專業好似滾雪球，越滾越大；所謂東方「小語種」不見增多，反而有萎縮的危險。外語教育最能體現文學選擇的傾向，對東方語言文學的嚴重忽視，不但從根本上制約了今後中國東方學、東方文學研究人材的培養，也不利於今後中國真正的、全方位的對外開放。久而久之，東方文學研究、東方文學學科，就越來越曲高和寡，知音難求，只有紅花，缺少綠葉，無法形成深廣的社會文化基礎，反過來就會制約精英學者的學術研究。

　　這種情況是由歷史、政治、文化等多方面原因造成的，而最直接的，是由中國文學界、學術界根深柢固的「西方中心」論的觀念所造成的。這種觀念的錯誤，主要在於把西方的在軍事、經濟、政治上的強勢，直接地延伸到文學領域來；換言之，認定近代以來西方在政治、經濟、軍事上的強大和先進，必然在文學上也強大和先進。這種看法是一種貌似有理、實則既不符合事實，也不符合邏輯。馬克思在《經濟學手稿·導言》中，以歐洲文學史為例，指出了歷史上物質生產的發展與藝術生產的不平衡關係的事例。他說：「關於藝術，大家知道，它的一定的繁盛時期絕不是同社會的一般發展成比例的，因而也絕不是同彷彿是社會組織的骨骼的物質基礎的一般發展成比例的。」馬克思認為，某一歷史階段都有後來人所不可模仿與重複的偉大藝術，並不是社會物質產生越進步、越強大，文學藝術也越進步，越強大，因而他認為古老的希臘文學藝術至今都是不可企及的範本。一八四五年，恩格斯在《德國狀況》中談到當時的德國在歐洲屬於落後國家，卻湧現了歌德、席勒那樣的世界一流的大詩人並對歐洲其他國家的文學產生了很大影響；恩格斯在一八九〇年六月五日致保爾·恩斯特的一封信中，談到十九世紀七〇至八〇年代挪威和俄國，說這兩個國家產生發展水平上遠遠落後於英法德諸國，但文學卻出現了十分繁榮的局面，並影響到了歐洲其他先進國家。馬克思、恩格斯所指出的是在歐洲各國文學、西方文學內部存在的這種文學與社會物質水平不平衡的情況，同樣適應於解釋近代西方文學與東方文學之間的情況。近代以來，東西方在物質生產水平上出現了較大差異，東方落後了，但我們卻不能機械地用這一差異來衡量文學成就和文學水平。有人認定東方近代文學落後了，很大程度上是用西方文學的標準加以衡量的結果。在跨文化交流和交往的基本原則，就是必須以尊重多元文化為前提，不能用一種文學的價值尺度，來衡量另一種文學並作出價值判斷。無論是用西方文學的價值尺度衡量東方文學，還是用東方文

學的價值尺度衡量西方文學，都是不公正的。例如今天的一些阿拉伯
國家，以伊斯蘭文化和伊斯蘭的標準來衡量美國文學及西方文學，必
然得出美國文學、西方文學腐朽墮落的結論。做出這種結論者固然有
著自己足夠的理由和依據，但美國人、西方人能接受嗎？同樣，以西
方文學的價值標準衡量東方文學，得出西方中心、東方邊緣、西方先
進，東方落後的結論，凡具備東方文學、世界文學常識的人也無法接
受。況且，如果硬要說「中心」，那麼在近代以前的數千年間，文化
和文學的「中心」大多是在東方，而不是在西方。中世紀歐洲文學在
神學的箝制下，沉寂、黯淡了一千多年，那時的東方卻有漢文學、日
本文學、朝鮮文學、印度文學、阿拉伯文學、波斯文學、東南亞、中
亞各國文學等，猶如十日並出，燦爛輝煌。後來，在西方侵入東方的
兩三百年間，東方作家、東方文學在傳統與現代、本土與外來的劇烈
的文化衝突中，在民族存亡的血與火的歷練中，記錄了社會的巨大變
遷和心靈的劇烈震盪。古人云：詩可以怨；又云：文章窮而後工。巨
變、震盪、苦難、掙扎與奮鬥，恰恰是文學發達所必須的氣候與土
壤，往往比承平日久的文學更有魅力。在這種背景下產生的東方近代
文學，不但具有西方文學所不具備的獨特的美學價值，也具有西方文
學所不具備的重大的文化價值與文獻價值。對此，中國的文學研究者
們沒有理由予以輕視。

　　由於西方中心論、西方文學中心論，既不符合史實，也不符合邏
輯，而只是一種文化成見或文化偏見。所以，在西方中心觀念主導下
忽略東方文學的情況，再也不能繼續下去了。況且，在今天繼續忽略
東方文學，與中國作為一個東方大國的地緣政治地位也很不相稱，與
東方國家在經濟政治上重新崛起也不相稱。隨著東方各國改革開放的
深入，許多東方國家的經濟發展速度已經或正在超過西方。中國作為
一個東方國家，應該對東方鄰國，特別是與中國有著深刻歷史文化淵
源的國家的歷史文化，有更多的了解，以適應東方國家的快速發展和

崛起。中國的東方學研究，東方文學研究，也應該適應這一客觀現實。這也是中國的東方文學學科成為文學研究中的強勢學科的時代要求。

中國的東方文學成為文學研究中的強勢學科，雖有種種消極不利因素，但也具有不少獨特的優越條件。這主要表現為兩個方面，一個是東方文學學術資源的豐富，一個是已有研究的水平與起點很高。

在涉外研究中，所謂「學術資源」，可以分為兩種情形：一種是研究者淡化、或超越自身的民族文化背景，而直接將異國文化作為研究對象。例如一個中國學者淡化、或超越中國文化背景，像美國學者一樣直接研究美國問題。這種學術資源正如陽光與空氣，對全世界的學者來說都是共同享有的，對哪一類研究者而言，都無所謂多寡。另一種情況則有不同，就是一些學術資源帶有強烈的地理、歷史、文化的印記，只有某一特定文化背景的學者，才能在研究上具有得天獨厚的天然優勢。以世界比較文學學術史上的史實為例：比較文學能夠在十九世紀的前期的法國率先興起，是因為法國文學長期領導了歐洲文學的潮流，並對歐洲各國文學有廣泛的傳播與影響，研究這個問題，無論從主觀意願還是客觀條件上看，都是法國學者的優勢，這方面的研究導致了以法、歐文學關係史研究為特色的歐洲比較文學及比較文學「法國學派」的誕生。對於中國學者的外國文學、比較文學研究來說，具有得天獨厚之優勢的領域，更多地存在於東方文學及東方比較文學研究中。一方面，中國學者可以擁有的東方文學研究資源的礦藏極為豐富，這類研究資源的形成與儲藏，是由中國與東方各國源遠流長的文化關係史的積澱所決定的。由於歷史上中國與周邊的東方各國的歷史文化關係，在其長度、廣度、深度、密度上，都大大地超過了我們與遙遠的西方國家的關係，在這方面遺留下來、積澱起來的學術資源，也大大多於中西歷史文化關係領域。這類研究資源中包含著大量的對中國學者來說是得天獨厚的研究課題。它的發掘和利用，有利於充分發揮中國學者的民族文化優勢。

　　而且，中國的東方學、東方文學學科，雖在數量上缺乏規模，但在質量上卻早已顯示了一流的學術水平，為今後東方文學成為強勢學科準備了很高的學術起點。筆者曾在《東方各國文學在中國》、《中國比較文學研究二十年》、在與樂黛雲先生合著的《二十世紀中國人文學科學術研究史・比較文學研究》等一系列學術史性質的著作中，對東方文學、比較文學的學術研究的歷史現狀做了系統的研究評述，同時也將中國的東方文學與西方文學、中西比較文學與東方比較文學做了一些比較分析。綜觀近百年來的學術史，學者輩出，但學術大師、學術泰斗級的人物有限，而在學術大師與泰斗式的人物中，從事東方學、東方文學、東方比較文學研究的人卻占了大半。有一個現象很值得注意，就是在前輩大學者中，許多是靠印度研究、東方學研究起家或成名的，如近代的章太炎、梁啟超、陳寅恪、湯用彤、季羨林等，都是以學習梵語、研究中印關係而知名的。換言之，在學術史上，專門從事印度研究的雖然在數量上所占比例很小，但在學術上勝出的比例卻非常高。歷史學家周一良教授在一篇文章中曾寫道：「並世學人當中，學識廣博精深（非一般浮泛）而兼通中外（包括東方、西方）者，我最佩服的三位：就是季羨林、饒宗頤、王元化三位先生。」[5]眾所周知，周先生所說的這三位學者中，季羨林和饒宗頤兩位都是研究東方學為主的。再以比較文學學科為例，平心而論，在中國當代現年五、六十歲的中年學者中，著作最多、原創性最強、學風最紮實的頭幾位學者，似乎更多地出自東方文學與東方比較文學領域，例如以文學人類學研究而知名的葉舒憲先生，中日比較文學領域中的嚴紹璗先生、王曉平先生等。東方文學出身、東方學、東方文學、東方比較文學領域的學術大家們，不僅給今後的東方文學研究確立了高水平的學術起點，也樹立了學術上的楷模和榜樣。

5　周一良：《季羨林與二十世紀中國學術・序》（北京市：北京大學出版社，2001年）。

　　但是，東方文學學科要成為強勢學科，光靠這些還不夠，還要各方面做許多切實有效的工作。

　　政府的教育行政管理部門、大學的有關領導，在學術管理上的主要職責就是運用行政管理手段對學科加以宏觀調控、合理布局。中國的大學和研究機構多屬國家所有，在社會主義的體制下，政府的導向作用尤其重大。過去中國的東方文學在大學教育體制中的弱勢，很大程度上與政府的重視不夠、支持不力有關。政府的有關部門要通過必要的行政管理手段，防止大學中的學科本位主義及某一學科的畸形膨脹與發展，以確保各學科的協調均衡。因此鄭重建議今後教育部在進行本科教育教學評估檢查時，課程標準要進一步細化和具體化，不只是看有沒有「重點學科」、「研究基地」，也不能只看各個二級學科是否健全，更要看二級學科內部構成（三級學科）是否合理和健全。以中文系的「比較文學與世界文學」二級學科為例，重要的是要看這個二級學科中，東西方文學兩部分是否齊全、有沒有東方文學教師、基礎課中是否設有東方文學課程等等。

　　同時，要使東方文學成為強勢學科，不僅要有政府的支持推動，還需要全國同行們的共同的努力。在這方面，成立於一九八三年的民間學術團體「全國高校東方文學研究會」（後改稱「中國外國文學學會東方文學分會」），二十三年來開展了多種活動，做了大量工作，今後還要發揮更大的作用。

　　中國的東方文學要成為強勢學科，是一個複雜的時代與文化課題，存在種種困難和課題。西方中心主義、西方文化與西方文學優越論，在中國有著相當強大的歷史慣性與深厚土壤，百分之九十九的中國學生學習英語，年輕人對西方物質文化的崇尚與追慕、主流知識階層對西方文化的崇拜與追慕，作為時代潮流在相當長的時期內尚難扭轉。但是唯其如此，使東方文學成為強勢學科就更顯示出其必要性和緊迫性。目前中國的東方文學的相對弱勢，並非表現在學者的研究成

果方面，中國的東方文學及東方比較文學研究成果是突出的、高水平的，但問題是，只有為數寥寥的精英學者，還不能使一個學科成為具有堅實的社會文化基礎的強勢學科，精英學術也必須具有相當數量的受眾，精英學術必須向下滲透、融入並影響主流的社會，才能形成精英學術與社會文化的良性互動。因而，現在最迫切的問題，如何擴大東方文學教學與研究的隊伍，如何通過學術研究與教學教育的手段，使東方文學進一步真正落實到中國的文學教育體制中，造就更多的關心東方文學、了解東方文學的年輕受眾，使東方文學研究的成果為更多的人所關注，以便有助於扭轉在中國的外來文化受容中長期存在的「西方中心」、忽略東方的偏頗，有助於造就真正全面、而不是片面地對外開放的格局。只要我們堅持不懈地努力，使中國的東方文學逐漸成為更多的人所注目的強勢學科，應該是完全可能的。

美色美酒與波斯古典詩歌[1]

　　一個古老的神話傳說講到：古代波斯薩珊國的國王巴赫拉姆，愛上了美麗的女奴迪拉蘭。國王為了表達對迪拉蘭的愛戀與思慕，寫了許多優美動聽的詩句。由此，巴赫拉姆就成了波斯詩歌及其韻律的發明者。

　　這個傳說解釋了波斯詩歌的起源，同時也暗示我們：美麗的女人與波斯詩歌有一種特殊的聯繫。

　　翻開波斯古典詩人的詩集，不僅在抒情詩中，而且在哲理詩、詠酒詩、寫景詩、讚頌詩、敘事詩中，你都可以清楚地看到女人在其中所占據的很高的位置。你會感到，波斯的古典詩人都不愧為巴赫拉姆的後繼者，而且有過之而無不及。

　　他們是多情的種子，對美女有一種焦灼的渴望。他們願意成為女性的崇拜者。詩人涅扎米（1140-1202）反覆地對女人說：「涅扎米願作你的奴僕，對你永遠忠心耿耿。」[2]「我甘願做你的奴僕，你可對我行使王權。」[3] 他還激動地寫道：「熱情溫柔的情人啊……我的心兒已經迷醉，在你足前完全傾倒。」[4] 並且發誓說：「為了愛你，獻出生命也心甘情願。」[5] 詩人薩勒曼（？-1376）說：「薩勒曼啊！應該屈膝跪倒在她的足前。」[6] 詩人牟拉維（1203-1273）則巧設比喻，

1　本文原載《國外文學》（北京）1993年第3期。

2　張暉譯：《涅扎米詩選》（烏魯木齊市：新疆人民出版社，1987年），頁17。

3　張暉譯：《涅扎米詩選》（烏魯木齊市：新疆人民出版社，1987年），頁122。

4　張暉譯：《涅扎米詩選》（烏魯木齊市：新疆人民出版社，1987年），頁23。

5　張暉譯：《涅扎米詩選》（烏魯木齊市：新疆人民出版社，1987年），頁34。

6　張暉譯：《波斯古代抒情詩選》（上海市：上海譯文出版社，1988年），頁78。

把自己與女人的關係比作義犬與主人的關係。他說：「為了情人，應不惜獻出寶貴的生命，我們之間都該象義犬對人那樣忠誠。」[7] 涅扎米的比喻也毫不遜色：「我視你為國王，請對我這乞丐溫柔。」[8]

在這裡，女人簡直被詩人們捧上了至高無上的地位。她們統治著詩人的心靈，支配著他們的喜怒哀樂。而作為男人的詩人，則自視可憐，他們在女人面前是卑賤者、軟弱者。他們受愛情的折磨，更受女人的戲弄和虐待，正如詩人哈菲茲（1320-1389）所訴說的：「你奪走了我的心，掩起臉棄我而去，真主在上，對我，你怎能如此嬉戲。」[9] 言辭中頗有些怨艾。詩人阿塔爾無可奈何地說：「痛苦的戀人除了哀歎還該怎樣？」[10]，涅扎米承認：「由於對情人愛戀得過深，涅扎米已變得羸弱多病；他那本來挺直如松的身軀，如今已被痛苦壓成了彎弓。」[11] 但是，儘管被愛情折騰得如此不堪，他還是表示樂於承受：「你如把涅扎米折磨至死，雖然十分冷酷寡情，但由於我愛你如此深沉，（我）仍舊要說：『完全公正！』」[12]

這顯然有些現代心理學所講的「受虐」傾向了。在有些詩人看來，女人無情的虐待對自己反是一種恩賜，於是，牟拉維乾脆對女人說：「肆意折磨吧！你的折磨便是柔情；恣意橫行吧你的錯是對的體現。」[13] 不少詩人甚至在他們的詩中表示出願為女人而死的殉情意向。涅扎米、薩迪（1205-1292）、阿塔爾（1045-1120）等人不約而同地把對女人的愛戀比作飛蛾撲火。[14] 阿塔爾簡單明瞭地說：「燈蛾對待

7　張暉譯：《波斯古代抒情詩選》（上海市：上海譯文出版社，1988年），頁4。

8　張暉譯：《涅扎米詩選》（烏魯木齊市：新疆人民出版社，1987年），頁111。

9　刑秉順譯：《哈菲茲抒情詩選》（北京市：人民文學出版社，1991年），頁165。

10　張暉譯：《波斯古代抒情詩選》（上海市：上海譯文出版社，1988年），頁151-152。

11　張暉譯：《涅扎米詩選》（烏魯木齊市：新疆人民出版社，1987年），頁151-152。

12　張暉譯：《涅扎米詩選》（烏魯木齊市：新疆人民出版社，1987年），頁67。

13　張暉譯：《波斯古代抒情詩選》（上海市：上海譯文出版社，1988年），頁45。

14　張暉譯：《涅扎米詩選》（烏魯木齊市：新疆人民出版社，1987年），頁155。

愛情既睿智又愚魯，戀人癡呆又聰明和這多相像。」[15]

　　既然男人們處在如此可憐的地位上，那麼愛情所帶給他們的是什麼便不言而喻了。事實上，在波斯古典詩歌中，單純地寫愛情歡快的詩篇極少，更多的是寫愛情的痛苦。波斯詩人對愛情的痛苦體驗深刻入微。他們喜歡描述內心的苦戀，有時寫得死去活來：「真不知愛情把我折磨成怎樣的人；癡戀已使我形銷骨立、昏昏沉沉。／我已因她情動神移，魂迷魄散；她害得我淒沁肝脾、日夜呻吟。」[16]詩人哈桑‧卡茲納維（？-1160）深有體會地寫道：「愛情常常伴隨著憂傷、鬱悶和委屈；請不要戀愛——若承擔不了苦痛。」[17]而這些痛苦又來自於癡情和思念，詩人哈朱（1290-1350）說得好：「痛苦往往來源於對美豔名姝的癡情，人們在心田上撒播的憂愁之種。」[18]為了集中表現這種痛苦，波斯詩人們常常將女人的冷漠與男人的熱情作強烈的對比：「她心腸冰冷，總不動聲色，我胸膛燃燒，她卻神情冷漠。」「想撫摸你的香髮——卻不敢把手伸出，想親吻你的雙足——卻沒有這份膽量。」[19]這種多情郎與無情女的矛盾，成為詩人痛苦的一大癥結。無怪涅扎米近於絕望地歎息和發問：「寒心啊，寒心！情人為什麼不為我敞開心扉？痛苦啊，痛苦！情人為什麼不像我這樣傷悲？／我何等忠誠，為什麼，結局卻是意冷心灰？我徒有癡心，為什麼，情人不以摯思相對？」[20]

　　不過，愛情的痛苦不是絕對的痛苦。對此，波斯詩人深得箇中三味。飽有學識、經多見廣的詩人、學者昂蘇爾‧瑪阿里（1021-？）在垂暮之年對他的兒子談到愛情體驗時說：「整個戀愛過程都充滿了

15　張暉譯：《波斯古代抒情詩選》（上海市：上海譯文出版社，1988年），頁33。

16　薩納依（1072-1141）詩，見《波斯古代抒情詩選》頁2。

17　張暉譯：《波斯古代抒情詩選》（上海市：上海譯文出版社，1988年），頁15。

18　張暉譯：《波斯古代抒情詩選》（上海市：上海譯文出版社，1988年），頁70。

19　張暉譯：《波斯古代抒情詩選》（上海市：上海譯文出版社，1988年），頁26-27。

20　張暉譯：《涅扎米詩選》（烏魯木齊市：新疆人民出版社，1987年），頁100。

痛苦和折磨，焦煩和憂慮。假如你因情人分離而痛苦，這種痛苦卻蘊含著歡欣。」[21] 哈菲茲用詩句表達了同一種看法:「要滿懷歡暢和喜悅，迎接痛苦的利箭;只有體味箭的鋒芒，方能獲得幸福的甘甜。」[22]

照此看來，渲染痛苦的愛情本身，也是一種痛苦的享受了。應該說，波斯詩人在愛情的痛苦描寫中，常常掩抑不住享樂的狂熱。說他們筆下的愛情是享樂型的情愛，似乎更確切些。詩人們鍾愛女人、熱戀女人的全部因由幾乎全在女人的美貌上。在視覺上，他們都喜歡欣賞女人那苗條的身材，鬈曲的黑髮、鮮紅的嘴唇、明亮的眸子、臉上的美痣、染紅的指甲;在嗅覺上，他們喜歡聞女人那髮辮上或身體上的龍涎香、檀香、麝香或香草的氣味。他們喜歡用鬱金香、薔薇、玫瑰等幾種有限的花卉及月亮來形容和比喻女人的美貌，喜歡用夜鶯的鳴叫來形容和比喻女人的甜美的聲音。由於這些喻詞被不同的詩人無數次反覆地使用，久而久之，鬱金香、夜鶯之類竟成了女人或愛情的代名詞和波斯最有代表性的一種審美意象了。波斯詩人雖然喜歡描繪美女的外貌，但如果和某些印度詩人和阿拉伯詩人比較，似乎還不算猥褻。印度詩人經常露骨地描繪女人的性感官，譬如印度「詩人之王」迦梨陀娑筆下的美人是「唇似熟頻婆，腰枝窈窕，眼如驚鹿，臍窩深陷;／由乳重而微微前俯，因臀豐而行路姍姍。」[23] 而我們所看到的波斯詩人的詩篇畢竟只描寫女人的面部而已。當然，生活在熱帶的身纏紗麗的印度女人和生活在溫寒帶的身穿寬大長袍、頭戴面紗的波斯女人，所提供給詩人的感官刺激當然是不同的。對波斯詩人來說，能看到不戴面紗的女人便欣喜萬分了。涅扎米在同情人「幽會」

---

21 張暉譯:《卡布斯教誨錄》(北京市:商務印書館，1990年)，頁63。

22 刑秉順譯:《哈菲茲抒情詩選》(北京市:人民文學出版社，1991年)，頁93。

23 金克木譯:《雲使》，見《印度古詩選》(長沙市:湖南人民出版社，1984年)，頁153。

時急切地說：「我只有一個要求──請快把面紗摘掉！」[24]

　　可以表明波斯詩人的愛情詩篇中的享樂傾向的，還有酒。在波斯古典詩歌中，美酒與美色常常是並提的。酒館是詩人的得意去處，而司酒者大都是年輕貌美的姑娘（被稱為「薩吉」）。酒館集美酒與美色於一處，詩人常以對「薩吉」談話的形式吟詩，後來竟成為波斯古典詩歌的一種重要的形式。這樣，酒與色並提便是自然而然的事情了。在中國，歷來也習慣於「酒色」並提，因有「酒色之徒」[25]、「酒色財氣」[26]。之說。史傳商紂王曾在「酒林肉池」中，與裸體男女一起嬉戲淫樂[27]，但這些，均被中國人視為醜事惡行。而在波斯，情況則大不相同，至少在詩歌的園地裡，「酒」「色」是堂而皇之、大行其道的。哈菲茲的許多抒情詩都以酒館為背景，他的詩把酒與色完美地統一在一起。他說過：「在酒杯的輝映中，我看到了情人面頰的形象。」[28]酒中有情人，情人在杯中，真可謂「出神入化」了。詩人海亞姆（約 1048-1122）的至樂境界是：「願時時廝伴著如花的女郎，願日日手不離杯盞與酒漿」[29]或「一手高擎酒杯，一手把情人的秀髮輕挽」[30]，或「飲一口美酒，心中戀著如月的姑娘。」[31]有時，他乾脆把美酒與美女合為一談，歎道：「啊，美酒，你是我這浪子的情人。」[32]而涅扎米則認為：「戀人往往借助烈醇，闖進愛情的門庭。」[33]靠著喝酒而建立起愛情，真算是「酒緣」了。

24　張暉譯：《涅扎米詩選》（烏魯木齊市：新疆人民出版社，1987年），頁23。

25　〔元〕賈仲明著雜劇《升仙夢》。

26　〔明〕《醒世恒言》卷三。

27　《史記・本紀》。

28　邢秉順譯：《哈菲茲抒情詩選》（北京市：人民文學出版社，1991年），頁21。

29　張鴻年譯：《波斯哲理詩》（天津市：天津出版社，1991年），頁114。

30　張鴻年譯：《波斯哲理詩》（天津市：天津出版社，1991年），頁78。

31　張鴻年譯：《波斯哲理詩》（天津市：天津出版社，1991年），頁58。

32　張鴻年譯：《波斯哲理詩》（天津市：天津出版社，1991年），頁73。

33　張暉譯：《涅扎米詩選》（烏魯木齊市：新疆人民出版社，1987年），頁66。

　　美酒加美女，這就是大多數波斯詩人執著追求的生活目標。從他
們的詩歌來看，他們是十足的享樂主義者，是道德虛無主義者，是中
國人通常所說的「無行文人」。

　　隨之而來的問題是，波斯的這些古典詩人們都生活在伊斯蘭時
代，又都是穆斯林，而伊斯蘭教對女天的貞操有較嚴格的要求，對酒
則是嚴加禁止的。這些詩人如何對待伊斯蘭教教規，而社會輿淪和廣
大讀者又何以對這類詩予以比較廣泛的認可甚至讚賞呢？

　　這是一個複雜的問題。

　　從有關歷史資料看，波斯人的這種縱情酒色的享樂思想是具有悠
久的歷史傳統的。古希臘歷史學家希羅多德在《歷史》中曾談到：波
斯人自古以來就好酒貪杯，耽於聲色之樂，「他們非常喜歡酒並且有
很大的酒量」，甚至他們專在喝得醉醺醺的時候才討論重大事件。[34]埃
及歷史學家艾哈邁德‧愛敏在他的巨著《阿拉伯—伊斯蘭文化史》中
認為，先進的波斯文化曾極大地影響到了阿拉伯文化，但同時，波斯
人把耽於酒色的浮華享樂風氣帶給了阿拉伯人。愛敏寫道：「正是他
們（波斯人）推動人們追求其祖先從科斯里時代起就司空見慣的奢侈
生活，教給人們如何通過古老的波斯文化給予的藝術方法去追求享
樂，而不是用阿拉伯人所熟知的天真純樸的方法。沒有波斯人，阿拉
伯人怎會知道精心設計的歌會，窮奢極侈的酒會以及舒適享樂的生活
呢？……正是波斯的藝術家們如易卜拉欣‧摩蘇里為他們歌唱這種生
活，正是波斯的詩人如拜沙爾‧本‧布林迪極力鼓吹這種生活。」[35]
現代阿拉伯文壇泰斗塔哈‧侯賽因在談到波斯人對阿拉伯人的影響時
也說：阿拉伯人「向波斯學會了吃喝玩樂，穿著打扮；學會了大興土
木，修築亭合樓閣；還學會了如何消愁解悶，嬉戲娛樂」[36]。

34　希羅多德著，王以鑄譯：《歷史》（上冊）（北京市：商務印書館，1985年），頁69。

35　《阿拉伯—伊斯蘭文化史》（第二冊），頁170-171。

36　〈阿拉伯文學及其在世界幾大文學中的地位〉，見中國社科院外國文學研究所編：
　　《東方文學專輯》（一）（北京市：中國社會科學出版社，1979年）。

　　阿拉伯人的享樂奢侈之風是否全是由波斯人帶進去的，另當別論，但從波斯古典詩歌中看，愛敏和塔哈的論斷是不無根據的。

　　在波斯人古老的傳統文化裡，對男女之愛的態度一直是比較開放的。在拜火教的善惡分野中，生殖、生命、創造都是至善，而男女交歡正是生命創造的方式。後來的伊斯蘭教律所允許的一夫多妻制為男人的性自由提供了一定程度的保障。而眾多的酒館、女奴、女招待、歌女又為此準備了溫床。這些文化傳統使波斯人把男女之情視為值得公開宣揚的事情。他們沒有中國式的扭扭捏捏的羞澀含蓄，也沒有日本式的淒淒切切的愛的悲哀。詩人們敢於在詩中宣稱自己是一個戀愛至上主義者，是一個情癡甚至是一個色迷，他們在這方面極其坦率，不加絲毫的掩飾。

　　男女之情本身並不是一個直接的道德倫理問題，但它不可能與道德倫理完全無關。事實上，波斯古典詩歌中的愛情也具有明顯的文明和不文明，道德和不道德的區別。有的詩人的詩篇宣揚忠貞不貳的愛情，如涅扎米的長篇敘事詩《蕾麗與馬季農》、《霍斯陸和希琳》，就表現了戀愛的癡情、純潔和獻身精神。這種精神將永遠符合人類文明的道德規範。有的詩人明確主張：愛情需要的是純真無邪，不能容忍淫亂[37]」。但更多詩人的詩，當時乃至現在看來都不能說是道德的。這突出表現為他們是：「泛愛」主義者。他們筆下的「她」往往不是特指而是泛稱，是複數詞。正如每一杯葡萄酒都是葡萄酒，每一個美女也都是美女，詩人無意去區分她們。他們只要看到女人，就常常表現得不能自持，而他們眼中的女人往往都是美女。甚至在哈菲茲那裡，愛情與貪婪地占有女人實際上是一回事。他在一首詩中表示：假如自己「不是個窮光蛋」，他將把整個城市的美女「全部買來」供他享用[38]。

---

37 張暉譯：《波斯古代抒情詩選》（上海市：上海譯文出版社，1988年），頁34。
38 刑秉順譯：《哈菲茲抒情詩選》（北京市：人民文學出版社，1991年），頁144。

這種將女人視為一類，而不加區別的予以泛愛、濫愛的傾向，除了波斯之外，我們還可以在某些阿拉伯詩歌中見到。例如阿拉伯著名情詩詩人歐默爾·本·艾比·拉比爾（644-711）在他的數千行詩中讚美過無數的女人，但這些女人「在他的詩中沒有什麼差異，全都具有類似的特徵。」[39]而在世界其他地區，情況就不同了。印度詩歌具有縱欲主義的一面，但印度人的詩卻極力讚美男人專一的愛，正如史詩《羅摩衍那》中的羅摩與悉多，抒情長詩《雲使》中的小藥叉及其妻子的愛情一樣。在中國，無論民間情詩還是文人情詩，都一再歌頌那種「海枯石爛心不變」[40]、「在天願為比翼鳥，在地願作連理枝」的純真愛情。在歐洲，許多詩人是風流多情的，但他們的愛情又都是專一和忠貞的。古希臘抒情女詩人薩福（約西元前 7 至 6 世紀）為她的情人法恩而寫詩，而跳海自殺。意大利「詩聖」彼德拉克（1304-1374）所有的情詩都是為一位名叫勞拉的女子寫的。歐洲中世紀騎士們的愛情詩雖然肉麻，但他們的詩都是歌頌一位貴婦人的。偉大詩人但丁對貝阿特麗齊的執著的熱愛更是被世人傳為佳話。德國詩人歌德在漫長的一生中追逐過許多女人，但從來沒有同時追求兩個以上的女人，他的情詩同樣表現出另一種專一的純情……。

　　不管怎樣，波斯人仍喜歡並十分推崇那些被恩格斯稱為「放蕩不羈」[41]的哈菲茲式的詩人。據伊朗當代學者馬蘇德·法茲查德說：在每個波斯人家庭裡都收藏兩本書，除了《古蘭經》，便是《哈菲茲詩集》[42]。由此看來，波斯人是把縱情聲色作為超道德的事情，並確認

39 漢娜·法胡里著，郅溥浩譯《阿拉伯文學史》（北京市：人民文學出版社，1990年），頁173-174。

40 見漢代民歌《孔雀東南飛》。

41 《馬克思、恩格斯論文學與藝術》（一）（北京市：人民文學出版社，1982年），頁361。

42 引自潘慶舲：〈抒情詩大師——哈菲茲〉見《鬱金香集》（南昌市：江西人民出版社，1983年），頁289。

它在文學中獨特的審美價值的。中國人歷來都強調詩歌的「厚人倫」
的功能，而波斯詩歌表現的卻幾乎全是家庭倫理規範之外的愛。詩人
們不把色欲和縱情享樂視為悖德的行為予以排斥，而是充分理解並正
視人的情欲要求。他們特別同情「癡情郎」，無論馬季農[43]式的專一的
癡情還是哈菲茲式的泛愛的放浪的癡情，都符合波斯人的審美趣味。
著名詩人薩迪在人們看來是最有代表性的道德說教者，但薩迪卻在他
的大量的抒情詩中多次明確表示過對美色的偏愛，甚至有時他還以美
酒、美色來反對宗教禁欲，有詩為證：「快來啊！早該放棄所謂的清
心寡欲，冥思苦想的價值還比不上兩顆麥粒。／身穿錦衣華服的美女
若從面前經過，虔誠的蘇菲也會被迷得把斟酒忘記。」[44]

　　至於酒的問題，在波斯似乎比女人的問題更為複雜和敏感。儘管
古老的拜火教徒認為：「適量飲酒對人體有益，可以增加體溫，促進
消化，增強記憶力和思維能力，使人情趣盎然，語言生動，生活愉
快。」[45]可是，不少波斯大在阪依伊斯蘭教以後，卻每每沖犯伊斯蘭
教規，對飲酒問題做變通的處理。身為穆斯林的道德說教家昂蘇爾‧
瑪阿里的看法頗有代表性，他認為，若不飲酒，可使至尊的真主感到
滿意，但對於飲酒，卻難以下令禁止，正像準以下令讓青年人把年齡
減少一樣。假如飲了酒，就應請求真主的寬宥。不論飲什麼樣的玉液
瓊漿都「不要昏醉」，「不要貪杯戀盞，要適可而止」[46]。而事實上，
許多波斯人，尤其是詩人，遠不是「適可而止」，而是提倡豪飲，以
酗酒昏醉為樂，並且在詩中為自己酗酒大加辯護，對世人的指責回戈
反擊。海亞姆就經常在他的詩中駁斥別人對酗酒的責難，他說他經常

43　馬季農是涅扎米的敘事詩《莆麗與馬季農》中的男主人公。他因熱戀蕾麗而發瘋。
44　張暉譯：《波斯古代抒情詩選》（上海市：上海譯文出版社，1988年），頁61。
45　法里瓦爾《波斯文學史》，轉引自張鴻年〈波斯文學介紹〉（上），載《國外文學》
　　1982年第2期，頁26。
46　張暉譯：《卡布斯教誨錄》（北京市：商務印書館，1990年），頁51-53。

喝得酩酊大醉，聲言自己「有生以來並無一時清醒」[47]正統的宗教人士認為酒會敗壞人的道德，而海亞姆卻大唱反調：「我愛酒貪杯而且至死不悔，因為酒引導人走上正路。」[48]哈菲茲認為，「飲酒無害他人，根本不稱罪孽，縱然算做缺點，何人完美無缺？」他還理直氣壯地詰問：「對於我等飲酒人，……放蕩不羈有什麼錯？」[49]於是，我們在波斯古典詩人中，常常會發現矛盾的人格。「一手執杯，一手捧《古蘭經》，時而虔誠敬主，時而褻瀆神明」[50]這樣的詩人豈止海亞姆一個？在正統的穆斯林看來，這些波斯人顯然是「偽信者」——耽於酒色，放蕩成性，懷疑甚至褻瀆伊斯蘭教。在阿拉伯阿拔斯王朝時代（8 至 13 世紀），就有許多用阿拉伯語寫作的波斯人「偽信者」被列入了黑名單[51]。事實上，沉溺於酒色無疑會影響虔誠的信仰。因為信仰是一種道德自律，而放浪則是無節制的自由。主張愛情至上的涅扎米曾大膽宣稱：「假如人們把愛情誣為褻瀆神明，那麼對於宗教，我將不再虔誠。」[52]

　　波斯詩人沉溺於酒色，既與波斯的傳統有關，又是當時的社會現實使然。在波斯人為阿拉伯人所奴役，阿拉伯人強制推行伊斯蘭教的時代，在戰亂頻繁、社會動盪的情況下，除了女人、美酒和酒館，那些敏感的詩人們又能在哪裡尋求心靈的安慰和自由的迷醉呢？乍一看來，波斯詩人所渲染的愛情痛苦是一種被誇張了的痛苦，但另一方面，又怎能說這種痛苦不是人生痛苦的一種集中反映呢？乍一看來，波斯詩人的貪杯戀酒是一種悖德的放浪，而這種放浪難道不正蘊含著對社會現實的絕望、反叛和抗逆嗎？

---

47 張鴻年譯：《波斯哲理詩》（天津市：天津出版社，1991年），頁97。

48 張鴻年譯：《波斯哲理詩》（天津市：天津出版社，1991年），頁68。

49 刑秉順譯：《哈菲茲抒情詩選》（北京市：人民文學出版社，1991年），頁34。

50 張鴻年譯：《波斯哲理詩》（天津市：天津出版社，1991年），頁92。

51 《阿拉伯——伊斯蘭文化史》（第二冊），頁126-148。

52 張暉譯：《涅扎米詩選》（烏魯木齊市：新疆人民出版社，1987年），頁104。

　　波斯詩人正是通過對女人與酒執著的追求和深深的沉溺，顯示了詩人所特有的生存方式，表現了他們的自由、豪邁、灑脫、風流、浪漫和澎湃的激情。對波斯詩人來說，美色與美酒是人生痛苦的主要消解和宣洩方式。同樣是描寫女人，日本詩人多朦朧疏淡，中國詩人多含蓄拘謹，印度詩人多香豔直露，歐洲詩人多優雅而造作，波斯詩人則是敢想、敢愛、敢怨、敢說，胸襟坦蕩、披肝瀝膽，活脫脫的多情男子的風範。同樣是寫酒，中國詩人是文朋墨友，相聚一堂，或祝願，或餞別，或解愁，或求成仙，或激發靈感。日本詩人淺斟低吟、消遣解憂。阿拉伯人則大談口腹之樂，津津樂道於酒杯和酒的色、香、味。而波斯詩人卻喜歡獨自一人踅進酒館，由美麗的「薩吉」陪伴，將美酒美色合為一體，侃侃而談，同樣顯示出中亞細亞高原居民的氣派。

　　總之，美色、美酒與波斯古典詩歌結下了不解之緣，具有特殊而複雜的關係。理清這些關係，是理解波斯古典詩歌文化內涵和審美特質的一個關鍵。本文在這方面只是一個嘗試性探討，不免粗淺甚至謬誤，請讀者和專家不吝指正。

論亞洲文學區域的形成及其特徵[1]

一　漢語文是東亞各國傳統文學的血脈

　　漢文化在東亞文化中的核心輻射作用經歷了兩個步驟。首先是大陸地區對周邊少數民族的逐漸影響與同化。性情溫良的南方少數民族在與漢人的長期交往與接觸中，自然而然接受了漢文化的影響，並逐漸地、不同程度地融入了漢文化乃至中華文化之中。性情暴烈的北方地區以遊牧為生的各少數民族不斷入侵中原，漢人在被動防禦與積極抵抗的過程中，使漢文化在北方塞外地區得以擴散。由於軍事上取勝而入主中原的蒙古人、滿族人，則在文化上被漢文化上所征服，自動地全盤接受了漢文化。於是，在亞洲的東部大陸，逐漸形成了幅員遼闊的先進的漢文化本土地帶。它像一個巨大的磁石，對周邊民族的海島、半島地區的東亞民族國家，包括朝鮮半島、日本列島和中南半島東部的越南等，都產生了巨大的吸引力，也為這些東亞國家學習中國提供了巨大的推動力。儒家思想及中國的社會政治倫理學說，可以為東亞各國建立中央集權國家、建立和諧的社會秩序與人倫關係提供思想理論基礎；印度傳來、經中國翻譯改造後的佛教經典，又可以為東亞國家提供完備的宗教信仰體系。而學習和接受這一切，首先就需要學習漢語，學習漢語，必然就會接觸到漢文學。對漢字漢文的引進、改造與使用，為「東亞漢字文化圈」及「漢文學圈」的形成提供了先決條件。

　　漢字和漢文的東傳，對於當時沒有民族文字的韓國、日本、越南

---

[1]　本文原載《重慶大學學報》（重慶）2009年第1期。

的文化發展具有極為重要的意義。起初三國都沒有自己的民族文字，都直接使用漢字，並利用漢文進行文學創作，於是漢語文就成為了東亞各國的共同語文。後來，三國先後參照漢字創造了各自的民族文字，並產生了民族文字的文學作品，但即便如此，漢詩漢文的創作卻沒有因為民族文字的創立而停止。越南的漢文創作一直持續到十八世紀，日本與韓國漢詩漢文的創作一直延伸到二十世紀上半期，成為他們的民族文學傳統中的重要組成部分。進入近現代以後，由於中國的落後與文化吸引力的喪失，漢字和漢文也受到冷遇，韓國與日本都曾試圖廢棄漢字。但由於漢字文化尤其是漢字詞彙已經深深地滲入到三國的語言文化中，完全廢棄非常困難。日本方面經過調查研究，認為漢字詞彙太多，如果不使用漢字標記則可能不知所云，因而無法廢除，只是採取了限制使用漢字的政策。在朝鮮文字中也同樣保留了大量的漢字詞彙。二戰後北朝鮮完全廢棄了漢字，南部韓國也幾度廢棄又幾度啟用。但即使廢棄了漢字，其中大量的漢語詞彙卻無法廢棄，且發音上與漢字發音有明顯的對應性。越南的文字拼音化後，也保留了大量的漢語詞彙與漢文化典故意象。如今朝鮮、韓國乃至越南，仍屬於漢字文化圈無疑。關於漢字在東亞文明進程中的作用，胡適在《白話文學史》中曾做過很好的概括，他寫道：

> 我們的民族自從秦、漢以來，土地漸漸擴大，吸收了無數的民族……這個開化的事業，不但遍於中國本部，還推廣到高麗、日本、安南等國。這個極偉大的開化事業足足費了兩千年。在這兩千年之中，中國民族拿來開化這些民族的材料，只是中國的古文明。而傳播這個古文明的工具，在當日不能不靠古文。故我們可以說，古文不但做了兩千年中國民族教育自己子孫的工具，還做了兩千年中國民族教育無數亞洲民族的工具。[2]

---

2 胡適：《白話文學史》（北京市：東方出版社，1996年），頁4。

　　在一、二千年的歷史時期內，漢語不僅是朝鮮、日本、越南文學創作的共通用語，並且出現了「東亞漢文學」這樣一種東亞共同的文學形態。據王曉平教授在《亞洲漢文學》一書中的研究概括，在一千多年的歷史發展中，東亞漢文學大致出現過四次高潮。第一次高潮出現在八至十世紀的日本的奈良與平安兩朝的貴族漢文學，以宮廷為核心，以漢唐文學為模仿對象，用漢文修史（如《日本書紀》），用漢文作文（如《經國集》、《本朝文粹》、《本朝續文粹》等），用漢語賦詩（有《懷風藻》、《文華秀麗集》等）。同時期朝鮮半島駢儷文風正盛，古體近體詩多有佳構。而越南使用漢語文體也大局初定。第二次高潮，以十二至十七世紀的高麗為代表，作者的基本構成是以科舉制度為依託形成的文人官僚集團。模仿陶詩韓文，推舉蘇黃，稱揚梅歐，詩話初興，文集大備。越南的李、陳兩朝，尊佛友道，詩文取士，詩多禪語，文尚麗辭。日本在平安貴族漢文學陷於停滯並歷經多年戰亂的情況下，以遠離政壇的佛教五座名山的寺院為中心，形成了著名的「五山文學」。第三次高潮為十五至十七世紀，是程朱理學文藝思想的光大期，各國漢文學發展水平逐漸接近。日本的漢文學則處於中古與近世的過渡期，漢詩創作不絕如縷；朝鮮李朝崇儒抑佛，載道宗經，學奉朱子，詩尊李杜，文人散文筆記大量湧現，在中國的《剪燈新話》影響下，出現了《金鰲新話》等一批文言傳奇，越南也出現了《傳奇漫錄》、《傳奇新譜》等漢文志怪小說。第四次高潮在十八至二十世紀初，是明清文學的呼應期，也是各國漢文學的全盛期。明代擬古文學與唐宋派、性靈派先後在日韓引起連鎖反響，漢文學進一步由宮廷寺院走向尋常街巷。日本江戶時代獨尊儒學，漢詩文創作出現繁榮。朝鮮李朝後期唐宋派古文與主張社會改革的「實學派」漢文學各擅其長，漢文小說與文人筆記十分繁盛。在正統的詩文之外，隨著中國白話小說的流傳，在日本、朝鮮與越南，都出現了一些中國

白話小說仿作與翻改作品[3]。十九至二十世紀初，東亞各國漢文學由
蛻變走向衰微，日本明治時期的漢文學卻攀上最後的高峰而後跌入低
谷。幕府末年志士以詩明志，明治初年，新聞出版繁榮，報刊雜誌競
載漢詩文，也有試圖以漢詩文以表現西方新觀念新思想者。直到一九
二〇年，漢文學才黯然退出近代文壇。越南、韓國隨著科舉的廢止、
新學的建立以及文字的變革，漢文學衰微，創作和欣賞漢文學成為少
數學者與文人雅士的專利。

　　漢語及漢文學對東亞各國文學的影響，不僅體現在語言與文體的
層面，也體現在作品題材的層面。對漢文作品的閱讀，使東亞各國文
學運用中國題材進行創作提供了可能，使得以中國為背景、以中國人
為主人公的中國題材文學，構成了一種源遠流長的創作傳統。在朝
鮮，十七世紀以反映朝鮮與中國明朝聯手抗擊日本侵略的壬辰戰爭為
題材的歷史小說《壬辰錄》，也描寫中國軍隊及其將領，甚至《三國
演義》中的關雲長也出現在戰場中吶喊助戰。十八世紀著名的文人長
篇小說《謝氏南征記》、《九雲夢》（有朝文和漢文兩種版本）和《玉
樓夢》、《淑香傳》等都是中國題材，背景與人物都是中國和中國人。
越南古典文學的翹楚《金雲翹傳》，在題材上採用的就是中國的同名
長篇小說。中國題材在日本文學中更為重要。筆者在《中國題材文學
文學史》[4] 一書中曾指出：中國題材的日本文學已經有了長達一千多
年的歷史傳統，在不同的歷史時期都沒有中斷，至今仍繁盛不衰。中
國題材既是日本文學不可或缺的營養與資源，也是汲取中國文化的重
要途徑和環節。中國題材對於日本漢詩漢文這樣的「外來」文體是重
要的，對於「說話」、「物語」這樣的日本文體也同樣重要。例如，在
十二世紀短篇故事總集《今昔物語集》的天竺（印度）、震旦（中

3　王曉平：《亞洲漢文學》（北京市：昆侖出版社，2001年）。
4　王向遠：《中國題材日本文學史》（上海市：上海古籍出版社，2007年）。

國）、本朝（日本）三部分中，不僅「震旦」部分十卷共一百八十多個故事全部取材於中國，就連「天竺」部分的五卷也是間接從中國漢譯佛經、中國佛教類書中取材。「本朝」（日本）部分的佛教故事有許多也受到中國的影響。不久之後，則出現了《唐物語》那樣專門的中國題材的短篇物語集。十四世紀成熟的日本古典戲曲「能樂」所流傳下來的現存二百四十種能樂劇本（謠曲），從中國取材的就有二十幾個，占總數的十分之一。日本近代文學不再以中國為師，而是追慕和學習西方文學，照理說在這種大語境下中國題材應該從日本文學中淡出，但事實恰恰相反，近現代日本文學對中國題材的攝取，比傳統文學更廣泛、更全面，從事中國題材創作的作家更多，中國題材的作品更豐富多彩，中國題材日本文學獲得長足發展。中國題材日本近現代文學的最突出的特點，就是打破了古代文學缺乏中國現實題材的局面，中國現實題材開始大規模進入日本作家的視野，現實題材與歷史題材的齊頭並進、雙管齊下，使得中國題材的創作在日本文學的總體格局中更為引人注目。

　　漢語文學是東亞各國傳統文學的血脈，漢字漢文的學習與引進催促了日、朝、越各國書面文學的發生，中國歷史與文學又為東亞各國文學提供了的共同的題材，這都使得中國、朝鮮、日本、越南的傳統文學連為一體，形成了一個完整的東亞文學區域。

二　印度語文是南亞東南亞文學的母體

　　正如漢語是東亞各國傳統文學創作的共同語一樣，印度[5]語言文學是南亞和東南亞半島地區各國文學的共同母體。不少學者認為，這一地區各國各民族的文學實際上都是印度文學的分支。

5　傳統上印度包括了現在的巴基斯坦和孟加拉。一九四七年巴基斯坦從印度獨立出去，一九七一年孟加拉又從巴基斯坦獨立出去。

　　斯里蘭卡（原稱錫蘭），它不在印度次大陸之上，是印度洋上一個島國。該島上的兩個主要民族——僧伽羅族與泰米爾族——最早都是從印度本土遷徙過去的。從印度傳去的佛教和印度教文化也占據著統治地位。在古代斯里蘭卡文學作品中，除有用其民族語言僧伽羅語寫成的以外，還有用印度的巴利語和梵語寫成的作品。如西元六世紀由印度史詩《羅摩衍那》改寫而成的《悉多落難記》。進入中古後期，斯里蘭卡文壇以僧伽羅語創作為主，但從內容上說仍以佛教文學為中心。其中聲譽最高、影響最大的是散文巨著《五百五十本生故事》。這一時期的世俗文學也明顯地體現了受到印度文學的影響。例如當時斯里蘭卡風行的有關鴻雁傳書的詩篇顯然是對迦梨陀娑的《雲使》的模仿，十五世紀中葉至十八世紀末葉斯里蘭卡文學史上流行的格言詩，也是由梵語格言詩改寫而成的。

　　東、南、西三面與印度接壤的一個內陸國家尼泊爾，自古就屬於古代印度文化版圖的一部分。佛教創始人釋迦牟尼就是尼泊爾人。尼泊爾人中大部分是印度教徒，少部分是佛教徒。西元四至五世紀起步的尼泊爾古代文學長期使用梵語寫作。一七六九年尼泊爾境內建立了統一的政權，廓爾喀語（即現尼泊爾語）被確定為國語，出現了尼泊爾語的文學作品。但在題材、主題與風格上，都與印度梵語文學有著深刻聯繫。特別是普遍採用印度教、佛教的題材寫作，都反映出受印度文化的深刻影響。

　　印度語言文學對東南亞的影響也相當巨大。當東南亞開始出現國家時，印度文化早已流傳至此，印度教、佛教等在這一地區得到廣泛的傳播，使東南亞特別是中南半島地區的泰國、緬甸、老撾、柬埔寨等成為佛教國家，乃至一些西方學者把東南亞這些地區統稱為「東印度」、「外印度」或「印度支那」，以強調這一地區與印度深刻的淵源關係。東南亞各國早在民族文字出現之前，其神話傳說、民歌民謠等口頭文學就受到了印度文學的直接影響。東南亞各國民族文字創制之

前主要是借助印度的梵語。後來創制的民族文字字母主要是借印度字母創造出來的。例如老撾的寮文字母、柬埔寨的高棉字母、泰國的泰文字母、緬甸的孟文字母、驃文字母、緬文字母、越南南方的占城字母、印尼的爪哇字母等，都屬於印度字母系統。[6]東南亞國家在文字上與印度的關聯，使得他們的書面文學從一開始就受到印度文學，特別是兩大史詩的影響。東南亞最早使用本民族文字書寫的書面文學是古爪哇語文學，它從內容到形式皆受到印度兩大史詩《摩訶婆羅多》、《羅摩衍那》等梵語文學的影響。其中，《羅摩衍那》在泰國被稱作《拉馬堅》，其中的人物故事可謂家喻戶曉，很多作品都對《羅摩衍那》史詩中的人物與情節反覆引用與改編，衍生出各類體裁的作品。泰國的歷代國王就很喜歡借用《摩訶婆羅多》中的人名為自己或愛臣命名，普通百姓也多有效法。在老撾，《羅摩衍那》被改寫成老撾古典名著《帕拉帕拉姆》，老撾古典戲劇中也不乏移植和借用《羅摩衍那》故事情節的例子。同樣《羅摩衍那》也被柬埔寨吳哥王朝時期的文人譯為高棉文，後來又經過民間藝人結合柬埔寨本土的神話傳說予以加工改寫，形成了柬埔寨著名長篇神話詩篇《林給的故事》。

　　另一方面，由於佛教在東南亞地區的傳播，尤其當南傳佛教在東南亞半島廣大地區確立了它的主導地位以後，佛教文化對東南亞半島地區的影響更加強大。比如柬埔寨、緬甸等國書面文學的源頭都是刻碑記事的「碑銘文學」。在形式和內容上無不直接受到印度佛教文化的影響。佛教經典中故事性較強的《本生經》（即《佛本生故事》）和散見於其他佛教經典中的佛陀故事成了人們傳道布法的得力工具，也成了作家創作的源泉。東南亞半島各國的佛教文學，大多是以《佛本生故事》為題材的。在泰國、緬甸、柬埔寨等佛教國家中，佛教僧侶

6　詳見周有光《世界文字發展史》第十二章〈印度字母系統〉（上海市：上海教育出版社，1997年）。

作家們長期占據了文壇的主導地位，僧侶作家除了直接借用印度的佛
教文學外，還採取間接借鑒的辦法造出仿製品，其中最為典型、影響
也最大的作品有兩部：一是源自泰國、老撾的《清邁五十本生故
事》，一是爪哇的班基故事。《清邁五十本生故事》是完全按照《佛本
生故事》的創作方法寫成，從形式上讓人真偽難辨，但故事原型卻來
自泰國老撾北部一帶。「班基故事」是印尼爪哇古典文學中以班基王
子的愛情故事為題材的非常著名的歷史傳奇。這個故事早在十三世紀
至十四世紀就在東爪哇形成，班基故事是繼印度兩大史詩之後在東南
亞範圍內流傳最廣，影響最深遠的一部民間文學作品，也是在印度兩
大史詩的影響下獨創的東南亞第一部具有民族特色的史詩性作品。

　　由上可見，印度語言文學是南亞、東南亞各國語言文學的母體。
至少在八世紀伊斯蘭文化進入印度西北部和東南亞群島地區之前，整
個南亞、東南亞地區是一個以印度為中心的、相對獨立的文學區域。

三　伊斯蘭教是中東文學一體化的紐帶

　　西亞中東地區，由於其東西南北交匯處這一特殊的地理位置，加
之可耕地與水源及其他資源的缺乏，歷史上為爭奪地盤與資源，戰爭
頻發，歷來都是世界上最不安定的地區。這裡有著以巴比倫文明為代
表的悠久的兩河流域文明，但各個文明都在互相征戰中滅亡、中斷。
在那裡，古老悠久的埃及文明中斷了，輝煌一時的巴比倫文明中斷
了，窮兵黷武的亞述文明中斷了，以猶太教為中心的希伯來─猶太文
明也數次被打散而流落世界各地，以拜火教為中心的源遠流長的波斯
文明則被崛起的阿拉伯伊斯蘭文明所征服。整個西亞中東地區長期處
於爭戰與混亂狀態，加上該地區以「泥沙」為基本的地表特徵，一般
建築物乃至書寫材料都以泥土或泥版為原料，日久容易損毀，因而，
流傳下來的文字材料及文學作品極少。直到西元七世紀後伊斯蘭教興

起及阿拉伯帝國的創立，才把這一廣大地區統合起來，才有了統一的文化，才有了較為繁榮的文學創作，並且形成了一個相對完整統一的文學區域。可以說，伊斯蘭教與建立在伊斯蘭教基礎上的阿拉伯帝國，既是西亞中東文學的基礎，也是該地區各國文學一體化的紐帶。對此，埃及現代學者艾哈邁德‧愛敏在《阿拉伯——伊斯蘭文化史》中寫道：

> 伊斯蘭教在融合各種文化的過程中起了很大的作用。各民族中皈依了伊斯蘭教的人——上層社會的人——認為只有念誦和研究《古蘭經》才能加深其信仰，完成其宗教。為此必須學習阿拉伯語，接受阿拉伯文化的教育。這樣，他們就掌握了兩種文化：本民族的文化和阿拉伯文化，亦必然會把兩種文化融合在一起，將兩種思維方式聚集在一起。很多波斯人阿拉伯化了，很多羅馬人和印度人阿拉伯化了，很多奈伯特人也阿拉伯化了。阿拉伯化的含義就是為接受阿拉伯文化敞開了思想和語言的大門，使阿拉伯文化與他們從小就使用的語言和思維方式結合成一體。阿拉伯化還意味著為使伊斯蘭教代替他們原來信奉的宗教敞開大門。思想、語言和宗教的融合是阿拉伯人與其他民族通婚的一個原因。[7]

　　的確如此。在西元八至十二世紀那統一而廣袤的阿拉伯帝國中，阿拉伯人在文化上兼收並蓄，大量吸收東西方文化的營養，包括希臘、印度、波斯的文化，並對帝國境內的較為先進的文化加以吸收、同化與改造。從而將早先散沙一盤的中東，凝聚在阿拉伯帝國的統治之下，並在西亞中東地區形成了統一的阿拉伯—伊斯蘭文學區域。

7　艾哈邁德‧愛敏著，納訓譯：《阿拉伯—伊斯蘭文化史》（北京市：商務印書館，1990年），第二冊，頁360。

　　在阿拉伯─伊斯蘭文學區域的形成過程中，最典型地體現在阿拉
伯─伊斯蘭文化對波斯文化與文學的改造與同化方面。此前的波斯有
著自己獨立而悠久的文化傳統，七世紀中期被阿拉伯征服，從此成為
阿拉伯─伊斯蘭帝國的一個行省，納入了伊斯蘭教文化的範疇。雖然
阿拉伯帝國對波斯實際有效的統治不過一百來年，但阿拉伯─伊斯蘭
教文化對波斯的改造則是深刻而徹底的。在宗教信仰上，波斯人改變
了自己古老的瑣羅亞斯德教信仰而改信伊斯蘭教，瑣羅亞斯德教思想
基本上從波斯文學中消退。在語言方面，波斯人所使用的中古波斯語
受到了強烈衝擊，而蛻變為現代波斯語。現代波斯語大量採用阿拉伯
字母（三十二個字母中只保留了四個是波斯字母），同時大量吸收阿
拉伯語詞彙，約有將近一半的詞彙來自阿拉伯語。因而可以說現代波
斯語是阿拉伯語化了的波斯語。另一方面，在阿拉伯帝國全盛時期，
許多波斯人直接用阿拉伯語寫詩作文，成為阿拉伯文學的一個組成
部分。

　　阿拉伯─伊斯蘭文化對西亞中東地區文學的改造與聚合，還突出
表現在土耳其文學中。土耳其是一個文化上後起的、操突厥語的民
族。當阿拉伯帝國興盛時他們還生活在中亞地區，並開始向西遷移，
能武善戰的土耳其人在阿拉伯阿拔斯王朝中也發揮了重要作用。十二
世紀末，當入侵的蒙古人的勢力衰落時，土耳其人繼之崛起，一部落
首領奧斯曼在小亞細亞宣布成立獨立的公國，稱為奧斯曼國，以後又
不斷擴張，到十六世紀中葉，形成一個橫跨歐、亞、非三大洲的龐大
的軍事封建帝國，覆蓋了當年阿拉伯帝國的幾乎所有地盤。土耳其人
在西遷過程中皈依了伊斯蘭教，其文化也納入了伊斯蘭文明的範疇。
十三至十四世紀時伊斯蘭教蘇菲派神秘主義流行時，土耳其人中出現
了各式各樣的蘇菲派教團。這些教團主要通過詩歌創作活動來宣揚自
己的信條，產生了所謂「教團文學」，隨著伊斯蘭教日益深入人心，
阿拉伯和波斯文化、文學對土耳其文學的影響也越來越大。在奧斯曼

王朝的宮廷裡以及一些城市中的知識分子眼中，土耳其語是簡單粗俗
的語言，不能用來進行深刻而優美的宗教、科學與文學創作，因此出
現了大量借用阿拉伯語、波斯語詞匯和語法的現象，以至於形成了一
種只有精通阿拉伯語和波斯語的知識分子才能掌握的，完全脫離口語
的書面語言——奧斯曼語。用這種由土耳其語、阿拉伯語和波斯語混
合成的華麗典雅，但又難免雕琢藻飾的語言寫成的文學作品被稱為
「迪萬文學」。當時的作品大多以古蘭經、聖訓、先知及其門徒的故
事為題材。這些都使土耳其文學成為整個西亞地區伊斯蘭文學的一個
重要環節和有機組成部分。

　　就這樣，阿拉伯帝國依靠武力征服、文化懷柔和伊斯蘭教的巨大
吸引力，陸續將西亞地區各民族文學納入了統一的伊斯蘭文化體系。
西元八至十二世紀阿拉伯帝國的進取、享樂的時代風氣促進了文學創
作的繁榮，阿拉伯人、波斯人和土耳其人作家大量湧現，寫出了汗牛
充棟的詩篇，形成了各具特色的散文作品，出現了《一千零一夜》及
《一千零一日》等篇幅龐大的故事集，從而與中國唐宋帝國的文學繁
榮交相輝映，並使同時期的歐洲文學顯得黯然失色。十二世紀後，阿
拉伯帝國分崩離析，分裂為幾十個獨立國家，各個阿拉伯國家之間、
各教派之間紛爭不斷，常起戰火，直至今日。但在政治上分裂與混亂
的同時，阿拉伯各國卻一直保持了伊斯蘭文化的一致性。由於伊斯蘭
教強大的紐帶作用，西亞中東文學圈的整體統一性與區域性充分顯示
並一直保留下來。

四　「三塊連成一片」形成亞洲文學區域

　　以上大體勾勒了亞洲的三大文學圈——東亞地區的漢文學圈、南
亞東南亞地區的印度文學圈、西亞中東地區的伊斯蘭文學圈——的形
成與構造。在整個亞洲文學中，這三大文學圈既具有相對獨立性，也

具有相互關聯性與相互重疊性。古老的亞洲好比是一個遼闊平靜的湖面，湖面上有三塊地方浪花湧動，激起了環環擴散的漣漪，打破了湖面的平靜。這三塊地方就是亞洲的三個核心文化區，即東亞的中國，南亞次大陸的印度，和西亞的阿拉伯伊斯蘭。這三塊地方在空間上大體呈等邊三角形分布，他們激起的浪花漣漪逐漸向四周擴展，分別形成了東亞文學圈、南亞—東南亞文學圈、阿拉伯—伊斯蘭文學圈。三個圈不斷向外擴散，最終互相重疊，邊界變得模糊，遂使得整個亞洲連成一片，形成了亞洲文學區域，我們可以把這種現象概括為「三塊連成一片」。

　　將這三個文學圈聯繫在一起、重疊在一起的，除了絲綢之路上的東西方貿易的帶動之外，主要得力於佛教與伊斯蘭教的傳播。

　　在中國的西漢末年，來自印度的佛教，向北傳向中亞（即中國古代所謂西域地區），到了東漢末年，再由中亞拐向東方，傳入中國。魏晉南北朝時期特別是唐代，中國將大量佛經譯成漢文，並將佛教一定程度地中國化之後，再向朝鮮、日本與越南北方地區做二次傳遞，從而在東亞文學圈內形成了源遠流長的佛教文學傳統。世俗文學在思想內容與藝術形式上也受到佛教思想的滲透與影響。這樣一來，佛教及佛教文學就把印度文學圈與漢文學圈兩者聯繫起來。換言之，佛教使東亞、南亞兩大文學圈得以重合，而重合點就在西域或中亞地區。

　　接著，在西元十二世紀至十九世紀，即中國的元明清時代，伊斯蘭教從阿拉伯半島向東傳播，傳至西域即中亞地區，原來信仰佛教或沒有宗教的西域各民族開始信仰伊斯蘭教，於是伊斯蘭教就成為中國西部邊疆各民族的共同宗教，在文學上也深受阿拉伯、波斯的伊斯蘭教文學體系的影響，加上由漢人與阿拉伯人、波斯人混血而成的回族也信奉伊斯蘭教。回族除主要居住在中國西北地方外，還散居在全國各地，並將伊斯蘭教文化帶到漢土。如此，伊斯蘭教就把漢文學圈與西部的伊斯蘭教文學圈聯繫起來、重合起來，而重合點，仍然在西域或中亞地區。

　　同樣的，伊斯蘭教在印度文學圈與阿拉伯伊斯蘭文學圈之間，也
起到重要的連結作用。十三世紀初葉至十六世紀上半葉的三百多年
間，在以德里為中心的印度西北部地區，出現了一些小國王朝，總稱
為德里諸王朝。德里諸王朝統治者一般是從南亞次大陸西北邊境入侵
的突厥人和阿富汗人。他們都信仰伊斯蘭教，首次將西亞中東地區的
伊斯蘭教文化帶到印度。到了十六世紀下半葉至十九世紀的三百年
間，雜有蒙古族血統的突厥族的一支莫臥兒人，在印度中北部廣大地
區建立了統一的莫臥兒王朝。莫臥兒王朝在德里諸王朝的基礎上進一
步強化伊斯蘭教信仰，與該地區原有的印度教發生了長期衝突，許多
原先信仰印度教的人被迫改信伊斯蘭教。在這一大背景下，梵語文學
也開始衰微，受波斯語、阿拉伯語影響的印度各地方語言及其文學開
始興起，但它們又都繼承了此前的梵語文學傳統。於是，印度的西北
部地區（主要相當於今日的巴基斯坦），在伊斯蘭教與印度教文化的
衝突與融合中，伊斯蘭文學與印度文學也發生了融合，使這一帶成為
印度文學圈與伊斯蘭文學圈的重合地區。此外，印度文學圈與伊斯蘭
文學圈的重合地區，還有東南亞南部的海島地區，即現在的印尼、馬
來西亞等國，這些地方原來屬於印度文學圈，十三世紀後逐漸地伊斯
蘭教化了。

　　綜上，亞洲文學區域的形成有著不同於歐洲文學區域的鮮明的特
點。如果說，歐洲文學區域具有「兩點連成一線」的「同源、單線演
進」的特徵（詳見本書第十四講），那麼可以說亞洲文學區域則呈現
出「三點擴散、漸次重疊，連成一片」的特點，如果用一個圖形來表
示，恰似現代奧林匹克的五環旗的結構，不同的是三個環的邊緣部分
相交疊而已。

論中國傳統文學的文化特性[1]

　　要對中國傳統文學的特性做出概括，就像給漢民族的民族性格作出概括一樣，十分困難。在中國傳統文學的框架內，由於缺乏世界文學眼光和比較文學意識，除了佛經翻譯家們在中印比較中看出中國文章簡練、印度文章拖沓冗長之外，幾乎沒有人注意中國傳統文學特點作總結。晚清以來，隨著世界文學視野的形成與比較文學觀念的逐步自覺，有人開始談及中國文學的特點。例如有人將中國傳統文學與西方文學加以比較後發現，西方文學的總體特點是寫實、再現的，中國傳統文學的總體特點是表現的。改革開放三十年來，特別是一九九〇年代後，學術界關於中國傳統文學宏觀研究的著述涉及到對中國傳統文學特點的總結，有的則專門談到中國傳統文學的特點或特色。如袁行霈的《中國文學概論》將中國傳統文學的特色歸納為四點：一、「詩是中國文學的主流」；二、「樂觀的精神」；三、「尚善的態度」；四、「含蓄美」。但倘若以宏觀比較文學的角度看，這四點恐怕都很難成為中國傳統文學的特點。要說詩是文學的主流，古代希臘、印度、阿拉伯、波斯都是如此，甚至更為突出，中國傳統文學實際上卻是詩與文並重。「樂觀的精神」是拿古希臘悲劇這一種文體與中國文學比較後得出的看法，這只能是相對的，古希臘也有喜劇，希臘人實際上比中國更開朗、更注重人生享樂，而且中國文學中的悲觀色調與樂觀色調並存。「尚善」是中國文學表現一種倫理精神和人格力量，這是

1　原題〈從宏觀比較文學看中國文學的文化特性〉，原載《河北學刊》（石家莊）2008
　　年第4期；另題〈論中國文學的文化特性〉，原載韓國《ASIA》（韓文）2011年第3期。

不錯的，但俄羅斯文學、朝鮮文學的「尚善」傾向也相當突出。說中國文學有「含蓄美」也不錯，但在含蓄美的追求方面，日本文學顯然比中國文學有過之而無不及。這就表明，研究國別文學的民族特色或特性，必須採用宏觀比較文學的觀念與方法，否則，所概括出的所謂「特色」，實際上常常只不過是某些「突出現象」，而不是他國缺乏、唯我獨有的真正的「特色」。再如，陳伯海先生在《中國文學史之宏觀》一書第二章〈民族文學的特質〉中，將中國文學的特質分為七個方面：一是「雜文學的體制」，二是「美善相兼的本質」，三是「言志抒情的內核」，四是「物我同一的感受方式」，五是「傳神寫意的表現方法」，六是「中和的美學風格」，七是「以復古為通變的發展道路」。並指出，這七個方面最關鍵的是「美善相兼」。[2] 這些概括較之上述的《中國文學概論》中的四點概括，有了更多的世界文學視野與比較意識，但仍不能說是中國文學的獨一無二的特性。因為「真、善、美」是人類文學乃至文化的基礎的概念，它更多地顯示人類文學與文化的內在的共通性和一致追求，倘若以此來概括某一民族文學的特質，則其特質難以凸顯，只有超出基礎的層面，然後進行宏觀的比較，才能凸顯特性。

要言之，要科學地研究和總結文學的民族特性，就必須在比較文學、特別是「宏觀比較文學」的平臺上進行，而宏觀比較文學研究中的國別文學特性的研究，需要開闊的世界文學視野和宏觀比較文學的觀念與方法，需要寬廣深厚的知識積累，需要文學學科之外的歷史、文化、哲學、宗教等各學科的知識基礎的支撐，特別是與國民性研究（現在歸為「文化人類學」學科）密切相關。這個工作，數百年來歐洲和日本的文學學術研究中已經有較為悠久的傳統積累。但在中國，長期以來，由於比較文化、比較文學觀念的缺失，國民性研究及文學

2　陳伯海：《中國文學史之宏觀》（北京市：中國社會科學出版社，1995年），頁71。

的民族特性研究十分薄弱。儘管，國民性、民族性或文學的民族特性，都是一個歷史的、發展變化著的概念，在國民性及其文學的民族特性的發展變化中，也有一些綿延不絕的獨特的傳統潛流，支配和左右著該國文學的發展進程，在文學形成了其特有的題材主題、特有情感的表達方式，特有的敘事與描寫的模式，形成了該國國民區別於其他國民的較為顯著、較為穩定的性格特徵，由此形成了一個國家的文學特性。從宏觀比較文學的角度看，中國文學與外國文學的本質的差異，即中國文學的根本特性，可以從「文化特性」與「藝術特性」兩方面加以概括。由於篇幅所限，關於中國文學的藝術特性，將另文論述。以下嘗試從宏觀比較文學的角度，對中國文學的特性做出三點概括。

文化特性之一：作家官吏化

在中國文學史上，幾乎所有的官吏都能詩善文，在《四庫全書》中留下各種集子和作品的，絕大多數都是官吏，這種現象在世界各國都是罕見的。換言之，在中國，「作家」並非一個獨立的職業的稱謂，它與「官吏」常常是一體的。我們常說的「中國古代作家」，嚴格地說，不能稱作一種真正意義上的職業作家，只能稱為「作者」。而在外國，作家基本上是專業化的，寫作是一種獨立的職業。例如在古代希臘和古代羅馬，有專門的戲劇家、詩人，一個戲劇家和詩人一生中可能會從事不同的職業，但他完全可以靠寫作安身立命，中世紀歐洲還有一些行吟詩人，浪跡四方，吟詩放歌。在古代印度，作家們大都是婆羅門「仙人」，他們既可以脫離世俗政治，又可以脫離生產勞動，完全可以靠吟詩為文為生。在古代阿拉伯和伊朗，詩人大多是被宮廷豢養的，是道地的御用作家，當然也是職業作家，有些不是宮廷詩人或御用詩人，能安貧樂道，不求功名，專事創作，是為準職業

作家。在古代日本，既有紫式部、清少納言那樣的貴族作家，衣食無
憂，可以專心寫作，也有松尾芭蕉那樣的拋開世俗榮辱而敢做行吟詩
人者，更有井原西鶴那樣的拋開家業，專心寫作者。這些人都是職業
作家或準職業作家。

　　而在中國古代，在官本位的社會體制下，受到良好教育、有一定
文化修養的人為了謀生，更為了實現自我，便躋身於仕途。這些人主
要出於實用、其次出於自娛和消遣的需要，才從事詩文寫作。例如，
中國古代第一個大詩人屈原是楚懷王左徒，對內同楚王商議國事、對
外接待賓客應對諸侯；漢代司馬相如是漢景帝的武騎常侍，武帝時又
被徵為「郎」；司馬遷的官職是太史令；漢魏時期的詩人曹操、曹丕
和南唐後主李煜都是皇帝；唐代大詩人杜甫是左拾遺、工部員外郎；
白居易是校書郎、翰林學士、左拾遺及左贊善大夫、刑部尚書等；韓
愈為監察禦史、刑部侍郎、吏部侍郎；歐陽修官至翰林學士、樞密副
使、參知政事；蘇東坡曾除中書舍人，遷翰林學士，官至禮部尚書；
明代戲劇作者湯顯祖曾於南京任太常博士、禮部主事；清代的孔尚任
曾任國子監博士、累遷戶口主事、員外郎……明清時代許多通俗文學
的作者沒有官吏身分，由於社會上不存在作家這一職業，靠寫作並不
能維生，例如《紅樓夢》的作者曹雪芹生活窘困，寫作並不能給他的
物質生活帶來任何幫助；《儒林外史》的作者吳敬梓生活也十分窘
困，文學創作也不能改善他的生活境遇，只好打算將經學作為安身立
命的事業；《聊齋志異》的作者蒲松齡在科舉考試中屢次落第，到死
都引以為憾……

　　造成中國古代作家官吏化的原因是中國古代社會階層結構的單一
性。歐洲是宗教權力（精神權力）、世俗王權、民間權力三元結構；
印度是宗教階層婆羅門、武士階層剎帝利、自由民首陀羅、賤民吠舍
四元結構；日本則存在皇室貴族、武士、百姓平民三元結構；阿拉伯
帝國起先基本上是二元結構，但在阿拔斯王朝後期形成了哈里發中央

政府、地方小朝廷、民間平民三元結構。從各國歷史來看，社會結構的層次越多，作家對政治的單向依附程度也越低。在宗教權威與世俗權力相互制衡的國家和地區，作家或寄身於宗教，或靠近世俗政權，或採取民間姿態，可供選擇的餘地較大，而在選擇、遊走之間，作家獲得了相對的自由。在宗教權威獨立的國家，例如歐洲、印度、東南亞佛教國家中，作家大都是僧侶身分，對於世俗政治相對超脫，在相當程度上，他們是僧侶化作家。而在中國，宗教服從於王權，且從來都沒有在王權之外形成一種獨立的宗教權威，中國的權力階層與權威階層是合而為一的。有能力的人別無選擇，只有紛紛走上「學而優則仕」的道路，只有擠進仕途、擠進官場、擠進朝廷才能爭得一個名正言順的體面的地位。而且，中國官吏階層是僅有的一個能夠擁有寫作能力、擁有作品傳播能力的階層，有一定文化教養的追求事業功名的人唯一的選擇就是從政，身為官吏，才有條件成為詩人或作家。

　　造成中國作家官吏化的主要政策機制是科舉制度。在英國、德國、日本那樣的皇室君主一貫制的國家，政治人才大都是由貴族階層培養出來的。由於中國歷史上頻繁進行王朝更替的「易姓革命」，無法形成一個長期穩定的宮廷和貴族階層，政治人才只能從民間百姓中選拔，於是科舉考試勢在必行。中國的科舉制度從西漢時代起步，到隋唐時代開始制度化。而在自然科學缺席的古代中國，選拔人才不可能靠數理化的考核；在思想無法自由展開的古代中國，選拔人才時也不可能允許沒有任何思維限制的思想性論文出現。在那種條件下，要測驗一個人思想可靠的程度，就要看其經學修養；而要考察一個人獨特的才能、見識、表達力，就是看他的詩賦創作及其文字運用水平。因此，詩賦是中國科舉的重要科目之一，唐宋以後則成為主要科目，對人才選拔格外重要。明清兩代改為以經學八股文為主要考試內容，詩賦次之。由於科舉制度的引導，通過科舉入仕的官吏大都是能詩善賦的聰明人，換言之，科舉制度下的官吏階層都有可能成為詩人和作家，這是造成中國政文合一傾向和官吏作家化的主要原因。

　　中國作家官吏化的後果之一是作家的人格不獨立、思想不自由。在歐洲文學中，作家是一群能夠獨立思考的人，他們常常是領導時代潮流的思想家，而且主流作家總是站在政權的對立面，充當政權的批評者、監督者角色。而在中國文學中，文學家的思想侷限在官方意識形態的藩籬內，難以形成自己獨特的政治思想，作家對社會現象固然有所批評和議論，但文學的政治批評功能非常微弱。官場得意時，他們表現的是忠君愛國、修齊治平的儒家思想；在官場失意時，他們表現的則是隱逸山林、寄情山水的道家思想。偶有少數作家發表自我言論，或流露出自由思想的苗頭，都招致了嚴厲的懲罰。

　　中國官吏作家化的後果之二，是以官方與官吏的價值觀、以政治功能與標準來評價和衡量作家作品，官吏的堂皇正統的文體——詩與文——受到重視，而遠離廟堂政治的文學形式，如詞、小說、戲曲，則遭到輕視。在宋代，詞作為一種輕鬆灑脫的文體不能承載政治性內容、不合於理學思想，雖有不少人私下喜歡，但有官吏身分的詩人寫起來卻十分克制謹慎，只是偶爾為之。據統計，蘇軾有詩兩千七百多首，詞只有四百四十餘首；陸游有詩九千七百多首，詞只有一百三十餘首；王安石有詩一千五百餘首，詞只有幾首。到了明代，詞在這種觀念壓抑下走向衰微。對於散文化的虛構的敘事性作品，正統的文人鄙夷為「街談巷語，道聽塗說」，並給了它一個頗有歧視色彩的名稱——「小說」。寫小說不光彩，所以大量作者使用假名、筆名進行創作，導致至今有些作品的作者仍無法查考。而小說要獲得合法地位，要登上大雅之堂，就要想方設法向官方正統文體——史傳——靠攏。至於戲劇，雖然宮廷貴族中也有喜愛者，但對於戲劇作家和演員，則存在著嚴重的歧視，導致中國戲劇的發展與成熟遠遠落後於歐洲和印度。要是沒有元代統治者廢除科舉制度，使得許多有才能的文人無仕途可走，而不得不從事戲劇創作餬口維生，使元曲創作走上繁榮，中國戲劇可能更為落後。

　　與第二點相聯繫，中國作家官吏化的後果之三，是倫理教化傳統。

　　「治國平天下」是官吏作家共同的人生目標，寫作自然也成為「治國平天下」這一人生目標的重要手段，成為他們維護現有政治秩序、教化民眾的主要方式。「文以載道」是官吏作家的核心的文學價值觀與功用觀，也成為中國傳統文學的基本的價值觀念。「文以載道」的觀念突出了文學的教化功能，使作家們的寫作充滿政治熱情、進取精神和社會使命感，湧現出了一批又一批的憂國憂民的詩人作家，也在一定意義上促進了文學創作的繁榮，例如唐宋古文運動就是在「文以載道」思想的直接指導下興起的。但「文以載道」的文學也給中國傳統文學帶來了負面影響，作家的主體意識遭到削弱，作家的思想與創作自由受到限制，文學在很大程度上淪為政治的附庸，許多作品中充斥著官方的陳詞濫調。而且「文以載道」觀念也延伸到後來的小說戲曲等市井文學中。非官吏身分的市井平民作家也每每以文載道，打起官腔，進行陳腐的道德說教。本來是描寫人性人情、人間情欲的《金瓶梅》等言情小說，卻充斥大量禁欲主義的道德說教；本來是表現官逼民反的《水滸傳》等俠義小說，卻帶有忠君招安的尾巴。可見，政治化的文學觀念已經成為中國古代作家普遍的潛意識，束縛、牽制了作家的自由思想，使文學創作成為「載道」的工具。

　　中國作家官吏化的後果之四，是作家們忙於求官做官，在寫作上投入的時間與精力有限，作品數量相對較少。因為這些人的職業或人生追求是為官，他們便傾注一生精力追逐政治權力，想方設法謀得官位，又想方設法步步升遷，賦詩作文不過是他們為了實現這一目的而使用的手段，所以流傳下來的詩文作品，都不是職業化的成果，而是作為官僚生涯的副產品。在官吏的位置上，他們所能寫的都是實用性的應用文，大量詩篇都是官場應酬、迎來送往、奉答唱和之作，帶有強烈的官場交際性。而詩文成就較為突出的、寫作數量較多的人，大都是由於官場失意、離職下野，解甲歸田，閉門隱居，有了足夠的時

間和精力，才得以創作較多數量的作品。與世界各主要文學大國比較起來，在數量上，中國作家的「少作」是一種突出現象。例如在古代波斯，大量詩人著作等身，一生寫下幾十萬行詩、上千萬字的人並不罕見。而中國官吏作家，即使是第一流的詩文作家，總字數一般也只有二三十萬字。另一方面，由於作家的非職業化，作家們沒有足夠的時間和精力構思、寫作長篇作品，故中國沒有長詩，長篇小說成熟也較晚。在這種「官本位」的風氣之下，中國文學中缺乏像德國的歌德、印度的泰戈爾那樣直到晚年仍擁有旺盛創作能力的原創力持久的作家。

中國作家官吏化的後果之五，是作品的風格以老道圓潤為上，缺乏青春朝氣。中國的古典詩文推崇蒼勁、樸素、含蓄蘊藉之美，呈現出中和持重的審美取向，即便是青年作者的詩文中也要凸顯達觀與老練，似乎可以認為這是官場風氣、官吏氣質在詩文創作中的自然平移。阿拉伯、波斯、歐洲詩歌中的青春時節特有的戀慕、傷感、熱情、衝動、天真，在中國古典詩文中很難見到；日本文學中的小林一茶那樣的富有孩子般天真爛漫的作品更難見到。從比較文學的角度看，李白在中國詩人中是最具有浪漫氣質的人，但他的詩歌卻多顯出中年人的成熟；李商隱年少成名，英年早逝，其詩歌卻很老到，缺少青春氣息。這種狀況只有到了二十世紀二○時代前期的五四新文學、特別是創造社的作家作品及小詩的創作中，才在外國文學的影響下偶爾一變。

文化特性之二：現世主義態度

所謂「現世主義」，是指中國人的一種生活態度，也是指中國人的價值觀。中國文學的現世主義精神，深深植根於溫帶地區農耕民族腳踏實地、講求實際、不假幻想、不追根究柢、遵循習慣與信守常識

的作風與性格。與印度、歐洲等世界上大部分篤信宗教的民族不同，漢民族執著於現世人生，特別關心人生、社會及其倫理秩序，不喜歡想入非非，不太關心來生來世問題、永生問題、死亡問題，不太關心靈魂痛苦與內在宇宙問題，不太關心神學及「形而上」的問題。這種關注人生的現世主義態度集中體現在中國文化的中核──儒家思想中。儒家鼻祖孔子對現世人生以外的問題、對彼岸世界缺乏興趣，故意迴避這方面的深入探討。面對學生的對死亡問題的追問，孔子搪塞曰：「未知生，焉知死！」他對「神」是否存在也不願深究，認為「祭神如神在」，對鬼神之類採取「敬鬼神而遠之」的態度。孔子用早熟的理性解釋古代先民的文化與文學，極力將遠古神話理性合理化。當代哲學家李澤厚在《美的歷程》一書中，將發端於孔子的現世主義思想概括為「實踐理性」，我認為改稱「實用理性」似乎更為恰當。「實用理性」，顯然不同於歐洲文化中的「思辨理性」和「科學理性」；「思辨理性」依賴於概念與邏輯，演繹與推理；「科學理性」來源於對自然世界的好奇心與求知欲，它們雖然與實用不無關係，都並不根源於生活實用，而是心智活動的必然結果。

　　從文學發生學角度看，中國文學的現世主義精神首先表現在，與西方文學相比，中國上古神話中是「人間本位」的，所崇拜的不是希臘、羅馬諸神那樣的天上神靈，而是具有神奇力量並建立了豐功偉績的人間英雄。例如在「女媧補天」、「后羿射日」和「大禹治水」三則最著名的古代神話中，女媧、后羿和大禹等神話人物其實都是氏族首領、人間英雄，他們以超凡的力量戰勝了自然界的種種災難，使人民得以安居樂業。他們是被神話了的人類英雄，與希臘神話中那些高居天庭俯視人間、有時還任意懲罰人類的諸神完全不同。另一方面，中國古代神話中的有巢氏、燧人氏、神農氏等人物，分別發明了築室居住、鑽木取火及農業生產，實際上是文明始祖神，而黃帝及其周圍的傳說人物更被看作中國古代各種生產技術及文化知識的發明者。神話

人物主要不是作為人類的異己力量出現，而是人類自身力量的凝聚和
昇華，在他們身上，神話的因素與歷史的因素交融在一起。從比較神
話學的角度看，這在本質上是一種「反神話敘事」。

　　這種「反神話敘事」在古代神話之後的中國史傳文學、小說、戲
曲文學中，都有集中表現。由於中國人實用理性的過早成熟與發達，
由於儒家思想對遠古神話作了現世主義的實用的解釋，消解了遠古神
話敘事的合法合理性，致使「神話敘事」在中國無法形成一種文學傳
統。因而漢民族沒有像歐洲、印度那樣在神話時代後進入神祇與英雄
同台活動的史詩時代，而是在春秋戰國時代直接與神話傳統相脫離，
進入了如實記錄社會人事的史傳時代。史傳作家都強調「求實直
書」、「書法不隱」，在這種寫實思想指導下的史傳作品，固然具有相
當的文學性或文學色彩，但畢竟與文學作品的想像世界相去甚遠。梁
啟超在《中國歷史研究法》中說：「中國於各種學問中，唯史學最發
達；史學在世界各國中，唯中國最發達。」[3] 史學發達的根本原因恐
怕還在於漢民族的「反神話敘事」的趨向。換言之，「反神話敘事」
的敘事，必然是歷史學的敘事，必然是史學作品的發達，以虛構與想
像為特點的純文學敘事也必然受到擠壓。從印歐民族的文學史來看，
戲劇文學依賴於神話與史詩提供的敘事素材，而中國神話傳統的式
微，史詩的缺失，使得中國戲劇文學幾乎成為無源之水，直到文化鼎
盛的唐代還處在「參軍戲」之類的幼稚階段，比古希臘戲劇和印度戲
劇晚熟得多。由於神話傳統的斷裂，宗教觀念的淡漠，中國漢民族不
像印歐民族從神話故事、史詩、戲劇文學乃至小說的虛構想像中，得
到與神溝通、人神交融的神聖體驗，而僅僅把戲劇作為「娛人」工
具，又將歐洲意義上的「novel」輕蔑地命名為「小說」，視為不登大

3　梁啟超：《中國歷史研究法》，《梁啟超全集》（北京市：北京出版社，1999年），第7
　　冊，頁4092。

雅之堂的道聽塗說。這就造成了中國敘事文學的兩大門類——戲劇與小說——發育的遲緩。在印度佛教文學的影響與刺激下，唐代出現了以鬼神為題材的短篇傳奇小說，明代則出現了長篇小說《西遊記》為代表的神話小說，敘事依附於歷史紀事的局面有所打破，但與印度文學比較而言，這些作品的想像力仍是人間的、現實的，而非天界的、幻想的。中國的戲劇直到蒙古人統治下的元代才在愛好歌舞的蒙古民族的促動下，在失去科舉仕進門徑的文人的努力下得到發展走向成熟，但是戲劇的題材仍然是現實人生，缺乏印歐文學中的宗教幻想。此外，「反神話敘事」還在很大程度上抑制了古代敘事文學的進一步發達。從宏觀比較文學的角度看，敘事不是中國文學的長項，中國文學所擅長的不是敘事而是抒情，與此相聯繫的是，中國的抒情文學高度發達。在詩歌領域，其表現為抒情詩高度繁榮，而敘事詩極為缺乏，長篇敘事詩可以說幾乎沒有。

　　中國文學的現世主義態度，使得中國作家對現實人生與社會懷有高度興趣，導致時代社會的描寫過剩，而普泛人性的描寫、形而上學的終極關懷都很薄弱。無論是抒情文學還是敘事文學，中國古代作家總是把目光對準人間而不是天國，對準社會而不是宇宙，對準現實人生而不是抽象人性。由於宗教觀念在中國古代文學中極其淡薄，即使在佛、道二教興盛之後，它們對文學的影響也主要體現為豐富了作家的想像力，而並沒有造成文學主題偏離現世的轉移，作家們普遍關注的是現實世界中的悲歡離合，而不是屬於彼岸的天堂地獄。幾乎所有的詩人作家都以滿腔熱情去擁抱人生，西方的厭世情緒、印度式的棄世傾向，在中國文學中都很少見，即使是反映現實之失望、人生之失意的作品，也不過是從消極的方面表達了對現實人生與社會的執著罷了。到了晚近，雖然中國近現代文學受到西方文學的巨大影響，但近現代作家一開始就背上了其他國家的作家未必一定要背負的責任，那就是國家的興亡、政黨的較量、民眾的引導。作家們在「啟蒙」與

「救亡」上消耗了大部分精力，作家在很大意義上是社會活動家乃至政治家，這固然使作家作品的社會影響力得以實現，但另一方面也使作家在現實的社會政治的膠著中、在黨派鬥爭中無法超脫，對人性、對靈魂、對自我的表現難以深入。

文化特性之三：非個性主義傾向

個性主義是一種以個人為本位的價值取向。在所有的文化形態中，與科學、宗教、政治、法律等形態相比，文學與藝術應該是最具有個性化的文化形態。文學中的個性主義是以作家個人的觀察、個人的感受、個人的思考、個性化的語言表現為特徵的。從這個角度看，在西方文學中，除了中世紀外，從古希臘文學到近現代文學，都是個性主義的文學。東方的日本文學從起步時期的宮廷婦女日記到平安王朝的清少納言的《枕草子》、紫式部的《源氏物語》，再到近現代的所謂「純文學」，或坦露個人內心世界，或描寫作家個人的生活體驗，都具有強烈的個性化的色彩。相比而言，中國作家習慣於以社會性取代個性，一方面他們更多地描寫社會，另一方面即使描寫個體，也將個體群眾化，將個人社會化，只描寫人的社會性或描寫某一種性格類型的人，尤其是敘事文學中，一個人物形象只是一類人的表徵，人物形象有著高度的「類型化」性質，而缺乏西方文學那樣的「典型人物」。

社會性本質上是類同性，個性本質上是特殊性。社會是一個大宇宙，而個體靈魂、個人的內心世界則是一個個的小宇宙。中國文學中的非個性主義傾向，與中國作家缺乏對複雜奧妙的個體靈魂和個人內心宇宙的探索密切相關。劉再復、林崗兩先生合寫的一篇文章中認為：中國傳統文化中「缺乏叩問靈魂的資源，因此，和擁有宗教背景的西方文學（特別是俄羅斯文學）相比，中國數千年的文學便顯示出

一個根本的空缺：缺少靈魂論辯的維度，或者說，靈魂的維度相當薄弱」。[4] 此說很有道理。從總體上看，中國文學擅長描寫人的社會性、人的倫理性，而拙於人性本身的表現。與歐洲文學比較而言，對於人的靈魂深處的猶疑彷徨、矛盾衝突、精神痛苦，對於人的善惡雙重人格、病態心理、心理與行為的分裂、自我內部的衝突、靈與肉的衝突、下意識行為等人性的、人類靈魂的全部複雜性，中國傳統文學表現得很不夠。中國作家筆下的「人」是「社會的人」而不是「個體的人」，作家評判人物的價值尺度是倫理學上的善與惡。中國作家或憂國憂民，或感時傷世，扮演的都是一個社會的角色。儒家哲學的倫理道德哲學尤其是性善論對中國作家的影響，使得中國作家習慣於從單一的社會學、倫理學的層面表現人與人生。老莊哲學及道家思想是對儒家的社會倫理中心主義的一種反撥，本質上是反社會的，試圖擺脫人群對個人的束縛，物質對生命的奴役和對知識靈魂的限制，主張個體的充分的自由，對中國文學產生了深遠的影響，但老莊哲學從根本上否定了人生的意義，泯滅了生死、禍福、是非等界限，「心齋」、「坐忘」等心理修煉，其目的在於消除內心的矛盾與對立。在道家的世界中，個人固然脫離了社會，但個性並沒有張揚，而是泯滅了。個人失去了對社會人生的關懷，精神世界中失去了內心的緊張與衝突，更談不上靈魂的掙扎與吶喊，在這種狀態下產生的文學，仍然不可能有終極的關懷，難以對個人心靈、對個體生命進行深度探索與多維表現。這些表現在古代詩文中，便是無論是表現人生抱負，還是發思古之幽情，無論是表現憂國憂民，還是描寫官場失意、歸隱田園，都呈現出溫柔敦厚的風格，表現出詩人內心的寧靜或極力尋求內心平靜，而很少表現內心的痛苦掙扎，由此形成了中國詩歌特有的中和之美。

4　劉再復、林崗：〈中國文學的根本缺陷與文學的靈魂緯度〉，《學術月刊》，2004年8月。

　　從中國傳統文學到中國現代文學，始終缺少對人的精神、對靈魂問題的深度探索，這與中國作家缺乏自我解剖意識、不習慣於正視與凝視自我有關。在西方文學中，受到基督教人性原罪論與對神懺悔的影響，作家將自我表現看作表現人性和人生的出發點，將自我作為解剖人與人生的對象與標本，使得西方文學中充滿強烈的自我坦露的勇氣和自我懺悔精神。從中世紀基督教作家奧古斯丁的《懺悔錄》，到十八世紀啟蒙主義者盧梭的《懺悔錄》、浪漫主義者歌德的小說《少年維特的煩惱》和自傳《詩與真》，再到十九世紀現實主義者托爾斯泰的《懺悔錄》，早期現代主義作家繆塞的《一個世紀兒的懺悔》，還有二十世紀日本近代文學中的自然主義文學如《新生》之類的「私小說」，等等，西方文學與日本文學的不同歷史時期、各種流派、不同風格的作家都具有強烈的個性主義傾向，作家的自我解剖成為人與人性研究的標本。與此相比，中國作家們喜歡以上帝姿態居高臨下，俯瞰社會，將眼光投向社會，投向政治，投向歷史，投向芸芸眾生，投向自然山水，唯將自己置之度外。中國作家習慣於將自我嚴嚴實實地包裹起來，不願將自己公之於眾，不能凝視、不願正視自我，拒絕解剖自我。閱讀西方與日本文學作品，作家本人的生活經歷、喜怒哀樂，甚至一般人常常加以掩飾的個人隱私、男女關係、陰暗心理與醜惡行為，都直接或間接地表現出來。然而在中國作家作品中，作家個人的這些資訊都是空白。中國第一位大詩人屈原，被許多中國文學史教科書按照西方的文學史概念列為「浪漫主義」詩人，但屈原絕不同於西方文學中的個性張揚、個性自由的浪漫主義者，從他的詩歌中，讀者只能看到一個憂國憂民的殉道的文人士大夫的形象。由於屈原作品中所表現的詩人的個性輪廓模糊不清，現代作家郭沫若在話劇《屈原》中要表現個性化的屈原，就不得不按文學想像，在他身邊安排一個相愛的女子，將屈原空白的個人生活信息填充起來。在拒絕透露個人信息方面，後來的其他詩人作家比屈原有過之而無不及。魏晉時

期，由於政治秩序的混亂，崇尚老莊與反禮教思想的盛行，阮籍、嵇康等一些作家在私生活上半醉半狂，放浪不羈，但在詩文中仍然沒有徹底的個性表現。在個性張揚方面，唐代的李白在中國古代詩人作家算是相當突出的了，但除了李白的官場沉浮外，後人仍然難以從李白的詩文中看到他內心深處的複雜活動，難以找到李白個人生活例如戀愛生活方面的訊息。這種情況即使到了明清時代即傳統文學後期也沒有多少改變。例如十八世紀後期的《紅樓夢》的作者曹雪芹的生平至今眾說紛紜，仍然主要靠推測來構擬出他的生平活動輪廓。而明清時代另外一些作家，如《金瓶梅》的作者，究竟是何許人也都不得而知。官吏化的作家在詩文中永遠是冠冕堂皇、憂國憂民的正人君子形象，而自知不登大雅之堂的小說家，也受官吏價值觀的影響，寧願埋沒自我，也不在作品中署上真姓實名。在這種情況下，坦露自我幾乎成為中國作家的一種不自覺的、無形的禁忌。到了二十世紀的現代文學中，除了五四新文化時期的創造社作家郭沫若、郁達夫等受了日本「私小說」及西方文學的影響，有一段時間寫過一些大膽披露自我的小說外，一九二〇年代中期以後隨著左翼文學主潮的形成，個性主義又逐漸為集體主義取代，文學中個性主義傾向、自我解剖傾向更是微乎其微了。

中國作家與印度文化的因緣關係值得研究[1]

——兼談《佛心梵影——中國作家與印度文化》一書的寫作

　　中國人研究印度文學與文化，可以有不同的角度，不同的切入點。在目前出身於印度語言文學專業、並且從事相關專業研究的人士非常稀少的情況下，站在中國文學、比較文學的角度，利用豐富的漢語文獻資料，對印度文化、印度文學特別是中印文化、文學關係進行系統深入的研究，不僅是必要的，也是可行的。基於這樣的想法，我和我的幾位學生經過數年努力，寫出了《佛心梵影——中國作家與印度文化》一書。這是研究中國作家與印度文化之關係的專門著作，正標題「佛心梵影」中的所謂「佛心」，指印度宗教文化對中國作家的精神洗禮，「梵影」則指歷史與現實的印度在中國作家創作中的投影，副標題「中國作家與印度文化」，不必說，是對正標題的解釋。但其中關於「中國作家」及「作家」這一身分的界定與表述，是需要在此特別加以解釋的。

　　眾所周知，在西方學術的影響之下，中國近代學術研究也和自然科學研究一樣，倡導「分科」（科學原本的意思就是「分科之學」），但「分科」之風傳到中國，分得遠比西方國家為甚。在西方，「文

1　本文是王向遠等著《佛心梵影——中國作家與印度文化》（北京市：北京師範大學出版社，2007年）一書的前言，又載《南亞研究》（北京）2009年第1期。

學」的概念遠比我們今天漢語的「文學」概念要大得多，在中國人所共知的馬克思、恩格斯《共產黨宣言》所提出的「世界文學」及「文學」的概念，就不僅僅包含小說詩歌戲劇之類的非虛構作品；一九五三年，諾貝爾文學獎授予了英國邱吉爾的《英語國家史》，但該書不是我們所定義的「文學」，而是歷史學著作，但又因為它富有獨創性和文學性，所以獲得了文學獎。而長期以來，中國幾乎所有的文學概論類的著作及教科書、文學史的著作及教科書，都將「文學」概念界定於虛構作品——如小說、詩歌、戲劇文學——領域，將「作家」、「文學家」界定為小說家、詩人及戲劇家等虛構性作家。由於膠著於虛構性作品（fiction），而沒有將那些有著獨創性和文學性的「非虛構作品」（non-fiction）視為「文學」並納入研究範圍，導致了我們的文學研究及文學史研究的視野的狹窄，反反覆覆、翻來覆去，講的都是那些個人、那些個作品，其結果是將原本豐富多彩的文學世界及文學史單調化了，這無法呈現文學創作及文學史的複雜面貌。顯然，這種狹義的——確切地說是「狹隘的」——「作家」與「文學」的概念。已經不能適應新時代學術研究與文學研究的需要。

　　進入二十世紀後半期之後，世界學術的潮流是由「分科」到整合。就人文學術研究而言，古代的文史哲不分，與現在的文史哲融合，有著根本的不同。「合」與「分」是歷史發展演進中的一對矛盾，「分久必合，合久必分」的矛盾運動，是當代世界性的「文化熱」及「文化研究熱」形成的根本原因之一，它表明了人們試圖打破學科劃分過細過窄的作繭自縛狀況。具體到文學研究而言，就是要打破「虛構作品」與「虛構作家」本位觀，將「非虛構作品」也視為「創作」，將「非虛構作家」也視為「作家」，將文學研究家也視為「文學家」。這樣做不僅僅是為了突破狹隘的文學觀，也是當今學術研究與文學教育教學的必然要求。在此之前，我曾從文學學術史研究的角度，談過自己對這個問題的看法——

⋯⋯在我看來，文學院、中文系的學科本質就是以語言文學為入口的關於「人」與「文化」的研究，重在以語言文學的研究為切入點，培養學生的科學思維和理論思維。要在文學院或中文系實現這一培養目標，就要重視和加強學術史的研究。如果說，通過以作家作品為主的文學史的學習，可以培養學生的形象思維和文學創作及文學鑒賞的能力，那麼，通過對學者的學術成果的學習、品味與研究，就可以培養學生的科學思維、理論思維和科學研究的能力。因此看來，「學術史」的課程與教學，應該與「文學史」同等重要；對學者和學術論著的研究，應該與作家作品的研究同等重要。寫小說、詩歌、劇本的有成就的人，與從事文學學術研究有成就的人，都應稱之為「著作家」、「作家」或「文學家」；真正完整的「文學史」，應當包含文學學術史在內。[2]

根據上述看法，我在《佛心梵影》一書中將一般文學史著作或教科書中未列為「作家」的「作家」、或雖然提到但一筆帶過的作家——例如古代的玄奘等求法僧，近代的章太炎、梁啟超等，都作為「作家」、「文學家」來看待。同時，本書將這些作家所寫的涉及印度的非虛構的作品，包括遊記、雜文、文學研究等，也作為一種「文學」來看待，並將這類作品視之為「涉外文學」。關於「涉外文學」這一概念，我曾做過如下的界定：

看來，「涉外文學」與「形象學」（「形象學」是從法國引進的一個概念——引者注）的不同，首先在於「涉外文學」的內含

---

2 王向遠：〈我如何寫作《中國比較文學研究二十年》——兼論學術史研究的理論與方法〉，原載《山西大學學報》（太原）2003年第1期。

和外延都大於「形象學」。「涉外文學」當然可以涵蓋「形象
學」的研究對象——異國形象及異國想像,但同時它又不侷限
於異國形象及異國想像。它包含了一個國涉及到另一個國的所
有形式的文學作品以及該作品的所有方面,它包括了異國人物
形象,也包括了異國背景、異國舞臺、異國題材、異國主題
等;它包括了「想像」性的、主觀性的純虛構文學,也包括了
寫實性、紀實性的遊記、見聞報導、報告文學、傳記文學等。
換個角度說,「涉外文學」包括了通常我們今天所謂的純文
學,也包含了許多非純文學,它具有文學研究的價值,也有超
越於純文學的多方面的文化價值。[3]

　　之所以要在這裡不憚於自我引述,是因為《佛心梵影——中國作
家與印度文化》一書的立意與寫作,與上述的主思路主張密切相關,
「中國作家與印度文化」的因緣關係的研究,本質上是一種文學研
究,一種「涉外文學」的研究,亦即比較文學立場上的跨文化研究,
也是上述理念的貫徹和體現。

　　之所以要從這個角度對中國涉及印度的有關作家作品進行研究,
首先是試圖以文學研究的視角,彌補以前的非文學的研究所造成的
不足。

　　古代那些歷盡千難萬險去印度旅行和取經的求法僧們,不僅在他
們的著作中記錄了印度的歷史與文化、風土人情,也直接間接地發表
了自己對印度人的觀感和印象,他們的作品基本屬於非虛構作品,在
史料價值之外,又有著不可忽視的文學性或文學價值。然而,包括唐
代玄奘的《大唐西域記》、義淨的《南海寄歸內法傳》、慧超的《往五
天竺國傳》等作品,長期以來只在佛教研究、印度歷史研究中被重

3　王向遠:《比較文學學科新論》(南昌市:江西教育出版社,2002年),頁236。

視，卻很少被納入文學研究的視野。若不從文學的角度加以研究，則不能全面呈現和解釋作品的特色和價值，也難以公正地評騭它們在文化史及文學史上的地位。《佛心梵影》的第一章〈唐代印度遊記中的印度人形象〉的寫作宗旨就在這裡。這一章將中國古代求法僧也視為「著作家」及文學意義上的「作家」，將他們的印度「遊記」作品——廣義上的文學作品——作為文學、即「涉外文學」來看待，意在揭示其宗教學、歷史學、文獻學之外的文學特性與文學價值。從文學角度看待這些作品，則作家的情感的表現、想像的成分即被凸顯出來。這對單純的史學視角、宗教學視角，也是一個必要的補充和修正。假如單從學術的角度來看，其中有不少觀點和結論今天看來是靠不住的，甚至是可笑的（例如玄奘，特別是慧超筆下對有關佛教信眾的美化），而假如從文學角度看問題，則可以清楚地看出作家們的主觀立場、創作的主體性，在其印度形象的塑造、印度想像的展開、印度問題的評論上，起了多麼重要的作用。片面的、一孔之見的描寫和議論，恰恰是作者真實思想與感情的投射。在非文學的立場看最缺乏價值的東西，在文學的立場上卻最有價值。從文學角度看問題，可以說明我們在有關作品中辨別真實的印度，更有助於我們辨別有關作家的真實的精神世界。

　　西元十世紀以後，由於印度宗教文化的僵化與衰落，由於佛教在中國的逐漸式微，中印之間的文化往來與交流乏善可陳。但到了晚清時期，在面臨外部威脅、內部危機的大變革時代，作為堂堂東方大國的印度卻不幸淪為西方殖民地，成為中國的「難兄難弟」，為越來越多的中國的有識之士所關注。而印度的有識之士為救亡圖存所做的努力，更為中國的有識之士所重視。《佛心梵影》的第二、三、四章，分別以康有為、章太炎、梁啟超三人為例，揭示清末民初中國作家與印度文化的因緣關係。

　　章太炎、康有為、梁啟超三人起先都是革命家，後來主要是思想

家和學者，但他們無一例外都是富有文學稟賦的人物。作為那一時代朝氣蓬勃的革命者，他們遠不同於後來的狡黠老獪的政客，他們身上的理想主義和浪漫主義的氣質，歸根結柢是一種文學氣質。事實上，他們又是能詩善文的人，是文學家。他們關於印度的觀察、描寫、議論和研究，在很大程度上可以說是屬於「文學」的。可以說，研究康有為、梁啟超、章太炎這些人物而忽視他們與印度的關係，是不可想像的；而研究他們與印度的關係，而忽略文學的視角，也同樣是不可想像的。例如本書第四章所論述的章太炎，為了尋求佛教文化的復興以振興傳統文化，為了借鑒印度的經驗教訓，將目光投向了佛家的故鄉；但他卻將印度理想化了，他甚至認為古印度的文化成就高於中國，對印度文化的崇高評價簡直與一千多年前的玄奘不遑相讓。他在許多文章中所描述的理想化的印度形象，在深刻的冷靜的理性思考之外，也反映出了帶有些許浪漫主義色彩的文學精神。而他對中印兩國的宗教文化、語言文學所做的許多比較與議論，卻又是極有參考價值的比較文化和比較文學論。再如本書第二章論述的康有為，他曾在一八九八年到一九一五年十六年的流亡生涯中兩度赴印。他既是被朝廷通緝的流亡者，又是赴印度旅行的觀光客；他既是關注印度亡國、並以印度亡國作為前車之鑒的政治家，也是試圖從印度宗教中獲取啟發的思想家和學者，而他在關於印度的著述中，在對印度及印度人的描述中，也體現出了自己獨特的觀察與見解，表現出了詩人康有為「文學」的一面。這也是本書特別予以關注的。又如梁啟超，他雖然不像乃師康有為那樣到過印度，也不通印度語言，但他關於對印度的論述卻有不少。這些論述大體可分為三類：一是對英國殖民統治下的印度社會的論述，體現了作為政治家的梁啟超對印度的看法；同為世界文明古國的中國和印度，到了近代又都淪為西方列強的殖民地或半殖民地。中印之間的種種相似之處，為梁啟超宣揚他的政治主張提供了許多有力的證據。二是對印度佛教文化及印度佛教文化在中國的傳播的

研究，體現了作為學者的梁啟超對印度佛教文化的深刻理解；三是作為「文學家」的梁啟超對印度「佛典文學」的研究，他在《翻譯文學與佛典》、《佛典之翻譯》兩部著作中，將宗教學與文學兩個學科打通，從文學的角度看待和研究佛經翻譯，並在中國近代學術中第一次使用「翻譯文學」、「佛典文學」的概念，正是在這一點上，梁啟超較早顯示了不受人為的學科劃分所束縛的開放的文學觀，也為當代的翻譯文學研究、佛典文學研究開了先路，做出了示範。

　　以採取實際行動為主要特徵的革命家身分的作家是如此，那麼在另一類不同的人物——以埋頭思索著述為主的學者型作家那裡，印度又有著怎樣的意義呢？

　　在中國近現代學術史上，有一個現象很值得注意，就是幾個著名的大學者，是靠印度研究起家的，除上述的章太炎、梁啟超之外，許地山、陳寅恪、湯用彤、季羨林、金克木等，都是以學習梵語、研究印度文學而知名的。換言之，在學術史上，專門從事印度研究的雖然在數量上所占比例很小，但在學術上勝出的比例卻非常高。究其原因，似乎主要在於印度文化的博大精深、在於中印文化交流的源遠流長，為這方面的學術研究提供了得天獨厚、取之不竭的資源。而印度古代語言——主要是梵語——作為死亡了的語言，其文獻及其相關研究業已成為「絕學」，研究難度大，卻為這些學者的出世帶來了有利的因素。而我在這裡想要強調的是，由於古代印度的「文史哲」不分有甚於中國，由於印度的「歷史學」、「文學」、「語言學」、「哲學」幾乎全都包含在兩大史詩《羅摩衍那》和《摩訶婆羅多》及此後的被稱為「往世書」的以神話傳說為題材的長詩裡面，所以，研究印度歷史學也好、哲學也好、語言學也好，歸根到柢是一種廣義的文學研究。這就使得中國近現代印度研究的若干知名學者們，同時都是印度文學研究家。因而，對中國近代幾個相關的印度學家的認識與研究，也無法脫離文學的視野。另一方面，中國學者單純從事印度研究或印度文

學研究的並不多，他們都自覺地發揮中國學者的優勢，從事中印文化
與文學關係的研究。例如陳寅恪對佛教經典的研究，實際上又是佛經
故事的研究，而對中印佛教文學交流的研究，實際上又是中印文學、
尤其是民間文學的傳播、交流的研究。季羨林的研究印度的路子與陳
寅恪多有相似，但更偏重於語言文學。他從研究梵語開始，走向中印
文化研究，而為讀者所知的，不是他那極少有人需要讀並能讀懂的梵
語研究論文，而是他對於中印文化交流史的研究，特別是文學交流史
的研究。從中國的比較文學學術史上看，可以說，「最早的一批有分
量的比較文學成果，大都出現在中印比較文學領域。正是中印文學關
係的研究，直接導致了中國比較文學學科的生成。」[4] 梁啟超、許地
山、陳寅恪、季羨林等人在二十世紀前期的中印文學關係研究，就起
到這樣的作用。至於章太炎的印度研究，文學的色彩要淡一些，章太
炎的主要宗旨是要參照印度的經驗教訓，從佛學中吸取營養，謀求傳
統文化（「國粹」）的弘揚和道德體系的重建，以重新確立國人對中華
文化的自信心。但他在闡述這些問題的時候，也涉及到了語言文學問
題，他的語言文學觀的形成與他的印度研究也有著密切的關係。

　　還有另外一類作家，他們一方面以創作虛構性作品見長，一方面
又是印度文化、印度文學的愛好者和研究家，例如蘇曼殊，他在其短
暫的一生中曾三次遊歷印度，他弘揚梵文、編撰梵典、皈依佛門、譯
介印度文學作品，一生的活動都與印度結下了不解之緣。這些都對他
的思想與創作產生了根本性的影響。再如許地山，他曾兩度遊歷印
度，由閱讀佛經、研究佛經到全面考察包括印度哲學、宗教、邏輯
學、文學在內的印度文化，還研究中印文學與文化的交流歷史，這些
都深刻地影響了他的精神人格的確立，並將自己對印度宗教文化的深
刻體悟滲透在小說創作中。同樣，小說家、詩人與學者兼於一身的鄭

4　王向遠：《中國比較文學研究二十年》（南昌市：江西教育出版社，2002年），頁23。

振鐸，也高度重視以印度文學為代表的東方傳統文化，最早系統地向中國讀者介紹了印度文學，並和許地山一樣，通過與印度詩人泰戈爾的交往，通過泰戈爾詩歌的翻譯，與印度現代文學形成了緊密的聯繫。《佛心梵影》分列專章對他們的文學活動、文學創作、文學研究、文學翻譯與印度的關係，作了較為詳盡的論述。這些研究表明，對於擅長創作虛構性作品的中國現代作家來說，印度及印度文化作為作家的精神故鄉，作為文學想像與文學寄託的對象、都具有無可替代的作用與價值。

　　《佛心梵影》一書在從古至今的一千多年間中印文化交往的歷史長河中，選擇了十一位作家——包括古代的玄奘、義淨、慧超，近代的康有為、章太炎、梁啟超、蘇曼殊，現當代的許地山、鄭振鐸、季羨林、金克木——作為研究對象[5]。他們都是最有代表性的中印交流的使者，同時又都是最有代表性的印度及印度文化、印度文學的見證者、描述者、評論者和弘揚者。這些不同時代、不同稟賦和不同類型的作家，是以多種角色和身分介入印度的。正是由於他們的身分、地位、立場、角度各有不同，他們眼中的印度就呈現出了不同的面貌；正是由於他們的作品有著虛構與非虛構等不同的類型，他們筆下的印度就構成了一個多層面的、立體的、五光十色的世界。這既是印度本身歷史文化的豐富性、現實社會的多樣性的反映，也是作家的主體意識所決定的。這些中國作家與印度文化所形成的種種因緣關係，本身已經形成了一種獨特的文化與文學現象傳統，是當今一個亟待開發的學術研究領域。卞之琳有詩云：「你站在橋上看風景，看風景的人在樓上看你」(《斷景》)，當年看印度「風景」的人，現在該我們將他們當作「風景」來看了，應該將他們納入新世紀學術研究的視野中。因

5　除這些人之外，古代（東晉）的法顯、現代的湯用彤、陳寅恪、吳曉鈴、饒宗頤、徐梵澄、糜文開等著作家，也與印度文化有密切關聯，並有研究之必要。

此，打破虛構性作品與非虛構性作品的界限，在「佛心梵影」這一主題之下，在「中國作家與印度文化」的因緣關係這一框架中，將有關作家及作品予以系統的審視、評述與研究，將有助於中國文學中的印度形象的呈現，有助於中國人的印度觀的梳理與總結，有助於豐富中印文化與文學交流史的研究。

　　《佛心梵影》一書作為立足於中國文化與中國文學的中印比較文化與比較文學研究，僅僅是一個探索和嘗試，也許在專門家看來還不夠「專業」。的確，本書作者既不通印度古代語言，也未做過專門的印度研究。但是，從已有的學術研究的現狀來看，從總體上描述中國作家與印度文化之關聯的著作現在還付之闕如，這一空白不能一直留下去。現在，印度正處在顯而易見的崛起中，中印關係也將迎來不同以往的新的歷史時期，今後的中印文化與文化交流將如何適應新時代的要求，是一個值得思考的課題。站在「文學」的立場上，運用比較文學與比較文化的觀念與方法，對中印文化關係與精神交流中的重要人物加以評述和研究，並使之形成一個雖不完善但也相對系統的知識領域，在目前不僅是有意義的，而且也是可能的、可行的。

七十年來中國的印度文學史研究論評[1]

一　研究印度文學史的困難性與重要性

　　研究印度文史，比起研究其他國家或民族的文學史，有著兩個特殊的困難。困難之一是印度古來無「史」。由於宗教文化的高度發達，神話傳說取代了歷史學的功能，印度人對所崇拜的神及神化了的帝王將相的生平事蹟，極盡想像和渲染，敷演出汗牛充棟的神話傳說，並且信以為真，而視世俗層面的現實生活為虛幻不可靠，極為超越、解脫，因而根本不曾考慮記事為實，條縷為史。因此，作為世界四大古代文明的印度，卻沒有一部嚴格可信的歷史學著作。這一點同中國文化、希臘文化形成了鮮明對照。直到近代，才有歐洲學者在考古、考證的基礎上，參考古代中國及歐洲有關印度的記載，最先為印度人整理出「歷史」來。而研究和撰寫文學史著作也是十八世紀以來西方人學術研究、文學研究的一種常用方式，據說印度最早的文學史也是西方學者寫出來的。

　　現代中國人研究印度文學史的困難之二在於語言。西元十世紀以後，由於外來文化的衝擊和印度社會自身的變化，作為宗教祭祀和學術語言而在幾千年中被廣泛運用的梵語，在印度逐漸式微，各地方語言隨之逐漸興起。如北部地方的烏爾都語、旁遮普語、信德語、喀什米爾語，中北部地方的印地語、孟加拉語、奧里薩語、阿薩姆語、馬

1　本文原載《外國文學評論》（北京）2001年第3期。

拉提語、古吉拉特語，南部地區的泰米爾語、卡納達語、泰魯固語、馬拉雅拉姆語等。這些形形色色的語言並不是人們所想像的一般意義上的方言，它們之間有相互的影響，但差異頗大，有些甚至屬於不同語系。印度成為英國的殖民地以後，英語又在文化水平較高的人群中間流行。在這種情況下，印度獨立後的憲法不得不兼顧各方要求，將上述十六種語言（包括英語）都確定為法定語言。一個統一的國家竟有這麼多不同的法定語言，這在全世界也是獨一無二的。這種情況也給外國人學習印度的語言帶來了很大的麻煩。近代以來，中國有不少有識之士都關注印度，有的希望借鑒印度淪為殖民地的「亡國」教訓，有的寄希望於「佛教救國」，有的試圖復興包括中國和印度在內的東方文化。他們都希望更多、更深入地了解印度，但都碰上了語言的屏障。近代著名文化人中，除章太炎、蘇曼殊、許地山等極少數學者懂一些梵文之外，懂印度語言的人很少。當年魯迅與周作人在日本留學，曾打算跟章太炎學習梵語，但上了幾次課，便知難而退。康有為曾西遊印度，並著有《印度遊記》，但他並不懂印度語言。梁啟超對佛教和印度文化很感興趣，寫了不少這方面的文章，但他也不懂印度語言。對此狀況，梁啟超在一九二〇年曾感慨地說道：「隋唐以降，寺剎遍地，梵僧來儀，先後接踵，國中名宿，通梵者亦正不乏，何故不以梵語，泐為僧課？而乃始終乞靈於譯本，致使今日國中，無一梵籍，欲治此業，乃藉歐師，恥莫甚焉。」直到三〇年代後，還是有少數學者，如陳寅恪、季羨林等，「藉歐師」學習梵語，並成為現代中國研究印度文化與文學的中堅力量。一九四九年後，北京大學設立了印度語言文學專業，培養了梵語、印地語、烏爾都語的專門人才，但一般每人只通曉其中一種語言。

　　儘管了解印度文學有著這些特殊的困難，但中國學者深知印度文學在世界文學中的重要地位及其與中國文學的密切關係。在過去上千年中惟一對中國文學產生很大影響的外國文學只有印度文學。中國古典文學博大精深，並且澤被周邊諸國，但自東漢以降的上千年間卻持

續不斷地接受印度文化與文學的影響，這足以表明印度古典文化與文學的巨大魅力，並足以激起現代中國人了解印度文學的衝動。而治中國文學史的學者，假如沒有印度文學史的知識，就會對中國文學中的許多問題——如印度佛教對中國文學的影響問題、中國古代的翻譯文學問題、印度聲韻學與中國詩歌韻律的問題、梵劇與中國戲劇的起源問題、中國志怪、神魔小說與佛經故事問題，乃至於中國現代史上東西方文化優劣問題的論戰與印度詩聖泰戈爾訪華、泰戈爾與中國現代「小詩」的形成等等問題——不可能有深入的理解和把握。正因為如此，在中國現代文學史上，學習西方文學（還有東方的日本文學）固然是時代大潮流，但不少學者和文學家們並沒有忘記和忽視印度文學。

二　兩種《印度文學》

要系統地闡述印度文學，廣泛、全面地發表對於印度文學的看法，就必然要使用「印度文學史」這種著作形式。

於是，到了一九三〇年，這樣的著作出現了，那就是許地山的《印度文學》。此書由上海商務印書館於一九三〇年初次出版，它的問世填補了學術空白，在當時學術界影響較大，因而它先後在一九三一年和一九四五年兩次再版。它雖然未取名為「印度文學史」，而只叫作「印度文學」，但實際上是一部系統敘述從古代到近代印度文學發展進程的文學史著作。之所以不稱「史」，也許是因為它在資料和篇幅上還沒有達到足夠的規模（全書僅六萬五千字），我們可以把它看成是印度文學史的概論。此書在中國印度文學史研究領域的地位，是由它的開拓性所決定的。首先，在印度文學史的分期上，它作了這樣的劃分：

　　第一期　吠陀文學或尊聖文學

　　1.頌　　2.淨行書或奧義書　　3.經書

第二期　　非聖文學
　　1.佛教文學　　2.耆那教文學

第三期　　雅語文學
　　1.科學　　2.賦體詩與往世書　　3.寓言與戲劇　　4.興體詩
　　5.佛教文學

第四期　　近代文學
　　1.雅語　　2.俗語與外國語

　　這是一個簡明扼要而又切實可行的劃分方法。鑒於印度歷史從朝
代更替到作家生平等都是一筆糊塗帳，而文學作品大都不是作家個人
的創作，而是逐漸累積、長期形成的，因此很難用具體的時間和空間
座標來將作品定位。像中國文學史著作那樣按朝代更替作為劃分文學
史的根據是不可行的，只能將時間相對模糊化，大體按作品先後順序
及作品的類型來分期。許地山《印度文學》的這種文學史劃分法，對
後來的同類著作產生了很大的影響，一九四五年出版的柳無忌的《印
度文學》，以至金克木的《梵語文學史》，都大體沿用了這樣的方式。

　　許地山的《印度文學》作為第一部印度文學史著作，其中必然涉
及到印度文學史的許多專門名詞和術語的漢譯問題。此前，中國歷代
翻譯家翻譯了大量佛教典籍，有些名詞的翻譯已經固定化，《印度文
學》採用了不少這樣的譯詞。但對於佛教文學之外的印度文學術語、
名詞，在沒有借鑒的情況下，許地山不得不自行譯出。這些名詞術語
的翻譯，有不少為後來的學者沿用，產生了很大的影響。如將四部
《吠陀》本集分別意譯為「讚頌明論本集」、「歌詠名論本集」、「祭祀

明論本集」、「禳災明論本集」。這裡的「明」字取漢譯佛典的含義，即許地山所解釋的「知識」。這種意譯使人望名會義，堪稱巧妙。後來的一些學者（如柳無忌）仍然襲用許地山的這些譯名。此外，「往世書」、「五卷書」等作品譯名，以及後兩者作品中的人名，如羅摩、悉多、難敵、堅陣（戰）、廣博等，也是首次譯出並被後人沿用或部分沿用。還有一些名詞，許地山使用了漢語文學中的相關名詞來迻譯。例如，他把《吠陀》中頌神的抒情詩統稱為「頌」，把「雅語文學」時期的抒情詩稱為「興體詩」，把敘事詩比做「賦體詩」，雖不盡恰切，但對於幫助中國讀者理解印度文學還是不無裨益的。

　　不過，在對印度文學中某些重要體裁樣式的表述方面，許地山的《印度文學》也有一些不夠到位之處。例如，把吠陀文學稱為「尊聖文學」，而把佛教文學和耆那教文學稱為「非聖文學」。為什麼這麼界定？作者沒有交代。他似乎是想說明：吠陀文學屬於吠陀教─婆羅門教，它們在印度是正統教派，而佛教文學和耆那教文學都是反正統的，也就是「非聖」的。但這樣區分顯然有問題：吠陀教有吠陀教的「聖」，佛教和耆那教也有佛教、耆那教的「聖」，何況佛教、耆那教的興起晚於吠陀上千年，所謂「尊聖」和「非聖」也就沒有同一時間段上的對應性。另外，在對《摩訶婆羅多》和《羅摩衍那》的體裁性質的表述上也有些問題。從體裁上看，這兩部作品是「史詩」。雖然「史詩」（epic）這個詞來自西文，在印度和中國的傳統文學中沒有這一概念，但《摩訶婆羅多》和《羅摩衍那》與希臘的荷馬史詩完全同類，這在現在來說已是常識。但由於當時研究狀況的侷限，許地山對於兩部作品並沒有「史詩」的明確意識，在《印度文學》中甚至沒有使用「史詩」這個詞，而是分別使用「如是所說往世書」和「欽定詩」這兩個概念來表達《摩訶婆羅多》和《羅摩衍那》的體裁性質。書中是這樣表述的：「我們可以把印度的賦體詩分為兩類，一類是《如是所說往世書》（Itihasa-puranas），一類是欽定詩（Kavyas），如

是所說與中國古賦底體裁很相同，但在印度文學裡，這個名詞兼指歷
史、小說、寓言等作品而言。」他把《摩訶婆羅多》劃歸為「如是所
說往世書」這一類，又說之所以把《羅摩衍那》稱為「欽定詩」，是
「因為這類詩的作者多半是與朝廷有關係的人，所以也名為『欽定
詩』或『大詩』」。這裡使用的似乎是印度固有的概念，但現在看來，
「欽定詩」的說法並不確切，一是因為《羅摩衍那》原本是在民間神
話傳說的基礎上經無數文人加工而在很長的歷史時期內逐漸成形的，
很難斷言為「欽定」；二是如果說「欽定」，印度的宮廷文學都可以說
是「欽定」，並非只有《羅摩衍那》如此。由此可見，不從「史詩」
的角度來認識《摩訶婆羅多》和《羅摩衍那》這兩部作品，就難以把
握它們的根本性質。當然，作為中國印度文學史的開山著作，這些侷
限也是難免的，不好苛求作者。

許地山《印度文學》之後的第二部印度文學史著作是柳無忌的
《印度文學》，一九四五年二月由重慶中國文化服務社出版，同年五
月重印，一九八二年由臺北聯經出版事業公司再版。全書約十四萬
字，篇幅超過《印度文學》一倍以上。柳無忌學西洋文學出身，印度
文學並非他的專攻。據作者在聯經版的後記中說，他之所以寫這部
書，是因為一九二〇年在清華大學隨父親研究蘇曼殊，是蘇曼殊翻譯
的有關印度的詩歌激發他「神往印度文學」。其次是對泰戈爾的敬
慕，由「對於這位近代印度詩人的敬慕，擴展到對應古代印度文物的
憧憬」，由此下決心探尋印度文學中的珍貴寶藏。在資料來源方面，
作者大量吸收了印度文學研究領域的英文材料，這從書後所列的十八
種英文書目就可以看出來。同時，柳無忌也受到了許地山的《印度文
學》的多方面啟發和影響。書中多次徵引許著中的觀點和材料，許多
譯名也採自許著，同時在許著的基礎上有所突破和完善。例如，對於
《摩訶婆羅多》和《羅摩衍那》兩部作品，柳著雖然沿用了許地山的
「欽定詩」、「如是所說往世書」之類的提法，但他明確地把《摩訶婆

羅達》和《羅摩衍那》作為「史詩」來看待，並論述了它們作為「史詩」的文學特徵。再如近代文學部分，柳著大大拓展了論述的範圍。對於泰戈爾，許著只有二、三百字的篇幅，而柳著則作為全書的重點，著墨最多。柳著對於孟加拉短命女詩人陀露哆（1856-1874）高度重視，以單章的篇幅專門講述，這似乎是受了蘇曼殊的影響。陀露哆是蘇曼殊所譯介的為數不多的近代印度詩人之一，也是柳無忌通過蘇曼殊的譯文最早接觸的印度詩人之一。但是現在看來，陀露哆在印度文學史上的地位並不像在柳著《印度文學》中那麼高，後來出版的印度文學史著作中甚至連陀露哆的名字都找不到了。在最後一章〈印度獨立前後的文壇〉中，柳無忌認為印度獨立前後出現了三位傑出的作家，那就是烏爾都語詩人伊克巴（今譯伊克巴爾）、英語詩人奈都夫人、以烏爾都語和印地語雙語寫作的小說家普雷姜德（今譯普列姆昌德）。這是頗有見地的。

　　在研究與寫作方法上，正如作者自己所說：「本書的寫作，側重古印度文學的每一門的一、二部代表作品。及近代印度文學的兩位代表作家以為論述的中心，詳細評介，而並非史的、綜合的、概括的平行的敘述。」話是這麼說，但全書還是以歷史為經、以重點作家作品為緯的。它刪繁就簡，將頭緒紛繁、內容龐雜的印度文學加以篩選和簡化，用史的線索將重點作家作品的評述串連起來。它雖然還算不上是詳實的印度文學史，但起碼算得上是一部印度文學史簡編。全書簡明扼要，字裡行間充滿了對印度文學的熱愛之情，富有感染力，從框架結構到行文敘述都極為清晰明白，對於初學印度文學的讀者尤其有益。在印度文學史各時期的劃分上，柳著在許著的基礎上進一步將印度文學史的劃分加以簡化。許地山將印度文學史劃分為四個時期，而柳無忌則把三千年來的印度文學分為三大時期，即吠陀文學時期、雅語文學時期、近代的白話地方文學時期。作者解釋說：「第一為吠陀文學，約自西元前十世紀至西元後一世紀，這一千多年的文學完全是

宗教文學。第二期始於西元一世紀，以迄西元十二世紀回教徒入侵之
時，可稱為雅語文學」；而十二世紀以後，「在印度文學史上是一個較
為黑暗的時代，一直到西元十六世紀後，近代的白話地方文學漸漸興
起……」。這樣的三分法固然將印度文學史簡明化了，但也造成了許
多不該有的遺漏。如在印度文學史上占重要地位的佛教文學就被排除
在外了。雖然作者在講述《五卷書》時簡單交代了印度的民間文學，
但民間文學並不等同於佛教文學。他一方面承認佛教文學非常豐富，
但又認為佛教文學中「極少抒情的純文學作品，說教示範的性質重而
想像的成分少，不如吠陀頌那樣可視為印度文學主流。」實際上，印
度的幾乎所有作品都滲透著宗教意識，只是程度不同、表現方式有別
罷了，不能單以宗教性質作為印度文學史上作家作品輕重取捨的主要
依據。

三　梵語與印地語文學專史

　　上述兩種《印度文學》雖然都是文學史性質的著作，但作者不稱
其為「史」，除了作者的謹慎和謙虛之外，還在於它們在篇幅規模和
研究深度上基本還是為了適合普及的需要。一九四九年後的六〇年代
初，嚴格意義上的印度文學史著作出現了。首先問世的是金克木的
《梵語文學史》。

　　《梵語文學史》是金克木六〇年代初在北京大學東語系印度語言
文學專業使用的教材，一九六四年由人民文學出版社正式出版，一九
七八年再版。全書近三十萬字，是中國第一部專門的梵語文學史，也
是第一部由通曉梵語的人以第一手材料寫成的梵語文學史，第一部試
圖以馬克思主義觀點寫成的印度文學史。它的資料豐富詳實，內容全
面系統，論述嚴謹，分析透澈，建立了比較完善的梵語文學史體系，
確立了梵語文學史的基本內容，從閱讀原作入手，對作家作品特別是

重點作家作品作了透澈的闡釋和獨立的評價，至今仍不失其學術價值。當然它也帶有它寫作與出版的那個時代的鮮明印記。

　　金克木將梵語文學史的時期劃分為「《吠陀本集》時代」、「史詩時代」、「古典文學時代」三個階段，並根據這三個階段將全書分為三編。這種劃分法與上述許地山、柳無忌的劃分法有明顯的繼承關係。所不同的是，《梵語文學史》將這三個時期分別與列寧、斯大林的社會階段劃分理論聯繫起來，將《吠陀本集》時代稱為「原始社會和階級社會形成時期的文學」，將「史詩時代」稱為「奴隸社會的文學」，將「古典文學時代」稱為「奴隸社會和封建社會的文學」。作者在書的前言中很清楚地意識到，關於印度社會發展階段的劃分，例如「究竟印度的奴隸社會起於何時，又在何時發展到封建社會，這個過渡時期有多久，有什麼樣的特點和過程，各地先後差別如何，這類問題，幾乎人言人殊」。但儘管存在這樣的困難和問題，作者還是在梵語文學史的劃分中努力體現馬列主義的觀念和方法。但與此同時，也明顯地暴露出將這兩者生硬結合的痕跡。實際上，在社會發展階段的劃分問題上，馬克思從未主張將東西方各國納入一個簡化的統一概念模式中。馬克思將以古代印度為典型的亞洲社會稱為「亞細亞生產方式」，並且認為：「從遙遠的古代直到十九世紀最初十年，無論印度的政治變化多麼大，可是它的社會狀況卻始終沒有改變。」[2] 既然幾千年中印度社會狀況「沒有改變」，那麼對印度歷史劃分「奴隸社會」和「封建社會」有多大意義？《梵語文學史》努力以馬列主義分析問題的另一個表現就是階級分析。這從全書的標題目錄就可以清楚地看出來。在第二編和第三編的第一章都交代了文學的時代背景，也都強調了印度文學與階級鬥爭的密切關係，甚至將兩大史詩及吠陀文獻、佛教、耆那教文學概括為「反映階級鬥爭的龐大文獻」，這顯然反映

2　馬克思：《不列顛在印度的統治》，見《馬克思恩格斯選集》（北京市：人民出版社，1972年），第二卷，頁65。

了六〇年代「以階級鬥爭為綱」的政治氣候的影響。此外，作者還努力以馬列文學理論中的「現實主義」理論作為評價作家作品的主要依據，在論述和評價兩大史詩、《五卷書》、迦梨陀娑的戲劇等主要作家作品的時候，作品與現實生活的關係是作者的主要視角，而實際上，印度文學　（當然包括上述作品）的主導傾向是超越現實生活的、形而上的、冥想性的、神話式的、非現實主義的。從書中的許多具體論述中可以看出，作者非常清楚印度文學的這種特點，但他沒有將這種特點充分地展開來論述，而往往將它們歸結為「唯心主義」並加以貶抑。

　　因此，《梵語文學史》既有著鮮明的時代特色，也有著鮮明的中國現代學術的特色。金克木在書的前言中明確地表述了中國學者的這種自覺追求：「印度人寫自己的古代文學史，雖有西方的影響，畢竟離不開傳統背景及用語及民族觀點。西方人寫的也脫不了他們心目中的自己的傳統及觀點。寫本書時，我也時常想到我國的古代文學，希望寫成一本看出來是我國人自己寫的書。」作者完全實現了這一目標。從這一點來看，《梵語文學史》的「時代性」又是與它的中國學術特色密切相連的，因而我們似乎還不能簡單地視之為「缺點」，而應更恰當地視其為「特點」。另外，這種「中國特點」還表現為作者自覺的中印文學比較意識。由於作者對中國古代文學也同樣熟知，在書中的許多地方都可以發現作者有意將印度文學與中國文學作比較，雖然通常是三言兩語，卻富有啟發性。

　　梵語文學實際上在西元十二世紀以後就已經結束了它的歷史。金克木的《梵語文學史》也大體寫到十二世紀為止。十二世紀以後取代梵語文學的是各地方語言的文學。在各種方言文學中，較為重要的是印地語文學。一九八七年，劉安武的《印度印地語文學史》由人民文學出版社出版，成為繼金克木的《梵語文學史》之後又一部以某一語種文學為研究對象的印度文學史。據作者自述，所謂「印地語文學」

有廣義和狹義兩種不同的界定。狹義的印地語文學是指以梵語的天城體字母書寫的流行於德里地區的克利方言文學，到十八世紀才出現書面文獻；而廣義的印地語文學是指印地語語系文學，即克利方言及很接近克利方言的另外十幾種方言的文學。《印地語文學史》取的是廣義的印地語文學的概念，它從十世紀後開始寫起，寫到一九四七年印度獨立為止。全書二十八萬餘字，是中國第一部系統全面的印地語文學史。在文學史時期的劃分上，《印地語文學史》綜合吸收了印度同類著作的長處，設計了一個對中國讀者來說清晰簡要的分期法，將印地語文學分為初期（1350 年以前）、前中期（1350-1600）、後中期（1600-1857）、近代（1857-1900）和現代（1900-1947），並分六章分別講述。每章的第一節均為「概述」，交代該時期印地語文學的背景和概況，以下各節則分別講述重點作家作品。本書作為作者在北京大學東語系的講義，在體例上採用的是典型的教科書寫法，但由於它是中國第一部印地語文學史，書中所述大都為前人所未發，因而有著較高的學術品位。《印度印地語文學史》所提到的作家作品，除了普列姆昌德的多篇小說和杜勒西達斯的長詩《羅摩功行之湖》等少數作家作品在《印度印地語文學史》問世前後有譯介之外，大都至今還沒有譯本。因此，這部印地語文學史既填補了學術上的空白，對於一般讀者來說又是一本啟蒙書。

一九八八年，北京的知識出版社出版了中國社會科學院外國文學研究所黃寶生撰寫的《印度古代文學》。這實際上也是一部梵語文學史，但其中論及與梵語並不完全相同的中古時期的俗語文學。所以按作者的準確表述，這本書所研究的是「古代和中古印度雅利安語文學」。全書約十萬字，大體按歷史順序和文學樣式分別設 十二個專題，即：一、緒論，二、吠陀文學，三、兩大史詩，四、往世書，五、佛教文學，六、耆那教文學，七、俗語文學，八、古典梵語詩歌，九、古典梵語戲劇，十、故事文學，十一、古典梵語小說，十

二、梵語文學理論。由此可見其論述的範圍已包括了印度雅利安語文學的方方面面。這本書的特點是簡明扼要，深入淺出，不失為一本高水平的印度古代文學的入門書。只可惜印刷裝幀粗陋，印數也只有一千冊，影響了它在一般讀者中的傳播和影響。

四　綜合性多語種印度文學史

中國八〇年代以前的印度文學史研究著作，或是個人的專著，或是單一語種的文學史。但是，古代印度文學是多語種構成的相互聯繫、相互補充的系統。因此，完整的印度文學史應該是多語種文學的綜合史。但是，要撰寫這樣的一部文學史，必須具備幾個基本的條件。第一，由多語種的印度文學專家學者形成一個研究群體；第二，對印度古代文學研究的成果積累應達到一定程度。進入八〇年代後期，這樣的條件基本形成了。季羨林教授帶領他的學生，組成了一個印度文學史的寫作班子。一九九一年，他主編的《古代印度文學史》由北京大學出版社出版。這本書共有五編，四十三萬餘字，從西元前十五世紀一直寫到十九世紀中葉。第一編「吠陀時期」，第二編「史詩時期」，第三編「古典梵語文學時期」，第四編「各地方語言文學興起的時期」，第五編「虔誠文學時期」。五編共計三十二章，每編第一章均為「概論」，交代時代背景和文學概況，以下各章以各時期的文學類型和主要作家作品為論述中心。此書集中地展示了中國學者在印度古代文學研究上的成績和實力。季羨林在前言中說：「本書是集體協作的產物，主要是北京大學與中國社會科學院之間的協作。不這樣也是不可能的。我們現在研究印度文學的基礎，較之一九四九年前或五、六〇年代，當然要好多了。但是總起來看，仍然是比較薄弱的。我們寫作時，儘量閱讀原作，至少是原作的翻譯，這是寫一部有創見的文學史必不可少的步驟。但是，有許多印度語種目前在中國還是空

白，我們不得不利用其他語言的材料。這對本書的品質當然會有影響。然而話又說回來，能直接閱讀這樣多的原文而寫出的印度文學史，在我國還是第一部，我們也可以稍感自慰了。」

作為主編，季羨林的這段話是對《印度古代文學史》的恰當的自我評價。雖然這本書在文學的年代劃分、寫作體例等方面，與此前的文學史大同小異，並無多大創意，但是，在「多語種」——多語種的印度古代文學和多語種的研究專家——這一點上是空前的。而且，每位作者所執筆的部分，一般都是有專門研究和前期成果的。如作為《羅摩衍那》的翻譯者，季羨林撰寫了《羅摩衍那》的部分；作為《摩訶婆羅多》的翻譯主持者和古典梵語文學研究專家，黃寶生負責撰寫了《摩訶婆羅多》和古典梵語文學的大部分章節；佛教文學專家郭良撰寫了佛教文學部分；泰米爾文學專家張錫麟執筆泰米爾文學部分；印地語文學專家劉安武執筆撰寫有關印地語文學的部分；烏爾都語文學專家李宗華執筆撰寫了有關烏爾都語文學部分。其中，季羨林本人撰寫的《羅摩衍那》一章，吸收、精編了他自己的專著《羅摩衍那初探》（北京市：外國文學出版社，1979 年）中的材料和觀點；黃寶生撰寫的梵語文學部分，將他的《印度古代文學》一書的大部分相關內容做了移植和修訂；劉安武撰寫的印地語文學部分，大部分內容也來自他的《印度印地語文學史》。從這個意義上說，這部《印度古代文學史》基本上是一部「編著」。而且雖然並不稱為教材，但其寫法明顯具有教材的性質。儘管如此，以幾個主要語種的印度古代文學為內容，編寫成一本完整的《印度古代文學史》，這本身就具有重要的價值。雖然上述語種的文學並不是印度古代文學的全部（例如十世紀以後出現的、在印度文學史上具有重要地位的孟加拉語文學就很少被提到），但它基本還是一本比較完整的印度古代文學史。有了這本書，讀者就可以進入古代印度文學的天地中攬勝探奧，把握印度古代文學的大體面貌了。

　　《印度古代文學史》的下限到十九世紀中葉。據季羨林在前言中
透露，他們本來是要寫一部貫通古今的《印度文學史》的，但由於近
代和現代部分「缺的稿子還多」，所以臨時決定先出一部《印度古代
文學史》，時間的下限是十九世紀中葉。一直到一九九八年底石海峻
的《二十世紀印度文學史》問世之前，印度現當代文學史著作在中國
一直是空白。

　　《二十世紀印度文學史》是中國社會科學院外國文學研究所主持
的「二十世紀外國國別文學史叢書」的一種，由青島出版社出版。

　　由於受外來的英語語言文學的衝擊，由於印巴、印孟的分治等政
治事件的影響，二十世紀印度文學呈現出更加紛紜複雜的局面，再加
上二十世紀還沒有完全結束，許多文學現象還有待於時間的沉澱和過
濾，因而一個中國學者在世紀末為印度寫一部本世紀文學史，難度可
想而知。但石海峻知難而進，他主要憑藉英語和印地語的材料，寫出
了以孟加拉語文學、印地語文學兩種語言文學為重點並兼及其他各語
種的、內容比較全面的二十世紀印度文學史，從而在事實上銜接於季
羨林主編的《印度古代文學史》，使中國的印度文學史研究涵蓋古
今，大體完備。

　　研究和撰寫《二十世紀印度文學史》，除了語言、材料上的困難
之外，最大的困難大概就是為百年來的印度文學理出一個清晰的線
索。作為一部體例上統一的印度文學史著作而不是多語種的印度文學
史簡編，就必須在充分了解各語種文學的基礎上，抽繹出貫穿各語種
文學的理論線索，從而構築起文學史的框架體系。石海峻以二十世紀
印度文學思潮在各地區、各語種文學中的生成、演變為基本線索，以
對代表某一時期、某一語種文學成就的大作家的創作活動的評述為中
心，構建自己的文學史框架。全書二十三萬字，分為十八章，每章相
對獨立，但十八章內部又有一條貫穿到底的、時間推移與理論邏輯相
統一的線索。從十九世紀中期的啟蒙、復興運動寫起，接著依次寫到

二〇世紀初期的民族主義和神秘主義詩人奧羅賓多等作家，大文豪泰戈爾，二〇年代興盛的浪漫主義文學，穆斯林哲理詩人伊克巴爾，孟加拉語作家薩拉特，在甘地主義影響下的普列姆昌德等現實主義文學，三〇年代孟加拉文學中的現代派，薩拉特之後的三位孟加拉語小說家，三、四〇年代影響全印度的進步主義文學（左翼文學），印度獨立前後的其他小說家，四〇年代出現的實驗主義詩歌，五、六〇年代的新詩派與新小說派，五〇年代出現並延續到八〇年代的邊區文學，以克里山·錢德爾為代表的社會現實小說，七〇年代以後的「非詩派」和「非小說派」，八〇年代後的女性主義文學，印度的英語小說，等等。作者站在文化的多元性與統一性辯證結合的學術立場上，既強調不同語種、不同時期印度文學的差異，更在這種差異性中尋求統一。對不同的作家作品、不同文學現象的分析，也採取了不同的文學批評視角，並不用單一僵硬的文學價值觀作籠統的評判。這顯示了當代青年學者在學術上所具有的廣闊的視野和開放的觀念。同時，這樣的觀念和立場確保了全書作為文學史著作有著比較清晰的邏輯和歷史線索。不過，由於印度語文學史本身的豐富性和複雜性，要將所有的重要材料都納入一個嚴謹的理論框架內是困難的。如本書最後兩章，即第十七章「女性文學與賤民文學」和第十八章「印度英語小說」，是分別以作者類型和語種來分立成章的，而全書其他各章都是以思潮流派及重點作家為中心構架起來的。這兩章就容易給人以游離於全書框架之外的感覺。總體看來，二十世紀的中國學者為二十世紀的印度撰寫的這部文學史，在學術上的勇氣和開創意義是值得稱道的。

縱觀中國的印度文學史研究，從一九三〇年許地山的《印度文學》問世，到一九九八年石海峻的《二十世紀印度文學史》出版，其間走過了近七十年的歷程。這七十年的研究成果，將為下一世紀中國的印度文學及文學史研究的開拓、深化和繁榮提供可貴的經驗。

「文典」的「經典化」
——中國人對印度文學及泰戈爾的既定視野[1]

　　一直以來，我們中國人主要是通過閱讀「經典」來了解印度的。這裡所謂的「經典」，是嚴格意義上的作為宗教法典或作為道德倫理規範的權威文獻。而通常所謂的「文學經典」，不一定要附帶宗教與道德的權威價值。為了與嚴格意義上的「經典」相區分，可以考慮使用「文典」這個既有的古漢語詞，將具有審美典範意義的文學作品稱之為「文典」。「經典」是「經」，具有宗教性神聖性，「文典」是「文」，以其審美價值而被讀者接受，這是兩者的根本區別。

　　中國人主要是將印度文學作為「經典」，而不是作為純文學的「文典」來對待的。前人帶著「取經」的態度，歷經千難萬險到印度去，取回來的無論如何都得是「經」。但就印度佛教文獻而言，那麼龐雜的佛經文獻，在當時的印度都是「經典」嗎？「經典」之所以稱為「經典」，不僅由於它含有宗教性和神聖性，也需要經過盡可能多的讀者、在盡可能長的時間裡不斷加以閱讀、闡釋與研究。用這樣的標準來看，從東漢到唐代，我們翻譯的汗牛充棟的佛教文獻，特別是其中大量的民間故事文學，有相當一部分在印度恐怕至多是「文典」，難以稱為「經典」，而在中國，卻被視為「經典」，傳到朝鮮和日本則被進一步經典化，為了保持其經典性，甚至不敢再將那些漢譯經典再轉譯成日語或朝鮮語。因而在某種意義上，印度佛教傳統文獻的「經典化」大多是由中國人來實現的。

1　本文原載《中國社會科學報》（北京）2013年3月8日。

　　換一個角度說，中國人是靠「經典」的閱讀來看待印度的，一直以來中國人所了解的印度，實則是「經典」中的印度。這以玄奘的《大唐西域記》為代表。「經典」的印度是觀念化的印度，而不是活生生的現實印度。正如讀四書五經只能了解中國的經典文化，並不能了解中國的行為文化一樣。近百年來，中國學者研究印度的著作不少，無論是章太炎、梁啟超、陳寅恪、蘇曼殊、許地山、還是季羨林、金克木、徐梵澄等，研究的大都是經典的印度。中國人將印度「經典化」，歷經一千多年，已經形成一種定型化的期待視野。對古代印度如此，對現代印度也是如此。

　　對於泰戈爾，中國人差不多也是這種心態。

　　二十世紀初，特別是二〇年代，泰戈爾在中國的影響如此之大，固然與泰戈爾獲得諾貝爾獎有關，與他的文學成就有關，也與中國人對印度的經典化的閱讀期待、閱讀習慣有關。從近百年來中國的泰戈爾評論與研究的文獻來看，泰戈爾本人已逐漸被相當程度地神聖化了。泰戈爾訪華前後，人們基本上是在文典的層面上看待泰戈爾的，對他的思想觀點及作品，魯迅、陳獨秀等許多人予以商榷和批評。但此後，「文典」的泰戈爾逐漸變為「經典」的泰戈爾。當然，這與印度人國內將泰戈爾逐漸經典化和神聖化也密切相關。於是，在中國人撰寫的多種泰戈爾的介紹和傳記中，我們看到的是幾近聖人的泰戈爾，這與我們對其他各國文豪的了解，形成了對照。例如我們知道德國的歌德偉大，但也知道歌德的小市民氣；我們知道俄國的托爾斯泰偉大，但也知道托爾斯泰青年時代「無惡不作」和老年時代的精神危機；我們知道法國的巴爾扎克偉大，我們也知道巴爾扎克的世俗。從這個意義上說，泰戈爾的人及其作品都被雙重地「經典化」了。而事實上，作家這類人的特質，在於他不是供人學習和模仿的道德楷模，而是作為最典型的「人」，其身上體現出更為豐富多面的人性，所以

普通讀者才可以在他身上、在他的作品裡感受人性、反觀自我、了解社會。泰戈爾肯定也不例外。

　　泰戈爾的人與作品的「經典化」，對泰戈爾在中國的傳播有兩方面的影響。一方面，泰戈爾在許多研究者的眼裡是毋庸置疑的經典；另一方面，正由於被經典化，對一般讀者而言，泰戈爾離自己似乎很遠，以至感到難以理解。筆者在文學院課堂上用了對單個作家來說最多的課時來講泰戈爾，但發現學生們真正喜歡閱讀泰戈爾的並不多，以泰戈爾為對象寫學期論文或畢業論文的人也相對較少，這與我們對泰戈爾的定位很不相稱。我問學生這是為什麼，他們回答：難以讀懂，讀懂了也難以共鳴。相反，學習阿拉伯作家紀伯倫的分量比泰戈爾要小得多，卻在當代中國社會中擁有更多的讀者。

　　實際上，不光泰戈爾，整個印度文學在當代中國都遭遇了這種讀者偏少的窘境。中國讀者對印度文學「經典化」的既定的期待視野，可能是其中的重要原因之一。中印傳統文化已經實現了相當程度的交融，而中印現代文化卻存在著很大的鴻溝。在這種情況下，泰戈爾以及泰戈爾的閱讀與研究，應該成為中印之間相互理解的橋樑。我們今後的泰戈爾研究，是否可以從以往的「經典化」視閾中走出來，而把其作為一種不同於「經典」的「文典」加以闡發呢？因為從文學研究史上看，對大作家的研究越多，闡釋越多，其本來面目就越受到掩蔽，最後不得不有人來做「祛蔽」的工作，導致矯枉過正。有鑑於此，今後中國的泰戈爾研究是否應該考慮轉變視角，在業已「經典」化的泰戈爾之外，我們還需要將泰戈爾的作品作為審美性的「文典」看待，更多地將其「神聖性」落實到日常、落實到鮮活的人生，回歸於多面性，這樣，泰戈爾與新一代中國讀者的距離或許會更近些。

近百年來中國對印度古典文學的翻譯與研究[1]

一　對《沙恭達羅》等古典詩劇的翻譯與研究

　　印度是世界上古典戲劇藝術最發達的國度之一，從歷史淵源和繁榮程度上說，僅次於歐洲的古希臘，出現了像迦梨陀娑那樣的偉大的戲劇家及《沙恭達羅》那樣的偉大作品。《沙恭達羅》是七幕劇，寫的是一個國王到淨修林打獵，邂逅一位天神與大仙人所生的年輕美麗的淨修女沙恭達羅，當夜便相愛結合。沙恭達羅懷孕後到宮廷尋夫，卻因意外丟失國王的信物、國王喪失記憶而拒認。後經歷種種波折，終於大團圓。這是一部富有印度式的浪漫主義詩情畫意的詩劇，上千年來一直受到印度人民的喜愛，在印度文學史上居於崇高的地位，也是公認的世界古典名劇之一。但是中國古代翻譯印度典籍，是以佛教為中心的，與佛教無關的像《沙恭達羅》那樣的純文學作品，在近代以前一直未能引起翻譯家和學者們的重視，也一直沒有譯文。

　　到了近代，最早注意迦梨陀娑並加以推崇的是蘇曼殊。他在〈燕子龕隨筆〉中，稱迦梨陀娑為「梵土詩聖也。英吉利騷壇推之為『天竺沙士比爾』。讀其劇曲《沙恭達羅》，可以覘其流露矣」。[2] 蘇曼殊特別讚賞的是迦梨陀娑的代表作《沙恭達羅》。他在《文學因緣自序》中說：「沙恭達羅者，印度先聖累舍密多羅女，莊豔絕倫。後此

1　本文原載《北京師範大學學報》（北京）2001年3期。
2　蘇曼殊：《蘇曼殊全集》（上海市：北新書局，1928年），第二卷，頁58。

詩聖迦梨陀娑作《沙恭達羅》劇曲，紀無能勝王與沙恭達羅慕戀事，百靈光怪，千七百八十九年，Willian Jones（威林，留印度二十年，歐人習梵文之先登者）始譯以英文。傳至德，Goethe〔歌德〕見之，驚歡難為譬說，遂為之頌，則〈沙恭達緰〉一章是也。Eastw ick 譯為英文，衲重移譯，感慨繫之。」[3] 蘇曼殊的譯文是：「春華瑰麗，亦揚其芬，秋實盈衍，亦蘊其珍。悠悠天隅，恢恢地輪，彼美一人，沙恭達緰。」[4] 顯然，蘇曼殊在這裡是借重歌德的詩，讚揚和推崇《沙恭達羅》。一九〇九年，蘇曼殊在用英文撰寫的《潮音・自序》中表示：「此後我將盡我的努力，翻譯世界聞名的《沙恭達羅》詩劇，即我佛釋迦的聖地，印度詩哲迦梨陀娑的名著，以獻給諸位。」[5]但蘇曼殊好像最終沒有翻譯出來，最起碼是沒有公開發表。

季羨林在〈《沙恭達羅》譯本新序〉中談到了《沙恭達羅》的中文譯本的情況，他說：「王哲武根據法譯本譯過，在《國聞週報》上發表。出過單行本的有王衍孔譯本和王維克譯本，都是根據法文譯的；還有糜文開譯本，是根據英文譯的。盧冀野曾把《沙恭達羅》改為南曲，名叫《孔雀女金環重圓記》。」[6] 除了季羨林提到的之外，現在可以查到的最早的《沙恭達羅》的譯本是現代戲劇家焦菊隱翻譯的《沙恭達羅》的第四、五幕，譯名為《失去的戒指》，載一九二五年《京報・文學週刊》；王哲武據法文譯出的本子《沙恭達娜》連載於《國聞週報》第六卷；王維克的譯本是最早出版的單行本，一九三三年由上海世界書局出版；還有朱名區根據《沙恭達羅》世界語譯本編譯的戲劇故事《莎恭達羅》，一九三六年由廣東汕頭市立第一小學校出版部出版；盧前（冀野）的譯本《孔雀女》由重慶正中書局一九

3　蘇曼殊：《蘇曼殊全集》（上海市：北新書局，1928年），第一卷，頁123。

4　蘇曼殊：《蘇曼殊全集》（上海市：北新書局，1928年），第一卷，頁89。

5　蘇曼殊：《蘇曼殊全集》（上海市：北新書局，1928年），第一卷，頁131。

6　季羨林：《中印文化關係史論文集》（北京市：生活・讀書・新知三聯書店，1982年），頁482。

四五年初版，一九四七年再版；王衍孔的譯本一九四七年由廣州知用中學圖書館印行；糜文開的譯本《莎昆妲羅》一九五〇年由臺灣全右出版社出版。最後是季羨林的譯本《沙恭達羅》，一九五六年由人民文學出版社出版，後又多次再版。

在上述各種譯本中，盧前譯本、王維克譯本、季羨林譯本各有特色，為各不同階段的譯本的代表。盧前的譯本以中國傳統的南戲的形式翻譯。他在譯序中說：「一劇之成，角色為先，情節排場，至於砌末，自宋元以來，所呈於氍毹間者，罔不有類梵劇。此間消息，至堪尋味。隨本移錄，先成初譯，暇當譯成定稿，取南戲之式，供治劇史，有所參覽焉。」[7] 可見，盧前之所以要按中國南戲的體式來翻譯，是因為宋元以來的中國戲劇，在許多方面與梵劇類似；以南戲體制來翻譯，可供中國戲劇研究者參考。從某種意義上說，以中國傳統戲曲的形式，而不是以歐洲話劇的形式來翻譯梵劇，似乎更能體現中國化的翻譯的正軌。盧前的譯本基本上是把原文中屬於韻文的臺詞，用南戲的唱詞的方式來譯。如第四場中的表現沙恭達羅即將離別淨修林一段：

　　沙：我父，此地有只孕鹿，在茅舍旁，她若生了小鹿，請派人
　　　　將此佳音告知我。別忘了呵。
　　康：不會忘記的。
　　沙：（跌科）喲，喲，誰拉住我的衣服，不許我走？（回顧科）
　　康：（唱）你用油醫治過他嘴，那只鹿，
　　　　最愛在你手中吃米穀。
　　　　你素來調護他最周到
　　　　他哪裡願離開你而孤獨。

7　盧前：〈沙恭達羅譯序〉，《沙恭達羅》（重慶市：正中書局，1945年）。

　　沙：我要離開家啦，鹿兒，你為什麼只跟著我？記得你生下
　　　　來，母鹿就死了，我看護你那麼大，現在我雖然離開你，
　　　　康發長老會照顧你的。回去吧，回去吧。（行且哭科）

　　儘管梵劇原文中並沒有唱詞，但讀者在讀譯文中這些標明「唱」
的段落時，實際上很清楚自己是在欣賞韻文。雖然譯本語言還算不上
是本色的南戲戲文，但這樣的翻譯卻能使習慣於傳統戲曲的讀者讀起
來感到熟悉和親切，而且雖然盧前的譯文是轉譯過來的，但也相當忠
實於原文。為了對比起見，讓我們再看看王維克的同一段譯文：

　　沙恭達羅　父親呀，你看見草地上的那只母鹿嗎？她的肚子大
　　　　　　　了，走不快了……她生小鹿的時候，請你派人來告
　　　　　　　訴我！
　　岡浮　我不會忘記的。
　　沙恭達羅　（忽然停下來）誰踩住了我衣裾？（轉身一看）
　　岡浮　這是你寵愛的小山羊，你的乾兒子。他的嘴唇被荊棘刺
　　　　　破了的時候，總是你替他搽油，他曾經在你的掌心上吃
　　　　　吸米粟；他現在捨不得你離開這裡！
　　沙恭達羅　（對小山羊）可憐的小東西，為什麼你要挽留一個
　　　　　　　不得不離開這裡的人呢？你生下來就沒有媽媽，是
　　　　　　　我撫養你的……今天早晨，你才知道這種難過的事
　　　　　　　情，然而我的父親一定會特別愛護你，快回家去，
　　　　　　　再會吧！（她垂淚）

　　王維克的譯本在季羨林的梵文原本翻譯出版之前，一直在讀者中
流傳較廣。一九五四年，人民文學出版社將此譯本再版。五〇年代中
國政府總理周恩來訪問印度時，曾將此譯本的綾羅精裝本作為禮品贈

送印度友人。王譯本採用道地的白話翻譯，語言通俗、流暢、上口，較好地體現出了戲劇語言的特徵和規範。只是，在上引譯文中，前面的「小鹿」後面變成了「小山羊」，這恐怕是王維克所依據的法文譯本如此，原文當為「小鹿」。下面是季羨林根據梵文原本翻譯的同一段譯文：

> 沙恭達羅　父親呀，什麼時候那一隻在茅棚周圍徘徊的由於懷了孕而走路遲緩的小鹿生了小鹿，請你一定向我報喜，別忘了啊！
>
> 乾婆　孩子，我不會忘記的。
>
> 沙恭達羅　（作欲行又住狀）啊哈！這是什麼東西總是跟在腳後面牽住我的衣邊？（轉身向周圍看。）
>
> 乾婆　每當小鹿的嘴給拘舍草的尖刺紮破，
> 你就用因拘地治傷的香油來給它塗。
> 你憐惜他，用成把的稷子來餵它，
> 它離不開你的足跡，你的義子，那只小鹿。
>
> 沙恭達羅　孩子呀，你為什麼還依戀我這個離開我們同居的地方的人呢？你初生不久，你母親死後，我把你撫養大了，現在我們分別後，我的父親會關心你的。你就回去吧，孩子，你回去吧！（哭）

季羨林的譯本，從忠實原文的角度看，無疑具有權威性。他一直反對轉譯，恐怕也是從忠實於原作的角度來考慮的。這個譯本的問世，使其他譯本基本上退出讀者市場，近半個世紀以來，幾度再版，影響很大。但仔細讀來，也有白璧之瑕，正像《羅摩衍那》譯本一樣，也存在著譯文的語言上的問題。例如在上引譯文片段中，「什麼時候那一隻在茅棚周圍徘徊的由於懷了孕而走路遲緩的小鹿生了小

鹿」、「你為什麼還依戀我這個離開我們同居的地方的人呢」之類的句子，作為戲劇臺詞有些冗長，影響了戲劇語言的節奏與美感。

　　季羨林對《沙恭達羅》的研究，集中體現在他一九七八年寫的〈《沙恭達羅》譯本新序〉中。這篇長文為人們提供了作家作品的可靠的背景材料，並且談了他對劇本的看法。他認為：「從主題思想方面來看，這一部作品看不出什麼偉大之處。劇中著力描寫的是男女的愛情，而愛情這樣一個主題又是世界一切國家的文學中司空見慣的，絲毫也沒有什麼特異之處。然而據我看，迦梨陀娑的偉大之處就正在這裡：他能利用古老的故事，平凡的主題，創造出萬古長新的不平凡的詩篇。」季羨林用中國讀者所熟悉的唐明皇與楊貴妃的故事，來說明迦梨陀娑筆下的國王是個「情種」，作者由此表現了「自己理想中的愛情」。這是非常有啟發性的見解。但是另一方面，他又把這種超現實的「理想」性，時時拿來同「現實性」相對照，對作家作品進行政治學、社會學層面的分析，認為「迦梨陀娑不但為國王的目前統治服務，他還關心國王的傳宗接代問題」；「詩人是把自己理想中愛情強加到皇帝身上。……然而在詩人的筆下，國王也成了一個情種。迦梨陀娑說的是真話呢，還是假話，我看也有真有假。」這樣將一部「理想」性的、充滿神話傳奇色彩的作品，拉回到「社會現實」中進行分析，自然可以看出作者許多的「矛盾」甚至虛假來。金克木在《梵語文學史》中表達了同樣的看法。他寫道：《沙恭達羅》「全劇中所處理的國王是一方面被加以種種粉飾，而另一方面仍然暴露了統治者醜惡面容的形象。……作者寫了風流天子的多情也暴露了當時的統治者，畫出了一個含有矛盾而完整的形象。」[8]一九八〇年代，一些《沙恭達羅》的評論者將社會學分析絕對化、簡單化。這首先表現在那時出版的許多作為大學教材的《外國文學史》、《東方文學史》中有關迦梨

8　金克木：《梵語文學史》（北京市：人民文學出版社，1964年），頁306。

陀娑及《沙恭達羅》的章節。有的教科書認為：國王豆扇陀「是奴隸
主階級專制主義勢力的最高代表。……豆扇陀是最大的剝削者……最
大的壓迫者……是個荒淫、虛偽、驕橫的統治者」。[9] 後來，這種脫
離作品實際的極端簡單化的說法受到了一些文章的批評。但直到九〇
年代，關於迦梨陀娑及《沙恭達羅》的評論文章不斷出現，絕大多數
文章的基本思路卻沒有多大的變化。評論者習慣於從社會關係、家庭
婚姻、倫理道德的層面上看問題，論述著女主人公沙恭達羅如何真善
美，討論著男女主人公的愛情是不是真正的愛情，國王豆扇陀對沙恭
達羅的愛是虛偽的還是真誠的，作者對豆扇陀是否定還是肯定、美化
還是批判，《沙恭達羅》的「主題思想」是什麼，等等。這樣的研究
並不是沒有意義，但是，在先入為主的既定觀念的束縛下，往往只能
拿外國作品來印證自己的既有觀念，將研究對象一廂情願地加以曲
解，使結論脫離作品本身的實際，其結論過分「現代化」和「中國
化」，從而削弱了文學研究應有的科學性，這無助於正確地理解和認
識我們的評論與研究對象。

　　迦梨陀娑的另一個重要的劇本《優哩婆濕》也由季羨林譯出，人
民文學出版社一九六二年出版。《優哩婆濕》描寫的也是一個國王與
一個天女優哩婆濕的戀愛故事。但與《沙恭達羅》相比，思想與藝術
上要遜色得多，在關鍵的情節發展中有隱身術、人變成植物又恢復原
形等匪夷所思的荒唐奇蹟，人物的性格發展缺乏內在邏輯性。這個劇
本自一九六二年出版後，除九〇年代後期被編進《季羨林文集》之
外，一直沒有再版，在中國的影響不大。但季羨林所寫的、附在譯本
之後的〈關於《優哩婆濕》〉一文，卻是一篇很有用的文章，不僅對
於讀者理解《優哩婆濕》，而且對於讀者正確地了解迦梨陀娑的《沙
恭達羅》乃至整個印度古典戲劇文學，都有重要的參考價值。文章交

9　二十四所高等院校：《外國文學史》（長春市：吉林人民出版社，1980年），第一
　　冊，頁113。

代了印度傳統的戲劇藝術理論與作品的關係。他認為像劇中女主角優
哩婆濕和男主角國王補盧羅婆娑，都是根據印度傳統戲劇理論所總結
的規則而塑造出的一種人物類型，並分析了有關類型的人物所具有的
性格特點。由此讀者可以明白，印度的戲劇作品是自覺地按照古典戲
劇理論所規定的程式來寫作的。這有助於我們理解包括迦梨陀娑的劇
本在內的印度古典戲劇的程式主義特徵。像這樣深入到印度文化內
部，立足於印度的傳統的文藝觀念來解讀作品，是很有啟發性的。只
可惜，這篇文章沒有將這個問題進一步深入展開，談到印度古代戲劇
理論，只籠統地說「印度傳統的藝術理論」。究竟是哪一個理論家，
哪一部戲劇理論著作？季羨林沒有提到。

　　印度古典戲劇的另一位翻譯家、研究家是吳曉鈴。他在一九四二
至一九四六年曾赴印度研習過印度古典戲劇。五○年代後期他將兩部
重要的印度古典劇本《龍喜記》和《小泥車》直接從梵文原本翻譯出
來（人民文學出版社，1956、1957 年）。吳曉鈴所選的這兩個劇本，
在印度古代戲劇中均很有代表性。《龍喜記》是將佛教的自我犧牲的
利他主義說教與愛情傳奇故事結合起來的典型。《小泥車》是印度古
代戲劇中少見的以現實生活為題材、以政治鬥爭為主題的作品，也是
少見的篇幅龐大（漢譯文十七萬字）的、人物眾多、情節曲折複雜、
結構嚴謹的劇本。這兩個劇本的翻譯，提供了《沙恭達羅》、《優哩婆
濕》那樣的宮廷戀愛劇之外的不同類型，豐富了中國讀者對印度古典
戲劇的知識和認識。吳曉鈴為兩個譯本所寫的「譯者的話」，體現出
了譯者對譯作的深入研究，行文平實、嚴謹，更可貴的是文中很少那
個年代常見的「左」的理論教條，因而現在看來也仍是這方面研究的
權威文章。例如，他在《小泥車》的「譯者的話」中，詳細地分析、
比較了《小泥車》這樣的所謂「極所做劇」（即「社會劇」、「世態
劇」）與迦梨陀娑的《沙恭達羅》那樣的「英雄喜劇」的不同特徵：
第一，從劇本的題材來講，「英雄喜劇」的題材一定要從古典名著裡

擷取，而「極所做劇」則可以由作者虛構，從現實生活中取材；第
二，從劇本的角色來看，「英雄喜劇」的男主角必須是帝王天神，女
主角必須是皇后、公主、天仙，而「極所做劇」中的人物可以來自社
會的各階層的人物。第三，從劇本所抒發的情緒（現通譯為「情
味」）來看，「極所做劇」實際上比「英雄喜劇」更豐富。吳曉鈴總結
說：「我總覺得，這兩種形式的戲劇是根本不一樣的。我認為『英雄
喜劇』是屬於印度上層社會的產物之列的，更確切地來說，是宮廷
劇。『極所做劇』是屬於印度人民的，至少是城市庶民的創造。如果
和我們的《三百篇》相比，『英雄喜劇』是『三頌』，『極所做劇』就
是印度的『十五國風』。」[10] 吳曉鈴的這種分析、比較和結論都令人
信服。

二　金克木等對古典詩歌的翻譯與研究

　　印度是詩歌大國，從四部《吠陀本集》，兩大史詩，到十八部神
話傳說集「往世書」，再到佛經故事中的偈頌，還有古典戲劇中很大
部分臺詞，都使用韻文體。千年來，中國對印度詩歌的翻譯，主要是
佛經中的偈頌詩，而純詩歌作品，則幾乎是空白。直到現代，印度純
文學才被譯介過來，而為翻譯印度詩歌做出最大貢獻的，是金克木。

　　一九五六年，金克木翻譯了迦梨陀娑的長詩《雲使》，由人民文
學出版社出版精裝單行本，同時與季羨林譯《沙恭達羅》合為一冊，
作為「紀念印度古代詩人迦梨陀娑特印本」出版了另一種精裝本。
《雲使》是迦梨陀娑詩歌中最優秀的作品，也是印度古典詩歌中的瑰
寶。詩歌寫了一個被貶謫到偏遠的羅摩山上的小神仙藥叉被迫和新婚
的愛妻分離一年。七月，當雨季來臨的時候，藥叉思妻心切，就托一

---

10 吳曉鈴：《小泥車・譯者的話》（北京市：人民文學出版社，1957年）。

片緩緩地向北方家鄉飄去的雨雲，讓它轉達自己對妻子的思念之情。藥叉把雨雲看作自己的朋友，詳細地向它講述了北去的行程路線和沿途美麗誘人的風景，又想像雨雲飄到他家院子上空、看到他妻子的情景，相信妻子為思念他而如何神形憔悴。這首詩構思奇絕，情感真摯，文采飛揚，堪稱千古傑作，代表了梵語抒情詩的最高成就。金克木在題為《印度的偉大詩人迦梨陀娑》的譯本序中說：「他（迦梨陀娑）的譯本非常難譯；恐怕沒有一部語言的翻譯能夠傳達吟詠原作時的情調。例如《雲使》通篇用了一種『緩進』調，一節六十八音，就是以兩個三十四音構成一聯，其中十七音相當於現在詩的一行，由此表現出夏季雨雲懷著電光雷聲緩緩前進的情調；這個梵語所特有的表現力是不能移植到現代語言中。」[11]誠然，譯詩本來就難，歐洲中世紀的詩人但丁甚至早就斷言詩歌是不能翻譯的，但是，在中外翻譯史上，成功的譯詩還是不少。金克木意識到了翻譯《雲使》的困難，同時他更做出了成功的嘗試。現在看來，在中國的印度文學翻譯中，金克木譯《雲使》是少見的頗為成功的例子。金克木本人就是現代文學史上的重要的詩人，詩人譯詩，最為合適。從譯文中可以看出，金克木具有非常敏銳的語言審美感受與表現能力，他用標準的現代漢語，很好地、近乎完美地表現了他所說的原詩的「緩進調」，既保留了原詩的印度風味，也體現出現代漢語詩意特徵，讀起來酣暢、圓潤、流麗。例如，藥叉想像雨雲飄到了他家的院子裡，他便請求雨雲在院內假山的峰頂上就座，以觀看屋內他那可愛又可憐的嬌妻。其中有一節金克木是這樣譯的：

> 那兒有一位多嬌，正青春年少，皓齒尖尖，
> 唇似熟頻婆，腰枝窈窕，眼如驚鹿，臍窩深陷，

---

11 金克木：〈雲使譯本序〉（北京市：人民文學出版社，1956年）。

> 由乳重而微微前俯，因臀豐而行路跚跚，
> 大概是神明創造女人時將她首先挑選。

這是第八十二節詩。再看第八十九節譯文：

> 她由憂思而消瘦，側身躺在獨宿的床上，
> 像東方天際的只剩下一彎的纖纖月亮；
> 和我在一起尋歡取樂時良宵如一瞬，
> 在熱淚中度過的孤眠之夜分外悠長。

每一行都在十七個音（字）左右，在音節上與原詩基本一致。在中國傳統詩歌中，像這樣的長句子殆無所見，但我們讀金克木這樣的譯文並不覺得拖沓滯重，反倒覺得如長風行雲，飄飄灑灑，詩趣盎然。為什麼呢？就在於譯者將譯文的風格與原文的風格、譯文的形式與原文的形式，達成了一種高度的和諧，從而進入了「化境」。在中國現代譯詩中，由翻譯日本的俳句和泰戈爾的小詩而形成了中國的「小詩」詩體，由翻譯歐洲的十四行詩而形成了中國的「十四行詩體」，由翻譯蘇聯的馬雅科夫斯基的階梯詩而形成了中國的「階梯詩體」。而金克木翻譯的《雲使》，實際上也在中國形成了一種「印度詩體」——有印度味的中國詩。

　　金克木翻譯的另一部重要的印度古典詩集是《伐致呵利三百詠》。這是一部在印度流傳很久、很廣的梵語短詩集。從內容上看，大半是哲理、格言詩，表現了一個不得志的詩人對世事人生的體悟與感慨。金克木的譯本根據印度學者高善必的「精校本」翻譯。早在一九四七年，就譯出了《三百詠》中的六十九首，發表於一九四八年《文學雜誌》第二卷第六期。一九八二年，人民文學出版社出版了《伐致呵利三百詠》的高善必精校本的全本。全本實際上也不是「三

百詠」，而是「二百詠」——所譯出的只是精校本所確定無疑的屬於
伐致呵利本人所做的二百首詩。金克木的譯詩，按原詩的基本格式，
每首詩排列四行，句式有長有短，比較靈活自由。有的譯詩句式整
飭，格律嚴整，如第六首：

　　當初無知識，愛欲暗遮眼，
　　只見全世間，盡是女人臉；
　　而今獲智慧，如塗明目煙，
　　平等視一切，一切皆大梵。

有的譯文句式在靈活中見工整，如第五十九首：

　　又真誠，又虛假；又嚴厲，又甜言蜜語；
　　又殘忍，又仁慈；又貪婪，又慷慨大方；
　　又不斷花費，又有大量錢財滾滾來；
　　帝王行為像妓女，有不止一種形相。

　　一九八四年，湖南人民出版社出版了金克木編譯的《印度古詩
選》。這個譯本篇幅不大，只有一百六十五頁（大三十二開）。但編選
的範圍比較廣，有吠陀詩，有史詩《摩訶婆羅多》的插話片段《莎維
德麗》，有佛經《法句經》選、《伐致呵利三百詠》選、《嘉言集》選
等格言詩，有《雲使》及《妙語集》中的抒情詩。其中吠陀詩共譯出
二十首，在這本《古詩選》中占重要地位。四部《吠陀本集》是印度
最古老的詩集，但此前中國一直未有翻譯。它的翻譯，不僅對印度文
學的欣賞，而且對於神話學、宗教學等方面的研究都有參考價值。一
九八七年，季羨林、劉安武合作編選了另一種《印度古代詩選》，篇
幅為三百八十頁，選題更加全面，有金克木譯的吠陀詩、《摩訶婆羅

多》片段、《伐致呵利三百詠》選、《雲使》，有張錫林譯的泰米爾語格言詩《古拉爾箴言》，黃寶生譯的勝天的梵語長詩片段《牧童歌》、劉安武和劉國楠譯的印地語詩人加耶西、杜勒西達斯等人的詩篇、李宗華譯的烏爾都語古詩等，是一部多語種的印度古代詩歌的選集。其中許多詩篇為首次譯出，填補了印度古代文學漢譯的空白。

三　對印度古代詩學理論的譯介與研究

　　印度古代的詩學理論（文論）方面的書籍，數量很多，在理論思路上既不同於西方，也不同於中國，也很有印度民族特色。中國對印度文論的翻譯，最早可以上溯到一二七七年西藏的多吉堅贊對檀丁的《詩鏡》的藏文翻譯。這部書對中國藏族的文學及文學理論，產生了一定的影響。漢譯印度文論，是最近幾十年以來的事情。一九六五年，人民文學出版社出版的《古典文藝理論譯叢》第十輯，選收了金克木翻譯的婆羅多牟尼的《舞論》、檀丁的《詩鏡》和毗首那他的《文鏡》等三部著作的片段譯文。一九八〇年，人民文學出版社又出版了金克木翻譯的《古代印度文藝理論文選》。該譯本是在上述「譯叢」的基礎上擴充而成的，除了《舞論》、《詩鏡》、《文鏡》的選譯之外，還有阿難陀伐彈那的《韻光》、曼摩吒的《詩光》的摘譯。譯本共九十七頁，可以說是印度古代文論的一個精選譯本。

　　翻譯理論著作，尤其是印度古代的理論著作，比翻譯一般的文學作品要困難得多。為什麼呢？因為印度古代文論也像中國古代文論一樣，在概念的使用上曖昧模糊，在文體上沒有形成西方那樣的純理論的、論辯的文體，而是與詩歌等文學作品的文體雜糅在一起。翻譯這樣的理論著作，已超出了通常所說的「翻譯」本身，而必須是研究與翻譯的結合。換句話說，沒有研究就難以翻譯。這恐怕就是為什麼印度古代文論漢譯很少的主要原因。學術界、文藝理論界的有識之士一

方面不滿西方文論在中國的「話語霸權」，希望能夠發掘和宏揚中國、日本、印度等東方國家的文藝理論遺產，但卻苦於印度等東方國家的文論譯介太少。幾十年來，特別是最近二十年來，西方的重要的理論著作不必說，就是許多沒有多大價值的書，也被大量翻譯過來，而能夠翻譯東方文論的人，卻如鳳毛麟角。在這種情況下，金克木的《古代印度文藝理論文選》就顯得尤其珍貴。迄今為止，它仍然是中國唯一的一種印度古代文論的譯本。到了九〇年代，曹順慶在主編《東方文論選》時，其中的印度文論部分，也只能悉數收入金克木的現有譯文，另約請黃寶生譯出了婆摩呵的《詩莊嚴論》、勝財的《十色》、《新護的舞論注》的片段，才使漢譯印度文論達到了二十來萬字的規模。

　　金克木的《古代印度文藝理論文選》既是一個譯本，也是一部獨特的研究著作。譯者寫了一篇萬言長序，詳細地交代了印度古代文論的主要著作及其內容，同時論述了印度古代文論的發展線索、主要流派及其特點。在譯文中，金克木做了大量的注釋，這對讀者理解原作是非常必要的。總體來看，金克木的譯文還不算難懂。只是在某些重要術語的翻譯造詞上，有令人費解之處。例如《舞論》中的幾段譯文：

> 味產生於別情、隨情和不定的〔情〕的結合。（第5頁）
> 滑稽以常情（固定的情）笑為靈魂。它產生於不正常的衣服和妝飾、莽撞、貪婪、欺騙、不正確的談話、顯示身體缺陷，指說錯誤等等別情。它應當用嘴唇、鼻頰的抖顫、眼睛睜大或擠小、流汗。臉色、掐腰等等隨情表演。（第9頁）
> 悲憫是起於常情（固定的情）悲。它產生於受詛咒的困苦、災難、與所愛的人分離，喪失財富、殺戮、監禁、逃亡、危險不幸的遭遇等等別情。它應當用流淚、哭泣、口乾、變色、四肢無力、歎息、健忘等等隨情表演。（第11頁）

　　上引第一句，是給印度古代文論中最重要的、核心的概念「味」
下定義。但這句話中，還有上引後兩段話中，都有兩個關鍵的術語：
「別情」、「隨情」。這兩個術語對理解什麼是「味」、乃至理解整個
《舞論》的理論構建，都至關重要。但是，譯者自造的這兩個詞，卻
很難懂，而且很容易使一般讀者產生誤解。而後來黃寶生的翻譯很好
地解決了這個問題。上引第一段，黃寶生的譯文是：味產生於情由、
情態與不定情的結合。[12] 這裡將金克木的「別情」改譯為「情由」，
將「隨情」改譯為「情態」，譯得輕鬆、自然、巧妙。這樣一來，
「味」以及「情由」、「情態」的意思就相當清楚明白了。

　　在金克木之外，黃寶生不僅為《東方文論選》翻譯了一些印度古
代文論的原作，而且對印度古代文論做了專門的研究。他寫的長達三
十六萬字的《印度古典詩學》（北京大學出版社，1993 年）的專著，
是中國第一部有關的研究專著。作者認為印度古代文論「在本質上符
合古印度和古希臘的『詩學』概念，相容詩歌理論和戲劇理論」，所
以書中分上、下兩編分別論述「梵語戲劇學」和「梵語詩學」。從這
部書中可以看出，作者認真研讀了梵語詩學的原作，並在此基礎上將
本來缺乏嚴密邏輯的各種印度古典詩學及其提出的理論觀點，加以系
統化、邏輯化，並提出了自己的見解。在上編，作者將印度的戲劇理
論分為「味和情」、「戲劇的分類」、「情節」、「角色」、「語言」、「風
格」、「舞臺演出」等方面，全面地清理了印度古代戲劇學的理論建
樹；在下編，作者根據通常劃分的梵語詩學的理論流派「莊嚴論」、
「味論」、「韻論」、「曲語論」、「推理論」、「合適論」等，對各種詩學
著作展開評述。這部著作是了解印度古代文論不得不讀的入門書。一
九九七年，桂林灕江出版社出版了倪培耕的《印度味論詩學》一書。
這是中國第二部研究印度古代文論的專著，而且研究的是一個「味」

---

12 黃寶生：《印度古典詩學》（北京市：北京大學出版社，1999年），頁41。

字。正如西方的文藝理論的核心概念是「美」、中國古代文論的核心概念是「意境」、日本文論的核心概念是「物哀」、「幽玄」一樣，「味」論是印度古代文論的核心。倪培耕的這部書從「味」入手，也就抓住了印度古代文論的「牛鼻子」。而且他將「味」看作是一個動態的概念，以他掌握的印地語材料，詳細地分析了上千年來「味」論在印度的生成、衍化的軌跡，評述了不同歷史時期、不同的理論家對「味」論的不同解說和貢獻。雖然作者在這本書的理論構架、思路乃至具體材料上，大量地採用了印度現代學者納蓋德拉等人的研究成果，使本書更像是一本「編著」。但由於在中國，這方面的研究還嚴重缺乏，因而書中內容，對中國讀者來說還是新鮮的，對於中國讀者加深對印度「味」論詩學的理解，具有重要的參考價值。

印度文學宏觀特性論[1]

一　文藝內容「泛神」化

　　印度是一個宗教的國度，印度文化是一種以「超自然」為中心的、「神本主義」的文化，宗教在人們的生活中占據核心地位。印度的文學藝術作為一種意識形態也從屬於宗教，成為表達宗教信仰的一種形式，廣義上可以歸納為「宗教文學」和「文學宗教」的範疇。當然，在世界各民族文學中，宗教對文學產生決定性影響的不只是印度，如古代希伯來文學就從屬於猶太教，歐洲中世紀的主流文學是基督教的附庸。但希伯來文學後來中斷了，中世紀宗教文學只是歐洲文學史上的一個階段和一種樣式。而在印度，文學藝術的各種樣式和部門——包括詩歌、戲劇、雕塑等——都打上了宗教的深刻烙印，並且綿延幾千年不曾中斷。嚴格地說，文學藝術在印度沒有獨立地位，它只是宗教的一個組成部分。人的靈魂及其解脫問題，是印度文學藝術的永恆主題，文學藝術的根本目是將觀念中的神形象地呈現出來。可以把這種現象概括為「文學藝術的泛宗教化」。「泛宗教化」是理解印度文學特性的本質視角。

　　印度文藝整體上從屬於宗教，首先表現為文藝內容的「泛神」化。

　　所謂「泛神」就是「泛神論」之「泛神」，指的是文藝作品的內容在整體上富有神話色彩，將自然界的一切現象加以神話化。印度最古老的詩歌總集《吠陀本集》就是關於諸神的頌詩、祭神祈禱詞和祭

1　本文原載《東方叢刊》（桂林）2008年第2期。

神儀式，同時又是印度最古老的宗教──吠陀教（印度教的初始形態）的經典。因此，構成《吠陀》的基本內容的不是人事，而是神事，表達的是對諸神的驚奇、讚歎、敬畏和祈求等情感與主題。隨後的兩大史詩《摩訶婆羅多》和《羅摩衍那》主人公都不是凡人，而是化身下凡的天神。大史詩之後的卷帙浩繁的詩體民間傳說故事集《往世書》則以印度教的三大神為中心，描寫他們如何下凡救世。印度的戲劇從內容上看比上述作品多了一些世俗化的內容，但本質上也從屬於宗教。關於戲劇的起源，印度古典戲劇美學著作《舞論》認為戲劇起源於神的創造，是四部吠陀之外的「第五吠陀」。這就從根本上將戲劇文學納入了宗教體系。

　　從宗教過渡到文學的橋樑，就是印度人對所謂「化身」的信仰。「化身」是印度的宗教觀念之一，化身的信仰植根於印度人泛神論的世界觀，即認為世界上的萬事萬物都是神的化身與表現。《吠陀》詩歌中謳歌具體的自然現象的詩篇，絕不是中國詩歌中「楊柳依依」、「雨雪霏霏」那樣的對純自然現象的詠歎，而是將具體的自然景物作為神靈的體現、神靈的化身。後來，《吠陀》詩中這種樸素的「化身」的觀念更進一步與印度教的宗教教義結合起來，產生了明確的「輪迴」觀念，即認為整個世界都是生生不息、互相轉化的，天界、人間及各種生命體都是相通的。相通性的最集中的表現，就是神可以化身為種種非神形象，有時候是人，有時候則是人以外的動物。這樣一來，看上去似乎是人世間、塵世間的故事，其實又是天神的故事。「化身」是使文學內容泛神化、宗教信念文學化的主要途徑，通過「化身」的途徑，神成為人，神的「化身」就成了文學形象。「化身」的觀念也是兩大史詩情節構思的主要依據。按照大史詩的看法，天神以人或動物的形象出現於人世並拯救人類。在《摩訶婆羅多》中，毗濕奴大神的化身黑天是真正的主角；在《羅摩衍那》中，毗濕奴的化身羅摩的傳奇經歷構成了史詩的核心內容。到了西元七世紀後

陸續成書的詩體神話傳說總集《往世書》中，化身的觀念得到了更進
一步的表現。在《往世書》中，印度教的三大神都有許多化身，例如
保護之神毗濕奴的主要化身就有十種（一說十二種、二十二種等），
每一種化身的所作所為，都有相應的文學故事與傳說。例如在《火神
往世書》和《大鵬往世書》中描寫了毗濕奴的多種化身，在《野豬往
世書》中，毗濕奴化身為野豬，在《龜往世書》中，毗濕奴化身為巨
大的烏龜，在《魚往世書》中，毗濕奴又化身為魚。關於破壞與再生
之神濕婆，在《濕婆往世書》、《林伽往世書》中他化身為勃起的男
根，在《侏儒往世書》中，濕婆則化身為侏儒，在印度教的雕塑與繪
畫作品中，濕婆又有不同的化身形象，包括林伽、半女像、三面像、
舞王像等。「化身」的觀念不光體現在印度教文藝作品中，在佛教文
學中也有充分的表現，例如，在流傳甚廣的佛教故事集《佛本生經》
中，隨著每一次輪迴轉生，佛的前世都經歷了無數次轉生，表現為種
種動物或植物的形象，可以把這視為印度宗教「化身」觀念的一種表
現，由此極大地豐富了佛教文學的想像力。

　　化身的觀念是印度宗教與印度文學的結合點。這一觀念在猶太
教、基督教、伊斯蘭教等一神教中絕對不存在，因為一神教反對偶像
崇拜，不允許將神加以具體化與形象化。因此，一神教對文學的影響
只限於抽象的宗教思想層面，而印度宗教對文學的影響則表現為具體
的文學形象，在印度文學藝術中，偉大神聖的人物形象常常是神的形
象，是神的「化身」。這些形象乍看上去在許多方面與常人無異，但
他們作為神的化身，其行為不受人世間道德的束縛，其所作所為每每
令沒有受到印度宗教薰陶的讀者感到不可思議，他們專斷、暴戾、任
性、霸道、喜怒無常，自由自在，為所欲為，在這一點上印度諸神與
古希臘的諸神有些相似，但在神的威嚴方面，希臘諸神與印度諸神不
能相提並論。

　　「化身」的思想隨著佛教的束傳，也傳到了中國，並對中國文學

產生了相當的影響。例如《西遊記》中的孫悟空與《羅摩衍那》的神
猴哈努曼十分相似。但本質上，孫悟空不是神的「化身」，他的七十
二變只是一種「變身」，而「變身」，在中國人眼裡是帶有某種喜劇諧
謔色彩的東西。凡變身者，皆為民間鬼神，正統的聖人和英雄沒有變
身，也沒有化身。例如道教傳說老子托生轉形，降為帝師，但終究還
是人，沒有像印度大神那樣托生為獸類，更不能想像孔子、關公等道
德英雄像印度聖人那樣化身為牛馬豬狗，那中國人是絕對不能接受的。

　　「化身」是神化為人，而「化身」也可以逆向變化，那就是人化
為神。這就形成了印度文學中的另一種傾向，就是將凡人加以神化。
典型的例子就是佛教的創始人釋迦牟尼，他本是一個王子，但後來卻
在眾多的佛教文獻、佛經故事中被化為神。在印度文學中，歷史上的
許多帝王都有被神化的傾向，例如佛經故事中的阿育王，印度教《故
事海》中的優填王等。在有關歷史英雄人物的傳記性作品中，不是如
實記載他們的事蹟，而是極盡幻想和誇張，使他們的生平事蹟轉換為
神話故事。這種傾向不僅普遍存在於印度歷史上，也存在於現代印度
社會中。例如印度民族獨立運動的領導者甘地在生前就被人神化，稱
為「聖雄」，被刺身亡後更被一些印度教徒進一步神化；印度獨立後
首任總理尼赫魯當年也被一些人神化。這種神化凡人的傾向不僅是針
對一些社會名人，也針對普通人。印度現代英語作家納拉揚的長篇小
說《嚮導》（1958）講述了一個普通人如何被神化的故事：小說的主
人公叫拉糾，是一個在小鎮鐵路車站上賣雜貨的青年，兼做遊客的嚮
導，後來因偽造簽字的罪名被捕入獄。出獄後，拉糾無家可歸，來到
一個村頭的破廟裡暫時棲身，卻被碰見的一位村民認定是聖人。拉糾
的機警與善談更加深了村民的誤會，他慢慢地被村民神化，村民每天
向他供奉食品，有難題必來請教。拉糾開始並不習慣這個角色，但久
而久之，村民的崇拜竟使拉糾覺得自己真是個聖人了，並主動扮演聖
人的角色。最後由於遭遇大旱災，拉糾被村民們賦予絕食求雨的使

命。他無法拒絕，經過十一天的絕食求雨，拉糾終於在眾人的目光中完成了聖人的職責，走到人生的盡頭。

　　天神化身為人乃至化身動物，使人和動物有了神聖性；凡人被神化，使凡人帶上了神聖的光環。就在這人與神的雙向運動中，印度文學藝術在整體上呈現出了泛神話化、泛宗教化的性質，使得印度文學成為一種尋求神聖、追求神聖、描寫神聖的文學。這種神本主義的價值取向決定了印度人的文藝審美理想。印度人認為最高的真實是終極的、恆定不變的神的世界，而人世間萬事萬物都是變幻無常的不確定、不真實的東西。最高的真實、最高的實在是人對神的感知，而不是對現實的關注。他們強調文藝要幫助人們從虛幻、不真實的現世人生中解脫出去，幫助人們強化對神、對超自然的體驗。比較而言，如果說中國人擅長以耳聞目睹的事物作為基本思維對象的「經驗思維」，歐洲人擅長以邏輯論辯為依據的「抽象思維」，那麼印度人思維方式則擅長超越感官直覺的「超驗思維」。這種超驗思維不受時間和空間的制約，不受人倫社會的制約，可以在人與神、天與地、人與獸、生與死、夢與醒之間自由馳騁，通過對經驗的一切事物及其特徵的否定，擺脫現實對想像的束縛，以達到超驗的層面。如果說，中國人、歐洲人的時間觀是一種人世的時間觀，印度人的時間觀則是宇宙的時間觀。和宇宙的時間比較起來，人世不過是過眼雲煙而已，因此不值得加以記錄。印度人認定人生是虛幻的、短暫的、有種種侷限的，這從他們的時間觀念中就可以看出來。中國人表現時間的最大單位是「年」，西方表現時間的最大單位是「世紀」，而印度人表現時間的最大單位卻是「劫波」，一個「劫波」究竟有多長呢？印度人設想一個無限長壽的人用柔軟的抹布擦拭一座四十平方「由旬」（約三千平方英里）的山，每一百年擦一次，直到把山抹平，那時一「劫波」還沒有過完！這種時間觀念完全超出了我們的想像力。在這種觀念的主導下，印度人不屑於記載人生歷史。在這種意識的主導下，印度文

學中缺乏歐洲文學中的那種力圖準確描摹客觀外界的寫實主義精神，
也缺乏中國文學中的那種注重人生歷史的求實態度。這造成了印度文
學中嚴重缺乏以人生、人事為中心的歷史主義意識，也沒有出現嚴格
意義上的歷史學著作。對此，尼赫魯在《印度的發現》一書中曾帶著
遺憾之情寫道：「不像希臘人，也不像中國人和阿拉伯人，印度人在
過去不是歷史家，這是很不幸的。」[2]然而，不是「歷史家」的印度
人卻是出色的幻想家和藝術家，印度文藝注重的不是外在的真實，而
是內心體驗的真實。他們強調文藝對心靈的表現，而不注重對客觀外
在事物的描摹，注重的是人類肉感的、超驗的靈魂顫慄，而不是對外
在自然現象的現實感知。這種傾向甚至到了印度現代文學中，也有明
顯的遺留。儘管印度現代文學受到了西方寫實主義文學的很大影響，
但追求傳奇性仍是許多作家的創作傾向。泰戈爾小說、特別是短篇小
說的特色與成功，就在於其情節故事的傳奇性；現實主義名家普列姆
昌德的代表作之一《舞臺》的主人公蘇爾達斯，就帶有傳統文學中傳
奇形象的許多特徵。印度現代電影作為大眾化的藝術樣式，也以傳奇
性為特色，常常充滿游離於故事情節的程式化的夢幻性的抒情歌舞場
面，這種場面在外國人看來不免有「虛假」之感，但印度人卻喜歡陶
醉於那種如夢如幻的浪漫幻境。

　　宗教觀念的滲透，還表現為印度文學藝術中的所充溢的宗教感
情。在印度人看來，整個宇宙表現為一種精神力量，而這種精神力量
的凝聚點和中心是至高無上的天神。一切生靈都圍繞這個中心旋轉，
這本質上是一種歡樂的運動。印度文學藝術始終呈現出一種樂觀主
義，印度教雕塑的人物表情是狂歡的，佛教雕塑的表情是一種滿足的
恬靜。悲劇在印度文學中不存在，大團圓的結局常常是古典印度戲劇
的最終結局，原因也在於此。印度文學這種樂天的性格與中國文學中
的樂觀主義頗有不同。中國文學的樂觀主義是人倫層面上的，印度文

2　尼赫魯：《印度的發現》（北京市：世界知識出版社，1956年）。

學的樂觀主義是宗教層面上的。另一方面，激發讀者和聽眾的宗教感情，是印度文學藝術的首要宗旨和功能，對此，一位西方研究者曾總結說：「在古希臘，藝術必須是能言善辯的；在中國，藝術必須是簡單明白的；在印度，藝術必須是煽情的。」[3]印度文藝理論中的「情味」理論，歸根到柢是文藝應如何「煽情」的理論，這一點也與中國文學形成對比，中國的詩文書畫等高雅文藝所追求的是寫實、含蓄、寧靜的效果，是情感的節制。

印度文藝的泛宗教化，一方面為文藝的發展注入了巨大的驅動力，一方面宗教也成為文藝發展的巨大障礙。文藝成為宗教的一種詮釋，因此主題與題材陳陳相因，出現了大量說教性的作品，藝術形式也成為象徵性因襲的慣例，作家們不能根據自己的感受來表現生活而是按照既定的觀念和模式來寫作生產，使文學創作中的個性色彩、個人主義傾向十分淡薄，也使得印度作品在數量的豐富中顯出貧乏，在篇幅的巨大中顯出單調。

二　文藝形象的泛「眾生」化

印度文學從屬於宗教的第二個表現，是文學藝術形象的泛「眾生」化。

「眾生」是印度宗教的一個重要概念，泛指一切有生命的東西，特別是人和諸種動物。眾所周知，一般地說，在世界各民族文學中，只在文學發展的初級階段，即神話階段、寓言故事階段，人之外的動物形象才多於人的形象，但到了後來，人便逐漸獨霸了文學的舞臺。所以有人說「文學是人學」，文學是寫人的，人理所當然是文學舞臺上的主角。但在印度文學中，我們只能說人是文學舞臺上的主角之

3　尚會鵬：《印度文化傳統研究》（北京市：北京大學出版社，2004年），頁93。

一，因為除人之外，還有神、魔，更有芸芸眾生。在印度人獨特的宗教觀的影響下，印度文學從神話史詩時代開始，一直將「眾生」形象留在文學中，形成了文學形象泛「眾生」化的特徵。

文藝形象的泛「眾生」化與印度人獨特的生活環境有關。從地理環境上看，如果說中華文明是黃土的文明，阿拉伯文明是沙漠的文明，日本文明是島嶼的文明，那麼印度文明則屬於「森林文明」。印度歷史上雖然也有繁榮的城市，但是研究者們認為，沒有一個城市能貫穿整個印度歷史並能代表印度的文明，印度文明是在森林中孕育起來的。印度教規定了人生分為「梵行期」、「家居期」、「林棲期」和「遁世期」四個階段，其中「林棲期」必須在森林中淨修。印度熱帶森林中植物茂密，動物繁多，印度人在長期的森林生活中，形成了與周圍動植物相互依存的「眾生」意識。他們並不將人凌駕於「眾生」之上，不願意、也沒有必要以屠殺動物作為維持生存的條件，而是將其他動物視為與人平等的成員。這一點，我們可以從印度各種宗教對人與動物的區分上清楚地看出來。印度教、耆那教、佛教都認為所有生物都是神的創造，因此本質上是平等的。這三大宗教普遍將有生命的東西稱作「有生類」，然後按誕生方式劃分種類，在這樣的劃分中，各宗教都沒有將人單獨劃分為一類，而是歸為「胎生」類，類似現代生物學所劃分的「哺乳動物」。不僅如此，印度人還承認在一切有生類中都存在著精神因素。他們常常強調人以外的胎生動物，乃至一切「有生類」都有靈魂，都和人一樣尊貴，都有可能與人互相輪迴轉化。因此，印度宗教都將「不殺生」作為基本教規。

這種「眾生平等」的觀念明顯地體現在印度文學藝術中。在印度文藝作品中，人之外的其他「眾生」享有與人同樣的地位。印度文學中那些豐富多彩的寓言故事、民間傳說中的眾生形象，絕不僅僅是其他民族文學中使用的那種「擬人」手法，而是將各種動物作為與人平等的形象加以表現。例如，在兩大史詩中，人、動物、神與魔共同

台，展現了一個生機勃勃的眾生世界；在中國讀者較為熟悉的著名古典戲劇家迦梨陀娑的戲劇《優哩婆濕》的第四幕，寫國王補盧羅婆娑焦急地尋找失蹤的愛人優哩婆濕，向森林中的各種動物植物探問優哩婆濕的下落；同樣的，在古典名劇《沙恭達羅》的第四幕，沙恭達羅為尋找愛人將要離開淨修林的時候，依依不捨地向林中的小鹿等各種動物花草告別。倘若是在其他民族文學的中出現這樣的描寫，我們可以理解為這是一種藝術表現手法的運用，而在印度文學中，表現的卻是將人與其他「眾生」等量齊觀、一視同仁的生命觀念。

　　在藝術創作領域，文藝形象的「泛眾生化」，還表現為用「眾生」的形體標準來規範人體美學，規範藝術表現。在西元四、五世紀的笈多王朝時期的繪畫藝術中，印度繪畫擺脫了西元一世紀時受古希臘藝術影響的以幾何標準度量人體的犍陀羅繪畫風格，使用在大自然中發現的各種動植物的曲線與造型作為人體美學的規範。例如，人的面部往往取橢圓的卵形，在眉髮之間的前額，要如拉開的弓形，眼目也要像彎弓或一種樹葉子，女人的眼睛在一瞥之間如一種鳥兒的身體的曲線，溫柔時眼神要如小鹿，女人的鼻子要像胡麻花，嘴唇則與紅相思果相似，下顎要像芒果核，頸上橫紋要像貝殼，身軀的柔軟要如母牛的口鼻，肩部與前臂要似彎曲的象鼻，同時前臂也似橡樹幹，手指豐滿如豆莢，腿的腓部要隆起像產卵的魚，手與足則為兩枝蓮花……印度古代繪畫典籍《畫像量度經》（亦譯《繪畫的特點》）中也強調：畫家所畫的人的大腳趾「應該使人聯想到荷花瓣的頂尖」；「腳掌是隆起的，猶如龜背」。「手掌好像一個紅色的巴德姆蓮」；「手掌如同棉花和毛線團」，「人主的肩應該像牛的尾部那樣好看」。在佛經文學中，則常用一切美的自然事物的形態來形容佛陀之美，如面如蓮花、臂如潔藕、身如雄獅等。

　　文藝形象的「泛眾生化」現象，還表現為神的形象「泛眾生化」。印度宗教屬於偶像崇拜宗教。在很多宗教性藝術作品中，神被

偶像化為「眾生」的某種形象或某種特徵。在印度教寺廟的雕塑作品
中，各種各樣的抽象化或具體化的林伽（男根）形象作為濕婆大神的
表徵，隨處可見。印度教的一個教派——性力教派——崇拜女性生殖
力，他們將濕婆、毗濕奴的配偶女神作為偶像加以崇拜。性力教派常
常在宗教儀式上推選一位女子，把她設想為「女神」，與之發生性關
係，這就等於與神交合，由此達到人神合一的目的。這一觀念非常適
合以文學作品的方式加以表現。只要將文學男女主人公的一方設想為
神或半神的身分，放肆的性愛描寫便被讀者所樂於接受，而不會引起
任何類似中國人那樣的道德上的尷尬。在以黑天大神為主人公的為數
眾多的故事與戲劇中，黑天大神是一個漁色高手，常以動聽的笛聲誘
惑年輕女子與之做愛，這一情節被反覆表現，印度人津津樂道。古典
詩歌中有一類作品甚至公然將大神黑天設想為自己的丈夫，將黑天的
妻子或濕婆大神妻子作為自己的情人，並陶醉於意淫式的性幻想中。
在印度教寺廟的雕刻作品中，充滿情欲與動感的男女裸體和各種姿勢
的性行為，是雕塑的最常見的題材。印度文藝作品中將天神「眾生
化」，似乎體現了這樣的觀念：神創造了眾生，神可以呈現眾生的一
切特徵，神也常常體現為眾生，將神作為「眾生」看待，是溝通神與
人的關係重要途徑。

三　文藝形式「泛音樂化」

　　所謂「文藝形式的泛音樂化」，是指文學作品在語言、情節、結
構布局上，普遍存在著與音樂作品相類似的某些特徵。

　　音樂是聽覺的藝術，最大的特點是可聽性；文學作品是語言藝
術，最大特點是可讀性。但是，在各民族文化的起步階段，文學與音
樂是合而為一的。例如在中國的漢文學中，先秦時代的《詩經》、漢
代的樂府詩，乃至唐宋的詞，都是配樂可唱的，但到後來這些音樂因

素全都失傳了，只剩下了語言，成了純文學的東西。這主要是因為漢
民族是一個書寫大國，中國文化傳承的主要方式是文字書寫，久而久
之，音樂易逝，文字易存，音樂與語言漸漸分離為兩種不同的藝術。
而印度的情況則不同，由於中國發明的造紙術較晚才傳人印度，由於
印度書寫材料主要是易腐爛的樹葉，所以印度文化和文學的傳承方式
主要靠口頭，而不是靠書寫。對此，美國印度學家維爾·杜倫在《東
方的文明》一書中寫道：

> 在好幾個世紀中，書寫彷彿僅僅侷限於商業和行政管理目的，
> 極少考慮用於文學寫作，是商人而不是僧侶推進了書寫這門基
> 本的技藝。就連佛教教規在西元三世紀之前也沒有被書寫所記
> 錄下來的。……我們已經很難理解，印度在學會了書寫之後的
> 很長時期內，轉述歷史和文學的時候，為何仍然因循背誦和回
> 憶的古老方法，並且竟能完滿地持續了那樣漫長的時日。《吠
> 陀》經典與史詩都是一些詩歌，伴隨著一代又一代吟誦它的人
> 們一道成長。這些詩歌並不期待著用眼睛去閱讀，而是期待著
> 人們用耳朵去傾聽。[4]

書寫不發達還有另外的原因，對此維爾·杜倫又寫道：

> 甚至到十九世紀，書寫在印度仍然只扮演很小的角色。或許，
> 書寫的普及不符合僧侶們的利益，因為這樣一來，神聖的學術
> 方面的經典就會成為公開的秘密。[5]

4　維爾·杜倫著，李一平等譯，周寧審校：《東方的文明》（西寧市：青海人民出版社，
　　1998年10月），頁461。
5　維爾·杜倫著，李一平等譯，周寧審校：《東方的文明》（西寧市：青海人民出版社，
　　1998年10月），頁653-654。

　　書寫遭冷遇，吟誦被重視，與印度的宗教密切相關。從宗教的角度而言，具有立竿見影的煽情效果的文藝形式首推音樂歌舞，音樂歌舞最能直接地表現印度人的宗教情感。而且，印度人最拿手的藝術形式首先是音樂歌舞。印度教的歌舞藝術體現了印度教徒「一切皆變」的世界觀。世界的本質是平靜的，而世界的表象則是流動不居和變化無常的；人的靈魂的本質是平靜的，而人的身體和心理是不斷移動和不斷變化的。基於這樣的看法，印度文學藝術的一個明顯特點，是追求豐富的變化和強烈的律動，這也正是音樂藝術的特點，這一點既體現在流傳至今的印度歌舞中，也普遍體現在印度教的人物雕刻及舞蹈戲劇藝術當中。印度教的人物雕刻很少是筆直站立或佛教式端坐的方式，常見的女性形象都是「s」（三道彎）式的，為的是表現身體的扭動與變化。印度的舞蹈藝術的理念來自於「宇宙式舞動」的這樣一種宗教觀念，而帶動宇宙舞動的就是印度教三大神之一的濕婆大神，他被稱為「樂舞之王」，他的舞蹈象徵著宇宙萬物在創造與毀滅之間的交替變化，這種思想體現在大量跳舞的濕婆雕像中。典型的舞王濕婆雕像頭戴扇形羽式寶冠，右腿獨立於一圈火焰光環中央，腳踏侏儒羅剎，左腳抬起，四臂伸展，翩翩起舞。持手鼓的右臂和持火焰的左臂維持著全身的平衡，隱喻著創造與破壞這對立的兩極之間的平衡。右腳的支點位於火焰光環的中軸線上，據說這代表著宇宙運動的中軸，也代表著與宇宙運動節奏合拍的人類心理結構律動的中心。本質上說，樂舞之王濕婆大神就是音樂的象徵或音樂的化身。

　　由於印度人對音樂藝術高度重視，在印度文藝史上，最發達的部門是音樂歌舞，其他一切文藝形式都帶有音樂歌舞的色彩。在這種音樂歌舞至上的觀念主導下，文學作品被相當程度地音樂化就不難解釋了。首先是以吟誦作為文學作品的主要的傳承方式與接受方式。吠陀、史詩、往世書等文學作品都是可以吟唱的，而大量的民間故事則由說唱藝人來講述。在這種音樂化的大氛圍中，印度文學作品也出現

了「泛音樂化」現象。「泛音樂化」的第二個表現，就是所有文學樣式幾乎都使用詩體，甚至包括大部分醫學、科學著作，都使用韻文寫成。「泛音樂化」的第三個表現是「複沓」，一個主題音調反覆出現，一唱三歎，以強化聽者的模仿與記憶。閱讀印度文獻，最強烈的感覺就是不厭其煩地不斷地同義反覆，一句話、一個意思，翻過來覆過去，從不同角度，變著花樣不斷重複。這與音樂作品在流傳過程中容易出現的變調極為相似：作品的基調不變，只在表現形式和技巧上有所變化，便會出現新的作品。印度文學作品存在著大量的「變調」現象：某種經典作品一旦問世，模仿它並稍加變動而出現的「新」作品便大量湧現，導致變相抄襲，作品大同小異。

　　「泛音樂化」的「複沓」特徵，造成了史詩、往世書等某些說唱性作品在結構上的開放性，在作品的主調之外，可以附加大量的變調，從而造成了滾雪球似的膨脹，篇幅不斷加大，冗長無比。例如大史詩《摩訶婆羅多》被公認為世界上已有寫本的最長的史詩，約十萬頌（雙行為一「頌」），是希臘史詩《伊利亞特》和《奧德賽》的八倍，就古代作品而言，其他各國文學不能望其項背。

　　注重吟誦，是有宗教信仰的民族的一種習慣。他們注重口誦經文的效力。法國現代哲學家德里達認為歐洲文化傳統是「邏各斯中心主義」和「語音中心主義」，如果這一結論成立，那也是因為歐洲是一個具有濃厚宗教氣氛的地區，但拿歐洲與印度比較，則印度的語音中心主義遠比歐洲為甚。比較地說，中國是偏向書寫，印度偏向口誦，歐洲則介乎兩者之間。古代印度人堅信吟誦的效果優於文字閱讀，口誦經文會產生神奇的魔力，在關鍵時候口中反覆念誦神的名字，會避難消災。如果說，中國文學是書面傳統的代表，印度文學則是口誦傳統的代表，中國文學是書寫中心主義，印度文學則是口誦中心主義。

近百年來中國對印度兩大史詩的翻譯與研究[1]

一　對兩大史詩的初步譯介

　　印度兩大史詩《摩訶婆羅多》和《羅摩衍那》，卷帙浩繁，內容包羅萬象，堪稱古代印度的百科全書，在印度文化史、文學史上具有崇高的地位。後者以羅摩和妻子悉多的悲歡離合為中心情節，前者以兩族堂兄弟為爭奪國土和政權而爆發大戰為主線，廣泛描繪了古代印度歷史、政治、宗教信仰、家庭、習俗、民族心理等各個方面。兩大史詩作為印度文學的兩塊基石，集印度神話、傳說之大成，為後來的戲劇、詩歌、小說等文學作品提供了豐富的題材來源。它們還是婆羅門教—印度教的神聖經典，其中的主要人物一直受到教徒們的虔誠崇拜。幾千年來，兩大史詩作為印度人民的精神支柱和印度文化的象徵，在印度家喻戶曉，並且對泰國、印尼、柬埔寨等東南亞各國的古代與現代文學都有不小的影響。但在中國，知道兩大史詩的存在卻是晚近的事。中國古代所譯介的印度典籍，均與佛教有關，由於兩大史詩不是佛教經典，故一直沒有譯介。但專家們的研究也證實，在漢譯佛經，如《六度集經》和《雜寶藏經》當中，都有與《羅摩衍那》的主幹性情節相類似的故事。

　　到了二十世紀初，中國文學家、學者開始注意到印度兩大史詩。如魯迅寫於一九〇七年的長篇論文《摩羅詩力說》在談到印度文學時

1　本文原載《南亞研究》（北京）2001年第1期。

說：「天竺古有《韋陀》四種，瑰麗幽夐，稱世界大文；其《摩訶波
羅多》暨《羅摩衍那》二賦，亦至美妙。」同年，蘇曼殊在《文學因
緣‧自序》中說：「印度為哲學文物源淵，俯視希臘，誠後進耳。其
《摩訶婆羅多》（Mahabharata）、《羅摩衍那》（Ramayana）二章，衲
謂中土名著，雖〈孔雀東南飛〉、〈北征〉、〈南山〉諸什，亦遜彼閎
美。」一九一一年，他在〈答瑪德利瑪湘處士論佛教書〉中又寫道：
「《摩訶婆羅多》與《羅摩衍那》二書，為長篇敘事詩，雖荷馬亦不
足望其項背。考二詩之作，在吾震旦商時，此土尚無譯本。惟《華嚴
經》偶述其名稱，謂出馬鳴菩薩手。文故曠劫難逢，衲意奘公當日以
其無關正教，因弗之譯。」一九一三年，蘇曼殊又在〈燕子龕隨筆〉
中說：「印度 Mahabharata，Ramayana 兩篇，閎麗淵雅，為長篇敘事
詩，歐洲治文學者視為鴻寶，猶 Iliad、Odyssey 二篇之於希臘也。此
土向無譯述，唯《華嚴疏抄》中有云《婆羅多書》、《羅摩衍書》是其
名稱。」由這幾段文字，可見蘇曼殊對印度兩大史詩的推崇。一九二
一年三月，作家滕固（若渠）在《東方雜誌》第十八卷五號上發表
〈梵文學〉一文，其中對《羅摩衍那》的故事情節做了介紹。

　　較早全面介紹兩大史詩的，是著名學者、文學家鄭振鐸。鄭振鐸
在一九二七年出版的世界文學史巨著《文學大綱》，以名家名作的評
析為中心，綜述古今中外各國文學的成就。其中，上冊第六章為〈印
度的史詩〉。在這一章的開頭，鄭振鐸這樣寫道：

　　　　印度的史詩〈馬哈巴拉泰〉（Mahabharata）和〈拉馬耶那〉
　　　　（Ramayana）是兩篇世界最古的文學作品，是印度人民的文
　　　　學聖書，是他們的一切人，自兒童以至成年，自家中的忙碌的
　　　　主婦以至旅遊的行人，都崇敬的喜悅的不息的頌讀著的書。印
　　　　度的聖書《吠陀》其影響所及不過是一部分的知識階級，不及
　　　　《馬哈巴拉泰》及《拉馬耶那》之為一切人所頌讀。（中略）

在事實上來說，這兩篇史詩實可算是最幻變奇異的，在文學藝
術上來說，他們又是最可驚異的精練的，在篇幅上來說，他們
又是世界上的所有的史詩中的最長的。……

雖然今天看來「最可驚異的精練的」這一評語並不恰當（兩大史
詩特別是《摩訶婆羅多》以內容蕪雜、枝蔓為許多研究者所詬病），
但鄭振鐸對兩大史詩的介紹和基本定位是正確的。由於有了《文學大
綱》的這一章，現代中國的一般讀者才比較系統地了解印度兩大史詩
的大體內容，以及它們在印度文學乃至世界文學史上的地位。

最早嘗試翻譯兩大史詩的是糜文開。糜文開（1907-）曾作為中
華民國政府駐印度外交官員，居住印度十年，國民黨政權遷臺後，後
在臺灣大學、師範大學等高校任教授，著有《聖雄甘地傳》、《印度文
學欣賞》、《印度文化論集》、《印度文化十八篇》等，是臺灣地區首屈
一指的印度問題及印度文學研究專家。一九五〇年，糜文開用散文體
編譯了兩大史詩，書名就叫《印度兩大史詩》，並由臺灣商務印書館
出版。據糜文開在譯本〈弁言〉中說，這個本子的主要底本是英國人
D‧A‧麥肯齊用散文體翻譯改編的兩大史詩《印度神話與傳說》，同
時參照其他英文譯本，「拼合剪接」而成，全書共十四節十二萬字，
可以說是一個兩大史詩的梗概本。現在看來，這個本子還只是一個入
門導讀性的東西，但在五〇年代以後的三十多年間，它幾乎是臺灣乃
至香港地區的讀者了解兩大史詩的唯一中文譯本，產生了一定的影
響。糜文開對兩大史詩的見解，今天看來仍有啟發性。在〈弁言〉
中，他寫道：「泰戈爾說『惡是不完全的善，醜是不完全的美』。印度
史詩中表現的惡人也保留著善心，拉伐那的慟哭兒子，出於真情，備
見親子之愛。難底敵的將死，他以他的盟友殘殺五個無辜的小孩為
憾。這種人的本性都具備善的見解，和孟子的學說相類似，也是值得
我們注意的。」東西方的一些兩大史詩的研究者和讀者，常為史詩中

的正面角色做壞事，而反面角色卻也做好事，感到困惑。糜文開這幾句看似簡單的話，確是理解印度人善惡相對論的一把鑰匙。他還說：「《摩訶婆羅多》是血肉的人物，《羅摩衍那》是理想的品格。《摩訶婆羅多》描繪勇敢的英雄主義和俠義的武士主義的政治生活；《羅摩衍那》雕塑古印度慈愛而甜蜜的家庭生活和虔敬而苦行的宗教生活。要兩者合起來，才能給我們完成一幅古印度生活的真實而生動的圖畫。」這也是對兩大史詩與古代印度人生活的比較準確的概括。

　　在大陸，一九六二年，北京人民文學出版社出版了著名翻譯家孫用翻譯的《臘瑪衍那‧瑪哈帕臘達》，這是兩大史詩的合譯本。這個譯本是根據印度學者羅莫什‧杜德的英文節譯本翻譯的。兩部史詩的節譯本各有四千行左右，在篇幅上約相當於《羅摩衍那》的十二分之一和《摩訶婆羅多》的五十分之一，但卻基本保留了原作的中心故事。孫用在譯本前言中說：「這個譯本不足以代表原詩，不過是嘗鼎一臠，暫時填充一下這兩部偉大的史詩的從無到有的空白而已。」在季羨林的《羅摩衍那》全譯本出版之前，從六〇年代到八〇年代，孫用的這個譯本一直是中國讀者了解兩大史詩通行的譯本。而且，不是從史料而是從文學欣賞的角度看，孫用的譯本在今天看來仍然是翻譯得最精心，翻譯得最有「詩味」的本子。這個譯本雖然所依據的不是梵文原本，但卻刻意保留了梵文原詩「輸洛迦」（又譯作「頌」）的格律形式，即絕大部分詩句以兩行為一個小節（少數是三行或四行的），每小節的兩行詩句各十六個音節，分四個音步。孫用的譯本保留了原詩的基本格律，同時按照漢語詩歌的特點，儘量使兩行詩句押韻。這樣讀來音韻鏗鏘，琅琅上口，試舉幾節譯詩為例：

　　　　神聖的守夜完了，臘瑪披著絲綢的長衣，
　　　　對祭司們說明了他嗣位的重大的消息，
　　　　祭司們立即向人民傳達，節日已經降臨，

　　　　繁盛的市場和街道響起了鼓聲和笛音，

　　　　市民們都聽到了他們的守夜，皆大歡喜，

　　　　臘瑪和悉達的守夜，為了這一天的吉禮。

　　就這樣幾乎每一行詩都是十六個字音，每一節詩都是三十二個字音，而且大體押韻。這既保持了原詩的格律，也維護了整個譯文風格的統一。用這種嚴格的格律翻譯了八千行詩，是很不容易的事情，充分體現出了譯者本人的詩人素質和作為一個翻譯家深厚的語言文學功力。這一點保證了譯本的長久的生命力。直到今天，孫用的譯本對於一般讀者而言，仍然是最具文學和可讀性的節譯本。

　　在孫用的詩體節譯本出版前後，還出版了幾種散文體的兩大史詩改寫本，如中國青年出版社一九五八年出版，唐季雍根據印度學者拉賈戈帕拉查理的改寫本翻譯的《摩訶婆羅多的故事》，以及一九六〇年出版，馮金辛等根據印度學者瑪珠姆達的改寫本翻譯的《羅摩衍那的故事》。八〇年代季羨林的全譯本陸續出版後，還有董友忱翻譯的《摩訶婆羅多》改寫本、黃志坤翻譯的《羅摩衍那》改寫本陸續出版（湖南人民出版社，1984 年）。這些不同的改寫本，滿足了普通讀者了解印度兩大史詩的需要。

二　季羨林對《羅摩衍那》的翻譯與研究

　　一九八〇年後，季羨林教授翻譯的《羅摩衍那》全譯本由人民文學出版社陸續出版。全譯本共七卷八冊，分平裝和精裝兩種樣式，到一九八四年全部出齊。《羅摩衍那》的翻譯出版，在中國文學翻譯史上，在中印文化交流史上，都是一件大事。一個國家文化進步發達的重要標誌之一，就是世界著名典籍在該國有譯本。《羅摩衍那》作為世界主要文學遺產之一，在許多國家都有翻譯。中國在改革開放初期

就推出了全譯本，集中地體現了中國的包括印度文學在內的外國文學譯介繁榮時期的到來。季羨林是在一九七三年開始動筆翻譯《羅摩衍那》的，到一九八三年譯完。其間大部分時間正值「文化大革命」的文化浩劫時期。季羨林克服了種種困難，以積極樂觀的生活態度和對印度文學翻譯事業的高度的使命感，歷經十年，終於完成了長達九萬餘行的《羅摩衍那》的翻譯，填補了中國翻譯文學上的一項重大的空白。書出版後好評如潮，並獲得了國家有關部門頒發的新聞出版方面的最高獎項。

關於《羅摩衍那》的翻譯情況，譯者在譯本第一卷「前言」、第三卷、第六卷「本卷附記」、第七卷的「全書譯後記」中，都有詳細的交代。由於原文是梵文，國內通者寥寥，季羨林又是權威的梵文專家，因此，一般人很難對譯本本身作深入的評論。直到今天，我們也只能從譯本的讀者的角度來看問題。從翻譯文學的意義上說，《羅摩衍那》是文學作品，而且是詩，譯本不應當是原作的一種簡單的替代品，它本身也應該是一種文學作品，有自給自足的獨立的審美價值。應該說，單從譯本語言的角度看，季羨林的譯文清楚、明白、流暢，但從文學藝術的角度看，則嫌過於直白，而含蘊不足，詩意不濃。給讀者造成這種感覺的原因比較複雜。首先是原作的原因。對此，季羨林在「全書譯後記」中寫道：

　　……既然是詩，就必須應該有詩意，這是我們共同而合理的期望。可在實際上，《羅摩衍那》卻在很多地方不是這個樣子。（中略）大多數篇章卻是平鋪直敘，了無變化，有的甚至疊床架屋，重複可厭。更令人難以忍受的是把一些人名、國名、樹名、花名、兵器名、器具名、堆砌在一起，韻律和合的，都是輸洛迦體，一個音節也不少，不能否認是「詩」，但是真正的詩難道就應該是這樣子的嗎？我既然要忠實於原文，便只好硬

值。不做如是觀，我們就不能解釋：在二十世紀後期的中國，翻譯這樣一本充滿「封建糟粕」的書還有多大的必要和價值。

　　一九八八年，人民文學出版社出版了金鼎漢翻譯的《羅摩功行之湖》。《羅摩功行之湖》是十六、七世紀著名詩人杜勒西達斯主要依據《羅摩衍那》大史詩所做的印地語的改寫本，據說在印度某些地區的影響要超過《羅摩衍那》。這部作品共有七篇，兩萬一千多行。中文譯本的出版為中國讀者深入了解《羅摩衍那》及其在印度的影響，提供了方便。

三　金克木、趙國華、黃寶生等對《摩訶婆羅多》的翻譯

　　另一部大史詩《摩訶婆羅多》的篇幅比《羅摩衍那》長得多，單憑一人之力難以完成。八〇年代初，以金克木、趙國華、黃寶生、席必莊等梵語文學專家、翻譯家們開始了《摩訶婆羅多》的翻譯工作。一九八七年，人民文學出版社出版了金克木、趙國華、席必莊、郭良鋆均金翻譯的《摩訶婆羅多插話選》上下兩冊。所謂「插話」，就是穿插在史詩主幹故事情節中的一些中小故事。這樣的故事在《摩訶婆羅多》中占了相當大的篇幅。在史詩的十八篇中，第一、第三篇的插話最多，《插話選》從這兩篇中選出十五篇長短不等的插話。這些插話都有獨立完整的情節和人物，具有一定的欣賞價值，並可從中管窺大史詩的風貌。在翻譯技巧方面，正如金克木在〈譯本序〉中所說：「這些插話的翻譯保持了原來的詩體句、節形式，卻沒有多用漢語的七言詩句型。這樣用詩體譯詩體，用吟唱體譯吟唱體，只能說是一個嘗試。」《插話選》按四句一節的格式翻譯，每句在七到九個字之間，每節均有韻腳。靈活多變，變中有序，讀起來頗有詩味。《插話選》的翻譯出版，作為《摩訶婆羅多》大史詩全譯的先期成果，為史詩的全譯積累了經驗。

　　《摩訶婆羅多》原作分十八篇，中文全譯本擬分十二卷：第一卷
〈初篇〉，第二卷〈大會篇〉、〈森林篇〉（上），第三卷〈森林篇〉
（下）、第四卷〈毗吒羅篇〉、〈斡旋篇〉，第五卷〈毗濕摩篇〉、第六
卷〈德羅納篇〉，第七卷〈迦爾納篇〉，第八卷〈沙利耶篇〉、〈夜襲
篇〉、〈婦女篇〉，第九卷〈和平篇〉（上），第十卷〈和平篇〉（下），
第十一卷〈教戒篇〉，第十二篇〈馬祭篇〉、〈林居篇〉、〈杵戰篇〉、
〈遠行篇〉、〈升天篇〉。到一九八六年，北京的中國社會科學出版社
出版了金克木、趙國華、席必莊翻譯的第一卷〈初篇〉。據趙國華在
第一卷「後記」中透露，初篇譯竣於一九八六年，落實出版問題似乎
頗費周析。出版這樣的書，耗資巨大，印數又不會多，出版的困難可
想而知，直到五年後的一九九一年才在中國社會科學出版社的支持下
得以出版第一卷。這一卷為精裝，五百八十多頁。以散文形式設計版
式，但同時用序號標明了詩節。關於為什麼要譯成散文體，金克木在
譯本序中解釋說：「遺憾的是原來的詩體無法照搬，原書雖用古語，
卻大體上是可以通俗的詩句，不便改成彈詞或新詩。我們決定還是照
印度現代語全譯本和英譯全本、俄譯全本的先例，譯成散文。有詩意
的原文不會因散文翻譯而索然無味。本來無詩意只有詩體的部分更不
會盡失原樣。這樣也許比譯成中國詩體更接近一點原文詩體，喪失的
只是口頭吟誦的韻律。」散文體的譯文沒有韻腳，各詩句也沒有字數
上的限制，這樣翻譯起來相對自由些，在印刷上也節省篇頁和紙張，
但無可否認，它至少是在直觀上容易使讀者失去「詩」的感覺。當
然，它也不失為兩大史詩漢譯的一種方式。看來，翻譯《摩訶婆羅
多》這樣的大史詩，是一種探索，也是一種挑戰，箇中困難可想而
知。對此，主要譯者趙國華在第一卷「後記」中充滿感慨地寫道：
「翻譯這部大史詩，卻猶如跋涉在無際的沙漠，傾盡滿腔熱血，付出
整個生命，最終所見或許只是駱駝刺的朦朧的綠。」這話卻不幸成了
讖語，趙國華在幾年之後因過度勞累，英年猝逝。而大史詩的其他各

卷的翻譯看來也因此受到一定影響，一直到十年後的今天也未見按順序陸續出版。

　　但是，《摩訶婆羅多》的翻譯出版在這十年中還是有一些進展。一九八九年，中國社會科學出版社出版了張保勝翻譯的《薄伽梵歌》。這是《摩訶婆羅多》第六篇〈毗濕摩篇〉中的一段著名的哲學插話，共計十八章（第 23-40 章），也可以說是整部史詩的哲學思想基礎。《薄伽梵歌》雖然是作為哲學著作來翻譯的，但譯者以四句一節的詩體來譯，大多押韻，不乏哲理詩的韻味。而且譯者做了大量注釋，為讀者的閱讀理解提供了方便。《薄伽梵歌》譯本出版十年後，黃寶生翻譯的《摩訶婆羅多》〈毗濕摩篇〉由南京的譯林出版社列入《世界英雄史詩譯叢》中，於一九九九年出版。黃寶生的譯本也按詩體翻譯，而且大體保持了「頌」體詩的兩行（少數三、四行）四音步的格式，用詞雅訓而又易懂，可以說是大史詩翻譯的比較完善的譯文。將來如果《摩訶婆羅多》其他各卷均能按此格式和水平譯出，那將可以保證整個翻譯的成功。

　　在兩大史詩翻譯出版的同時，有關兩大史詩的研究文章也散於學術期刊中。在八〇年代後的二十多年間，兩大史詩的評論和研究成為印度文學乃至整個東方文學研究的重點之一。北京大學和中國社會科學院等單位的學者專家，還曾在北京召開過專門的印度兩大史詩學術研討會。《南亞研究》、《國外文學》、《外國文學評論》等權威的學術期刊，都發表了一些研究文章。除了上述的季羨林、金克木、趙國華等大史詩的譯者寫的文章外，值得注意的還有劉安武教授的研究成果。劉安武雖然不專攻梵語文學，但他利用大史詩的印地語譯本，對大史詩做了認真的研讀。他和季羨林共同編選的《兩大史詩評論匯編》（中國社會科學出版社，1984 年）是匯集了印度國內外兩大史詩研究的有代表性的成果，是中國研究兩大史詩不可不讀的書。近些年來，劉安武發表了一系列有關大史詩的論文，如〈黑天的形象及其演

變〉、〈試論印度大史詩《摩訶婆羅多》的婦女觀〉、〈藝術化了倫理道
德意識──《羅摩衍那》的一種傾向〉、〈印度大史詩《摩訶婆羅多》
的戰爭觀〉、〈剖析印度大史詩《摩訶婆羅多》的正法論〉、〈羅摩和悉
多──一夫一妻的典範〉、〈關於印度大史詩《羅摩衍那》的國家觀〉
等十來篇文章。據知，他還把這些論文集中起來，再添寫〈《摩訶婆
羅多》的民主意識〉、〈兩大史詩對後世的影響〉等，編成了題為《印
度兩大史詩研究》的專題文集，交北京大學出版社出版。這將成為繼
季羨林的《羅摩衍那初探》之後，中國學者的第二部印度史詩研究專
著。劉安武的這些文章從哲學、倫理學以及家庭、國家、戰爭等不同
的側面，對兩大史詩的內容做了探討。他對故事情節和人物形象做了
細緻入微的分析和概括，得出了樸素平實的結論。不過，劉安武對兩
大史詩的研究，其視角基本是社會學的、反映論的，而較少哲學、文
化人類學、宗教心理學、美學等層面上的探討。由於兩大史詩的神秘
主義的、玄學的、超現實的傾向，將龐雜的、有時是前後矛盾的故事
及言論編在一起，而又不以矛盾為矛盾的相對主義，決定了它在國
家、戰爭、倫理道德等問題上，往往不是簡單的寫實性的反映。還
有，史詩中的個別人物反對種姓等級制度的有關言行，對戰爭中殘虐
嗜殺行為的否定，以及女性對自我尊嚴的維護，這些究竟是侷限在古
老的婆羅門教思想的範圍之內呢，還是已經達到了劉安武所說的「民
主意識」的高度？看來，許許多多的問題，仍為今後的兩大史詩研究
留下了繼續探討的廣闊空間。

泰戈爾在中國的譯介[1]

　　泰戈爾（又譯太戈爾，1861-1940）是印度偉大的作家、思想家，東方第一個諾貝爾文學獎獲得者，世界上少數幾個超一流的大文豪之一，也是近百年來少數幾個在中國譯介最多、影響最大的外國作家之一。早在一九二三年，中國著名詩人徐志摩就在題為〈泰戈爾來華〉（《小說月報》十四卷九號）的文章中寫道：「泰戈爾在中國，不僅已得普遍的知名，竟是受普遍的景仰。問他愛念誰的英文詩，十餘歲的小學生就自信不疑地回答說泰戈爾。在新詩界中，除了幾位最有名神形畢肖的泰戈爾的私淑弟子以外，十首作品裡至少有八、九首是受他直接或間接的影響的。這是很可驚的狀況。一個外國的詩人，能有這樣普及的引力。」這段話不免有些誇張，但還是道出了一個基本的事實——泰戈爾在中國的影響之大。徐志摩講的是一九二三年前後的狀況，而此後一直到二十世紀末，中國的泰戈爾的譯介不但沒有沉寂，而是高潮迭起，規模更大；對泰戈爾的研究不但沒有停頓，而是逐漸深化，從而形成了二十世紀東方文學、中外文學關係史，乃至整個中外文學、中外文化交流史上的一個值得注意、值得研究的現象。

　　縱觀中國近百年來的泰戈爾譯介與研究史，明顯可以看出有過三次高潮時期。一九二〇年代前半期是第一次高潮時期，一九五〇年代是第二次高潮時期，一九八〇至一九九〇年代是第三次高潮時期。以三次高潮為標誌，我們可以分三個時期對泰戈爾的譯介與研究的歷史加以梳理和總結。

---

[1] 　原載《中國學者論泰戈爾》（論文集）（銀川市：黃河出版傳媒集團陽光出版社，2011年）。

一　一九二〇年代前半期：譯介的第一次高潮

泰戈爾於一九一三年獲得諾貝爾文學獎。同年，錢智修在《東方雜誌》十卷四號上發表〈泰戈爾之人生觀〉一文，介紹泰戈爾的思想。此外，在獲獎後的頭二年，中國文壇基本上沒有多少反應。到了一九一五年十月，陳獨秀在《青年雜誌》第一卷第二期上以五言絕句的形式選譯了泰戈爾獲獎的英文散文詩集《吉檀迦利》中的四首詩，陳獨秀將《吉檀迦利》譯為《讚歌》。他在注解中介紹了《讚歌》的原義，並對泰戈爾做了簡單的介紹：「R. tagore（泰戈爾），印度當代之詩人，提倡東洋之精神文明者也。曾受 Nobel prize，馳名歐洲，印度青年尊為先覺。其詩文富於宗教哲學之思想，Gitanjali 乃歌頌梵天之作。」如他選擇的第四首詩是這樣的：

> 遠離恐怖心，矯首出塵表。慧力無盡藏，體性遍明窈。語發真理源，奮臂赴完好。清流徑寒磧，而不迷中道。行解趣永曠，心徑資靈詔。摩臨自在天，使我常皎皎。

這是中國翻譯的泰戈爾的第一首詩。一九一七年，《婦女雜誌》第三卷第六至九期上連載了天風、無我翻譯的泰戈爾的三篇短篇小說，即〈雛戀〉、〈賣果者言〉、〈盲婦〉。一九一八年，《新青年》雜誌在第五卷二至三期上刊載了詩人劉半農用白話翻譯的《新月集》中的〈同情〉、〈海濱〉二首。那三、四年間的泰戈爾作品翻譯情況，大致如此。

泰戈爾譯介高潮的到來是五四時期，從一九二〇年，一直持續到一九二五年。在這大約五、六年的時間裡，若干有影響的刊物，如《新青年》、《小說月報》、《東方雜誌》、《文學週報》、《晨報副刊》、《少年中國》、《學燈》、《覺悟》、《佛化青年》等，都積極刊載泰戈爾

的作品譯文。商務印書館、中華書局等大出版商也積極出版泰戈爾的作品譯本。在那幾年中，泰戈爾的許多重要的詩歌集都有翻譯，而且有的作品出了好幾種譯本或譯文。如《吉檀迦利》、《採果集》、《新月集》、《園丁集》、《飛鳥集》、《游思集》等；許多劇本也有了譯本，如《齊德拉》、《郵局》、《春之循環》、《隱士》、《犧牲》、《國王與皇后》、《馬麗尼》等；長篇小說《家庭與世界》、《沉船》以及《泰戈爾短篇小說集》等也有了翻譯。這時期主要的泰戈爾譯介者除鄭振鐸外，重要的還有李金發譯《吉檀迦利》、《採果集》，王獨清譯《新月集》，沈雁冰譯《歧路》，趙景深譯《採果集》，葉紹鈞、沈澤民、劉大白、黃仲蘇、徐培德譯《園丁集》，瞿世英譯《春之循環》、《齊德拉》，黃鍾蘇、高滋譯《犧牲》與《馬麗尼》，江紹原譯《郵局》，梁宗岱譯《隱士》等。此外還有許地山、鄧演存、錢江春翻譯的若干短篇小說，徐曦、林篤信合譯的長篇小說《沉船》，景梅九與張墨池合譯的長篇小說《家庭與世界》和論著《人格》，顧均正翻譯《我底回憶》等等。總體來看，這一時期的泰戈爾翻譯以英文散文詩為主，兼及劇本、小說、論著與各類散文著作。

在泰戈爾的翻譯者中，譯介較早、翻譯數量最多、影響最大的是鄭振鐸（西諦）。正如當代印度文學及泰戈爾研究專家石真所說：「可以說中國最早有系統地介紹和研究泰戈爾的是西諦先生。」（《太戈爾詩選・前言》）大約在一九一九年初，他由許地山的介紹而開始閱讀泰戈爾英文版散文詩集《新月集》，從此對泰戈爾的詩歌產生了濃厚的興趣。一九二〇年，鄭振鐸將他選譯出的《吉檀迦利》第二十二首發表於《人道》雜誌第一期。一九二一年《小說月報》改革後，他在該雜誌以及《文學旬刊》等刊物上，連續不斷地發表泰戈爾詩歌的譯文。他發表的譯文大都選自泰戈爾的幾部英文散文詩《吉檀迦利》、《新月集》、《飛鳥集》、《採果集》、《園丁集》、《愛者之貽》、《歧路》等。一九二二和一九二三年，鄭振鐸在選譯的基礎上，分別出版了

《飛鳥集》和《新月集》的譯本，由商務印書館出版。這是兩部詩集的最早的中文譯本單行本。鄭振鐸的譯文用清新流麗的現代漢語譯出，細膩、準確，一絲不苟，很好地傳達了原作的情緒和境界，成為泰戈爾文學漢譯中的精品。

在翻譯泰戈爾作品的同時，鄭振鐸還積極推進、身體力行地進行泰戈爾的評論與研究。他在文學研究會成立時，就在會內發起組織了一個「泰戈爾研究會」。據說，專門研究一個作家的學會，在中國這還是第一個（見鄭振鐸1921年4月17日〈致瞿世英信〉），使文學研究會成為當時中國泰戈爾譯介的重鎮。泰戈爾譯介與研究的重要人物，如許地山、王統照、葉紹鈞、沈雁冰、張聞天、沈澤民、謝冰心等，都是文學研究會的成員。同時，鄭振鐸利用文學研究會的核心刊物《小說月報》，作為譯介泰戈爾的陣地。一九二二年到一九二四年，為了迎接泰戈爾訪華，《小說月報》連續幾次集中刊發泰戈爾的詩歌、小說、戲劇的翻譯和有關的研究評論文章。鄭振鐸在一九二二年出刊的第十三卷二號上，最早發表介紹泰戈爾生平創作概況的〈泰戈爾傳〉和評介泰戈爾文藝思想的〈泰戈爾的藝術觀〉，同時刊發了張聞天的〈泰戈爾之詩與哲學觀〉、〈泰戈爾的婦女觀〉、〈泰戈爾對於印度和世界的使命〉三篇文章及瞿世英的〈泰戈爾的人生觀與世界觀〉等。在一九二四年出刊的第十四卷九號上，推出了一個內容更豐富的泰戈爾專號。專號中有鄭振鐸的〈歡迎泰戈爾〉、〈泰戈爾傳〉和〈吉檀迦利選譯〉，有徐志摩的文章〈泰山日出〉、〈泰戈爾來華〉，有王統照寫的〈泰戈爾的思想與詩歌的表象〉，還有其他幾篇有關的作品譯文、研究與介紹文章。該專號在文化、文學界引起了很大的反響，有力地推動了當時中國的「泰戈爾熱」的形成。鄭振鐸的〈歡迎泰戈爾〉置於專號之首。從中可以看出鄭振鐸對泰戈爾的熱愛與崇拜。他寫道：「我們對於這個偉大的傳教者應該怎樣地致我們的祝福，我們的崇慕，我們的敬愛之誠呢？」「他現在是來了，是捧了這

滿握的美麗的贈品來了！他將把他的詩的靈的樂園帶來給我們，他將
使我們在黑漆漆的室中，得見一線的光明，得見世界與人生的真相，
他將為我們宣傳和平的福音。」另外，專號中鄭振鐸的〈泰戈爾傳〉
（未完）是中國第一部系統的泰戈爾的傳記著作，一九二五年由商務
印書館出版單行本。長期以來，這本書一直是中國讀者系統了解泰戈
爾生平與創作情況的入門書。

　　除鄭振鐸外，王統照也是泰戈爾的熱烈的崇拜者。泰戈爾來華
後，王統照與泰戈爾交往密切，在許多場合中親自擔任泰戈爾演講或
講話的翻譯，在泰戈爾評論與研究上也頗有成績。他著有〈泰戈爾的
人格觀〉、〈泰戈爾的思想與詩歌的表象〉等研究泰戈爾的專文。在後
一篇文章中，他闡述了泰戈爾的思想與印度傳統思想的關係。他認為
印度宗教哲學的真諦是「愛」，「泰戈爾卻不僅是印度正統之宗教的實
行者，並且是『愛』的哲學的創導者，『愛』的偉大的謳歌者」。他認
為如果找一個字來概括泰戈爾的思想與創作的話，那就是一個「愛」
字。「現在我們企望的『愛』的光，已由泰戈爾從他那森林之印度，
自己帶到死氣沉沉的我們地方中來了。……須知這次他到我們這個擾
亂冷酷的國度來，是帶有什麼使命，我們應該怎樣用清白的熱誠去承
領他的『愛』的光的來臨呀！」

　　另一個泰戈爾的熱烈的崇拜者是徐志摩。他也是最積極地籌備、
歡迎和接待泰戈爾來訪的人。在〈泰戈爾來華〉一文中，他稱泰戈爾
是「最純粹的人；他最偉大的作品就是他的人格」。他寫道：「我們所
以加倍地歡迎泰戈爾來華，因為他那高超和諧的人格，可以給我們不
可計量的慰安，可以開發我們原來瘀塞的心靈泉源，可以指示我們努
力的方向與標準，可以糾正現代狂放恣縱的反常行為，可以摩娑我們
想見古人的憂心，可以消平我們過渡時期張惶的意氣，可以使我們擴
大同情與愛心，可以引導我們入完全的夢境。」不久，徐志摩又在一
九二四年五月十九日的《晨報副鐫》上發表〈泰戈爾〉一文，這是一

篇演講稿。他駁斥了國內有人對泰戈爾「不合時宜」、「頑固」、「守舊」的指責，並更加熱烈地讚美泰戈爾道：「他的博大的溫柔的靈魂我敢說永遠是人類記憶裡的一次靈跡。他的無邊的想像與遼闊的同情使我們想起惠德曼；他的博愛的福音與宣傳的熱心使我們記起托爾斯泰；他的堅韌的意志與藝術的天才使我們想起造摩西像的密伊郎其羅；他的詼諧與智慧使我們想起當年的蘇格拉底與老聃；他的人格的和諧與優美使我們想起暮年的葛德；他的慈祥的純愛與撫摩，他的為人道不厭的努力，他的磅礴的大聲，有時竟使我們喚起救主的心像；他的光彩，他的音樂，使我們想起奧林匹克山頂上的大神。」

　　鄭振鐸、王統照、徐志摩是當時文學界乃至文學青年的泰戈爾崇拜者的代表。他們是帶著一種虔敬，來翻譯、評論和研究泰戈爾的。他們用詩一樣的充滿感情的語言來介紹泰戈爾、讚美泰戈爾，在讚美中也難免溢美之詞，有失冷靜與客觀，但也從一個側面體現了五四時期「青年文化」的熱烈、奔放、慕外求新的時代特徵。而且，他們都從人道主義的視角來看待泰戈爾、接受泰戈爾的，在創作思想上受到了泰戈爾「愛」的哲學的影響，在詩歌的藝術形式，尤其是所謂「小詩」方面也頗得泰戈爾的溫馨、寧靜與沉思冥想的風韻。可以說，泰戈爾的以「愛」為核心的人道主義及由此決定的藝術風格，是五四人道主義新文學的重要外來影響源之一。

　　當然，那時對於泰戈爾也並不全是讚美聲。對於泰戈爾的文學成就，有人提出質疑，其中最值得注意的是聞一多的觀點。他在〈泰戈爾批評〉（載《時事新報》文學副刊，1923年12月3日）中認為，「泰戈爾的文藝的最大缺憾是沒有把握到現實」；《吉檀迦利》等詩集，只有祈禱詞、概念而缺乏情感。「這裡頭確乎沒有詩，誰能把這些格言看懂了，他所得的不過是猜中了燈謎的勝利的歡樂，決非審美的愉快」。他還認為泰戈爾的詩「是沒有形式的」，「不但沒有形式，而且可說是沒有廓線。因為這樣，所以單調成了它的特性」。他的結論

是：「泰戈爾的詩之所以偉大是因為他的哲學。論他的藝術實在平庸
得很。」這些看法雖只是一家之言，但在某種意義上的確擊中了泰戈
爾詩的某些要害。還有更多的人對泰戈爾的思想，特別是他的關於
「東方文明」的看法，提出異議和反駁。泰戈爾在許多文章、特別是
來華的多次演講中，反覆強調這樣一種觀點：西方文明是物質文明，
包括印度和中國文明在內的東方文明是精神文明；在當今的時代，西
方世界為追逐國家利益而造成了人的隔膜，為追逐物質利益而窮兵黷
武，相互殺戮；個人也成為物質的奴隸，道德淪喪，心靈空虛，這表
明西方的物質文明已經走向窮途末路。而只有重倫理道德、重精神充
實與心靈和諧、提倡「愛」的東方文明，才能矯正西方文明的弊病，
東西方文明在這個意義上的調和才是世界文明的發展方向。顯而易
見，泰戈爾的這種觀點，與五四時期新文化的主流──激烈的反傳統
主義相對立的，因此遭到了不少的批判和批評。瞿秋白、惲代英、陳
獨秀、沈雁冰、沈澤民、吳稚暉、郭沫若等，均發表了批評泰戈爾的
文章。如陳獨秀在〈泰戈爾與東方文化〉（載《中國青年》，第27期）
一文中指出：泰戈爾「是一個極端排斥西方文化、極端崇拜東方文化
的人」，認為泰戈爾提倡的東方文化實際上是「尊君抑民、尊男抑
女」、「知足常樂、能忍自安」之類的妨礙社會進步的東西。瞿秋白在
〈泰戈爾的國家觀念與東方〉（《嚮導》，第61期）中，認為泰戈爾反
對的只是抽象的「國家」的概念，他並沒有反對國家的統治者──資
產階級；認為「無所謂東方，無所謂西方──所以更無所謂調和」。
沈澤民在〈泰戈爾與中國青年〉一文中認為，泰戈爾是一個「思想落
後的人」。「泰戈爾在印度，已是一個頑固派了。我們用這個字，當然
不是說泰戈爾就是中國的辜鴻銘或康有為，但至少他是個梁啟超或張
君勱」；「泰戈爾的思想是閒暇的有產階級的思想，是守舊的國粹派的
思想，是神的思想不是人的思想。」沈雁冰在〈對於泰戈爾的希
望〉、〈泰戈爾與東方文化〉（分別發表於《民國日報・覺悟》，1924年

4月14日、5月16日）中，表示「我們絕不歡迎高唱東方文化的泰戈爾，也不歡迎創造了詩的樂園，讓我們的青年到裡面去陶醉去冥想去慰安的泰戈爾」，並表示反對泰戈爾「標榜空名的東方文化而仇視『西方文化』的態度」。此前曾受到泰戈爾很大影響的郭沫若，在接受了馬克思主義的階級觀念後，也對泰戈爾的思想發生了懷疑。他指出：「一切什麼梵的現實、我的尊嚴、愛的福音，只可以作為有產有閑階級的嗎啡、椰子酒。」（〈泰戈爾來華的我見〉，載《民國日報·覺悟》，1924年4月14日）這些圍繞泰戈爾來華及對泰戈爾思想的論爭，構成了五四時期文化、文學界關於東西方文化問題論爭的主要內容，也表明泰戈爾在當時中國的影響之大，已遠遠超出了文學的範圍。

二　一九五〇年代：譯介的第二次高潮

一九二四年泰戈爾訪華回國約一年後，中國文壇對於泰戈爾的譯介暫告一段落。一九二〇年代下半期一直到整個一九四〇年代，對泰戈爾的譯介不多。一九四〇年泰戈爾去世後到一九四五年，曾有少量文章和少量翻譯，如張炳星和施蟄存譯《吉檀迦利》。金克木譯回憶錄《我的童年》等。新中國成立後，印度是與中國最早建立外交關係的國家之一。整個一九五〇年代，是中印兩國關係最好的時期。這種兩國友好關係的大環境，是促進一九五〇年代對泰戈爾譯介高潮到來的有利條件。一九五〇年代中期，中國有關部門就決定在泰戈爾誕辰一百週年時予以隆重紀念，泰戈爾作品的翻譯出版隨之繁榮起來。

在對泰戈爾的小說翻譯方面，一九五七年和一九五九年人民文學出版社分別出版了黃雨石翻譯的《沉船》和黃星圻翻譯的《戈拉》，均根據英文版譯出。這兩部小說都是以印度的社會現實問題為題材的。特別是《戈拉》，反映的是印度近代的宗教與社會改革問題，譯本出版後影響很大，長期以來中國許多文學史教科書認為《戈拉》是

現實主義作品、是泰戈爾的代表作，並予以高度評價。在泰戈爾戲劇方面，翻譯出版的動作最大。一九五八年新文藝出版社出版了石真根據孟加拉文翻譯的《摩克多培拉》。一九五八至一九五九年中國戲劇出版社出版了根據英文版譯出的四卷本《泰戈爾劇作集》，第一卷收瞿菊農譯〈春之循環〉，第二卷收馮金辛譯〈郵局〉、〈紅夾竹桃〉，第三卷收林天斗譯〈犧牲〉、〈修道者〉和〈國王與王后〉，第四卷收謝冰心譯〈齊德拉〉和〈暗室之王〉。在這些劇本中，〈紅夾竹桃〉和〈暗室之王〉是新譯，其餘六個劇本是舊譯的修訂。這套書直到現在仍然是惟一的一套泰戈爾劇作的中文版選集。

在詩歌翻譯方面，泰戈爾幾部最重要的散文詩集《新月集》、《飛鳥集》、《園丁集》、《吉檀迦利》、《游思集》等，都出版了新的版本或新的譯本。新譯本有吳岩譯《園丁集》、湯永寬譯《游思集》（均上海新文藝出版社）等。有些一九二〇年代的舊譯被整理並重新出版，如鄭振鐸翻譯的《飛鳥集》曾在一九二二年出版，一九五六年重新出版時，又補譯了原來未譯的六十九首；《新月集》曾在一九二三年出版，一九五四年重新出版時又補譯了原來未譯的九首，均成為原作的全譯本，同時對舊譯做了加工潤色。後來冰心在評價這兩個譯本時說：「西諦先生自己是詩人，也是散文作家，他的〈海燕〉和〈山中雜記〉，文字清新細膩，對寫景、抒情都有獨到的地方。以一個詩人與散文家來譯泰戈爾的散文詩，是再合適不過的人選了。他的譯文也確實做到如作家許地山希望於他的：『新妍流露』，如原作秋空霽月一般的澄明。」的確，鄭振鐸的這兩種譯本歷經半個多世紀的考驗，一直到今天，還不斷再版，成為被讀者完全認同的難以超越的權威譯本。關於《吉檀迦利》，一九四九年前，曾出版過兩種全譯本，即張炳星譯《泰戈爾獻詩集》（「吉檀迦利」原意為「獻詩」），一九四五年八月由重慶中國日報社出版；施蟄存譯《吉檀迦利》，一九四八年由福建永安正音出版社出版。前者只有重慶圖書館還有收藏，後者只有

存目，已難查找。在這種情況下，出版泰戈爾這個最有代表性的散文詩集，就是非常必要的了。一九五五年，謝冰心翻譯的《吉檀迦利》由人民文學出版社出版，這是包括一百○三首詩的全譯本，由冰心根據英文版本翻譯，又由泰戈爾翻譯與研究專家石真根據孟加拉文版本校閱。這是一部相當成功的譯作。正如冰心認為鄭振鐸是翻譯泰戈爾作品最合適的人選，作為詩人和散文家的她，其實也是翻譯《吉檀迦利》的最合適的人選。而且冰心在一九二○年代就是泰戈爾崇拜者，她也曾自述當初寫詩是受鄭振鐸譯泰戈爾《飛鳥集》的影響。她的《吉檀迦利》譯文清新、自然、流暢、溫馨、輕盈、飄逸，讀者簡直分不清是泰戈爾的詩如冰心所譯，還是冰心的譯文就是泰戈爾。如《吉檀迦利》最後一首（第一百○三首）譯文：

> 在我向你合十膜拜之中，我的上帝，讓我一切的感知都舒展在你的腳下，接觸這個世界。
> 像七月的濕雲，帶著未落的雨點沉沉下垂，在我向你合十膜拜之中，讓我的全副心靈在你的門前俯伏。
> 讓我所有的詩歌，聚集起不同的調子，在我向你合十膜拜之中，成為一股洪流，傾注入靜寂的大海。
> 像一群思鄉的鶴鳥，日夜飛向它們的山巢，在我向你合十膜拜之中，讓我的全部生命，啟程回到它永久的故鄉。

一九六一年是泰戈爾誕辰一百週年。為了紀念泰戈爾的百年誕辰，經過一九五○年代中後期數年的策劃和準備，人民文學出版社出版了《泰戈爾作品集》十卷，共一百四十三萬字。整部作品集在印裝上全部為精裝，分為紙面精裝和布面精裝兩種。當時中國正處於經濟極端困難時期，為一位外國作家出版十卷本的精裝版文集，是異乎尋常的。它表明了中國政府及文化出版部門對中印兩國關係、對泰戈爾

的重視。《泰戈爾文集》是泰戈爾作品翻譯的集大成。此前已出版的大部分譯文，都被收進了文集。少數是新譯，分別譯自英文、孟加拉文和俄文。其中，第一、二卷是詩歌，收石真、冰心、鄭振鐸譯《故事詩》、《吉檀迦利》、《新月集》、《園丁集》、《飛鳥集》和一九二〇至一九三〇年代的其他詩歌；第三、四、五是俞大縝、唐季雍、石真譯中、短篇小說，共三十二篇；第六、七卷分別是陳珍廣譯長篇小說《小沙子》和黃雨石譯《沉船》；第八、九卷是黃星圻譯長篇小說《戈拉》；第十卷是謝冰心、馮金辛等譯的五個劇本。《泰戈爾作品集》所收作品雖然只有泰戈爾全部作品的約七分之一，但所收作品都有代表性。應該說，這是一套有特色的泰戈爾的作品精選集。後來數次重印，在讀者中產生了廣泛的影響。

　　一九五〇年代泰戈爾的評論、回憶與研究文章（包括譯本序）共有二十多篇。主要有梅蘭芳的〈憶泰戈爾〉（《人民文學》，1961 年第 5 期），石真的〈《戈拉》前言〉、〈《摩克多塔拉》譯後記〉、〈泰戈爾的歌曲〉（《新觀察》，1955 年第 13 期）、〈泰戈爾和他的《兩畝地》〉（《語文學習》，1957 年第 9 期），黃雨石的〈《沉船》譯後記〉、〈印度詩人泰戈爾〉（《文學書刊介紹》，1954 年第 10 期），季羨林的〈泰戈爾短篇小說的藝術風格〉（《光明日報》，1961 年 5 月 15 日），辛未艾的〈紀念泰戈爾有感〉（《文匯報》，1961 年 5 月 7 日）等。一九五〇年代獨尊「社會主義現實主義」的文學觀念，在泰戈爾評論與研究中也體現出來。對於泰戈爾宗教神秘主義的、有神論的傾向不無避諱，而對他的批判社會現實、揭露社會矛盾的作品，則予以特別的重視。例如，泰戈爾的故事詩《兩畝地》，描寫的是王爺強行霸占農民巫賓的兩畝地的故事，表現了地主對農民的壓迫和農民的抗爭。這首詩歌在一九五〇年代的中國受到高度的評價和重視，還被編進了當時的中學課本。由泰戈爾《兩畝地》改編的印度同名故事片，也在中國廣泛放映。

三　一九八〇至一九九〇年代：譯介的第三次高潮

　　一九六〇至一九七〇年代，由於中印關係的惡化和中國的「無產階級文化大革命」運動，泰戈爾的譯介幾乎完全停頓下來。直到一九八〇年代改革開放以後，中國的外國文學譯介出現繁榮。一九八一年，全國性的「泰戈爾學術研討會」在北京召開，泰戈爾譯介也隨之進入了第三次高潮。

　　一九八〇至一九九〇年代的泰戈爾的翻譯，其基本特點是版本眾多、印數巨大、普及面廣。二十多年中，共出版各種各樣的泰戈爾作品譯本七十多種，占此時期中國的印度文學翻譯出版總量約三分之一。這其中，有一部分在選題、翻譯、編輯、出版諸方面是「原創性」的著作，但也有相當一部分是適合市場需要的、對已有譯文進行「炒作」和另包裝的版本，如各種名目的《詩選》、《小說選》、《文集》、《全編》等等。有些書在編選中有許多重複，並有不規範的甚至不合版權規則的情況。但它們是在讀者市場的要求下出現的，對泰戈爾作品的普及不無益處，也體現出了中國改革開放後圖書翻譯出版市場化的某些側面。

　　首先，在詩歌翻譯方面，一九五〇年代的舊譯不斷再版。如鄭振鐸譯《新月集》、《飛鳥集》，冰心譯《吉檀迦利》、《園丁集》，吳岩譯《園丁集》，湯永寬譯《游思集》等。同時，新的譯本也不斷湧現。如上海譯文出版社出版的泰戈爾詩集、散文集叢書，從一九八〇年代到一九九〇年代初，陸續出版了十幾種集子。其中，吳岩譯《流螢集》、《情人的禮物》、《鴻鵠集》、《茅廬集》，都是首譯本。一九八〇年代湖南人民出版社出版的《詩苑譯林》大型叢書，除收有鄭振鐸的《新月集》、《飛鳥集》和冰心翻譯的《吉檀迦利》、《園丁集》外，還有石真翻譯的《採果集‧受者之貽‧渡口》三部英文詩集的合集。這一時期重要的泰戈爾詩歌的譯者有吳岩、白開元等。吳岩作為老翻譯

家，早在一九五六年就出版了《園丁集》譯本，這也是中國出版的第
一個《園丁集》譯本，在讀者中影響較大。吳岩翻譯的泰戈爾詩集主
要是在一九八〇至一九九〇年代出版的。他集中翻譯了泰戈爾的英文
詩集，如《園丁集》、《吉檀迦利：獻詩集》、《流螢集》、《情人的禮
物》、《鴻鵠集》、《茅廬集》和將上述幾種詩集編在一起的《泰戈爾抒
情詩選》等。白開元在一九六〇年代中期曾赴達卡學習孟加拉語，他
是中國屈指可數的可從泰戈爾的母語——孟加拉語直接翻譯泰戈爾作
品的人之一。一九八七年，廣西人民出版社出版了他的《寂園心
曲——泰戈爾詩歌三百首》。這是從泰戈爾的五十多部詩集及散篇中
精選出的、直接從孟加拉語譯出的本子。白開元的譯文特別注重韻
律。他在〈譯後記〉中指出：泰戈爾用孟加拉語寫的絕大部分詩是有
韻律的，只不過中國的有關譯本大都從英文轉譯，由於英譯本是散文
體的，所以譯成中文時自然就成了散文詩。他認為：「泰戈爾的文學
成就主要在詩歌，最主要的功績是使孟加拉格律得到空前的發展。」
他的譯詩特別注意用現代漢語來體現原詩的韻律，如〈印度的主宰〉
（印度國歌）的最後一段譯詩：

　　　夜盡天明，東方的額際升起太陽，
　　　百鳥歌唱，純潔的晨風傾斟出新生的甘漿。
　　　你以朝霞的愛撫，
　　　喚醒昏睡的印度。
　　　它在你足前俯身膜拜。勝利屬於統轄眾王的印度命運的主宰。
　　　啊，勝利，勝利是屬於你的。

　　白開元的泰戈爾譯詩還有《泰戈爾愛情詩選》（灕江出版社，
1990年）、《泰戈爾兒童詩選》和《泰戈爾哲理詩選》（中國廣播電視
出版社，1990年、1991年）、《泰戈爾散文精選》（人民日報出版社，
1996年）等。

在小說翻譯方面，一九八〇年代出版了若干種泰戈爾的短篇小說選集，大多數是以前舊譯的重編，選目最新、影響最大的是一九八三年出版的《饑餓的石頭》。這是灕江出版社「獲諾貝爾文學獎作家叢書」之一種。該書收譯泰戈爾的短篇小說四十一篇，四十多萬字，是一九八〇至一九九〇年代翻譯出版的篇幅最大的泰戈爾短篇小說選集。全部篇目均為新譯，三分之一以上為首次譯出。譯者有倪培耕、黃志坤、董友忱、陳宗榮。譯文分別譯自孟加拉語和印地語版本。該譯本第一版便有八萬多冊的印數，後又數次重印，在讀者中產生了廣泛的影響。倪培耕寫的長篇譯本前言〈泰戈爾和他的短篇小說〉，較詳細地介紹了泰戈爾的生平思想和短篇小說在思想、藝術上的特色，是此時期出現的評價和研究泰戈爾短篇小說分量較重的文章。在長篇小說方面，新評出的版本有廣燕譯的《最後的詩篇》（北岳文藝出版社，1987 年）、邵洵美譯的《家庭與世界》（人民文學出版社，1987年）、董友忱譯的《家庭與世界》（山東文藝出版社，1987 年）、董友忱譯的《王后市場》、白開元譯的《沉船》（陝西人民出版社，1996年）等。

對於泰戈爾的學術理論方面的著作，一九八〇至一九九〇年代也有若干翻譯。這方面的翻譯選題都集中於泰戈爾的各種演講稿。這大概是因為這些演講能夠集中體現泰戈爾哲學、宗教、美學、政治、文學思想，而又有一定可讀性。商務印書館一九八六年出版了譚仁俠翻譯的《民族主義》。這是泰戈爾一九一六年訪問日本和美國時的演講稿，集中體現了泰戈爾國際關係方面的思想主張。一九二五年中國曾出版過根據法文版譯出的文言文譯本《國家主義》。譚仁俠的新版本是根據英文版譯出的。一九九二年商務印書館出版了宮靜翻譯的《人生的親證》，是泰戈爾一九一二年訪問美國時的演講集，集中闡述了自己的宗教哲學思想。一九二〇年代初中國曾有該演講集的多篇選譯，一九二六年上海泰東書局曾出版過錢家驤、王靖翻譯的單行本，

書名為《人生之實現》。新譯本的書名改譯為《人生的親證》，很好地
傳達出了泰戈爾宗教哲學中注重體驗的神秘主義特徵。一九八九年上
海三聯書店出版了康紹邦翻譯的《一個藝術家的宗教觀》。這是泰戈
爾在中國、孟加拉、美國的演講集，收〈一個藝術家的宗教觀〉、〈藝
術是什麼〉、〈人格的世界〉、〈論再生〉、〈我的學校〉、〈論沉思〉、〈論
婦女〉等七篇，其中的大部分篇目一九二〇年代曾有漢譯，但多為文
言文，且錯誤較多。康紹邦譯本根據英文重新翻譯，並將各本匯為一
集。在文學理論方面，倪培耕等人編譯的《泰戈爾論文學》（上海譯
文出版社，1988年）填補了泰戈爾譯介中的一個空白。這個譯本大部
分選自泰戈爾前期著作《美與文學》和後期著作《文學的道理》兩書
及其他散篇，共有文章四十七篇，計三十三萬字，涉及到文學的基本
理論、基本主張與作家作品的評論等各個方面，為中國讀者了解、研
究泰戈爾的文藝思想，提供了可靠的材料。

在泰戈爾的評論與研究方面，從一九八〇年到一九九九年二十年
間，各學術期刊公開發表的有關文章約有一百四十多篇。這些文章可
分為幾個方面：一是綜合研究泰戈爾的生平、思想與創作的。重要的
文章有季羨林的〈泰戈爾的生平、思想與創作〉（載《社會科學戰
線》，1981年第2期），金克木的〈泰戈爾的《什麼是藝術》和《吉檀
迦利》試解〉（載《南亞研究》，1981年第3期），倪培耕的〈泰戈爾美
學思想管見〉（載《外國文學評論》，1987年第3期）等；二是對泰戈
爾的具體作品的賞析與評論、作品人物形象的分析文章。其中被賞析
和評論最多的作品是《吉檀迦利》、《新月集》、《飛鳥集》、《園丁
集》、《沉船》、《戈拉》、《喀布爾人》、《摩訶摩耶》等。這類文章數量
不少，但高水平、屬「研究」層面的力作較少；三是研究泰戈爾與中
國現代文學關係的文章。這屬於中印比較文學研究的範圍，也是中國
學者容易出創意的研究領域。代表性的論文有倪培耕的〈泰戈爾對中
國作家的影響〉（載《南亞研究》，1986年第1期），柳鴻的〈泰戈爾與

中國新詩〉（載《當代外國文學》，1984年第4期），張錫麟的〈中國現代文學史上的一次「泰戈爾熱」〉（載《中國名家論泰戈爾》，中國華僑出版社，1994年），何乃英的〈泰戈爾與郭沫若、冰心〉（載《暨南學報》，1998年第1期）等。此外，各出版社還出版了有關泰戈爾的傳記、研究與評述方面的著作和譯著多種，其中有季羨林翻譯的印度黛維夫人的泰戈爾傳記《家庭中的泰戈爾》（灕江出版社，1985年）、董紅鈞翻譯的印度學者聖笈多的《泰戈爾評傳》、倪培耕翻譯的印度學者克里巴拉尼的《泰戈爾傳》（灕江出版社，1984年）、張光璘編著的《印度大詩人泰戈爾》（藍天出版社，1993年）、何乃英編著的《泰戈爾傳略》（天津人民出版社，1983年）等。

　　總體來看，泰戈爾在中國的譯介、評論與研究，近百年來一直是中國外國文學譯介與研究中的重點與熱點，反映了中印文化、文學交流的十分重要的側面。三個不同的歷史時期出現的泰戈爾譯介的三次高潮，也反映出中國現代文學史上的某些規律性的現象：一九二〇年代由多元價值觀與學術上的自由爭鳴而出現的強烈的學術與評論個性；一九五〇年代的社會主義體制下的計劃性、統一性與目的性；一九八〇至一九九〇年代翻譯作品、評論與研究文章空前增多，呈現出系統化、市場化、大眾化的特徵，但評論與研究卻相對缺乏五四時期那樣鮮明的學術個性。通過近百年來三個時期的集中的譯介，泰戈爾其人、其作品，已與中國讀者、與中國文學、中國文化結下了不解之緣。特別需要提到的是，在二十世紀剛剛結束的時候，河北教育出版社出版了劉安武、倪培耕、白開元三人主編的共計二十四卷、近一千萬字的《泰戈爾全集》。《全集》收編了已出版的泰戈爾作品的大部分，並從孟加拉文、印地文新譯了許多作品。其中，第一至八卷為詩歌，第九至十卷為短篇小說，第十一至十五卷為中、長篇小說，第十六至十八卷為戲劇，第二十至二十四卷為散文。主要譯者除三位主編外，還有黃志坤、董友忱、唐仁虎、殷洪元等。雖然一千萬字的篇幅

表明《泰戈爾全集》並非嚴格意義上的搜羅完備的「全集」（如《民族主義》一書即未見收入），但無論如何它是迄今規模最大的中文版的泰戈爾作品集。該《全集》出版後，中國的泰戈爾的翻譯將進入總結期，而泰戈爾的評論與研究，也將擁有更加完整全面、更加翔實可靠的文獻資料。可以預期，泰戈爾在中國的譯介與傳播，作為一個重要的中外文學與文化交流現象，也將成為今後學術研究中被進一步重視的課題。

猶太─希伯來文學的民族特性[1]

一　「一本書」──《希伯來聖經》與文學的一元化

　　希伯來─猶太文學[2]是世界上最古老的文學之一。但與古希臘、印度、中國、波斯等其他古老民族相比，希伯來人的文化卻顯示出了罕見的單一性，希伯來文化與文學全部從屬於他們的一神教──猶太教，因而流傳下來的希伯來文獻及文學作品在數量上出乎意外的少，簡單地說，就是「一本書」──《希伯來聖經》。

　　《希伯來聖經》是猶太人用自己的民族語言希伯來語寫成的猶太教經典，記載了早期猶太人的歷史、律法、倫理道德、神話傳說、人物傳奇、哲理箴言等世俗生活和精神生活的各個側面。從文學角度看，薈萃了詩歌、散文、小說、傳紀等各種文學形式。這些經卷約於西元前六世紀至西元二世紀間長達八百年的歷史時期中陸續編訂而

1　本文原載《西南民族大學學報》（成都）2008年第7期。

2　「希伯來文學」、「猶太文學」、「以色列人文學」三個概念涵義有所不同。「希伯來文學」指的是希伯來人用自己的民族語言希伯來語寫成的作品，主要基準是語言；「猶太文學」是指猶太人的文學，主要基準是民族。由於猶太人長期缺乏共同的居住地域，沒有自己統一的國家，猶太人在客居異國的過程中，有許多人為了融入了當地人群與社會，由猶太教而改信了基督教乃至其他宗教，並學習和使用所在國的語言，乃至用所在國的語言進行寫作。這類猶太人寫作的猶太文學，應該分別屬於所在國的文學範疇，例如，猶太人雪萊、卡夫卡屬於德國文學，猶太人左拉屬於法國文學，猶太人馬拉默德屬於美國文學。「以色列文學」則是指一九四八年成立的以色列國的文學，主要基準是國家的概念。本文所說的「猶太─希伯來文學」，指的是猶太人的希伯來語文學。

成，全部加起來約合漢文一百萬字，作品篇數只有四十餘種。[3] 西元
二世紀猶太人反抗羅馬帝國統治的民族起義遭到失敗，從此不得不背
井離鄉，直到十九世末，一部分人得以返回故鄉，期間長達一千七百
多年。在初期的五百多年間，猶太教僧侶編寫了一部《希伯來聖經》
的注釋講解性的書──《塔木德》，其內容除了宗教訓誡和道德說教
外，還涉及歷史掌故、民間習俗、神話傳說乃至天文地理、醫學、算
術、植物學等諸方面，也包含了文學，如詩歌，故事、寓言等形式，
篇幅上仍然不大，約合中文四十萬字。《塔木德》的問世，使希伯來
人在《希伯來聖經》之外又多了一本書，但從根本上說，《塔木德》
不是一部獨立的書，在宗教思想、文學樣式上，是對《希伯來聖經》
的解說和有限的發揮。本質上看，猶太人奉行的仍然是「一本書主
義」。這本《希伯來聖經》既是猶太教的經典，也是猶太人的歷史、
律法和文學。就這樣，在漫長的兩千多年時間裡，一代代的猶太人就
閱讀著《希伯來聖經》，來滿足宗教信仰、文化傳承與文學表現的需
要，這在世界文明史及文學史上，恐怕都是獨一無二的。

　　只讀一本書的「一本書主義」，在古代世界中是一種極為少見的
現象，這種現象的形成是由猶太文化的一元性、純粹性、排他性所決
定的。從宏觀比較文學的角度看，在世界幾大文明古國中，這種現象
為希伯來─猶太文化所獨有。在古希臘文化中，希臘人沒有鮮明的宗
教信仰，他們信奉的是多神，是偶像崇拜，是自然宗教，其特點是多
元性、包容性、柔軟性和開放性，反映在文學上，描寫諸神事蹟的希
臘神話豐富而發達，文學作品的種類、數量也很多。在印度，人們信
奉的同樣是多神教，崇拜的同樣是各種不同的偶像，造成古代印度描

3　《希伯來聖經》中的大部分篇章主要保留在基督教的《新舊約全書》和天主教《聖
　　經》中的「舊約」部分流傳開來，有些篇目在不同時期的基督教聖經中有所刪除，
　　被刪除的部分稱為「次經」。還有一部分篇章屬於較為晚近的文獻，不被看作經
　　典，稱為「偽經」。

寫諸神的文學作品汗牛充棟，而且卷帙浩繁。在古代中國，沒有一種
嚴格意義上的宗教，文學創作也不附屬於宗教，造成文學創作相對多
元化。漢代獨尊儒術之後，遴選出的儒家經典也不是一本書，而是
「四書五經」。……相比之下，只有猶太人，卻始終堅持著「一本書
主義」，這使得後來的猶太人在《希伯來聖經》經典之外，幾乎難以
進行新的創作。久而久之，《希伯來聖經》所使用的希伯來語，便逐
漸膠著在書面與經卷中，成為一種單純的書寫語言和宗教用語。口語
中的新的詞彙、新的表現方法都難以進入，使希伯來語成為一種功能
單一的宗教語言。猶太人即使想使用這種語言寫作，也因為其中的詞
彙與表現方法離當下現實太遠，而很難充分表情達意。另一方面，猶
太人在客居的各國慢慢學會了當地的語言，並用當地的語言寫作。例
如，在西元七世紀至十二世紀，得益於阿拉伯帝國的文化寬鬆政策，
猶太人在西班牙南部的安達盧西亞迎來了客居時期相對的文化繁榮，
但許多哲學、醫學、科學方面的著作與詩歌等文學作品，是使用當時
的官方語言阿拉伯語寫成的。十二世紀阿拉伯帝國衰落解體後，猶太
人進一步流散到歐洲各國和世界各地，他們被迫居住在為他們劃定的
特定的猶太人社區（「隔都」）中，同時為了經商和維持生計的需要，
猶太人不得不學習和使用當地語言，希伯來語進一步從口語中退出，
近乎成為一種接近死亡的「昏迷」狀態的語言，幾代人下去，希伯來
的發音方法逐漸失傳了。在這種情況下，猶太人簡直不能使用民族語
言希伯來語進行任何創作了。《希伯來聖經》就成了「一切的一，一
的一切」。希伯來文學在前後兩千多年間保持恆定不變的「一本書主
義」，原因就在這裡。

　　讀一本書，是由猶太教一神教的單一性、純粹性所決定的。經典
的多元化、多樣化是由信仰的多元化、多樣化所決定的；同理，經典
的單一化也是由信仰的一元化與純粹化所決定的。兩千多年間猶太民
族反覆閱讀著《希伯來聖經》，使猶太人堅持一個宗教，信仰一個

神，忠於一個理想、堅守一種生活方式，在顛沛流離、背井離鄉的生活環境中，作為一個民族整體上沒有被其他民族所同化。

二　一個神——耶和華的文學抽象

一神信仰是對多神的抽象，無形神又是對有形神的抽象，而抽象的過程既是一個宗教思維、哲學思維的過程，也是一個文學創作的過程。

《希伯來聖經》及猶太—希伯來文學中的一個最為獨特的「形象」，是猶太教信奉的唯一神——耶和華。然而說耶和華（一譯亞衛）是「形象」，並不符合《希伯來聖經》及猶太教的觀念，因為耶和華神是無形無狀、無處不在、無時不有，而不表現為有限的、具體的形狀。然而每次耶和華出現，必然伴隨著對他的敘述或描寫，而一旦被敘述或被描寫，就必然帶有某種程度的形象性。從這一點上看，耶和華常常表現為一種「形象」，某種意義上說，也是一種文學形象。

雖然按猶太教的觀念，耶和華神沒有形象，但在《希伯來聖經》中，神並不是完全無形的。《創世記》中明確表明「神照著自己的形象造人」，也就是說，神的形象就是人的形象。「神人同形」，使神高度人格化了。而且，《希伯來聖經》在許多地方寫到神的時候，隱隱約約寫到了他的人的影子。例如，在與摩西立約時，耶和華允許摩西看到自己的背影；耶和華在向猶太始祖亞伯拉罕顯現時，還是人身：「耶和華在幔莉橡樹那裡，向亞伯拉罕顯現出來……他一見，就從帳棚門口跑去迎接他們，俯伏在地，說：『我主，我若在你眼前蒙恩，求你不要離開僕人往前去。』」（《創世記》，第18章）向雅各顯現時，「耶和華站在梯子以上」，耶和華甚至還同雅各摔跤，敵不過他，只能做小動作——摸一下他的大腿窩，使雅各扭了大腿（《創世記》，第32章）。直到《以西結書》那樣的較為晚近的經文中，還是把上帝的

形象加以人化的描寫：「在他們頭以上的穹蒼之上，有寶座的形象，彷彿藍寶石。在寶座形象以上，有彷彿人的形狀。我見從他腰以上，有彷彿光躍的精金，周圍都有火的形狀」（《以西結書》，第1章）。

　　與此同時，《希伯來聖經》極力將神加以形象上的模糊化，模糊化的最主要的手法就是將神與自然現象融為一體，較突出的是火光，如：「在黑暗中行走的百姓看見了大光，住在死蔭之地的人有光照耀他們」（《以賽亞書》，第9章）；「有烈火在他（耶和華）前頭行，燒滅四周的敵人，他的閃電光照世界，大地看見便震動。」（《詩篇》，第97篇）。又如在《約伯記》中，神在旋風中與約伯說話。更多的場合下，是將神的空間位置模糊化，神直接運用語言來表達其意志。例如《希伯來聖經》開篇第一章〈創世記〉中寫神的創世造人，完全通過神的語言指令而不是形體動作。神說：「要有光，就有了光」，神說：「諸水之間要有空氣，將水分為上下」，於是就有了空氣。至於神在什麼時候，在哪裡發出聲音，通過什麼具體步驟開天闢地，則完全不加以說明和描寫，由此使神在空間時間上都抽象化了。

　　《希伯來聖經》將耶和華神加以抽象化、模糊化的另一個表現，就是描寫神的性格與行為上的令人不可思議的特性。從「人」的角度看，耶和華性格乖戾、暴躁，專斷、易怒、行為無常，喜歡使用暴力，具有雷電之神、毀滅之神、火焰之神、洪水之神的綜合特徵。他與人交易的時候，他常常感情衝動，盛怒之下發了大水，摧毀了所多瑪和蛾摩拉城，造成了各種苦難，奴役、瘟疫、饑荒，以此懲治那些不受管束的民眾。他還喜歡信徒用動物或糧食進行祭祀，喜歡可口的祭品，喜歡讓人用特定的禮儀來安撫他的憤怒。《希伯來聖經》中對耶和華神的這些描寫，意圖顯然是為了說明神的所作所為是人所不能理解的，以此顯示神的不可思議性，以強化人對神的敬畏、崇拜與信仰。

　　從根本上，對神加以抽象，是為一神教的信仰服務的。從宗教角

度看，一神信仰在人類信仰史上是一種進步，它反映了從多神、主神，再到一神的不斷整合與統一，符合人類社會從部族、民族再到國家的不斷整合的歷史趨勢。猶太人的猶太教是人類歷史上第一種一神教，並對後來的一神教基督教、伊斯蘭教產生了重大影響。從多神教，到一神教，是一個逐步抽象的過程，這一過程的完成，反映了猶太人不同於其他民族的獨特的思維取向。古代其他民族的神話體系中的神都是偶像神，偶像神有具體的形體，較為容易描寫。而沒有形體、無處不在、又無時不有的抽象神，表現出來卻相當困難。猶太人在《希伯來聖經》中將神的「形象」變成神的「抽象」。而神的形象之抽象化的過程，則是文學的形象思維與宗教哲學的超驗思維的結合。耶和華神是從多神中抽象出來的，因而不能表現為單個形象；耶和華神又是從具體形象中抽象出來的，因而不能有偶像。神的形象體現於所有的人，但神又超越了所有肉體的、單個的人。同時神又不是所有人的抽象綜合，因為他有自己的本體、他自己的精神與意志。只是對他的本體、他的精神意志，人不可能完全真正地領會與認識。

　　從文學角度看，這種對神的抽象，實則是一種「文學抽象」。這不是哲學上的純概念的抽象，而是將原本具體可感的東西，加以提升，使之普遍化、象徵化、超越化，可以稱之為「形象之抽象」。整部《希伯來聖經》的藝術魅力主要就在於此。「形象之抽象」的法則，使《希伯來聖經》中的幾乎每一篇作品、每一個人物、每一個情節故事，都在其具體形象之上，具有普遍的抽象意義，並且大多已經成為世界文學中的原型母題。例如，關於人與神訂立契約的故事，隱喻著人與自然、人與最高本體之間達成的一種相互依賴、相互依存的關係；蛇對夏娃的引誘，象徵著人類天性中禁不住誘惑的秉性；人類被神逐出伊甸園的故事，表明了自然對任性胡為的人的懲罰；該隱出於嫉妒而謀殺胞弟的故事，成為「兄弟鬩牆」、「兄弟相殘」的原型母題；上帝發大洪水滅人的故事，是「天誅地滅」的原型母題，「巴別

塔」的故事，解釋了民族與語言差別的成因；《約伯記》中的罪與
罰，探討了信仰與業報的關係……。有人曾說過：世界上已經發生過
的事情，聖經上都寫了；世界上正在發生的事情，聖經上都寫了；世
界上將要發生的事情，聖經上也寫了。聖經之所以能夠包含這樣巨大
的信息量，是因為希伯來─猶太人善於將具體性提升為普遍性，善於
將形象加以抽象。這一點使得《希伯來聖經》的幾乎所有的人物與故
事都已經成為一種普遍的象徵，超越時空，而與無限的個別產生了對
應與聯繫。

　　《希伯來聖經》中體現的這種卓越的抽象才能，使猶太─希伯來
文學以少勝多，在「一本書」的單一中，顯示了相當的豐富性，使
《希伯來聖經》成為一種取之不竭的意義之源。歷代讀者和研究者都
可以從中找到自己的發現。更重要的是，《希伯來聖經》決定了近現
代猶太文學的鮮明的民族特色：在形象性外，注重抽象的哲學思考的
表達，使猶太人及有猶太血統的作家及其作品，往往比其他民族的作
家表現出更顯著的思想深刻性。而且，正如學者所指出的：「猶太人
的上帝──這個看不見的、先驗的、迷人的上帝──對於以哲學為指
導思想並對宗教感興趣的所有非猶太人都具有特殊的吸引力。」[4] 還
有人認為西方現代抽象美術的發展與猶太那種「無偶像無形象」的思
想是有關係的。一些批評家提出，「現代抽象藝術的整個領域尤其是
猶太性質的，恰與猶太第二條戒律相吻合」。[5]

三　一個夢：從亡國到復國的題材主題

　　猶太人─希伯來人在其漫長的歷史上，矢志不渝地讀一本書、信

4　埃班著，閻瑞松譯：《猶太史》（北京市：中國社會科學出版社，1986年），頁72。
5　克萊菲茨著，顧駿譯：《猶太人和錢》（上海市：上海三聯書店，1991年），頁145。

一個神，都是為了圓一個夢：在自己的故鄉，恢復和建立自己的民族
國家。

眾所周知，世界上的絕大多數民族都有著共同的居住地域。但猶
太—希伯來民族卻是一個例外。這是一個只有故鄉、沒有家園的民
族。猶太—希伯來文學的宗教文化的特性，與這一點密切相關；猶
太—希伯來文學的特性，也和這一點密切相關。可以說，猶太—希伯
來民族是一個背井離鄉、流離失所的民族，猶太—希伯來文學也是一
種四處流浪的「客民」文學。

這個早先生活在巴勒斯坦地區的遊牧兼農耕的弱小民族，歷史上
屢屢被外族欺凌和奴役，屢屢喪失家園、被迫背井離鄉，這給他們留
下了痛苦的體驗與記憶，並由此產生了獨具特色的猶太—希伯來宗教
文化與文學。《希伯來聖經》作為猶太教的經典，作為猶太—希伯來
民族的歷史文獻與文學總集，就是以他們的顛沛流離的痛苦經歷為主
線的。《希伯來聖經》的第一章〈創世紀〉中的關於亞當和夏娃被上
帝逐出伊甸園的神話，實際上就是希伯來人失掉幸福家園的神話表
徵。伊甸園的美妙描寫和溫馨生活，反映了希伯來人對祖先、對故鄉
故土刻骨銘心的記憶與深情眷戀，也奠定了猶太—希伯來文學的「失
樂園」的主題基調。這一主題在古代各民族文學中都是罕見的。此
後，在《希伯來聖經》中，「失樂園」的原型主題又出現了種種變
奏。《創世紀》中的大洪水神話寫的是上帝用發大洪水的方式淹沒了
希伯來人的家園，受上帝保護的義人挪亞只有在「方舟」上漂泊，也
是希伯來人家園喪失與浪跡天涯的主題表達。在接下去的《出埃及
記》中，希伯來的民族領袖摩西在耶和華神的指引下，率領著不堪埃
及法老壓迫的六十萬希伯來人，衝破種種艱難險阻，返回自己的家鄉
巴勒斯坦。這部《出埃及記》以其宏偉主題而被文學研究者稱為「史
詩」，原因就在於它描寫了希伯來民族大遷移的充滿神奇的悲壯歷
程，而正是在這一歷程中，摩西代表希伯來人與神簽訂了契約。按照

契約，希伯來人將耶和華作為惟一神崇拜，上帝則將希伯來人作為他的「選民」，由此，希伯來人成為一個有著一神教信仰的獨特民族。可見，希伯來宗教、希伯來民族就是在喪失家園、回歸家園的過程中凝聚而成的。同樣的，《希伯來聖經》中的幾乎所有作品，都與猶太─希伯來人的家園主題有關，無論是先知文學對將要亡國的警告與預測，還是抒情詩與「智慧文學」對「俘囚時代」的痛苦感受的抒寫，都貫穿著希伯來人作為亡國奴與流浪「客民」的獨特體驗。

　　為什麼猶太─希伯來人的家園問題比任何民族都成為一個問題？為什麼猶太─希伯來文學的基本主題是家園喪失？換一個角度發問：為什麼在長達兩千多年的歷史過程中，猶太人總是受到其他民族的歧視、欺凌、迫害乃至屠殺？為什麼猶太人總是流浪失所，總是寄人籬下？原因有很多，但最根本的原因，還要從猶太人的一神信仰的猶太一神教中去尋找。

　　在《希伯來聖經》中，所有篇目都在表達同一種思想：徹底的一神論。徹底的一神論具有強烈的排他性。《希伯來聖經》中的最早的律法《摩西十戒》就堅決地排斥其他神，否定多神信仰，凡信仰其他神的，就要被消滅；凡是異教，就得趕盡殺絕。耶和華訓示說：「除了我以外，你不可有別的神」；「祭祀別神，不單單祭祀耶和華的，那人必要滅絕。」對於異教的神則毫不猶豫地打殺：「我的使者要在你前面行，領你到亞摩利人、赫人、比利洗人、迦南人、希末人、耶布斯人那裡去，我必將你們剪除。你不可跪拜他們的神，不可侍奉他，也不可效法他們的行為，欲要把神像盡行拆毀，打碎他們的柱像。你們要侍奉耶和華，你們的神，他必賜福與你的糧與你的水，也必從你們中間除去疾病……凡你所到的地方，我要使那裡的眾民，在你面前驚駭、擾亂、又要使你一切仇敵轉背逃跑。我要打發黃蜂飛在你前面，把希末人、迦南人、赫人攆出去……不可和他們的神立約。他們不可住在你的地上……你若侍奉他們的神，這必成為你的網羅。」

（《出埃及記》，第 20、23 章）

　　這種排他性不僅針對異族、異教、異神，而且在本民族內部也成為一種法律，凡有任何人企圖放棄對耶和華神之信仰的，將被處死，無論這人是同胞兄弟、兒女、妻子或朋友。耶和華告誡說：「你的同胞兄弟，或是你的兒女，或是你懷中的妻，或你性命的朋友，若暗中誘你說：『我們不如去侍奉別神』。這神是你和你列祖素來不認識的，是你四周列國的神，無論是離你近，離你遠，從地這邊到那邊的神，你不可依從他，也不可聽從他，也不可顧惜他，你不可憐惜他，也不可遮庇他，總要殺他，你先下手，然後眾民也下手，將他治死。」（《申命記》，第 13 章）

　　對於其他民族崇拜的神祇，《希伯來聖經》極力加以貶低、侮辱。例如《詩篇》第一一五篇第四之七節中這樣寫道：

　　……我們的神在天上，都隨自己的意旨行事
　　他們的偶像是金的、銀的，是人手所造的。
　　有口卻不能言，有眼卻不能看，
　　有耳卻不能聽，有鼻卻不能聞，
　　有手卻不能摸，有腳卻不能走，有喉嚨也不能出聲。
　　造他的和他一樣，凡靠他的也要如此。

　　可見，猶太人的宗教堅信惟有自己的神才是惟一的神，其他的神都是虛妄。這一信念使得猶太人的鄰人們感到了恐懼和威脅，因為在上古時代，除了猶太民族外，大多數民族都信仰萬物有靈論或多神論。幾乎每一個民族都有自己所信賴的種種神靈。這些民族往往在崇拜自己的神祇的同時，也承認其他民族所信仰的各種神祇的存在和神力。然而，猶太教的一神信仰卻具有強烈的排他性，不僅不承認其他民族的神，而且也不依從古代世界中其他民族的慣例，不對其他民族

的諸神獻祭，不向鄰人的寺廟送去自己的供品，這些就足以引起周圍
人們對猶太人的不滿和憎恨了。而且猶太教還宣稱惟有猶太民族，才
是惟一神的惟一的「選民」，換言之，其他民族都不是。於是，猶太
人在幾乎所有其他民族眼裡，成為異類，成為眼中釘。後來作為猶太
教的一個分支而產生的基督教，本來與猶太教一樣屬於一神教，但在
一些關鍵問題上，兩者卻針鋒相對。猶太教不承認基督教所崇拜的聖
父、聖靈、聖子「三位一體」的耶穌，而基督教則把猶太人看作是出
賣和殺害耶穌的兇手，是基督教的敵人。基督教還認為上帝與猶太人
訂立的契約是「舊約」，已經是從前的事了，上帝後來與基督徒訂立
的「新約」已經取代了「舊約」，上帝已經拋棄了他過去的選民，現
在他對人類的愛已經轉向了基督徒。這些反猶太教及反猶太人的言論
在基督教《聖經》中的「四福音書」中隨處可見。於是，在基督教取
得了正統地位的歐洲中世紀，猶太教與猶太人就成為邪教與異端分
子，為曠日持久的頻頻發生的排猶運動準備了條件。而猶太人除一少
部分外，無論是在何種情況下，都拒絕放棄自己的信仰，而且越是對
他們施加迫害與驅逐，就越是強化他們的信仰，使他們更為拒絕同
化。猶太人根據自己的一神教信仰，將自己的顛沛流離與多災多難，
歸結為自己對上帝犯了罪，把家園的喪失首先看成是神意，認為這是
神對違反契約、犯了罪過的猶太人的懲罰。而神的懲罰本身就是對猶
太人的信仰的考驗。他們不從社會學的角度去思考如何調整本民族與
外族的關係，而是倔強地堅持自己的猶太教信念，於是就與其他民族
和人群格格不入。猶太人在歐洲各國反覆不斷地遭迫害、驅逐乃至屠
殺，成為流浪者。

　　對於這一切，《希伯來聖經》都有大量的描寫和表現。從文學的
角度看，《希伯來聖經》所描寫的，就是猶太人建立家園、喪失家
園、並試圖回歸家園的歷程。而一部希伯來文學史，也是一部喪失希
伯來語言文學的家園、又回歸這一家園的歷史。我們之所以這樣說，

是因為猶太人的民族語言「希伯來語」及「希伯來文學」，也和猶太人的家園一樣，是中途喪失、並重新尋找回來的東西。

從十三世紀開始直至十八世紀末，猶太人的語言文學傳統發生了長期的斷裂。由於希伯來語只是一種用作誦經、祈禱的宗教語言，不涉及世俗領域，而在日常生活中，迫於生計，猶太人不得不慣用所在國的語言同外界交往，以致這時期的猶太人幾乎完全拋棄了自己的民族語言。由此，希伯來語已處於準「死亡」狀態，以這種語言為基礎的文學創作也就自然衰亡了。到十八世紀末至十九世紀初，在歐洲興起的猶太文化啟蒙運動是希伯來文學開始復甦的標誌。經過啟蒙作家們的不懈努力和大膽改革，古老的聖經語言首先在文學創作中逐漸恢復了活力。起初在德國、然後在奧地利、意大利、俄國等國家的猶太人中，都產生了希伯來語文學，出現了一批希伯來語作家。一八五三年，亞伯拉罕·瑪普（1808-1867）寫出了希伯來文學史上第一部近代意義上的長篇歷史小說《錫安山之愛》，接著，著名希伯來語詩人猶·萊·戈登出現，希伯來語的文學批評文章也在有關刊物上出現。如此，希伯來文學在書面文學創作中實現了回歸。接下來，便是希伯來語在日常口語中的回歸與復活。從十九世紀末期開始，許多散居歐洲各地的猶太人通過向巴勒斯坦的阿拉伯人購買土地的方式，陸續回到自己古老的故鄉定居。在這種情況下，一些猶太人知識分子意識到，將來要建立統一的猶太人的國家，就不能不復活希伯來口語，以便能重新用它進行創作，並使各地操不同語言的猶太人能夠擁有統一的口頭語言與文學語言。在實現這一設想的過程中，居住在俄國的猶太復國主義的先驅人物埃利亞澤·本·耶胡達（1858-1922）起到了至關重要的作用。通過他的不懈的努力，希伯來口語最終得以復活。本·耶胡達身體力行，堅持在自己家中跟妻子用希伯來語會話。接著，耶路撒冷、雅法和巴勒斯坦的許多猶太人紛紛效法本·耶胡達，開始在日常生活及書面寫作中使用新的希伯來口語。二十世紀的第一

個十年，希伯來口語不僅在巴勒斯坦，而且在散居各國的許多猶太人中間開始傳播開來。一九二二年，「國際聯盟」通過了關於英國對巴勒斯坦進行委任統治的決定，並指定英語、阿拉伯語和希伯來語作為巴勒斯坦的正式語言。此後，希伯來口語迅速普及。在一九四八年成立的以色列國中，希伯來語成為國語。

　　希伯來語在書面語與口語中的復活，使希伯來語這種具有四千年歷史的古老語言重新煥發了生機。新生的希伯來語及文學與古老的希伯來文學之間的斷裂得到了銜接；同時，古老的「亡國與復國」主題也得以再現。一八八二年，居住俄國的著名希伯來詩人猶·萊·戈登預感到以色列民族統一和復興的日子將要到來，他寫下了一首著名的感人的詩篇〈讓我們老老少少一塊去吧！〉，詩中這樣寫道：「我們曾經是一個民族，／我們將來也是一個民族，／因為我們從同一口井旁流散，／我們還將同甘共苦，風雨同舟，／兩千年來我們顛沛流離，／從一國到另一國，從一地到另一地。／讓我們老老少少一塊去吧！……。」[6] 居住保加利亞的希伯來語詩人、倡導重返巴勒斯坦的猶太復國主義先驅之一哈·恩伯（1856-1902）在〈理想〉一詩寫道：

　　　　我們尚未失去理想，

　　　　那自古以來的古老理想：

　　　　回去，回到我們祖輩的土地，

　　　　回到大衛駐紮的城市。

　　　　……

　　　　異國他鄉的兄弟們，聽吧，

　　　　那是一位先知的聲音：

　　　　要到最後一個猶太人，

6　轉引自約瑟夫·克勞斯納著，陸培勇譯：《近代希伯來文學史》，頁79。

我們的理想才會破滅！[7]

　　這一猶太人特有的文學主題與思想感情，與古老的《希伯來聖經》一脈相承，如今又成為近現代希伯來—以色列文學新的起點。無論是在現代歐洲的希伯來語文學，還是在當代以色列國的文學中，描寫亡國的屈辱歷史，描寫歷史上猶太人遭受的屠殺，特別是二戰期間納粹德國實施的猶太大屠殺，描寫以色列建國後與阿拉伯國家的數次戰爭，反思猶太人的歷史，反映猶太人回歸故鄉的期盼、苦惱與歡樂，都是最富有猶太民族特性的題材與主題，成為希伯來—以色列文學的顯著特色。帶著這種特色，靠著其深厚的文學與文化傳統，希伯來—以色列文學很快走向世界。一九六六年，以色列作家阿格農獲得了諾貝爾文學獎，標誌著當代以色列文學已達到世界水平。由此，猶太—希伯來文學就連成了一條線，起點是《希伯來聖經》，終點是新的希伯來語創作，並由此實現了具有四千年悠久歷史的、曾經斷裂過的希伯來文學的連續性。猶太人終於圓了幾千年來的復國夢，也圓了他們的希伯來文學之夢。

7　轉引自約瑟夫·克勞斯納著，陸培勇譯：《近代希伯來文學史》，頁82。

試論波斯文學的民族特性[1]

一　一流「詩國」：無與倫比的「詩人之邦」

　　在世界文學史上，詩歌在哪個民族都是產生最早、最為繁榮或影響最大的文學樣式，都可以為自己的詩歌傳統而自豪。但從宏觀比較文學的立場上看，波斯詩歌則最為突出。雖然伊斯蘭化之前的波斯文獻和其他波斯文獻一樣，由於異族入侵，戰火頻仍，毀壞嚴重，流傳下來的作品很少，但由於文化底蘊豐厚，從西元九世紀至十五世紀的五、六百年間，波斯抒情詩與敘事詩齊頭並進，宮廷詩與民間詩交相輝映，口誦詩與書寫詩雙管齊下，名家名作層出不窮，形成了文學史上的黃金時代，所以德國詩人歌德曾在一首詩中盛讚伊朗為「詩人之邦」。在波斯傳統文學中，所謂文學就是詩，而散文體的小說、戲劇文學都相當罕見。詩歌承擔、包攬了歷史紀傳、虛構敘事、抒情言志、論辯說理等全部功能。從詩人的構成上看，波斯詩壇形成了古代東方社會中少見的多元化格局：篤信宗教者有之，不信宗教、甚至瀆神者亦有之；對君主或王侯將相歌功頌德、邀寵請賞者的宮廷詩人有之，對當權者敬而遠之、甚至敢於痛斥權貴的民間詩人亦有之；弘揚民族主義、愛國主義者有之；宣揚個人主義、享樂主義者亦有之；追逐酒色財氣、尋歡作樂者有之；主張粗衣淡飯、甚至修苦行者亦有之。不同的詩人各顯身手，整個詩壇猶如萬泉噴湧不息，彷彿百花爭奇鬥豔，令人目不暇接，堪稱世界詩歌史及世界文學史上的奇觀。

1　本文原載《蘇州科技學院學報》（蘇州）2009年第2期。

　　那時波斯詩人的職業化、準職業化程度很高，眾多詩人終身以詩
為生，長年創作不輟，其作品數量往往多達上百萬行，創作數量幾十
萬行者大有人在，在古代各國詩人中絕無僅有；出自一個詩人之手的
某一史詩或敘事詩，篇幅往往也在十萬行以上（如菲爾多西的《王
書》和莫拉維的《瑪斯納維》等），卷帙浩繁，博大精深，在古代個
人創作的詩歌作品中亦屬世界罕見。相比之下，古希臘的荷馬史詩一
共是一萬五千餘行，規模上遠不及波斯史詩及敘事詩；印度史詩《羅
摩衍那》有二萬四千「頌」，史詩《摩訶婆羅多》（精校本）是八萬
頌，篇幅不小，但仍然不比波斯史詩或敘事詩，而且印度史詩是在上
千年間逐漸形成的，並非出自一人之手。中國的詩歌講究精煉含蓄，
向來不以篇幅和規模取勝，因此與波斯詩歌的鴻篇巨制沒有可比性，
但就短小的抒情詩的數量而言，與波斯詩歌相比仍然懸殊較大。例
如，清代康熙年間編纂的《全唐詩》所錄詩人兩千二百位，詩作四萬
八千首，規模不小，但平均起來每個詩人不足二十二首。近人唐圭章
所編《全宋詞》收錄詞人一千三百餘家，詞作一萬九千餘首，平均起
來每人不足十五首。而波斯抒情詩大師哈菲茲（1320-1389）一個人
流傳下來的抒情詩就有五百多首，內扎米一人寫了五部長篇敘事詩
（統稱《五卷詩》）。

　　波斯詩歌不僅以詩人眾多，而且藝術水平高，波斯詩人自己也對
詩作充滿自信乃至自負。例如大詩人菲爾多西（940-1020）在史詩性
巨著《列王紀》（一譯《王書》）中的〈終篇〉處寫道：「當這著名的
王書已經寫完，國內會發出一片讚歎之言。／只要他有理智、見識和
信念，／我死後會把我熱情頌讚。／我是會死的，我將會永生，／我
已把語言的種子撒遍域中。」[2] 內扎米（1141-1209）在長篇敘事詩
《蕾莉與馬傑農》的〈序詩〉中宣稱：「我要把旌旗插上詩山的頂

2　〔波斯〕菲爾多西著，張鴻年、宋丕方譯：《列王紀》（六）（長沙市：湖南文藝出版
　　社，2001年），頁656。

峰，／揮筆展示我滿腹的文思才情。／……讓這部詩勝過一千部愛情詩詞，／這部詩定能成為詩中之冠。」[3] 哈菲茲也堅信自己的抒情詩的價值，他堅持認為：「讓你胸中的《古蘭經》作證，／哈菲茲啊，普天下無人能勝過你的詩。」詩人的自豪與自信，也是對整個民族詩歌的自豪與自信，表明當時的波斯具備了詩歌繁榮的最佳條件和土壤，使得波斯詩歌在古代各民族詩歌之林中挺拔秀逸、騰蛟起鳳，也使波斯詩歌成為東方古典詩歌中對西方古典詩歌影響最大的詩歌體系，引起了東西方讀者的普遍讚歎。

　　值得注意的是，波斯古典詩歌長達五、六百年間的繁榮，大都是在異族統治下取得的。異族統治者先是阿拉伯人，中間是突厥人、最後是蒙古人。在異族統治初期本民族文化往往遭受毀壞和壓制，波斯文化的遭遇也是如此，但入主的異族統治者如果是文化上落後的蠻族，則不久就會在文化上為被征服者所征服，波斯的情形也不例外。作為遊牧民族的阿拉伯人、突厥人和蒙古人，軍事上雖然占了上風，文化上卻遠不如波斯人。那些民族的書寫與文學創作的歷史很短，文盲也多，一旦由遊牧戎馬的狀態進入定居的文明生活狀態，就急須提高文化水平。而阿拉伯帝國形成初期，在被帝國吞併的所有亞洲民族中，文化水平最高且人口優勢明顯的首推波斯人。在這種情況下，波斯人自然而然地成了阿拉伯人的老師。對此，現代埃及史學家艾哈邁德‧愛敏在《阿拉伯─伊斯蘭文化史》一書中寫道：「波斯人的寫作能力確實比阿拉伯人強……那時的阿拉伯人是以劍和舌，而不是以筆為榮的」；「自古以來，波斯人就擁有與其泱泱大國相得益彰的學術和文學」；「阿拔斯時代的阿拉伯人更加渴望過文明的生活，更起勁地仿效波斯人的所作所為。」[4] 波斯人依靠自己的高智商和出色的能力，

3　〔波斯〕內扎米著，張鴻年譯：《蕾麗與馬季農》（北京市：中國文聯出版公司，1984年），頁1、3。

4　〔埃及〕艾哈邁德‧愛敏著，納忠譯：《阿拉伯─伊斯蘭文化史》（北京市：商務印書館，1982-2006年），第二冊，頁153-154、162。

掌管了阿拉伯帝國的國家行政管理、文化學術等高端領域。在這種情
況下，到了西元八至九世紀，波斯人中就產生了蔑視阿拉伯人及阿拉
伯文化的所謂「舒畢主義」（民族主義）思潮。舒畢主義者認為，就
文明發展程度而言，阿拉伯人遠遜於波斯人，因此波斯人不應該屈居
於阿拉伯人之下。伊朗人的地方朝廷及有識之士為抵制阿拉伯文化的
同化滲透，都熱衷發掘和呈現波斯文化與文學遺產，顯示古波斯帝國
的光榮傳統，力圖恢復民族文化傳統，振興民族精神。一方面，他們
把大量波斯巴列維語文化典籍譯為阿拉伯文，藉以向阿拉伯人展示波
斯文化；另一方面又創作了大量具有民族主義傾向和波斯民族特色的
阿拉伯語詩歌（文學史上通常將這些作家作品劃歸為阿拉伯文學的範
疇）。同時，更多的詩人運用剛剛整合而成的民族語言——達麗波斯
語[5]——進行創作，並由此迎來了波斯詩歌創造的繁榮時代。就這
樣，波斯文化沒有被阿拉伯文化所淹沒，波斯文學沒有被阿拉伯文學
所同化，相反，卻在阿拉伯帝國的政治統治下脫穎而出，獨放異彩。
西元十至十一世紀之間，伊朗民族主義大詩人菲爾多西用了三十多
年，在收集利用伊朗民間傳說的基礎上寫出了史詩性長篇敘事詩《列
王紀》，標誌著伊朗民族文學的復興。他在詩中自稱：「我三十年辛勞
不輟，用波斯語拯救了伊朗。」從民族文化角度看，這話並不誇張，
也道出了當時許多伊朗詩人的良苦用心。

　　除了民族主義思潮的推動之外，波斯詩歌的繁榮，與地方朝廷的
鼓勵與提倡密不可分。伊朗人古來就有享受亭臺樓閣、聲色犬馬、錦
衣美食的豪華生活傳統。上至王公大臣，下至至中上之家，大都半天
工作，半天作樂。希臘歷史學家希羅多德在《歷史》中說到：波斯人

5　那時的伊朗人雖然為了生計不得不學習和使用阿拉伯語，使傳統的巴列維語受到阿
　　拉伯語的衝擊，但伊朗人卻很快參照阿拉伯語，採用阿拉伯字母標記，在古老的巴
　　列維語和當時伊朗的一種方言的基礎上，整合出整個伊朗人的民族共同語——達麗
　　波斯語。

自古以來就好酒貪杯，耽於聲色之樂，君主在處理國家大事時通常在醉醺醺的狀態下才做出最終決定。[6] 在阿拉伯帝國的鼎盛期，整個帝國臣民、包括伊朗人都沉溺於享樂之中，這從阿拉伯故事集《一千零一夜》中就充分反映出來。在這一風尚中，伊朗地方朝廷也不甘落後，紛紛招募豢養詩人，以滿足君王將相的聲色之樂、消愁解悶的需要。詩人們歌功頌德，競相獻藝，以博取文名與富貴。宮廷詩最繁榮的時期是薩曼王朝（875-999）和伽茲尼王朝（998-1040）時代。據說伽茲尼王朝宮廷詩人有時達六百人，君主對宮廷詩人的封賞也十分豐厚，每年賞賜詩人們的金額高達四十萬金幣。[7] 要成為宮廷詩人固然不容易，但許多平民子弟為了躋身宮廷上流社會，成為國王的陪臣而享受榮華富貴，即使不能做一個詩人，能詩善文也是一個必不可少的條件。十一世紀的昂蘇爾·瑪阿里（1021- 約1082）在家訓性著作《卡布斯教誨錄》講到了做國王的陪臣的條件：

> ……必須能書善寫，諳熟阿拉伯文和波斯文。一旦國王眼前文書不在而需要有人讀或寫的時候，你便能立即站出來完成這件工作，為他讀或者寫。
>
> 另外，作為陪臣即使不是詩人，也須懂得詩歌，能評論詩詞的優劣，能背誦大量阿拉伯文和波斯文詩歌。當國王孤寂煩悶或興致勃勃，想聽幾句詩歌而詩人又不在身旁時，你可以當即為他吟誦一段……這樣他才能對你更加喜愛。[8]

6　〔古希臘〕希羅多德著，王以鑄譯：《歷史》（上冊）（北京市：商務印書館，1985年），頁69。

7　參見張鴻年：《波斯文學史》（北京市：昆侖出版社，2003年），頁94。

8　〔波斯〕昂蘇爾·瑪阿里著，張鴻年譯：《卡布斯教誨錄》（北京市：商務印書館，1990年），頁155。

　　這種情形如同中國唐代以詩詞舉士，對詩歌創作的繁榮具有很大的刺激與推動作用。

　　在考察波斯文學特性的時候，我們還會注意到，在眾多文體中，惟有詩歌在波斯一枝獨秀，其他散文文體都是陪襯。詩歌在波斯的異常繁榮，與波斯文學傳統觀念中重視詩歌，輕視散文的傾向也有關係。古代波斯就有「散文是農夫，詩歌是國王」的說法，認為散文比詩歌等而下之。《卡布斯教誨錄》中說：「當你還不能把散文寫得通暢時，不應起筆寫詩。散文猶如鄉里小調，詩歌就像名家雅曲。鄉里小調尚且唱不出，雅曲便難於應付。」[9] 這樣的定位不能不影響散文作品的發展。在這樣的情況下，詩歌和散文的地位不對稱。相形之下，優秀的散文文學作品相對較少。有些著名的散文作家，如薩迪、賈米（1414-1492）等雖然也寫過足以傳世的散文作品，但他們以詩名世，人們並不僅僅把他們視為散文作家。

二　善惡二元：祆教精神的滲透

　　無與倫比的「詩人之邦」，造就了一流的詩國，這本身已經顯示了波斯文學在世界文學的獨特位置和獨特性，但這主要是外在的特性。至於波斯文學的內在的特性，我想以「二元對立」一言以蔽之。這種「二元對立」，與伊朗的民族宗教——祆教密切相關。

　　古代伊朗文明主要是綠洲文明和農業文明，和同為農業文明的中國漢民族一樣，伊朗人歷史上經常和南下的遊牧民族發生衝突，一直處在東西文明、南北文明的劇烈衝突中，並長期屈居於異族統治之下，先後為遊牧的阿拉伯人、突厥人和蒙古人所征服，後來又被西方

9　〔波斯〕昂蘇爾・瑪阿里著，張鴻年譯：《卡布斯教誨錄》（北京市：商務印書館，1990年），頁146。

殖民者所占領，伊朗人也進行了不屈不撓的抗爭。這種經歷和體驗使
波斯人形成了強烈的善惡對立、善惡鬥爭觀念。這一觀念集中體現在
波斯的民族宗教──祆教[10]的善惡「二元神論」的教義當中。祆教的
善、惡二神分別處在光明和黑暗兩個不同的世界。代表光明、創造的
善神是阿胡拉・馬茲達，在他的世界裡有六大天使及其他小天使。而
它的敵對陣營，則是以阿赫里曼為首的惡神，是行惡的、黑暗的、毀
滅性的世界。惡神常常侵犯善神的光明世界，於是就有了善惡二元的
對立與鬥爭。祆教的善惡二元對立鬥爭的教義，顯然是波斯人與周邊
其他民族的鬥爭，尤其是與北方遊牧民族鬥爭的投影，因而具有強烈
的伊朗民族主義、乃至「泛伊朗主義」（認為伊朗文化是中心，惟一
善、惟一光明、惟一先進）性質。西元三世紀在祆教基礎上吸收基督
教和佛教而形成的摩尼教，突出地強調善與惡、光明與黑暗、精神與
物質、靈魂與肉體的截然對立，比起祆教的「善惡二元論」更為徹
底，更為極端。但摩尼教比起祆教來，強調個人修行與趨善避惡，伊
朗民族主義色彩較淡，在伊朗得不到支持，很快遭到打擊和取締。但
無論如何，祆教及在祆教基礎上發展起來的摩尼教的善惡觀念，對波
斯人及波斯文學的影響不可小覷，對波斯人的民族性格及其文化形態
造成了深刻影響。正如中國學者元文琪先生所說：「在長達一千五百餘
年的歷史發展中，瑣羅亞斯德教神話在中亞和西亞一帶廣為傳播，深
入人心。它所闡揚的基本教義『善惡二元論』，無疑對古波斯上層建
築各個領域產生了極大的影響，對整個波斯文化的形成、對伊朗人民
族性格和民族文化心理的鑄造，發揮了不可取代的決定性作用。」[11]
這一結論對波斯文學而言也是成立的。

---

10 祆教是古代伊朗的民族宗教，產生於西元前七至六世紀，中國古代稱之為「祆
　教」，「祆」字意為「胡天神」，及西域宗教之意，又根據其崇拜的性質又稱之火祆
　教、拜火教。創始人為瑣羅亞斯德，顧又稱瑣羅亞斯德教。
11 元文琪：《二元神教》（北京市：中國社會科學出版社，1997年），頁1。

　　首先是祆教的民族主義，發展到文學中的「泛伊朗主義」。

　　波斯古典詩歌中常常表現的伊朗人與「突朗」人之間的戰爭和爭鬥，就是伊朗與遊牧民族矛盾鬥爭的寫照。在古代伊朗，有一大批不同文體樣式的旨在宏揚伊朗王朝世系及其歷史文化傳統的《列王紀》、《帝王紀》、《王書》之類的作品。這些作品有的是民間故事傳說，有的是散文體史書，有的是敘事詩。據研究，它們大部分產生於祆教創始人瑣羅亞斯德生活的年代，都滲透著祆教的善惡對立觀念。有些作品是伊朗君主、朝廷下令創作編寫的。到了九世紀，伊朗地方政權薩曼王朝的宮廷詩人塔吉基（？- 約977年）受國王之命，收集相關的民間傳說故事，參照散文體的《王書》，創作敘事史詩《列王紀》，但塔吉基沒有寫完，即死於非命。塔吉基不僅不信仰伊斯蘭教，而且公然申明自己的瑣羅亞斯德教信仰。他在一首詩中寫道：「世上食物萬種千般，／我只把四宗挑選，／紅寶石般的朱唇，／豎琴的低吟，／玫瑰色的酒漿，／和瑣羅亞斯德教的信仰。」[12] 他的《列王紀》如何滲透祆教觀念是可以想像的。不約而同的，另一位詩人菲爾多西也在收集民間傳說，寫作《列王紀》。關於《列王紀》與祆教的關係，有學者指出：菲爾多西的《列王紀》是祆教神話和世俗傳說的混合物。從歷史的角度來看，它比猶太人的《列王紀》更不可靠。可以說直到薩珊王朝之前，都無法從中找到任何真實的歷史人物和歷史事件，完全是東伊朗地區的神話和傳說。[13] 祆教思想對菲爾多西及其《列王紀》的影響，表現為整部作品是一部善惡鬥爭史，也是一部善良人在肉體上毀滅，在道義上勝利的歷史。更重要的是，《列王紀》在歌頌民族英雄的同時，也表現出「泛伊朗主義」思想，認為伊朗人天下獨善，伊朗是世界文化的中心。這種泛伊朗主義似乎已經

---

12 張鴻年等譯：《波斯古代詩選》（北京市：人民文學出版社，1995年），頁58。

13 李鐵匠：《大漠風流──波斯文明探秘》（昆明市：雲南人民出版社，2001年），頁202。

成為歷代伊朗人的一種潛意識和情結,使一些伊朗人常常抱著敵我二元對立的姿態,以自我為善,以伊朗為善,以他人為惡,以外族為惡,容易走向唯我獨尊、唯我獨善的自我中心主義。

誠然,從哲學上講,「二元對立」的思維模式在任何一個文明民族中多多少少都存在,西方人思維中的二元對立色彩很顯著,但西方人更注重矛盾雙方的對立統一,在思維方式上講究正、反、和;中國人的傳統思想中有陰陽的兩極對立思想,但中國人更注重「陰陽和合」;印度人看到了對立,但認為對立是虛假的、暫時的,宇宙中一切事物都存在著絕對的同一性,極力在輪迴的圓形運動中消弭對立。這些都和基於祆教觀念的伊朗人的「二元對立」思維方式顯著不同。基於祆教—摩尼教教義的伊朗人的二元對立思想,善惡分明,愛恨分明,非此即彼,不願妥協,帶有明顯的二元絕對性。這種絕對性的二元論思想也滲透於伊朗文學中。在伊朗詩歌中,到處可以看到對腐敗君主的抨擊、對不良世風的揭露、對敵人的切齒痛恨、對他人的冷嘲熱諷、對自我才能的炫耀、對自我道德的吹噓、對自我缺陷的辯護,對他人批評的反唇相譏。然而卻極難看到西方式的自我懺悔和自我剖析、自我批判。或許是因為這一點,波斯文學中惟有詩歌發達,從古至今戲劇文學缺乏,小說不發達,受西方影響產生的現代小說其水平也很有限。因為戲劇文學和小說是寫人物性格的,「二元對立」的思維模式不利於人物性格的複雜性的表現,難以塑造立體的人物形象。

在詩歌主題上,伊朗人也形成了一系列二元對立的模式,常見的有「歌頌—諷刺」的模式,「虔誠—瀆神」的模式,「理智—迷狂」的模式,「禁欲—縱欲」的模式,「明君—暴君」的模式,「奢侈—苦行」的模式,「放縱—自律」的模式,「入世—出世」的模式,「傲慢—謙卑」的模式等等。在這種模式中,波斯詩人情緒上常常有劇烈起伏,使詩歌充滿張力,充滿力度,有時不免前後自相矛盾,顯得矯情、誇張,但卻也因此顯得豪邁放逸,話語滔滔,產生出一種特殊的

藝術魅力。據說一位熟悉哈菲茲的詩歌並擅寫詩的國王，對著名詩人
哈菲茲的詩歌做過一番評論，他說哈菲茲的詩「在內容與主旨上錯雜
混亂，而欠完整和諧。有時反映為蘇菲思想，有時又帶有愛情色彩，
一聯寫到色情與酒，另一聯又寫得虔誠與嚴肅，時而典雅神秘，時而
放蕩輕浮」。[14] 其實不光哈菲茲的詩歌如此，在二元對立的思維模式
中，所有的伊朗詩人多多少少都是如此，哈菲茲只是其中的一個典型
罷了。

　　波斯人肯定也會時常感到這種二元對立、這種矛盾給詩歌創作帶
來的困惑。尤其重要的是，波斯詩人大都具有很強的自我中心主義傾
向，大都將美女美酒作為人生的寄託，但在伊斯蘭化以後的波斯人，
絕大多數又都信仰伊斯蘭教。這種放肆的生活方式與自我克制虔誠的
宗教信仰自然也形成了一種二元對立，這種「二元對立」如果不能調
和，詩歌與宗教信仰便不能兩全。波斯詩人發現，只有伊斯蘭教的蘇
菲主義能夠調和這種二元對立，按照蘇菲派的邏輯，只要心中有了真
主，就能夠與真主合一，而與真主合一，就消弭了一切矛盾對立。他
們在詩歌中成功地找到了消除二元對立的方法，於是所謂蘇菲主義詩
歌應運而生。大量的男女豔情詩常常寫得十分露骨和放肆。但是，只
消把詩中的「意中人」解釋為、設想為「真主」，那麼一首情歌就立
即變成一首頌神詩了。在這種情況下，宗教與詩歌、人間情欲與神聖
信仰就得到了調和統一。然而，除蘇菲派信徒外，一般讀者從中看到
的恐怕不是統一，而仍然是「二元對立」。蘇菲文學在阿拉伯文學中
也存在，在印度也有類似的傾向，但惟有在波斯文學中最為發達，作
為波斯文學史上的一個重要流派，創作十分豐富，影響巨大，即使不
是蘇菲派詩人，創作上也難免帶有蘇菲色彩。據研究者，在伊朗眾多
詩人中，菲爾多西可能是個例外，除他之外，在其他詩人的作品中都

---

14 轉引自張鴻年：《波斯文學史》（北京市：昆侖出版社，2003年），頁244。

帶有蘇菲主義的痕跡。伊朗文學史上第一流的詩人，如阿塔爾
（1145-1220）、莫拉維（魯米，1207-1273）、賈米（1414-1492）等，
都是蘇菲派長老或蘇菲學者，他們一方面作為宗教學者廣為人知，一
方面以詩歌名於世間。由善惡二元對立觀念而產生合一觀念，並產生
蘇菲主義文學，由此形成了波斯文學的一大特點。

三　四方交會：文化上的間性特徵

　　除上述的「二元對立」這一根本特點，波斯文學還有其他一些特
點，而這些特點都是由它那介乎東西南北的「十字路」上的獨特地理
文化位置所決定的，因而在文化構成上呈現出了「四方交會」特性或
「介在性」、「間性」特徵。

　　波斯文化處在歐亞大陸的中間位置，亦即東西方文化的中間位
置，金克木先生曾援引《劍橋印度史》說：「在西元前六世紀，波斯
帝國『一頭接著希臘，另一頭接著印度』。（E. R. Bevan 說，見《劍橋
印度史》，頁319以下）希臘人最初由波斯人知道印度的名字 in-doi，
印度人也從波斯人最初聽說 Yona……」。[15] 其實應該更準確地說，在
阿拉伯帝國成立之前，波斯人是「一頭連著歐洲，另一頭連著印度與
中國」；而在阿拉伯帝國成立後，伊斯蘭化了的波斯文化和阿拉伯文
化一道，依然是「一頭連著歐洲，另一頭連著印度與中國」。這是就
伊朗在東方西方之間的位置而言的。同時，波斯又處在南北方交匯的
位置，即歐亞大陸的北方遊牧文明與南方農耕文明的交匯與過渡地
帶，伊朗人與北方遊牧民族特別是突厥人、蒙古人的關係，很大程度
上決定了波斯文明的面貌與走向。古代伊朗文化的興亡，都與它的
「四方交匯」的地理文化位置有關。總之，波斯文化就是在這「東西

---

15 金克木：《印度文化論集》（北京市：中國社會科學出版社，1983年），頁190。

南北」交叉，即「十字路」形的文化衝突與交融中成長起來的，因此，波斯的文化特性及文學特性，還應該從文化「介在性」的角度加以尋繹和概括，所謂文化「介在性」，也稱之為「間性」，指的是在世界文化格局中所處的中間位置和中介性質。波斯文化是一種典型的四方交匯的「介在性」文化。波斯文學則體現出介乎於歐洲、印度、中國之間的「間性」特徵；換言之，波斯文學與東西方文學都有內在關聯，有些方面靠近或類似西方的歐洲文學，有些方面則靠近或類似東方文學。歐洲文學、印度文學、中國文學中的許多你有我無、我無你有的現象，在波斯文學中都可以看到。

　　先從文學的思想含量上看，歐洲文學史上有大量的詩人哲學家或哲學家詩人，詩人的思想品位是決定其作品價值的首要因素。在印度，許多詩人習慣用文學作品來敷衍現成的宗教概念，甚至出現了大量利用文學宣傳宗教信念的「宗教文學」，雖缺乏獨特的思想境界，但作品富有形而上的觀念性。在東亞的中國，因為人們通常將詩歌、戲劇作為一種藝術，不習慣運用這些文學形式進行獨特的個人哲學思想的表達，宋代詩歌受儒家哲學的影響，出現了「以議論入詩」的傾向，但所謂「議論」只流於淺層，缺乏思想性深度，何況「以議論為詩」的宋詩歷來受到中國批評家的詬病。因此中國傳統文學史上能夠稱得起思想家詩人或詩人思想家的幾乎沒有。波斯文學很早就受到希臘人的影響，因此伊朗人像希臘人一樣「愛智」，頌揚智慧的詩篇俯拾皆是，人們普遍重視哲學與邏輯學的修養，許多文人以此自誇。如詩人安瓦里（？-1187）曾在詩中自豪地宣稱：「我懂音樂，哲學與邏輯。／此乃實言，我的確天賦不低」。波斯文學史上許多著名詩人同時又是思想家，有世界影響的有歐瑪爾‧海亞姆（1049-1122）生前以科學家和哲學家知名，他的詩歌包含著鮮明的個人思考、個性特色，表現出深刻的懷疑主義精神和離經叛道的傾向，這在東方各國傳統文學中實屬罕見，卻與不少歐洲詩人十分相似。也許因為如此，海

亞姆是最早引起西方人注意的伊朗詩人之一，成為伊朗文學史上哲學
家兼詩人的代表。

　　波斯文學既有歐洲文學的哲學化思想化傾向，又帶有強烈的東方
特色的倫理化傾向。在波斯文學中，也有不少詩人像中國作家詩人一
樣，顯示出對社會人倫問題的關心，創作了以世俗的道德教誨為主題
的作品，最著名的如薩迪（1209-1292）的詩歌與散文故事相間的
《薔薇園》，問世後長期以來被作為道德教育與文學修養相結合的讀
物而廣泛流傳，因為它有似於中國的《增廣賢文》、《朱子家訓》之類
的作品，所以也很適合中國人閱讀和接受趣味。早在明清之際，這本
書由通曉波斯語的伊斯蘭學者翻譯和講授，在中國穆斯林中影響很
大。但波斯文學的倫理化又與其他東方民族有所不同，這突出地表現
在愛情題材上。波斯詩人像古希臘羅馬及歐洲各民族詩人一樣，具有
強烈的愛情至上主義傾向。對此我曾在〈美酒、美色與波斯古典詩
歌〉一文中有所論述。[16] 波斯詩人個個都是寫愛情的聖手，連最喜歡
道德說教的薩迪都寫了大量動人的愛情詩篇，著名詩人內扎米
（1141-1209）在長篇愛情敘事詩《霍斯陸與西琳》的序詩中寫道：
「宇宙中除了愛再無神聖的殿堂，／無愛的人世一片冷寂荒涼。／作
愛的奴僕吧，這才是人生真諦，／有心人莫不對愛情以身相許。／世
間除了愛，一切都是騙人的詭計，／除了愛情，一切都是逢場作戲。
／一顆心中如若不孕育著愛情，／那麼這顆心怎麼會有生命。／無愛
的心定然陷於痛苦悲傷，／縱有百條生命實際已經死亡。」[17] 內扎米
的這段詩堪稱愛情至上主義的絕妙宣言。波斯愛情詩的風格是浪漫、
大膽、真摯而不免帶有矯情和誇張，這與歐洲愛情詩如出一轍，卻與
中國等東亞文學的含蓄和節制大相逕庭。南亞印度文學中也有大量愛
情詩，但印度的愛情詩的主人公常常是神仙天女，超凡脫俗，俗人之

---

16 王向遠：〈美酒、美色與波斯古典詩歌〉，載《國外文學》1993年第3期。

17 張鴻年等譯：《波斯古代詩選》（北京市：人民文學出版社，1995年），頁195。

愛在印度難登愛情詩的大雅之堂，而波斯詩歌中的愛情卻都是人間之愛。有些蘇菲主義者的愛情詩以男女之愛隱喻人神之愛，但更多的愛情詩篇顯然是道地的愛情詩，與宗教的玄理似乎沒有多大關係。

　　波斯文學中強烈、突出的自我意識，也體現了東西方的「介在性」特徵。在東方，中國、日本和印度文學中的作家詩人的個人主義意識較弱，也不喜歡張揚自我，詩歌中以「我」為第一人稱的詩歌，十分少見。但在波斯文學中，不論是抒情詩，還是敘事詩，詩人「我」常常出現在詩中，特別是在抒情詩「嘎扎勒」（又譯加宰里、卡扎爾）中，還要將詩人自己的名字寫進去，明確將詩人自己定在抒情主人公的位置上，如哈菲茲的詩云：「同心愛的人在一起，／我的心境快樂融融，／儘管她從我的心上，／奪走了平靜和安寧」；「哈菲茲呵，哈菲茲，／你盡可飲酒作樂放蕩不羈，／但莫把《古蘭經》當圈套，／去行騙人的詭計」。[18] 這種情況在古代希臘抒情詩中也頗為常見，如女詩人薩福的詩：「如今也請您快來，從苦惱中／把我解救出來，做我的戰友，／幫助我實現我惆悵的心中，／懷抱的心願。」[19]波斯詩歌能引起歐洲人的強烈共鳴，這也是原因之一。也許是因為這樣，對東方文化懷有輕視之意的德國哲學家黑格爾在其巨著《美學》中，卻將波斯詩人哈菲茲與希臘詩人阿那克里安、德國詩人歌德相提並論，稱他們的詩「顯出精神的自由和最優美的風趣」。[20]

　　波斯文學的「介在性」特點，還體現在文學形式方面。在西方的希臘羅馬，史詩和戲劇是兩種最高級的文學樣式。在詩歌方面，古希臘羅馬也有抒情詩，但很不受重視，相反，東亞的中國沒有史詩，也

18 邢秉順譯：《哈菲茲抒情詩全集・上》（長沙市：湖南文藝出版社，2001年），頁15、18。

19 水健馥譯：《希臘抒情詩選》（北京市：人民文學出版社，1998年），頁119。

20 〔德〕黑格爾著，朱光潛譯：《美學》（北京市：商務印書館，1982年），第三卷，下冊，頁226。

沒有長篇敘事詩，短小的抒情詩一統天下。波斯則像希臘羅馬一樣，
既有《列王記》那樣的民間史詩與文人史詩，還有大量的長篇敘事
詩，但同時抒情詩也像中國一樣發達，既有可以寫成十萬聯句的長篇
「瑪斯納維」詩體，又有中國絕句式的短小精悍的「四行詩」（伊朗
人稱為「魯拜」，或譯「柔巴依」）[21]。在紀事與抒情並重這一點上，
波斯詩歌和同屬於雅利安語系的印度詩歌有些相似。而在戲劇文學方
面，希臘羅馬的戲劇文學很發達，南亞的印度戲劇文學也很繁榮，東
亞的中國戲劇藝術及戲劇文學發育成熟較晚，而中間的波斯文學史上
歌舞很發達，卻沒有發現嚴格意義上的戲劇及戲劇文學。波斯戲劇文
學的空缺，似乎可以說在一定意義上阻斷了古代中國與歐洲通過絲綢
之路進行戲劇文化的直線交流，這可能也是中國戲劇晚熟的原因之
一，使得天性務實、原本不善戲劇性表演的漢民族只能通過河西走
廊，從印度戲劇那裡獲取借鑒與影響。換言之，沒有波斯的介在，中
西戲劇直線交流就無法進行，這也從一個側面體現了波斯在東西方之
間的介在性作用與特點。

---

21 楊憲益先生撰文認為波斯的四行詩是從中國傳去的，可備一說，尚待進一步研究證
　 實。

沙：阿拉伯民族文化與文學的基本象徵[1]

　　從德國的斯賓格勒開始，在比較文化研究中，為尋求比較研究的切入點或層面，為對總體特徵進行有效的概括，學者們採用直觀的、審美的「觀相」方法，用一種具體的物象作為某個民族文化的象徵物，稱為「基本象徵」，如把「泥」作為巴比倫文化的基本象徵，如把「菊花」與「刀劍」作為日本文化的基本象徵等。循著這樣的思路，在對阿拉伯民族文化與文學的特徵進行概括的時候，可以將「沙」作為其「基本象徵」。

一　文化的「沙漠特質」：擴張、包容與吸納性

　　西元七世紀伊斯蘭教產生之前，即「蒙昧時期」的阿拉伯半島沙漠地區的遊牧民族貝杜因人，是阿拉伯－伊斯蘭文化的原點。貝杜因人是沙漠之子，貝杜因人的文化帶有強烈的沙漠文化的特徵。隨著伊斯蘭教的產生和擴張，阿拉伯人與阿拉伯文化由半島向四周擴張，征服了有關部落和民族，建立了一個橫跨歐亞非的大阿拉伯帝國，在這個過程中，被征服的各民族被迫或自願地信奉了伊斯蘭教，成為阿拉伯帝國的臣民，其文化也逐漸匯入阿拉伯－伊斯蘭教文化當中，同時，阿拉伯男性與不同民族的女性 —— 主要是被俘獲的女性，稱為

1　本文原載《西南民族大學學報》（成都）2009年第10期。

「女奴」──通婚混血，阿拉伯人已經不再是原先的貝杜因人，形成了新一代的阿拉伯人。被征服的各地區各民族的人民，有許多也和貝杜因人一樣原本也是沙漠居民。例如，被阿拉伯人征服的北部非洲，包括埃及、利比亞、阿爾及利亞、摩洛哥等，都屬於北部北非沙漠群地帶；在西亞地區，中亞地區，除兩河流域等小片土地之外，大部分土地屬於沙漠戈壁或半沙漠地帶。上述地區的居民物質與精神生活中本來也帶有沙漠文化的某些特性，被阿拉伯人征服並納入阿拉伯帝國之後，阿拉伯人的影響與原有的沙漠生活方式的結合，使沙漠文化得以延續乃至擴大，儘管後來有很多人脫離了沙漠中的遊牧生活而生活在城市環境中，但他們卻一直能夠保留沙漠之子及沙漠文化的一些根本特性。這就使得由沙漠生存環境、生活方式而形成的特有的文化心理，作為一種集體無意識，在阿拉伯文化中一直延續至今，一脈相承。直到現在，一些阿拉伯國家領導人都喜歡將重大的慶典與接待宴請活動安排在沙漠帳篷中舉行，許多居住在城市的阿拉伯人也喜歡在週末假日到沙漠中紮起帳篷，體驗或追憶祖先的生活方式，並以此為樂。這一切，都使得阿拉伯─伊斯蘭文學始終帶有明顯的「沙漠文化」的某些特性。所以對於我們來說，在考察阿拉伯─伊斯蘭文學的民族特性的時候，「沙漠」這個詞不僅僅是一個地學詞彙，更是一個概括表現其文化形態與文學形態的關鍵詞，也是理解阿拉伯─伊斯蘭民族性格的一個關鍵詞。

　　沙漠地帶的自然環境塑造了阿拉伯人獨特的性格。沙漠的氣候變幻無常，不可捉摸，時而風平沙靜，金光四射，令人炫目，時而狂風大作，飛沙走石，所向披靡，昏天黑地，令人顫慄；時而明月悠悠，星光燦爛，令人心曠神怡。人們在這樣暴烈而又神奇，美麗而又殘酷的大自然之下，必然容易產生對大自然與造物主的敬畏之心，並由此產生宗教意識及宗教信仰。伊斯蘭教也就是在這種環境下誕生的。沙漠地區廣闊無垠，風平沙靜時一望無際，陽光明媚，天高雲淡，長風

無阻，培育了阿拉伯人慷慨大方、心胸敞亮、熱血沸騰，樂於助人、熱情好客的性格；沙漠地區乾旱少雨，地面缺乏植被，溫差變化劇烈，白天陽光暴曬，烈日如焚；遇到狂風大作時，則昏天黑地，飛沙走石，培育了阿拉伯人桀驁不馴、喜怒無常、難以捉摸，喜歡憑感覺行事的性格。阿拉伯人勇敢尚武、好勇鬥狠，彷彿沙暴中的暴烈天氣；阿拉伯人生性敏感，多神經質，常常為了一點小事而暴怒如雷，不可遏止，彷彿流沙，稍有風吹，就隨風而動；阿拉伯人生性散漫，不願受到約束，不習慣服從權力，喜歡無限制的自由，彷彿一粒粒沙子，各自孤立，互不抱團。阿拉伯人具有強烈的個人主義、部落主義，教派主義、地域主義、民族主義傾向，人與人之間，部落與部落之間，教派與教派之間，充滿的無休止的爭鬥，各部落、教派、地域、民族、國家之間常常發生火拚、衝突和戰爭，彷彿沙子堆在一起，卻無法黏合為堅固的整體。這一點上，現代阿拉伯國家之間和阿拉伯人之間的關係就是最好的印證。他們之間一會兒憤怒，一會兒冷靜；動不動就拔槍相向，繼而又互相擁抱，似乎什麼也沒有發生。當然，阿拉伯兄弟間可以因為一些小小的分歧而打得「頭破血流」，但另一方面，從歷史和現實中看，在兩種情況下，阿拉伯人會體現出其他民族少見的凝聚力與團結。一種情況是中心凝聚力的形成與作用。這個中心凝聚力就是宗教。伊斯蘭教確立以後，阿拉伯人以《古蘭經》為精神動力，靠著戰馬刀劍，團結一致對外擴張，所向披靡，在較短的時間裡征服了環地中海及中亞廣大地區，建立了一個空前的阿拉伯帝國。這種強烈而有效的擴張性只有以沙漠風暴向四外迅速漫延覆蓋才可形容。另一種情況是「外力」的影響和作用，一旦出現了某種「外力」作用──通常是外部落、外民族、外國的威脅和入侵，阿拉伯人就會顯出驚人的團結和一致，正如沙漠中風沙捲起，所有的沙子都朝同一個方向和目標猛撲過去。典型的例子就是十世紀的歐洲十字軍的東征，晚近的例子是二十世紀中期發生的阿拉伯各國與以色

列人的兩次「中東戰爭」。只有一致對外的時候，穆斯林的內部矛盾
就會暫時被掩蓋起來，他們的「兄弟情誼」很快恢復如初，而一致
對外。

　　除上述的民族性格外，阿拉伯人文化在包容性、涵蓋性這一點
上，也具有鮮明的沙漠特性。乾渴的沙漠最大的物理特性是吸納和包
容，在立體空間上，它擅於吸納哪怕一點點水分，來滋養乾旱的沙漠
生命；在平面空間上，它擅於涵蓋和包容周圍的土地，使周邊成為自
身的一部分。這一點突出地表現在阿拉伯人與外民族的種族與文化的
融合方面。從蒙昧時代開始，阿拉伯就不忌諱與外族人融血。在對外
戰爭中，他們將俘虜的外族女人，主要是波斯人、羅馬人、敘利亞
人、埃及人、柏柏爾人、突厥人、埃及科普特人、非洲黑人等民族的
女人，作為奴隸和財物分配給阿拉伯男人，阿拉伯男人納之為妾，與
他們生兒育女，久而久之，阿拉伯人就混入了外族的血緣成分，此後
的阿拉伯人已經不是原來純粹的阿拉伯血統，而是各民族的混合血統
了。起初在阿拉伯人一個家庭中，家庭的男主人為阿拉伯人，而他的
妻妾卻多為外族女人，他們的孩子卻具有兩種以上的血緣成分，後來
父親本身也不是純粹的阿拉伯人了。從根本上看，阿拉伯人對混血並
不過於在意，在中世紀長篇故事文學《安塔拉傳奇》中，主人公是蒙
昧時期的阿拉伯騎士詩人安塔拉，他同時也是一阿拉伯人與黑人女奴
的混血兒。這種在血統上開放的態度證明了早期阿拉伯人只有部落意
識，而沒有種族與民族主義意識。這種情況與其他一些民族──例如
同樣起源於中東的猶太人──為保持血統的純正性而嚴格限制與外族
通婚，形成了鮮明對比。

　　在阿拉伯帝國建立後，阿拉伯人常常與戰敗國的居民雜居，共同
參加社會、經濟活動，相互之間的通婚更為常見，終於形成了現代意
義上的阿拉伯人。阿拉伯人的這種沙漠般的包容與吸納特性，與蒙古
人、突厥（土耳其）人的草原遊牧人的特性頗有不同，十二至十三世

紀的蒙古人的遠征，所到之處肆意毀滅外民族的文化，十六世紀突厥人在原屬阿拉伯帝國的土地上建立的土耳其奧斯曼帝國，只崇尚政權與武力，壓制思想，窒息知識，摧殘文化。與此相反，阿拉伯人卻從來不破壞、也不壓制被征服民族的文化，從而體現出它的「沙漠文化」的特性──「覆蓋」而不是毀滅外族文化。所謂「覆蓋」就是以阿拉伯文化的外殼將外族文化包裹起來，然後積極地、如饑似渴地吸收它們。誠然，在推行伊斯蘭教方面，阿拉伯人非常嚴厲，凡不信教者將受到可怕的懲罰。在推廣阿拉伯語，以阿拉伯語取代各民族地方語言方面，阿拉伯人也很強硬，但在強力推廣阿拉伯語的過程中，卻又大量吸收外族語言──主要是波斯語、羅馬語──的養分，使阿拉伯語的詞彙不斷豐富，句法結構更加嚴謹，表現力不斷提高。在宗教和語言之外，阿拉伯人卻更像是虛心向外民族學習的學生，例如在哲學上和科學上，主要學習希臘羅馬；在文學上、政治與軍事制度上主要學習波斯和印度，對此，埃及現代歷史學家艾哈邁德・艾敏在《阿拉伯─伊斯蘭文化史》一書中曾指出：在對外征服的過程中，阿拉伯人在政治組織、社會制度以及哲學、科學等方面是失敗了，阿拉伯人只獲得了兩種勝利：就是「語言」與「宗教」。阿拉伯語統治了整個的伊斯蘭國家，各國固有的語言都潰敗在阿拉伯語的面前，阿拉伯文字也成為政治與學術統一的文字。阿拉伯人向外民族文化學習的熱情，特別集中地表現在十世紀阿拔斯帝國展開的著名的「百年翻譯」運動中，那時阿拉伯人用了一百多年的時間，將波斯、埃及、希臘、羅馬人的各類典籍系統全面地翻譯成阿拉伯文，這不僅促成了阿拉伯阿拔斯文化的高度繁榮，也為古代世界保留了大量文獻。歐洲近代的文藝復興所要「復興」的古希臘羅馬文化，在歐洲中世紀大都被當作有悖於基督教的邪教文化毀掉了，而有相當一部分卻由阿拉伯人在阿拉伯語的譯本中保留了下來。由於阿拉伯─伊斯蘭文化的包容性，阿拉伯─伊斯蘭文化也不是單一的民族文化，而是以阿拉伯人為主體

的、以伊斯蘭教信仰為核心價值的多民族文化的統一體；同樣的，「阿拉伯—伊斯蘭文學」也是一個廣義概念，它是帶有阿拉伯—伊斯蘭文化特性的一種混合體，並不僅僅是指阿拉伯人及其阿拉伯語文學，也包括曾屬於阿拉伯帝國一部分、後來又屬於伊斯蘭教文化的組成部分的波斯人的阿拉伯語乃至中古波斯語文學，甚至還包括土耳其人的阿拉伯語及土耳其語文學（儘管土耳其人的文學乏善可陳）。

二　詩人的「沙漠性情」：多變性與極端性

　　混合體往往又是矛盾體，阿拉伯—伊斯蘭沙漠文化的包容性格，常常表現為由多種異質文化因素構成的矛盾性格。這種多極複雜的矛盾性格，在歷代詩人身上有集中的表現，而且與沙漠文化具有密切的對應關係，以至我們可以把阿拉伯詩人的性格概括為「沙漠性情」。

　　阿拉伯詩人在阿拉伯歷史文化中具有重要地位。在蒙昧時代，阿拉伯文裡的「詩歌」一詞，原來是「知道」的意思，「詩人」原本是「學者」的意思，因此詩人是知識淵博的人。在沙漠的環境中，每個部落都有自己的詩人，詩歌是惟一的文化。由此造成了阿拉伯人尊重詩人、嬌寵詩人的習慣。阿拉伯帝國建立後，歷代統治者為政治鬥爭和歌舞昇平的需要，都將詩人延攬入宮，許多詩人成為哈里發宮廷的座上賓客，成為職業化的宮廷詩人，靠賞賜而生活。由於詩人處於權力的側近位置，處於文化的中心地位，所以歷史上，傳記研究法是阿拉伯文學研究的通用方法，由此一些著名詩人生平軼事得以詳細記載，這就使得後人能夠根據這些資料，詳細了解歷代詩人的生活與經歷，並由此窺見他們的性格與心理。

　　阿拉伯詩人的「沙漠性情」，首先表現在詩人的性格彷彿沙漠的氣候，變幻無常，見風轉向，出爾反爾，缺乏操守，形成了矛盾人格。詩人們一方面自由、高傲、不合群、孤芳自賞、自命不凡，在詩

中誇耀自己如何偉大高尚，不屑於與他人為伍，這種自我意識和自我
感覺導致了以自我炫耀、自吹自擂為主題的所謂「矜誇詩」的大量流
行；另一方面，卻對權力和金錢低三下四，為了金錢和賞賜而厚顏無
恥，為邀功請賞而不斷寫詩歌頌、吹捧權力者或取悅主人，又大量導
致了「頌詩」這一題材類型的氾濫。頌詩方面的典型代表是阿拔斯王
朝時期的艾布·泰馬姆（796-843），為了攀附權貴，艾布·泰馬姆用
了他一生中的大部分時間寫頌詩，幾乎沒有放過他那個時代的任何一
個大人物，被他歌頌的權貴有六十人以上。但阿拉伯的權力人物素以
喜怒無常、難以捉摸著稱，許多詩人由於言論不慎得罪或觸怒主人，
或由於自己生活放蕩，行為放肆，都有著被不同的權力者反覆驅逐的
經歷，於是他們便尋求另外的寄身之處。在阿拔斯王朝時期，哈里發
的中央集權名存實亡，地方朝廷林立，也使得詩人在不同的小朝廷中
不斷奔波選擇。詩人靠給統治者寫頌詩而獲得富貴，小朝廷眾多，也
使得詩人能夠左右逢源，找到賞識自己的君主。寄生朝廷或富豪府第
的詩人，常常得以忘形，縱情享樂，終日吟詩作文、交杯換盞，紙醉
金迷，導致大量以品評美酒為主題的「頌酒詩」、以性愛為主題的
「豔情詩」的氾濫。而當詩人們失寵、或被驅逐的時候，便由花天酒
地、錦衣玉食的生活，一夜之間形同乞丐，沒有歸宿。在這種情況
下，有的詩人恨恨不平，氣急敗壞，寫詩謾罵舊主，發洩怨氣，於是
寫出了大量「諷刺詩」。也有的詩人無可奈何，從提倡苦行生活以接
近真主的伊斯蘭蘇菲主義中得到慰藉，鼓吹節衣縮食，過簡樸乃至自
我折磨的苦行生活，於是寫作「苦行詩」。還有一些詩人到了晚年，
才覺悟到縱情聲色的空虛無聊，開始信奉蘇菲主義，寫作「苦行
詩」。總之，桀驁不馴、我行我素，率性而為、無所顧忌、縱欲放
蕩，追名逐利，狗苟蠅營、攀附權貴，多側面的矛盾集於一身，成為
詩人們共通的生活軌跡。阿拉伯典籍中關於著名詩人的劣跡敗行、道
德墮落的記載也不知凡幾，隨處可見。據阿拉伯文學史家漢娜·法胡

里著《阿拉伯文學史》記載，蒙昧時代的代表性詩人之一烏姆魯勒‧
蓋斯（500-540）一生的「大部分時間都是在狩獵、酗酒、調情中度
過的」；蒙昧時期另一個詩人塔拉法（534-569）「毫無節制地沉湎於
享受，他酗酒、玩樂、揮霍、奢侈，一意放縱而不知悔改，因此他的
部落不得不把他趕走」；八世紀阿拔斯王朝時期著名詩人柏薩爾‧
本‧布爾德（714-784）「生活上放蕩不羈，像一切頑童一樣作惡多
端，喜歡攻擊人，恣意損傷人們的名譽和尊嚴」，先是對哈里發大唱
讚歌，得到哈里發重賞。後來終因作惡過多，令哈里發麥赫迪忍無可
忍，下令將其抽打七十鞭至死。據說當巴士拉人得知柏薩爾的死訊
時，都高興得奔相走告。[2]著名詩人伊本‧穆爾塔茲（863-908）喜歡
過奢靡的生活，終日縱情享樂，有詩為證：「生活屬於落拓不羈者，
任人說三道四，把嘴皮磨破；愛做什麼，就做什麼，非難、勸說，只
是白費口舌。……多少金銀入水流過，心理痛快，日子歡樂。」[3]八
世紀另一位大詩人艾布‧努瓦斯（762-813）一生生活放蕩，沉溺酒
色，曾一度因寫作頌詩向哈里發獻媚而成為宮廷詩人，過著無節制的
酗酒放蕩生活，不僅以玩弄女人而著名，而且喜歡玩弄孌童，直至玩
得精疲力盡而死於壯年。九世紀的布赫圖里以頌詩邀寵、謀求私利，
他頌揚過哈里發，哈里發死後，他又立即寫詩攻擊他，以此來取悅其
仇敵新哈里發。為了金錢不惜在任何一個權貴者面前卑躬屈膝，把詩
歌當作向願意高價收買者出示的商品，有時還厚顏無恥地討價還價。
為了從某個大人物那裡獲取賞賜，他寫詩頌揚他，如果得到報酬，便
再寫詩頌揚他，如果被歌頌人的賞賜延遲或賞錢太少，他便對那人進
行攻擊。在這方面，詩人迪爾比勒‧胡扎伊（756-860）最為典型，此
人生性好怒刻薄，喜歡誹謗和攻擊，他的大量人身攻擊的「諷刺詩」

2　漢娜‧法胡里：《阿拉伯文學史》（北京市：人民文學出版社，1990年），頁54、
　　63、157。

3　仲躋昆編譯：《阿拉伯古代詩選》（北京市：人民文學出版社，2001年），頁266。

最終招致殺身之禍。……類似的例子在阿拉伯文學史上並非個別。

　　總之，阿拉伯詩人的「沙漠性情」表現為一種多變性、矛盾性、極端性的人格，彷彿沙漠中變換劇烈的天氣。詩人的生活常常大起大落，富有傳奇色彩，詩人的創作也像一個多稜鏡，前後左右光景不同，顯出五光十色。自由與寄生，逍遙與御用，享樂與苦行，諷刺與諂媚，渙散與聚合，矛盾地統一於一身。比較而言，印度的詩人大都是婆羅門「仙人」，他們大都不是職業詩人，而是宗教僧侶，是眾生的精神導師，教導人民如何遁世和解脫，沒有阿拉伯詩人的追名逐利；中國詩人的身分大都是「士人」，他們不是職業詩人，詩歌是他們立身出世的手段之一，但中國士大夫的核心價值是道德修養，因此中國詩歌總體上是以倫理道德為中心。對中國詩人而言，吟詩作賦本身不僅是一種藝術修養，也是一種道德修煉，詩人遇到挫折時偶有狂放沉醉之舉，但難有阿拉伯詩人的我行我素、放浪形骸。而在阿拉伯社會中，詩人既不承擔印度詩人那樣的宗教使命，也不承擔中國詩人那樣的「窮則獨善其身，達則兼善天下」的道德使命，阿拉伯詩人大都是職業化的，同時常常是權力與金錢財富的點綴品。阿拉伯詩人所有矛盾的、多面的人格，都由詩人與權力、詩人與金錢的不同關係來決定。阿拉伯古代文獻中記載了一些詩人與所侍奉的君主之間關係的軼聞趣事，折射了阿拉伯詩人在君王側近的艱難尷尬的處境。據載，七世紀著名詩人祖海爾（？-662）曾在宗教問題觸怒先知穆罕默德，穆罕默德下令追殺他。詩人寫了一首詩拜見穆罕默德請求寬恕，當他讀到「先知乃是真主的利劍，閃閃出鞘把眾生指引」的詩句時，穆罕默德盡釋前嫌，走上前去將自己身上的斗篷脫下來，披在詩人身上。無獨有偶，被歷史學家稱為「桂冠詩人」的十世紀時的穆泰奈比（916-966）因被塞弗‧道萊國王所寵幸，遭人讒言陷害，穆泰奈比為了表現對國王的忠誠，寫了一首長詩向國王朗誦，國王聽到詩人對自己的含蓄抱怨詩句時，竟大動肝火，抄起墨具向穆泰奈比砸去，並

擊中了他的頭部，穆泰奈比忍著鮮血和劇痛，繼續動情地朗誦，表達了對國王的真誠，此時國王大受感動，走上前去擁抱了他，並當場賜予兩千枚金幣，穆泰奈比轉危為安。這些場景表明，阿拉伯詩人的多變性、矛盾性與詩人的特殊境遇有關，御用詩人的安危命運都在君王的喜怒一閃念之間，詩歌對阿拉伯人君王、對阿拉伯人有一種特殊的魔力和魅力，一句詩就可以改變詩人的命運。同時也表明，詩人在阿拉伯社會是一類特殊的人群，有才能的詩人容易受到賞識，君主和社會上對詩人的要求相對寬容，只要不太過分，人們就容忍、甚至欣賞這些人超出常人的道德規範之外的所作所為。

三 文學作品的「沙質結構」：顆粒化、鬆散化

阿拉伯文學與阿拉伯「沙漠文化」的性格密切相關，並且從不同側面集中表現了阿拉伯─伊斯蘭文化的特性。

首先，幾乎所有研究阿拉伯─伊斯蘭文化與文學的學者們都注意到，阿拉伯人最大的特長是擅長辭令。這一點與阿拉伯人原先的沙漠生活方式有關。比較而言，一般來說，定居的農業民族與外界交流少，生活穩定，按部就班，生活圈子中都是親人和熟人，因而重行動而少言語，重書寫而不重口頭表達。這方面的典型代表就是中國人，孔子曰：「巧言令色，鮮矣仁」，他提倡「訥於言而敏於行」。與中國這樣的農耕民族不同，商業民族與城市文明由於與外界接觸多，人際關係較為複雜，各種交往需要語言交流的藝術，所以言語藝術較為發達，典型的代表是古希臘羅馬，在他們的文化中，語言藝術的最集中表現就是演說，演說家作為語言藝術家備受尊敬，演說的最主要的要素是情感與邏輯。所以希臘羅馬人不僅推崇演說，更發展了使語言表現邏輯化的邏輯學乃至以語言與思想系統深刻為特點的哲學。相比之下，阿拉伯人的語言藝術又屬於另外的類型。蒙昧時期的阿拉伯人由

於沙漠地區物質條件的貧乏，他們沒有文字，有了文字之後由於書寫
材料的缺乏又難以書寫，因此，他們惟一的交流手段是言語，惟一的
精神生活方式也是言語，惟一的文學方式就是詩歌吟唱，伊斯蘭形成
與傳播時期和阿拔斯帝國時期的阿拉伯人，由於無休無止對外征戰，
隨時隨地發生的部族衝突與內訌內亂，都使得鬥嘴是武力之外的另一
種戰鬥形式，語言是一種不可缺少的武器。因此阿拉伯人崇尚語言，
並在世紀鬥爭中提高和錘煉了語言技巧與表現藝術。《古蘭經》中特
別推崇和讚揚能言善辯的人，並說善於辭令的人將得到阿拉的歡心。
在崇尚言語藝術方面，阿拉伯人的不像中國人，而像希臘羅馬人，但
阿拉伯人的言語藝術與希臘羅馬人的言語藝術頗有不同。對此，十一
世紀的阿拉伯學者查希茲曾對當時各民族的特長加以比較，他寫道：

> 中國人擅長手工藝，什麼鑄造、熔煉、花樣翻新的印染、旋
> 工、雕刻、繪畫、織布，無一不精。希臘人善於雄辯，而不好
> 動手，精通格言和文學。阿拉伯人又有所不同，他們既非商
> 人，又非工匠；既非醫生，又非會計；既不務農，這樣可以免
> 於吃苦受累，又不種地，這樣可以免得繳租納稅……；既不靠
> 在秤上耍手腕謀生，又不懂銀錢出納和度量衡，只有在他們把
> 興趣轉向吟詩作詞、巧言舌辯、語言變化、跟蹤調查、傳播消
> 息、背誦家譜，以星辰辨別方向，以遺跡認明道路，探究事物
> 之本，鑑別良馬利劍，背誦口頭文學，領悟客觀事物，判斷好
> 壞優劣時，才能得心應手。[4]

　　同樣是擅長口頭表達、言辭，阿拉伯人的言語藝術與希臘羅馬人
的語言藝術頗有不同。用比喻來說，希臘羅馬人的言語與語言像一張

4　轉引自艾哈邁德‧艾敏著、納忠譯：《阿拉伯─伊斯蘭文化史》（北京市：商務印書
　　館，1990年），第二冊，頁5。

張編製精密的網，邏輯線索嚴密，以求無懈可擊，而阿拉伯人的語言和言語彷彿強風吹捲沙粒，呼嘯而出，充滿張力和衝擊力，令人難以招架，同時也像沙子一樣，缺乏系統與邏輯。現代埃及著名史學家艾哈邁德・艾敏在其巨著《阿拉伯─伊斯蘭文化史》中指出：阿拉伯人是神經質的，「神經質的人，往往是聰明的，其實阿拉伯人就是聰明的人。阿拉伯人的聰明，可以由他的語言看得出來，他們說話的時候，喜用暗示法；又可以由他們穎慧的性情看得出來，他們對別人的問話，常是不假思索的衝口而答。然而阿拉伯人的聰明，他們只是把一個意思變為各種形式表達出來。他們說話的時候，翻新花樣的詞語，比異想天開的意義，還要驚人。所以也可以說阿拉伯人的口齒強過心思。」[5] 我想可以把阿拉伯人的言語特性概括為「沙質結構」。阿拉伯人言語方式不在謀篇布局上費心，而是在遣詞造句上用力。關於這一點，我們可以從伊斯蘭教的經典、同時也是阿拉伯古典散文的第一部著作──《古蘭經》的篇章結構中看得出來。《古蘭經》篇幅較大，分為一百一十四章，但大部分章節基本上以先知穆罕默德在不同時間和地點的演講內容為線索編排，章節之間既缺乏內容的邏輯關聯，更沒有文體的分類。有一些章雖然被劃為某類，但常常夾雜別的經文，其中的經文內容話題轉換頻繁，思路具有相當的發散性。不少學者們曾指出《古蘭經》的內容特別是一些人物故事受到了《希伯來聖經》的影響。但我們同時還要指出，在謀篇布局上，《古蘭經》帶有明顯的阿拉伯文化與文學的「沙質結構」的特徵。這既是阿拉伯人思維特徵的表現，同時又對此後的阿拉伯語言文學產生了巨大影響。

　　阿拉伯言語藝術的這種「沙質結構」的特性，首先造成了阿拉伯文學中短小的、相對獨立的「顆粒化」文學形式的繁榮。所謂「顆粒化」文學形式，主要是指格言、警句、諺語等隻言片語的文學形式。

5　艾哈邁德・艾敏著，納忠譯：《阿拉伯─伊斯蘭文化史》（北京市：商務印書館，
　　1990年），第一冊，頁41。

任何一個民族都有這種格言、警句之類的語言藝術，但阿拉伯──伊斯蘭人的這類「顆粒化」文學卻格外發達。沙漠中物質的貧乏和環境的單調，使得阿拉伯人不得不將歷史經驗、生活教訓，知識與心得體會用最經濟、最短小的語言形式表現出來，這是格言、警句等隻言片語的文學形式得以發達的最根本的原因。對此艾哈邁德‧艾敏寫道：「阿拉伯的文學，充滿了玲瓏簡短的格言，深刻雋永的譬喻。阿拉伯的文學家，對於這方面，其藝術水平之高，不能言喻。他們的思想非常敏銳，口才非常伶俐，往往一個演說家切入演說的時候，通篇講詞，都是些深刻的譬喻和簡短而雋永的格言；每一個句子，都包含著許多意思，好像許多意義含蓄在一顆米粒之中；又如分散的蒸汽，凝結成為一滴水珠。」[6]後來，阿拉伯人受到了波斯文學的影響，而波斯原本是一個哲學思維比較發達的民族，其哲學學術著作充滿了各種各樣的格言警句，波斯語詩歌中哲理詩也特別發達，這些格言警句十分適合阿拉伯人的口味，和阿拉伯人的思想習慣最為接近，故阿拉伯人大量翻譯、引進這些格言警句，並在詩歌等文學作品中以這些警句來點綴，以警句來畫龍點睛，並由此加重了一些阿拉伯詩歌中的哲理色彩。阿拔斯王朝時代，翻譯熱潮的興起，希臘羅馬哲學與印度宗教思想的影響，學術研究氣氛的濃厚，以及注重宗教體驗的蘇菲主義的盛行，都給格言警句的流行準備了條件。

　　「顆粒化」的文學形式反映在詩歌創作中，就是詩歌結構的鬆散化，鬆散化也就是一種「沙質結構」。蒙昧時期阿拉伯詩歌幾乎沒有什麼邏輯和構思，大部分詩歌都沒有表達出完整的思想。而後來阿拉伯詩歌，一直到十九世紀的阿拉伯文學復興運動，都以蒙昧時代的阿拉伯詩歌為典範，因此，蒙昧時代的阿拉伯詩歌的「沙質結構」就貫

6　艾哈邁德‧艾敏著，納忠譯：《阿拉伯─伊斯蘭文化史》（北京市：商務印書館，1990年），第一冊，頁47。

穿了阿拉伯詩歌的整個歷史。阿拉伯詩歌最經典的樣式「卡色達」都
有一個沒有結構的結構模式：開始部分多為使人駐足舊日情人曾經駐
紮帳篷的地方，觸景生情，回憶往事，描繪當年戀愛、分別的情形，
追憶情人的美形倩影，有時，描繪遺址的詩句比描繪其主人的詩句
多。在痛哭一場之後，詩人方才啟程。但是，他忽然想到了自己的駿
馬，於是他讚美駿馬，或看見了他面前的駱駝，於是又讚美他的駱
駝，描寫駱駝的速度和力量，駱駝走過的路程以及途中所遇到的事
物，最後是詩的核心部分，其主題內容或是矜誇（誇耀自己勇敢慷慨
和自己祖先的榮耀、或是讚頌（頌揚部落首領、某個哈里發、某個國
王或某個尊貴的主人、師友）、或是諷刺（諷刺、痛斥、貶低自己的
敵人、仇人）、或是哀悼（緬懷和追悼剛剛戰死或死亡的親人朋友），
或是豔情（描寫自己所愛的女人），或是頌酒（歌頌美酒的滋味、酒
器的美麗、抒發飲酒後的美妙感受）、或是哲理（講一通人生、社會
的道理）。一首詩少則七行，多則上百行，在老套子中包含了各類主
題內容，而每一種主題內容的轉換，在多數情況下是隨意的、突然
的，沒有過渡的。所謂「矜誇」、「讚頌」、「諷刺」、「哀悼」等等題材
類型，都是後世的文學史家們為研究方便所劃分出來的，其實並不存
在一種獨立的詩歌題材類型。在這種情況下，如果將一首詩，特別是
一首長詩，刪去一部分，或將前後的句子倒置；則讀者或聽者，哪怕
是專家，假如之前沒有讀過原詩，也是不容易發現的。中國阿拉伯文
學翻譯家仲躋昆翻譯的中文版《阿拉伯古代詩選》中的大多數詩篇，
都是節選的，但譯者沒有具體注明是哪首詩歌原本是全譯，哪些是節
選的，哪裡是被省略未譯的。讀者同樣看不出來。同時，阿拉伯的詩
歌鑑賞也傾向於注重個別字句，而不是整個詩篇。英國學者基布指
出：「詩人注重詩歌開頭的詩句的優美勝過注重全詩結構的完整。因
為一行詩的好壞可以成為衡量一個詩人地位高低的尺度，往往以一行
或數行好詩就可以勝過其他詩人。」

　　文學作品結構「沙質化」的特徵，不僅體現在詩歌作品中，也體現在散文作品中，特別是長篇散文性作品中。艾哈邁德・艾敏在《阿拉伯—伊斯蘭文化史》（第二冊）中談到世紀散文作家查希茲（775-868）的《說明與解釋》一書時，認為查希茲的這本書對阿拉伯散文文學的結構鬆散化負有責任，他寫道：「《說明與解釋》是當時第一部文學作品，因此，它的模式對文學的影響是巨大的。查希茲對阿拉伯文學著作中的缺陷負有責任。與其他學科的著作相比，查希茲對文學作品的最大影響是：內容雜亂，編排缺乏條理；詼諧幽默中摻雜著一些近乎下流的粗俗。我們不想讓查希茲承擔這些缺陷的全部責任，因為文學本身的特點就是富於變化。不管怎樣，查希茲的影響無疑是巨大的，如果他奠定的基礎不是這樣子，那阿拉伯文學就會是另一種風格了。」[7]在這裡，艾敏將阿拉伯文學作品的結構上的鬆散化、沙質化歸結為一部作品的影響，顯然不太適當。其實，這種結構鬆散化的傾向在《古蘭經》中已經顯示出來，結構的沙質化本質上是阿拉伯思維特性的表現，而不是個別作家、個別作品的影響。這種結構不緊密沙質化特點，在阿拉伯的散文文學作品裡面俯拾皆是。無論是讀艾布・法拉吉的《詩歌集》，或讀伊本・阿布德・朗比《珍奇的串珠》，或讀查哈斯的《動物篇》及《修辭與釋義》，都可以看得出來，一本書，一篇文章，不圍繞著一個主題說話，沒有一定的中心思想，東鱗西爪，天南海北，信手拈來，支離破碎，讀者便很難把握住一篇文章的中心思想。十六世紀才成書定型的大型故事集《一千零一夜》，雖然在結構上受到印度《五卷書》和波斯故事的影響，使用了大故事套小故事的方法，結構邏輯上雖有所改善，但也存在著蕪雜散漫的結構「沙質化」現象。

7　艾哈邁德・艾敏著，納忠譯：《阿拉伯—伊斯蘭文化史》（北京市：商務印書館，1990年），第二冊，頁367。

　　阿拉伯人文學思維的特性所決定的文學作品的沙質結構，導致詩歌發達的阿拉伯沒有希臘和印度那樣的史詩。眾所周知，中國及東亞漢文化圈的古典文學中也沒有史詩，那主要是因為儒家的理性文化的早熟而過早地結束了信仰的文學時代。希臘人和印度人都有多神信仰，而且希臘人喜歡用概括、分析研究的眼光觀察事物，印度人喜歡用一種宏大的宇宙意識把握事物，都適合於史詩的創作，阿拉伯人則是盤桓於一件件具體事物的周圍，看到的一堆堆的珠寶，卻沒有把它們串成珠寶串。照理說，阿拉伯人的嚴酷的自然環境，頻繁而劇烈的戰爭，虔誠的宗教信仰，語言口頭表達上的天賦，以及詩人的專業化、傳承化，都有助於史詩的產生，但阿拉伯人謀篇布局上的侷限，沙質化詩歌結構模式，卻使他們寫不出具有宏大敘事結構的史詩作品。但另一方面，沙質化的結構，使阿拉伯人更關注局部的與個別的事物，具有阿拉伯特色的事物得到歷代詩人的不厭其煩的反覆吟誦，沙漠、月亮、繁星、駱駝、帳篷、駿馬、利劍，美酒、美女等事物，被無數次的描寫詠歎過，從不同側面賦予它們不同的含義，使它們成為阿拉伯─伊斯蘭文化的象徵與印記。

試論歐洲文學的區域性構造[1]

一　歐洲文學的「二希」源頭及其匯合

　　有一則希臘神話講到：天神宙斯化為一頭公牛，哄騙歐羅巴——一位出生於亞細亞的少女——騎在自己身上來到歐洲土地上，並占有了她。像希臘大部分神話一樣，這則神話也包含著一個隱喻，即歐羅巴與亞細亞的文明具有密不可分的關係。歐羅巴與宙斯的結合象徵著希臘文化與東方文化的匯和。希臘神話的這一象徵性情節完全符合歷史事實。古希臘文化的原點本來就在小亞細亞地區，後來希臘文化溶合了埃及文化、兩河流域文化中的許多因素。但無論是埃及文化，還是兩河流域的文化，都不能說是古希臘文化的源頭，因為它們作為支流匯入了主河道，都被古希臘文化「化」掉了。直到西元後的羅馬帝國時代，情況才發生了根本的變化。西元七〇年，猶太民族反抗羅馬帝國的統治失敗後，一百多萬猶太人遭到屠殺，九十七萬人被作為俘虜離開巴勒斯坦故土，其中大部分被擄掠到羅馬當牛做馬。這些來自東方的希伯來人及他們獨特的一神教文化，與古希臘—羅馬的自然宗教與世俗文化判然有別，因而學者們將希臘文化與希伯來文化並提，合起來簡稱為「二希文化」，成為歐洲文化的兩個源頭。「二希」文化經歷了上千年的融匯，使侷限於南歐地區幅員有限的希臘—羅馬文化，逐漸成為統一的歐洲文化。

　　希臘文化是一種個人主義的文化，它重視人的價值實現，強調個

1　本文原載《廣東社會科學》2008年第5期。

人在自然與社會面前的主觀能動性、獨立性，崇尚人的智慧與自由，
這是古希臘文化的本質特徵。希伯來文化則是一種神本主義的文化，
認為神是宇宙的主宰，也是人的主宰，人對神必須絕對服從。人的力
量是神所賦予的，沒有神助，人微不足道。在猶太民族史詩《出埃及
記》中，希伯來人的民族英雄摩西，帶領希伯來人突破千難萬險逃出
埃及，返回家鄉。在這過程中，摩西所顯示的英勇與智慧都不過是神
力顯現而已，都是耶和華神的賜予，真正的英雄不是摩西本人，而是
上帝。摩西的繼承人約書亞，及後來的亞伯拉罕也都是如此，他們之
所以成為英雄或領袖，都是神性附著的結果。在希伯來文化中，個人
是無足輕重的，人的意志是無足輕重的，人離開了上帝是無意義的，
即使英雄也是如此。相反，在希臘文化中，個人是勇氣與智慧的中
心，個人的建功立業常常是在反抗神力的過程中實現的。希臘神話中
的普羅米修士按照自己的意志決定自己的行動，有很強的叛逆精神、
自由意志和主體意識，敢於違抗天帝宙斯的意志，盜火給人類。荷馬
史詩中的阿咯琉斯是決定希臘聯軍生死存亡的主將。他勇敢善戰，熱
愛自己的民族，但是，當個人榮譽和尊嚴受到侵犯時，他會不顧一切
去維護個人的尊嚴。這是古希臘文學中絕大多數神祇和英雄們所共
有的。

　　另一方面，希臘文化是以人性本能與原始欲望（可簡稱「原
欲」）的滿足為指歸的文化，而希伯來文化是限制人性欲望，並將此
視為罪惡的「原罪」文化。「二希」文化在歐洲文學中的融合，也表
現為希臘的人本主義的「原欲」文化與希伯來的神本主義的「原罪」
文化的衝突與互補。反映在文學上，古希臘神話是希臘人的自由意
志、自我意識和原始欲望的象徵性表述。在希臘神話中，神的意志就
是人的意志，神的欲望就是人的欲望，神就是人自己，神和英雄們為
所欲為、恣肆放縱的行為模式，隱喻了古希臘人對自身原始欲望充分
實現的潛在衝動。最高天神宙斯就是一個放縱情欲的典型，希臘神話

中的眾英雄大都是縱情聲色。例如阿伽門農不顧一切爭奪女奴，伊阿宋在率眾奪取金羊毛的過程中途經女兒國時便欣然與女王共枕。赫拉克勒斯雖以意志堅定著稱，但也禁不住女色的誘惑。希臘神話所述的特洛伊戰爭為美女海倫而爆發，是耐人尋味的。在希臘神話世界裡，神也好，英雄也好，普通人也罷，滿足情欲似乎比獲得財富、榮譽、權力等都更重要。原始情欲的放縱包含著希臘人、希臘文學對「人性」的一種理解，並成為西方文學與文化的一種傳統與突出特徵。

　　希臘人所逞縱的「原欲」，在希伯來文化中，卻被視為「原罪」，在希伯來文化中，原欲是一種罪惡。《希伯來聖經》中的惟一神耶和華不像宙斯那樣具有人的原欲，它也不像希臘神話中的神那樣與人同形同性，而是一種抽象的理性與權威的象徵。耶和華神也不喜歡逞縱原欲的人，這從《希伯來聖經》中的力士參孫的形象描寫中就可以清楚地看出來。參孫一出生就被上帝選中並授予神力，力大無比，有萬夫不當之勇，後來成為猶太人反抗異族人的孤膽英雄。但不幸的是參孫有著希臘英雄的那樣縱情享樂的習性。參孫每次受挫，原因皆在他貪戀女色，最終中了敵人的美人計，最終被挖掉雙眼，備受折磨。參孫的故事其實是對放縱情欲者的一種懲戒，是對自然情欲的一種否定。

　　「二希」文化作為兩種不同性質的文化，它們的融合是要有一定條件的。水火不相容的完全不同的兩種文化不可能融合，融合需要異中有同，需要在對立中有互補性。換言之，融合需要有契合點。「二希」文化與文學的關係正是如此。實際上，在「二希」文化的不同與對立中，也有著某些契合性。例如，二希文化中，雖然出發點不同，但都強調理性與節制。希臘文學藝術中的基本風格是對秩序、勻稱和節制的追求，在追求個人完善性，純粹的生活樂趣的同時追求整體性。希臘歷史上或文學中的理想人物或英雄人物，如蘇格拉底、奧德塞，都熱愛並充分享受生活，足智多謀，精力充沛，然而又節制有度，而悲劇性人物——俄狄浦斯，阿爾西比厄德斯，亞歷山大——則

缺乏節制和均衡，而且特別傲慢自負，所以最終招致毀滅。正如霍普爾在《歐洲文學的背景》中指出的：「希臘人所創作的戲劇主要是用精神意義來打動觀眾。在某種意義上說，每一個劇本都是一個布道，強調約束和謙卑的道德觀，因而遠遠超出了對奧林匹亞諸神的崇拜，形成了真正的希臘宗教。古典悲劇中所出現的最頻繁的道德觀是傲慢，或盛氣淩人造成垮臺。」[2] 德爾斐的阿波羅神殿上刻下了這麼兩句著名的箴言：「了解你自己」，「節制有度」，可以說是希臘精神的集中概括。這一點，與希伯來人的宗教理性、對神的謙卑、虔敬與自我克制精神，是相互吻合的。

　　「二希」文化融合的契合點，還在於希臘人的「命運」觀念與希伯來人的「上帝」觀念的某些相通性。後期的希臘人感到了個人力量的侷限，由此產生了一種抽象的「命運」觀念，這在希臘悲劇中表現得最為充分。希臘人的「命運」就是一種由神來決定的個人無法擺脫的宿命。而在《希伯來聖經》中，人世間發生的一切也都是由上帝來操控和導演的。因此在這個意義上，希臘的「命運」與希伯來的「神」具有相同的性質。所不同的是，希臘悲劇中的英雄們總是因「命運」之重負而深感行動的艱難，但又從不放棄行動，敢於反抗命運的捉弄，具有強烈的知其不可為而為之的精神。而希伯來文學中的人物，卻一切都按神的啟示來行動。

　　到了古羅馬時代，「二希」文化的融合又有了新的契合點。那就是羅馬帝國的國家主義、集體主義與希伯來的民族主義之間的契合。古羅馬人崇尚文治武功，對人的力量的崇拜常常表現為對政治與軍事之輝煌業績的追求，由此又演化出對集權國家的崇拜和對自我犧牲的集體主義與國家主義精神的推崇。因而，羅馬文學雖然直接繼承了希

2　羅德・W・霍爾頓著，王光林譯：《歐洲文學的背景》（重慶市：重慶出版社，1991年），頁98。

臘文學，卻比古希臘文學更富有國家理性意識和集體責任觀念，這與希伯來的猶太民族主義精神有相通之處。

　　上述契合點為二希文化的融合準備了條件。西元一世紀中葉後，隨著猶太人的亡國與猶太人與羅馬人的接觸，希伯來文化與希臘文化出現了交流、衝突、互補與融合，演變成了一種新文化形態──基督教文化，它是在希伯來猶太教文化的基礎上吸取了古希臘文化、特別是古希臘哲學的某些成分後形成完善起來的，同時，羅馬帝國後期將古希臘的個性自由、個體本位的文化，發展逐漸演化為對原欲的放縱，引發了生活奢侈與道德墮落。當時許多羅馬作家都對羅馬帝國糜爛墮落的生活做過描寫，他們認為羅馬帝國覆滅的根本原因是人們放縱了自己，忘記了上帝，而只有基督教信仰才能把墮落者從罪惡的深淵中拯救出來。這種社會心理為基督教的形成與壯大提供了精神土壤。基督教形成的標誌與結晶就是《新約》。它與希伯來人的《舊約》合在一起，形成了基督教經典，也形成了一種文學典範。

二　中世紀的三種文化的融匯與歐洲區域文學的形成

　　希臘羅馬文化和希伯來文化互為融合，共同創造了西元四世紀新的基督教文化。接著，歐洲進入了中世紀。這種複合型文化的延續和發展由於五世紀哥特人（或稱日爾曼人）的入侵而拉開了帷幕。來自北方的蠻族的入侵與遷徙的直接後果是，過去的各種成就廣泛遭到毀滅，歐洲文明墮落到了一個粗野混亂的原始狀態。希臘知識漸漸湮滅，甚至連有能力閱讀拉丁文的人也越來越少。各種古代書籍被毀，學校幾乎不復存在，歐洲文化跌入低谷，歷史學家將五至七世紀這一時期命名為黑暗時代。不過，蠻族人也有自己獨特的文化，雖然當時的哥特人沒有文字，沒有書面文學，沒有藝術形式，沒有文化裝飾，

但他們有著自己基於多神教信仰的神話傳說，有著神秘莫測的、馳騁無羈的想像力，比起「二希文化」來，他們更加尊敬婦女，尤其是他們具有好動、不安分的性格。這一切都逐漸融入了「二希」文化中，並對歐洲中世紀文化與文學產生了直接的而且是持久的影響。更重要的是，這些遷徙而來的日爾曼蠻族很快被羅馬帝國廢墟上僅存的精神文化——基督教所征服，而逐漸成為基督教堅定的信仰群體。沒有南遷的北歐地區的日爾曼蠻族，還有東歐地區的落後的斯拉夫各民族，也都陸續信仰了基督教。例如在東歐，西元七至十世紀之間各民族國家形成時，君主們都紛紛由多神教改信基督教，以接受教皇的加封，取得合法的正統地位。一○五四年，基督教分制為羅馬天主教與希臘正教。東歐諸國中，波蘭、捷克、匈牙利、斯洛文尼亞和阿爾巴尼亞信奉羅馬天主教；羅馬尼亞、保加利亞、塞爾維亞、俄羅斯則信奉希臘正教（稱為「東正教」）。稍後，遙遠的北歐諸國，大約在十一世紀左右也實現了基督教化。這些北歐人生性勇武野蠻，主要以當海盜為生，他們的神話集《艾達》和傳說集《薩迦》淋漓盡致地描繪出北歐海盜的粗獷豪邁、凶狠剽悍、崇尚武力、殺伐嗜血的性格。據說基督教開始傳入北歐時，他們不屑一顧地聲稱，基督教是最沒有本事的、最不中用的東西，只會手捧十字架唱唱歌而已。然而恰恰是這些貌似軟弱的基督徒制服了桀驁不馴的北歐海盜，並且還迫使他們的子孫後代俯首貼耳地手捧十字架吟唱聖歌直至如今。基督教把習慣於殺人越貨的北歐海盜改造成為斯文優雅的紳士。

　　由上可見，中世紀歐洲文化的形成發展過程，就是基督教文化對遷徙南下入侵的日爾曼人、北歐地區未遷徙的日爾曼人、東歐地區的斯拉夫人逐漸征服的過程。換言之，歐洲中世紀文化的形成，就是整個歐洲基督教化的過程。因而中世紀基督教已經不只是羅馬帝國後期的「二希」文化的合成，而是融合了三種文化——「二希」文化加北方蠻族的文化。希臘—羅馬、希伯來和哥特三種文化遺產的融合，共

同創造了一種新的複合型的中世紀歐洲文化，並為中世紀歐洲文學的區域化的形成奠定了基礎。

　　在基督教文化的統合下，整個歐洲使用同一種官方語言文字——拉丁語。拉丁語既是宗教語言，也是文學語言，舍此之外，當時的歐洲各民族並沒有自己的成熟的語言。因而所有的文學樣式，除口頭文學外，都使用拉丁語書寫。各民族語言（俗語）的作品絕大部分是到了中世紀末期（十二世紀）才出現的。而且，中世紀後期各民族語言由口頭語言成為書面語言，都開始於使用民族語言翻譯基督教《聖經》。英語、德語等作為書面語言的定型，都是以《聖經》的譯本為標誌的。而且，整個歐洲中世紀的最主要的文學樣式是宗教文學，主要包括以聖經翻譯文學、讚美、祈禱、懺悔的詩文、聖徒傳等宗教題材的創作。宗教文學之外，騎士文學、市井文學及中世紀後期流行的民間史詩等，作為世俗文學都滲透了基督教影響，在文學的多樣性中顯示了基督教文化的統合性與整體性。這種統合性與整體性在十三世紀後期至十四世紀初期作家但丁的《神曲》那裡，得到了集中而完美的體現。

三　近現代歐洲文學的多元統一與連鎖共振

　　十四至十六世紀發端於義大利、席捲整個歐洲的文藝復興運動，是歐洲思想文化上的一次巨大而深刻的變革，歐洲由此進入近代社會。文藝復興結束了中世紀鐵板一塊的政教合一的基督教一元統治，各民族國家在文化與語言文學方面紛紛獨立，拉丁語在文學創作中的地位逐漸被各種「俗語」即各種民族語言所取代，意大利語、西班牙語、英語、法語等，成為新的文學語言。因此文藝復興運動同時也是一個民族文學獨立的運動，文藝復興運動的過程，也是中世紀統一的拉丁語官方文學逐漸解體的過程。然而，文藝復興所造就的歐洲文學

的多元化，並沒有影響歐洲文學區域的統一性，相反，卻在另一種意義上強化了歐洲文學的區域性。

　　歐洲歷史從中世紀進入近現代，在文字方面表現為從大統一的拉丁文分化為各個國家的民族文字。但另一方面，各民族文字卻先後改用拉丁字母，出現了民族文字拉丁化趨勢。到十四至十六世紀的文藝復興時期，幾種發展較早的民族文字趨於成熟，產生了一批不朽的著作。拉丁字母首先成為羅曼（拉丁）語族諸語言的文字，主要是意大利文、法文、西班牙文等；其次傳開去，代替原來的魯納字母，成為日爾曼語族諸語言的文字，主要是英文、德文，以及北歐的文字。再次是向東傳播，跟斯拉夫字母爭地盤，成為斯拉夫各民族語言的文字，主要包括波蘭文、捷克文、克羅地亞文等。此外還有凱爾特語族的愛爾蘭文，芬蘭‧烏戈爾語族的芬蘭文、匈牙利文等。最終，整個歐洲文字基本上都拉丁化了。換言之，拉丁文是歐洲各民族語言的共同母體。拉丁文本身是「二希」文化融合的產物，拉丁化民族文字，在語言詞彙等方面也受到了「二希」文化及其合流基督教文化的影響，大量的有關宗教、哲學、倫理、邏輯、修辭、詩學等方面的詞彙，大都來自拉丁語，使歐洲語言在差異性中具有相當的共通性，這一點對歐洲文學的創作也產生了深遠影響。

　　各民族語言文學的紛紛崛起，似乎使得近現代歐洲文學失去了中世紀基督教文學那樣的中心凝聚力，中世紀文學的板塊結構被打破了，歐洲文學成為由各民族、各語種的文學組成的多元文學。每個民族都在發展過程中形成了自己的民族特性，歐洲內部不同的地區也出現了某些地區性特徵。例如，西歐文學、東歐文學、南歐文學、北歐文學等，都有自己的地區色彩。對於歐洲區域內部不同地區的文學風格的不同，學者們早就有過論述，如十九世紀法國作家、評論家史達爾夫人在《論文學》一書中，從當時盛行的地理環境決定論的角度，提出歐洲存在著「南方文學」與「北方文學」的不同。她認為南方氣

候清新，又多叢林溪流，大自然形象豐富，人們感到生活樂趣，感情奔放，大都不耐思考，男性女性之間的交往很少拘束，雖比較地安於奴役，卻從自然之美和藝術愛好中取得補償。北方土地貧瘠，氣候陰沉多雲，人們較易生起生命的憂鬱感和哲學的沉思，但具有獨立意志，不能忍受奴役，並尊重女性，而盛行於北方的基督教（新教）更有助於人性的培育。因此，南方文學比較普遍地反映民族意識和時代精神，而北方文學則較多地表現個人的性格。她還糅合河流、宗教感、世俗性等因素，來論說南方文學與北方文學應該互補，屬於南方的講求世俗的法國文學和屬於北方的崇尚宗教的德國文學的相互補充，能夠使雙方文學獲益。[3] 史達爾夫人既指出了歐洲文學內部的地區風格，又強調了各地區文學互相學習的必要與可能，體現了歐洲文學整體化的鮮明意識。實際上，除南歐、北歐外，西歐文學與東歐文學也存在這樣的地區差異，但差異性中又有著共通性。歐洲各國文學的民族性、地區性，與歐洲文學的區域性是一種多元統一、對立又互補的關係。

　　歐洲近現代文學的區域整體性，得益於歐洲各國在政治、經濟、宗教、戰爭、思想文化等多方面的錯綜複雜的交流與聯繫。歐洲國家之間的戰爭與和平、宗教教派的紛爭、政治革命的爆發，世俗政權的更迭，思想革命的興起，使歐洲在一片混亂中保持了持續不斷的相互聯繫。作家常常因為宗教、政治、經濟等方面的原因僑居國外，強化了與外國文壇的聯繫；一個國家新的優秀作品一旦出現，作家一旦走紅，就很快被別的國家所譯介。文學評論家也喜歡拿歐洲其他國家的文壇作參照和比較，學者們也自覺地將歐洲文學作為一個整體加以全面觀照和綜合研究。例如丹麥著名學者勃蘭兌斯的巨著《十九世紀文

3　史達爾夫人：《論文學》，見《西方文論選》（上海市：上海譯文出版社，1979年），下冊，頁124-129。

學主流》將歐洲文學作為一個統一的整體，分析闡述了十九世紀歐洲主要文學大國之間在文學思潮、文學創作上的密切關係。更有一批學者重視歐洲各國文學交流史的研究，並由此產生了「比較文學」學科。

更重要的是，「文學思潮」是聯繫歐洲近現代文學最有力的紐帶。所謂「文學思潮」是在一定的歷史條件下，以某種文化思想、文學觀念為主導形成的某種自覺性的創作潮流，並能產生超越國界的影響力。

嚴格地說，「文學思潮」是歐洲近現代文學中特有的現象。在傳統的亞洲文學區域中，沒有歐洲意義上的文學思潮。亞洲文學區域性的形成，主要依賴於語言宗教與文化的長期的瀰漫與自然而然的滲透，而近現代歐洲文學的區域性，則主要依賴於文學思潮傳播。「文學思潮」就像一個氣象學上的冷暖空氣，它沒有國界，具有強烈的遊走性與影響力。一種思潮一旦在某國形成，便向周邊擴散，所到之處每每引發相關的文學運動，極大地改變著當地文學的總體風貌。在十五至十九世紀五百多年間的近現代歐洲文學中，相繼發生了多次影響全歐的文學思潮。最早的是十四世紀發端於義大利的文藝復興，到十五至十六世紀逐漸成為全歐性的文學思潮；發端於十七世紀法國的古典主義文學思潮，對西側的英國、東側的德國乃至俄國文學，都產生了深刻影響；發端於十八世紀法國的啟蒙主義文學思潮，十九世紀初發端於英國的浪漫主義文學思潮，十九世紀中期發端於西歐的現實主義文學思潮、自然主義文學思潮等，都發展成為整個歐洲的文學思潮。正是這些文學思潮的推動使近現代歐洲文學繼續保持並強化了區域整體性，使近現代歐洲成為一個較中世紀更加有交流、更加有活力的完整的文學區域。

文學思潮從產生到全歐性的擴散，從空間的角度看有一個基本規律：就是幾乎所有重要的文學思潮都產生於歐洲的西部和南部，主要是意大利、英國和法國。換句話說，歐洲文學思潮的策源地在南歐和

西歐。我們可以把這一現象稱為「西南風」現象。「西南風」向東北方的運動，是歐洲文學思潮運動的基本路徑，也是近現代歐洲文學區域整體化形成和擴展的基本路徑。從文學繁榮的先後順序上看，意大利文學的繁榮始於十二至十三世紀的但丁與薄伽丘，西班牙文學的繁榮始於十五世紀的流浪漢小說，英國文學的繁榮始於十六世紀末的「大學才子」和莎士比亞時代，法國文學的繁榮始於十七世紀的古典主義，德國文學的繁榮始於十八世紀歌德與席勒及狂飆突進運動，而北歐地區最有代表性的丹麥文學和東歐地區最有代表性的俄國文學，在十九世紀之前仍是乏善可陳，直到十九世紀初普希金和安徒生的出現，才使丹麥與俄羅斯文學在接受西南歐文學影響的基礎上異軍突起，成為歐洲文學的後起之秀。

　　由文學思潮所推動的歐洲文學區域性，表現為多元統一、連鎖共振的特徵。不同的文學思潮不是相互孤立的、偶發性的，而是在此起彼伏之間具有嚴密的因果聯繫與邏輯關係。文藝復興代表了新興資產階級、市民階級要求變革社會、要求思想解放的願望，他們以「復興」古希臘文化的旗幟，來張揚個人主義、個性主義，強調人的尊嚴與價值，是對中世紀宗教禁欲主義、宗教盲從和教會的嚴酷思想統治的否定與反抗[4]；古典主義文學思潮更加強調理性對情感的約束，強調規則與法度，推崇個人對社會與國家的責任感，是新興資產階級與傳統貴族階級之間妥協的表現，也是對此前文藝復興個人主義氾濫趨勢的反撥；啟蒙主義文學思潮反映了越來越強大的新興資產階級對建立民主自由國家的熱切嚮往，是對傳統貴族階級的政治上、思想上的反叛，也是對此前古典主義的妥協、克制精神的一種超越；浪漫主義思潮則反映了近代資產階級國家建立後，作家們對現狀的不滿、失望與逃避的情緒，是在啟蒙主義基礎上，對思想自由、個性自由更進一

4　何光滬：〈文藝復興中的基督教與人文主義〉，《人文雜誌》2001年第1期，頁106。

步的追求；現實主義文學則是浪漫主義烏托邦理想破滅後，對現實社
會的冷靜的觀察與批判；自然主義思潮是對現實主義的一種超越，標
誌著作家由社會批判者的角色，向客觀觀察與冷靜表現者角色的轉
變，表明了作家與現實的妥協；「新浪漫主義」（現代主義）思潮則將
此前的浪漫主義的主觀性發展到極端，是對現實主義、浪漫主義的理
性精神、客觀姿態的徹底否定，也表現了超越文藝復興以來所有文學
思潮、尋求新的突破的衝動與困惑……。歐洲各國文壇經歷這些文學
思潮的時間有早有晚，但都受到這些文學思潮大氣候或多或少的影
響。整個歐洲近現代文學的發展歷程，就表現為這些文學思潮先後更
替、彼此超越、在否定之否定中螺旋式上升與發展演變的過程。由
此，歐洲文學的區域性在多元共存中有協調統一，在相對獨立中有連
鎖共振。

　　在文學創作的主題題材上，也可以看出近現代歐洲文學的整體區
域性。近現代歐洲作家既具有國家民族意識，更具有歐洲意識。表現
在具體的題材選擇視野上，作家們沒有被民族國家所束縛，相反，幾
乎所有作家都寫過跨越國界的全歐性題材。古希臘羅馬的神話傳說、
史詩及歷史人物與事件，作為永恆的取材來源，被所有歐洲作家所重
視。茲以英國文學為例，英國民族文學的奠基者、十四世紀文學家喬
叟的代表作《坎特伯雷故事集》中的許多故事的背景都在英國之
外——意大利、希臘、法國、歐洲大陸各國，還有一些虛構的遙遠的
國度，顯示了英國民族文學形成初期英國作家的歐洲意識。在文藝復
興時期，這一意識更進一步強化。例如，文藝復興文學的偉大代表莎
士比亞的全部作品中，約有四分之一屬於英國之外的歐洲題材，涉及
的國家有希臘、羅馬、意大利、德國和丹麥等國。在英國文學的第二
個高峰——十九世紀初期的浪漫主義詩歌中，為著馳騁想像的需要，
為著自由人格的伸展，更多的詩人、更多的作品的題材視野跨出了英
倫三島，例如，湖畔派詩人騷塞的第一首長詩是法國題材的《聖女貞

德》，著名的激進派浪漫主義詩人拜倫一生中遊歷歐洲諸國，作為一個英國人卻長期活動於歐洲大陸各國，支持並參與意大利、希臘的革命運動，並在希臘的獨立戰爭付出了生命。拜倫的詩大都是異國題材，如他的代表作長詩《恰爾德‧哈羅爾德遊記》寫主人公在葡萄牙、西班牙、阿爾巴尼亞和土耳其的遊歷，並揭示了他對歐洲各國現實生活的感受。第一部詩劇《曼弗雷德》的基本背景則是歐洲大陸的阿爾卑斯山；《雅典的女郎》是以希臘為背景的愛情抒情詩；《佛羅倫薩至比薩途中隨感》以意大利為舞臺；長詩《海盜》的背景則是愛琴海上的某個島嶼；長篇敘事詩《錫隆的囚徒》背景是瑞士；長篇敘事詩《貝珀》的主人公是威尼斯商人；而被認為是拜倫的頂峰之作的長篇敘事詩《唐璜》中的主人公唐璜是一位十八世紀末的西班牙貴族青年，故事背景則在西班牙、希臘、土耳其、俄國等國。英國只是一個較為典型的例子，法國、德國、俄國等歐洲文學中，文學的主題和題材，文學的背景與舞臺，常常是全歐性的。這種現象又一次有力地表明，近現代歐洲文學區域在古代和中世紀後，以其特有的方式，繼續保持和強化了歐洲的區域性特徵。

　　綜上，歐洲文學是一個具有廣泛聯繫性與相通性的文學區域，我們可以把從古代到現代歐洲文學區域的形成、發展演變，用一個拉丁字母「y」來做形象的表示。「y」右側斜筆的頂端，表示歐洲文學的最早源頭——希臘文化，「y」的左斜筆，表示歐洲文學的另一個源頭希伯來文化。希伯來文化是外來的，因此左側這一較短的筆劃斜插在右側的長筆劃上，可以形象地表明希伯來文化是從外部插入並匯入歐洲傳統文化中的。插入點就是「y」左右兩筆的交叉點，表示「二希文化」在中世紀的融合；「y」右側交叉點以下的斜長筆劃，表示從古代希臘文化到近現代歐洲文學的一貫性與連續性。換言之，歐洲文學的幾千年的動態發展，形成了「y」狀的靜態結構。

試論俄國文學的宏觀特性[1]

一　東方與西方的兩面性格

　　俄羅斯是一個在思想與行為上充滿矛盾悖論的民族。從地理上看，俄羅斯地跨歐亞兩大洲，處在歐亞兩洲的中心地帶，既是歐洲國家，又是亞洲國家；從宗教上看，俄國具有雙重信仰體系，既有從西方傳來的基督教東正教，又保存了民間多神教；從種族上看，俄羅斯民族既不是純粹的歐洲民族，也不是純粹的亞洲民族，一句古老的俄羅斯諺語說得好：「剝開俄羅斯人的皮，你會發現他是個韃靼人。」意思是說俄羅斯人的長相像歐洲人，但內在的心理結構卻是東方人的。

　　這種內外、表裡的兩重性，首先反映在俄羅斯人對待東西方的態度上。面對西方人，俄羅斯人深知自己在歷史文化上的淺近與落後，當英國在十六世紀實現工業革命的時候，俄羅斯還沒有形成像樣的國家，直到十九世紀末期俄國仍然是一個落後的農奴制國家；英國在十七世紀、法國在十八世紀末先後實現了君主立憲的和議會共和的民主制度，而俄國一直到二十世紀九○年代才算真正走出專制社會而初步建立了現代民主政體。由於社會歷史的巨大差距，再加上歷史上俄羅斯宗教（東正教）和俄羅斯思想文化幾乎都來自於西方或受到西方啟發與影響，面對西方，俄羅斯既抱有自卑感又不甘居下風，既心懷羨慕又抱有警惕與疑慮。歷史上那些堅持俄國特殊性觀點的俄國知識分子，無不以懷疑一切的眼光打量著歐洲，幾乎所有的俄國思想家、宗

1　本文原載《俄羅斯文藝》（北京）2009年第1期。

教哲學家都對西方採取一種文化批判立場。這種面對西方的矛盾心態，也明顯地反映在不同歷史階段俄羅斯的政治經濟的選擇中，他們既嚮往民主，又變著法兒地實行專制集權；既深知市場經濟的作用，但卻長期實行國家政權控制下的計劃經濟。俄羅斯文化中歐洲的影響隨處可見，但又缺少歐洲文明中的某些最根本的東西。

另一方面，俄國又是一個東方（亞洲）國家，不僅它的大部分土地在東方，而且每當與西方採取對抗姿態的時候，俄羅斯人就強化自己的東方立場。但實際上俄羅斯又不是真正的東方國家。面對東方，俄羅斯也顯示出了兩面性。俄羅斯人有著東方式的保守、怠惰、馴服，對個體權利和個性尊嚴不夠尊重，同時又缺乏東方人特有的中庸平和；俄羅斯人有著東方的專制，但沙皇制度的野蠻性又使它缺乏東方的德政與仁慈。俄羅斯人意識到自己的歷史文化傳統與東方的中國印度等無法相比，但它卻常常以歐洲人自居，對東方國家表現為傲慢、自大的大國沙文主義。

總之，俄羅斯人具有東西方文化的雙重優勢，同時又缺乏東西方各自最根本的東西。俄羅斯人自己也清醒地認識到了自己的雙重性，這一點集中而又形象地體現在俄國的國徽上。那本來是沙皇俄國的象徵，一個盾形圖案上有一隻展開金色翅膀的雙頭鷹，兩個頭，兩眼圓睜，分別雄視東方和西方。俄羅斯國徽的象徵意義正如十九世紀作家赫爾岑所說的那樣：「我們望著不同的方向，與此同時，卻又像有顆共同的心臟在跳動。」雙頭鷹國徽是俄羅斯民族性格和俄羅斯精神的形象表徵，雖然在蘇聯時期它被鐮刀錘子圖案的蘇維埃標誌取代了七十多年，但俄羅斯的雙頭鷹國徽所蘊含的俄羅斯民族精神卻並沒有中斷。雙頭鷹國徽象徵了俄羅斯國家兼有東西方文化的兩個方面的淵源，反映著這個國家、這個民族複雜、矛盾的品格，也體現出俄羅斯精神中的「悖論性」、「矛盾性」，即它的民族精神的雙重性。在俄羅斯歷史與文化中，東西方兩種截然不同的東西奇妙地並列在一起。一

　　方面，俄羅斯很強大，十九世紀已經成為軍事強國，後來在與西方列強爭霸中當仁不讓，它不斷進行大規模侵略擴張，由一個東歐地區的內陸小國基輔羅斯，逐漸成為橫跨歐亞大陸的領土面積最大的國家；另一方面它很脆弱，一九一七年的無產階級革命和一九九〇年代初的制度革命，使龐大的帝國瞬間土崩瓦解。在這種國家體制的矛盾結構中，俄羅斯人在思想文化方面也形成了明顯的二重特性：專制與自由、暴力與人道、宗教狂熱與無神論、國家至上主義與無政府主義、世界主義與極端民族主義、極端個人主義與盲目服從、絕對自由與奴性的馴良、反抗侵略而又熱衷於領土擴張與對外侵略，等等。這些不同的因素處於經常不斷的矛盾衝突之中——既豪爽，又脆弱；既驍勇剽悍，又多愁善感；既善良，又殘忍；既彬彬有禮，又粗魯野蠻；既熱愛自由，又專橫跋扈；既篤信宗教，又常常爆發出褻瀆宗教的無神論思潮；既喜歡哲學思考，又沒有出現真正的思辨哲學；既慷慨大方，又斤斤計較；既講求實際，又不善處理問題；既好強上進，又懶惰無為……。

　　在這些社會體制與思想意識的種種矛盾衝突中，俄羅斯人在不同的歷史階段，都不願走中庸妥協路線，而是表現出激烈的左右搖擺性，表現為非此即彼、忽左忽右、好走極端的民族性格。俄國人思維方式中的「雙重性」特徵，使得它們看待一切事物時都從事物本身具有的兩面性著眼，因而「兩極對立」成為俄國人思維的根本特徵。有研究者指出：俄羅斯人就是一團矛盾、一團混沌。「俄羅斯精神不知道中間道路：或擁有一切，或一無所有——這就是他的座右銘。」「俄國就其全部歷史而言是一個好走極端的國家：絕對權力和整體奴役，無限君主專制和不受控制的無政府狀態。」[2]俄羅斯人似乎時時處處處於情感和理性的矛盾衝突中不能自拔。在理性與情感的矛盾衝突中，情感往往取勝。從根本上說，俄羅斯人屬於多血質的富於情感

2　轉引自張冰：《俄羅斯文化解讀》（濟南市：濟南出版社，2006年），頁41。

衝動的民族，在作出選擇時常常取決於隨機的情緒，而不是縝密的理性思考。這種非理性的愛走極端的民族性格表現在歷代君王和領導人身上，就是極易憑自己的情緒與感覺去冒險，在實施自己的意圖和想法時充滿狂熱，為了達到目的而不惜摧毀現有的一切。表現在精神生活與思維領域，就是虛無主義、無政府主義、民粹派、民意黨、共產思潮、大國沙文主義，還有只用幾個月時間就從社會主義計劃經濟轉向資本主義市場經濟的所謂「休克療法」等等，如此之類的極端右翼和極端左翼、非此即彼的激進思想和激進行為，在以往的俄國歷史上屢屢出現。

二　「人民性」與「沙皇情結」的悖論

　　民族性格中的極端性與矛盾性，最充分地體現在俄羅斯文學中，使俄羅斯文學史上出現了種種悖論現象。其中最根本的悖論，就是俄羅斯文學中「人民性」與「沙皇情結」的悖論。在這個悖論中，俄羅斯作家既有所謂「人民性」，又有濃厚的專制主義思想；既有憂國憂民的平民主義意識，又崇尚極權專制。

　　「人民性」作為文學批評與文學研究的一個概念，最早發源於俄國，十九世紀著名文學評論家別林斯基較早使用。「人民性」這個詞至今在中國的一些「文學概論」教科書乃至一些人的文章中，仍然被保留和使用。俄國和蘇聯的文學研究家認為，俄羅斯文學和蘇聯文學是最具有「人民性」的。高爾基所高度評價的俄羅斯文學的「人民性」的特點，長期以來成為俄蘇文學研究者的共同結論。一般認為，直到「十月革命」前，由於俄羅斯長期以來是一個封建農奴制國家，農奴在法理上只是勞動工具，沒有人格與自由。受西歐資產階級自由平等博愛思想影響的知識分子與作家們，痛感這種社會制度的不人道與不合理，從十八世紀末期開始，一代代的作家都用文學的形式反對

封建農奴制度，呼籲農奴的解放，反映人民的願望與呼聲，由此形成了俄羅斯文學中的「人民性」。

關於俄羅斯文學中的「人民性」，以往人們論述的已經夠多了。對它的名與實、是與非的辨析會超出筆者的論題，只是需要強調：「人民性」只是俄羅斯文學的一方面，俄羅斯文學還有另一面，那就是「沙皇情結」，這一面卻相對地被忽視了。「沙皇情結」是筆者杜撰的一個概念，指的是俄國人的意識深處對國家極權及極權人物的崇拜。

眾所周知，從一五四七年伊凡四世稱制「沙皇」到一九一七年無產階級革命，沙皇專制制度在俄國統治達三百七十年之久。它對內長期實行農奴制，維護地主貴族對農民的奴役，並以此維持沙皇的集權統治。這種制度本身對俄羅斯人的靈魂也起了相當大的作用，使君主專制、權力崇拜的思想深入人心。「沙皇情結」建立在沙皇農奴制度的基礎上，又反過來強化、鞏固了皇權思想。順從強權人物，崇拜權力和權威，使得以沙皇為中心的君主專制思想成為俄羅斯民族思想的重要組成部分。在俄羅斯人的潛意識中，滲透著對專制權力或強權人物的崇尚，這就為個人崇拜、個人專權準備了生存土壤。列寧曾經說過：在俄國農民身上存在著天真的君主主義思想，其實質是「對沙皇的樸素的宗法式的信仰」。[3]其實，列寧所謂「對沙皇的樸素的宗法式信仰」，不僅僅體現在俄羅斯農民身上，而是體現在俄羅斯國民的各個階層中，也體現在俄羅斯作家與俄羅斯文學中。從俄國文學史上看，從十五世紀開始，不僅貴族政論家們鼓吹沙皇君主制，而且在平民出身的思想家、學者和文學藝術家們當中，宣揚君主專制、具有皇權思想的人也不乏其人。在俄羅斯十五至十六世紀的民間口頭創作，包括壯士歌、歷史歌曲和故事等，也都從不同的側面反映了歌頌沙皇的內容，為沙皇效勞的作品。十七世紀韻體詩的創始人西麥昂・波洛茨基在兩本大型詩集《韻體詩》和《百花園》中描繪了理想的君主形

3　列寧：《列寧全集》（北京市：人民出版社，1972年），第8卷，頁89。

象，表現出對俄國專制制度的讚美。十八世紀上半葉，俄國由於彼得大帝的改革而躋身於歐洲強國之列，加強了俄國人民的民族自信心，因而彼得大帝和此後的葉卡特琳娜二世都成為知識分子競相讚頌的對象。十八世紀末，在民間歌謠、士兵歌曲中，很多是以彼得一世、伊莉莎白和葉卡特琳娜二世時期的歷次戰爭為題材，讚頌沙皇的功績和偉大，特別是對彼得一世的讚頌更是登峰造極。十八世紀俄國啟蒙主義的代表人物、詩人、學者羅蒙諾索夫寫了許多歌頌沙皇的頌詩，如《伊莉莎白女皇登基日頌》（1739）、長詩《彼得大帝》（1760）等等。

這樣的思想在十九世紀俄羅斯文學「黃金時代」的奠基人普希金那裡也非常明顯。一定程度上說，普希金是當時俄國專制制度的反叛者，同情和支持「十二月黨」起義，就是這樣一位被認為是頗具「人民性」的偉大詩人，也具有明顯的「沙皇情結」。普希金的《奧列格的盾》（1829）、《給誹謗俄羅斯的人（1831）、《鮑羅金諾週年》（1831）等詩篇中，都可以看到在普希金對沙皇尼古拉一世的對外侵略中「武功」的熱情頌揚。即使在我們看來已經相當激進的革命思想家也多多少少存在著一些「沙皇情結」與皇權思想。例如，在俄羅斯文學史上被稱為「革命民主主義者」文學評論家的別林斯基，竟認為現代化和社會正義只能由具有無限權力的領袖和政府自上而下地利用權力來實施，他心目中的理想的國家政權形式是無情的君主專制、是暴力的革命專政，甚至認為一個把國家利益掛在心上的鐵腕君主是實現俄國改革的理想工具。別林斯基在「十月革命」勝利後受到了蘇維埃官方的極大推崇，與這一主張符合蘇聯共產主義專政理念似乎不無關係。再如，著名作家果戈裡以揭露和批判封建農奴制罪惡而知名，被文學史家稱為「偉大的民主主義者」，但在晚年也充滿著君主主義和神秘主義情緒。晚年的果戈里在《致友人書信選》一書中，公然為農奴制和專制制度辯護。他認為，君主、沙皇乃是「肩上負著百萬同胞的命運，對上帝負著維護萬民之重責」。

　　一九一七年的十月革命，「開創了人類歷史的新紀元」，建立了蘇維埃政權，但俄國文學中的「沙皇情結」在蘇聯文學中不但沒有斷絕，反而變本加厲。所不同的只是將「沙俄」置換為蘇維埃領導人。在蘇聯文學中，以詩歌、小說、戲劇等文學方式歌頌黨及其領袖的作品，多得無法統計，長期氾濫成災，許多作品用宗教頌神詩的激情與手法，對當權者極盡阿諛奉承之能事。俄羅斯人崇拜君主、崇拜領袖、崇拜個人集權者的「沙皇情結」，無論時代怎樣變換，對象怎樣更迭，都沒有實質的改變。直到如今，二十一世紀後的最近幾年間，俄國人又把時任總統當作了歌頌與崇拜對象，據報導前兩年整個俄國特別是在俄國女性公民中流行著一首詩歌，題目叫作〈要嫁就嫁普京那樣的人〉。西方文學中有大量挖苦和諷刺總統的流行文學與流行藝術，卻極少見到讚頌總統的詩歌風行全國。俄羅斯人和俄羅斯文學中的這種現象，與不斷對自己的總統、總理或首相橫加挑剔的西方各國的情況形成了鮮明的對照。

三　我多餘，我有罪，我懺悔

　　十九世紀俄羅斯文學在歐洲文學中異軍突起，一下子進入黃金時代，是有歷史背景的。那時，在沙皇專制制度下，俄國知識分子進入政界相當困難，言論的不自由使俄國知識分子的言論操作更多地轉向文學，轉向文學創作和文學批評。因而俄國文學的繁榮，很大程度上是由於知識分子的大量參與。任何一個國家也不曾像十九世紀的俄國那樣，文學和文學批評在一個世紀的歷程中，在推動社會發展方面產生了那樣巨大的作用，作家及其文學作品得到了當權者和社會讀者的普遍關注。然而也正是因為如此，當為民代言與當局的政治不一致的時候，作家們卻更容易受到政治的迫害，更容易被剝奪創作的自由、人身自由乃至生命。十八世紀末當俄國近代文學剛剛起步的時候，拉

吉舍夫在其《從彼得堡到莫斯科旅行記》（1790）中因宣傳反農奴制思想激怒了葉卡捷琳娜二世，書一問世就遭逮捕，並被判處死刑，後改為流放西伯利亞十年。葉卡捷琳娜二世的行為開啟了沙皇迫害作家的先例，此後二百年間的俄國與蘇聯文學史上，幾乎大部分真正具有「人民性」的、不太依附專制政權，或不小心得罪當權者的文學家，都遭到了種種迫害。

　　例如，十九世紀的詩人雷列耶夫被沙皇處以絞刑，普希金年僅三十七歲時在決鬥中被殺，別林斯基三十五歲時死於饑寒貧困，車爾尼雪夫斯基被關進監獄，後來被流放……進入二十世紀俄羅斯文學中的白銀時代，與十九世紀相比，俄羅斯作家的命運絲毫未得到改善，尤其是十月革命後，在殘酷的政治鬥爭和集權專政的社會環境中，俄國作家的命運更加悲慘。對此，馬克‧斯洛寧在《蘇維埃俄羅斯文學》一書中寫道：「十月革命後，文人的物質生活境況很快就變得不堪設想。只到了一九二二年，逃往歐洲國家的作家有蒲寧，巴爾蒙特，雷米佐夫，梅列日科夫斯基，庫普林，安德里希列耶夫，舒米廖夫，阿歷克謝‧托爾斯泰，胡達塞維奇，茨維塔耶娃，維亞切斯拉夫‧伊凡諾夫，謝維里亞寧，明斯基以及其他數百名詩人、小說家、散文家和記者。有一段時期，似乎莫斯科和聖彼德堡的所有文學沙龍都重新在巴黎、柏林和布拉格開張了。吉皮烏斯在二〇年代初寫道，整個俄國文學都流亡國外去了。」[4]留在國內的作家，在政治高壓下，許多人只因一首詩、一篇小說或一句話，而被捕、被流放、被關進集中營與監獄，或被迫自殺身亡。斯大林死後，在清算斯大林獨裁統治的過程中，蘇聯官方共為六百七十多名蘇聯作家協會的會員「恢復名譽」，當時這些人中大部分已經被折磨致死，只有三百零五人倖存下來。[5]

4　馬克‧斯洛寧：《蘇維埃俄羅斯文學》（上海市：上海譯文出版社，1983年），頁2。

5　馬克‧斯洛寧：《蘇維埃俄羅斯文學史》（上海市：上海譯文出版社，1983年），頁323。

　　比較而言，在世界文學史上，沒有一個國家的文學家整體上遭受過俄國作家那樣多的、那樣深重的苦難，也沒有一個國家在那麼長時期中持續不斷地對自己的作家實施過那樣多的屠殺、監禁、流放、驅逐出境、作品封殺等迫害行為。在險惡的社會環境中，俄國作家干預社會、暴露黑暗、與專制政治做鬥爭的「人民性」逐漸淡出，而將描寫的筆觸轉向個人的世界，而且越是到了作家的晚年，情況越是如此，由此產生了俄國式的獨特的與「人民性」相對的「個人主義」文學，那就是表達作家內心深處的「我多餘」的感覺。「我多餘」是被政治排斥、被社會疏遠、深感個人無能為力、可有可無的一種消極心理，這種消極心理形成了俄國文學史上著名的所謂「多餘人」的文學形象系列。普希金詩體長篇小說《葉普蓋尼・奧涅金》中的奧涅金、萊蒙托夫長篇小說《當代英雄》裡的主人公畢巧林、赫爾岑長篇小說《誰之罪》中的別里托夫、屠格涅夫《多餘人日記》中的主人公，還有長篇小說《羅亭》中的主人公羅亭，都是塑造的最成功的「多餘人」形象。他們分別生活於十九世紀上半葉的各個時代，但又有共同的特徵：他們都出身貴族，生活在優裕的環境中，受過良好的文化教育，有高尚的理想，嚮往西方的自由思想，不滿俄國的現狀，不願與上流社會同流合污，另一方面又遠離普通人民，沒有行動能力，成為「思想的巨人，行動的矮子」，找不到自己的生活價值之所在，只能在憤世嫉俗中白白虛度年華，在無所作為與懶散中耗費生命，成了所謂的「多餘人」。在二十世紀的蘇維埃時代，在黨的文藝思想、特別是「社會主義現實主義創作方法」的指導與掌控下，作家連這種「多餘人」的感覺也無法公開表達了，但在某些非主流的、相對游離於黨性與主流政治之外的帶有現代派色彩的作家作品中，作家的「我多餘」的感覺與體驗，仍然得到了或隱或顯的表現。

　　如果說「我多餘」的感受與體驗是社會學意義上的感受與體驗的話，那麼，這種體驗上升到宗教層面，卻很容易產生一種罪感。在現

實社會中被疏遠，被邊緣化的感覺，必然導致作家由外在轉向內在，轉向內心世界的探索。換言之，就是由被社會政治疏離遠的「我多餘」，變成被宗教與神疏遠的「我有罪」。而為了消解「我有罪」這種心理壓力，惟一方法與途徑就是「我懺悔」。於是，在俄羅斯文學中，形成了一種引人注目的現象，即懷著宗教的虔誠，懺悔自我。弗蘭克曾說過：「所有偉大的俄國文學家同時又是宗教思想家或尋神論者。」[6] 赫爾岑曾經寫道：「在俄羅斯精神中有一種特徵，能夠把俄國與其他斯拉夫民族區別開來，這就是能夠時不時進行自我反省，否定自己的過去，能夠以深刻、真誠、鐵面無私的嘲諷眼光來觀察它，有勇氣公開承認這一點，沒有那種頑固不化的自私，也沒有為了獲得別人的諒解因而歸咎自己的偽善態度。」[7] 俄羅斯民族的這種精神特徵，同東正教文化傳統有著緊密的聯繫。基督教認為，人們生而有罪，即「原罪」，東正教認同「原罪說」，但又認為人的拯救既要靠自身，也要靠上帝，首要的是自身必須擇善，上帝才能幫助他們。東正教信徒把戒惡擇善看得尤為重要。行惡者必須向神父告明所犯罪惡，使其死後不下地獄。這就是所謂懺悔。久而久之，懺悔便作為一種「集體無意識」積澱於俄羅斯民族的文化心理結構中，逐漸成為俄羅斯民族精神生活的一個重要特點。

懺悔意識滲入俄羅斯文學中，主要表現為作家的自我反省精神、自我批判的態度或深刻的自我分析特點。例如，在《當代英雄》中，萊蒙托夫既描寫了主人公畢巧林的「我多餘」的生存狀態，也由此展現了包括自己在內的那一代人身上的缺陷，其中包含著罪責與懺悔意識。作家赫爾岑認為，果戈理的兩部主要作品——喜劇《欽差大臣》和長篇小說《死魂靈》是「現代俄國的可怕的懺悔」。[8] 關於陀思妥耶

6　弗蘭克：《俄國知識人與精神偶像》（上海市：學林出版社，1998年），頁31。
7　赫爾岑：《赫爾岑論文學》（上海市：上海文藝出版社，1962年），頁78。
8　赫爾岑：《赫爾岑論文學》（上海市：上海文藝出版社，1962年），頁73。

夫斯基的作品，當年就有評論家指出陀思妥耶夫斯基是在「向讀者抖落出自己的靈魂，竭力挖掘到靈魂的最深處，和盤托出這深底裡的全部骯髒和卑劣」[9]。在列夫・托爾斯泰的名著《復活》中，貴族青年涅赫留朵夫偶遇姑媽家的使女瑪斯洛娃，遂與之一夜交歡。多年以後，作為陪審官的涅赫留朵夫驚奇地發現，當年那個純真可愛、一片天真的使女瑪斯洛娃已然淪為妓女。涅赫留朵夫深感瑪斯洛娃的墮落與自己有關，並深深懺悔。於是，他自覺地承擔起了拯救瑪斯洛娃並拯救自己靈魂的責任，為此到處奔走，為瑪斯洛娃說情，在奔走無效後，自願跟隨瑪斯洛娃走上流放之路。在《我的生活》（1878）、《懺悔錄》（1882-1884）、《回憶錄》（1903-1906）等多篇文字中，更可以看到托爾斯泰力圖通過梳理總結自己的生活與思想歷程，清除其中的種種齷齪與污垢。在《懺悔錄》中，他懺悔地寫道：「想到這幾年，我不能不感到可怕、厭惡和內心的痛苦。在打仗的時候我殺過人，為了置人於死地而挑起決鬥。我賭博揮霍，吞沒農民的勞動果實，處罰他們，過著淫蕩的生活，吹牛撒謊，欺騙偷盜，形形色色的通姦、暴力、殺人……沒有一種罪行我沒幹過……。」在《回憶錄》中，托爾斯泰寫道；「我應當寫下全部事實真相，特別是不隱瞞我的任何劣跡。」

　　從「我多餘」、到「我有罪」，再到「我懺悔」，俄羅斯作家在醜陋的社會環境和險惡的政治條件下，借助宗教信仰保持了一種可貴的道德良知。但在二十世紀的俄羅斯文學，特別是蘇聯時代的文學中，流亡國外的作家的創作除外，由於推行徹底的唯物主義與無神論，俄蘇文學中基於宗教的罪感意識與懺悔精神看上去被完全扼殺了。另一方面，以前的俄國文學中的罪感意識和懺悔精神卻被「惡用」，當成了作家對組織、對領袖不斷地獻忠心、表忠誠、「交代靈魂」，「匯報

9　轉引自汪介之：《選擇與失落》（南京市：譯林出版社，1995年），頁162。

思想」。十九世紀的俄國作家在主動性的宗教懺悔中尋求了心理平衡，二十世紀特別是蘇聯時代的作家卻在被動的「思想交代」中，每每走向自殺、被殺的毀滅之路。但俄羅斯作家的自省、懺悔與批判的精神，又使他們在與現實、與自我的鬥爭、妥協與調適中，保持了頑強的自我更新與文學創造力，並形成了堅韌、鮮明的文學品格。

從宏觀比較文學看法國文學的特性[1]

一　「愛爭吵」、好論戰是法國作家的天性

　　法蘭西人的祖先是古老的高盧人，法國人性格開朗、樂觀明快、情感豐富，追求自由享樂、崇尚個性，關心社會，喜歡社交，爭強好勝，喜歡激進革命，與英國人的保守拘泥、德國人的謹嚴古板頗有不同。比較而言，英國人善觀察，德國人善概括，法國人善分析。善觀察的英國人多行動，善概括者的德國人多思考，善分析的法國人多言語。因為文學是語言的藝術，所以多言語者善文學。無論是從歐洲文學，還是從世界文學的範圍上看，法國都不愧是一個文學大國，素以作家眾多、作家多產、作品篇幅與結構龐大而著稱。法國文學的發達，在很大程度上依賴於法國人的民族性格和語言習性。意大利學者巴爾齊尼在《難以對付的歐洲人》一書中談到法國人的性格特徵時，曾用「愛爭吵」一詞來概括法國民族性。的確，在「愛爭吵」這一點上，法國人古來有名。古羅馬哲學家塔西陀曾寫道：「如果高盧人少一點爭吵，他們幾乎無法被打敗。」自一九六二年以來七次任內閣部長的阿蘭‧佩雷菲特在《法國病》一書中斷言：「法國（高盧）人以其缺乏紀律及性喜爭吵的特徵進入歷史」。

　　「愛爭吵」、好論戰顯示了法國人性格與習慣，更與法國社會歷史複雜的矛盾結構具有非常密切的關係。歷史上，由於社會成分結構複雜和不穩定，利益分配的不均衡，法國社會始終充滿著劇烈的階級

1　本文原載《法國研究》（武漢）2009年第1期。

矛盾和社會鬥爭。文藝復興運動之前主要是中世紀的教會與世俗王權的激烈鬥爭，十五至十七世紀主要是封建王權與地方貴族階級的鬥爭，十八世紀主要是王權與資產階級的鬥爭，十九世紀則主要是王權復辟與反覆辟、帝國體制與共和國體制之間的鬥爭。正如一位意大利學者所指出的那樣：長期以來，法國人之間的矛盾鬥爭「存在於部落、氏族、派系、階級、小集團、行會、宗教派別、政黨、黨內宗派之間，地方（奧克地區和布列塔尼，還有現在的科西嘉）與中央之間，南方與北方之間，外省與巴黎之間；在巴黎則是（塞納河）右岸與左岸之間，市中心與市郊之間，貧民與二百個大家族之間，叛亂的貴族與君上之間；封建貴族與資產階級之間，資產階級與人民之間，農夫與城鎮居民、實業家和工人之間，老闆與雇員之間，知識分子與其他所有人之間，武將與文官之間，信教的與不信教的之間，天主教徒與胡格諾教徒及無神論者之間，基督教徒（無論如何總還有一些）與猶太人之間，君主主義者與共和派之間，大膽的藝術先驅者與膽小的保守派之間」[2]等等。於是，爭吵、論辯便不可避免地經常發生。

各種社會勢力之間的這種相互「爭吵」，引發了法國內部更多的爭鬥和分裂，在某些方面削弱了法國的凝聚力，但另一方面，卻造成了法國文化的生動性和豐富複雜性，使得法國成為一個充滿自由、活力、創造力和特殊魅力的國家。因而「愛爭吵」、好論戰具有兩重性，它一方面顯示了法國社會的矛盾與混亂，一方面更顯示了法國社會的內部活力，顯示了法國人思想活躍和表達自由，而這一切，對文學創作都是至關重要的。比較而言，在東方社會歷史上，社會矛盾同樣尖銳複雜，但「愛爭吵」並沒有形成東方某一國家的民族性格，例如印度社會四種姓之間當然存在著重重矛盾，但印度人的精力貫注於宗教，而不關注現實，也就不發生「爭吵」；中國的春秋戰國時代有

2　巴爾齊尼：《難以對付的歐洲人》（北京市：生活‧讀書‧新知三聯書店，1987年）。

過「愛爭吵」的百家爭鳴的時代，但一到漢代就變成了思想言論一元化，中國近代作家龔自珍在外來自由文化的參照下，感到了「萬馬齊喑」的言論閉塞，隨後魯迅則表達了被關在密不透風的鐵屋子中的窒息感。不爭吵、或不愛爭吵的民族社會結構死板，言論比較單調，文學也相對貧乏。正是法國人的「愛爭吵」、好論戰，為法國文學的發展提供了廣闊的言論空間，使法國文學呈現出五彩繽紛的複雜多樣性。

　　文學是語言的藝術，法國人及法國作家「愛爭吵」、好論戰的天性特別有利於文學創作，使得法國文學在思維的創新性、挑戰性、論辯上、戰鬥性上，遠遠勝於歐洲其他國家的文學。翻開法國作家的作品，論戰性、論辯性、戰鬥性的特徵顯而易見，作家們在戲劇、小說與詩歌作品中，通過筆下主人公之口，或直接通過作家之口，發表對社會問題、宗教文學、政治問題的見解，批駁相反的見解，常常嬉笑怒罵、咄咄逼人，高談闊論，鋒芒畢露。如果說，英國文學中的人物是行動多於語言，那麼法國文學中的人物常常是語言多於行動，法國作家愛爭吵、善論辯的習性，經常將筆下的人物寫得能言善辯，例如巴爾扎克筆下的逃犯伏脫冷在向拉斯蒂捏宣揚他那損人利己的人生哲學的時候，長篇大論，儼然就是雄辯家和演說家。出於論戰與爭吵的需要，法國作家特別喜歡的文學樣式，就是對話體小說（亦稱思想小說）。小說的對話體方式，讓人物從不同角度，直接表達作家的觀點。這在十八世紀啟蒙主義作家那裡，幾乎成為最具有典型性的文體，如孟德斯鳩的《波斯人信扎》、盧梭的《愛彌爾》，伏爾泰的《查第格》、《老實人》等二十餘種哲理小說，尤其是狄德羅的長篇對話體小說《拉摩的侄兒》、《宿命論者雅克》，沒有完整、連續的情節，不交代故事的具體的時間地點，也不注重人物的性格描寫，而是直接借助筆下人物的口來宣揚作者的思想觀點。這些都是典型的思想小說和論戰小說。

　　「爭吵」和論戰需要理論裝備，因而法國作家大多同時又是批評

家和理論家。在法國文學中有一個獨特的現象，許多作家在創作文學
作品之前，都學過法律或哲學，先寫哲學論文，或先從學習哲學入
手，例如據說拉伯雷在創作《巨人傳》之前曾狂熱地鑽研拉丁文和希
臘文的思想與文學文獻，十六世紀的高乃依在成為戲劇家之前獲得了
法律學學士學位並做了數年律師，因此他戲劇中的人物獨白常常是長
篇獨白，寫得雄辯滔滔；十八世紀的啟蒙主義代表人物伏爾泰、盧梭
和狄德羅、二十世紀的薩特，首先是思想家哲學家，然後才是文學
家，十九世紀的小說家司湯達、二十世紀作家瑪爾洛等人最早的作品
都是論辯性的評論文章，巴爾扎克在第一次文學嘗試失敗後，開始埋
頭於哲學研究，決心像莫里哀那樣在寫劇本之前先成為哲學家，詩人
雨果最早的文字是在自己辦的刊物上發表的文學評論，十九世紀女作
家喬治桑在創作之前曾專門研究過植物、動物與礦物學，羅曼‧羅蘭
年輕時迷戀哲學。存在主義作家薩特和加繆兩人在大學期間攻讀的都
是哲學。小說家普魯斯特專門研究過美學理論，小說家紀德專門研究
過象徵主義詩學，撰寫理論著作《象徵論》……這一切，都使法國第
一流的作家同時又是思想家、哲學家。這在其他國家的文學史上，都
是少見的現象。誠然，在德國文學中，哲學的色彩也相當濃厚，但是
哲學思想在法國文學與德國文學中的表現頗有不同。如果說德國文學
「好沉思」，那麼法國文學則是「好論辯」；德國文學具有超越性，法
國文學具有現實性。德國作家歌德早在一八二四年就看出了法國文學
與德國文學的不同特性，在談到當時法國文學界對德國文學的興趣日
益增長的問題時，歌德認為，法國人關注德國文學，是因為法國文學
在內容主題方面都比較狹隘，所以才引進在內容材料方面「比法國人
強」的德國文學。法國人引進德國文學，是要用來「服務於革命的目
的」，對此歌德認為：「法國人有的是理解力和機智，但缺乏的是根基
和虔敬。對法國人來說，凡是目前用得上的、對黨派有利的東西都彷
彿是對的。因此，他們稱讚我們，並不是因為承認我們的優點，而只

是因為用我們的觀點可以加強他們的黨派。」[3]換言之，就是用德國的材料，為法國的黨派爭吵與論戰服務。

　　法國作家的「愛爭吵」，形成了法國文壇自由主義的、眾聲喧嘩的局面。因而在歐洲文學中，法國的文學批評歷史最長，也最為發達，幾乎所有的作家都寫過批評文章；大多數的社團流派都發表過帶有一定挑戰性的「宣言」性的文字，來聲張自己的觀點。法國的文學批評史與法國文學史一樣豐富多彩，而這顯然都與法國人的「愛爭吵」、好論辯有關。而且，法國作家的爭吵不僅發生在敵對的陣營與不同主張之間，甚至也發生在同一陣營與朋友之間，最典型的例子是古典主義戲劇家高乃依與另一個戲劇家拉辛的爭吵和對立，還有啟蒙主義作家伏爾泰與盧梭兩人的爭吵與衝突。伏爾泰和盧梭原來是好朋友，後因文學與政治問題意見不合發生爭吵，最後發展到互相的人格攻擊。據說盧梭的名著《懺悔錄》的寫作正與伏爾泰對他的人身攻擊有關，帶有明顯的自我辯護的性質。

　　而在某些特定的情況下，「愛爭吵」、好論辯卻又容易走向其反面。爭吵多了，分歧大了，局勢太混亂了，會有人出來制止爭吵。在十七世紀王權鞏固的時期，鑒於「愛爭吵」、好論辯的法國人不願受規則規矩的束縛，所以官方為了有效地控制和利用文學，才提倡文學創作要循規蹈矩，要建立統一的創作標準和美學趣味，以便對混亂的法國文壇加以整理，平息文壇上的爭吵，於是法國產生了古典主義思潮。古典主義的最大特徵是試圖為文學創作、特別是當時最繁榮的戲劇創作，制定統一的法度和規則，它在一定意義上規範了作家的言行，但更多的卻是令「古典主義」的文學規則本身又成為「爭吵」的一個話題，在整個十七世紀，法國文壇經常圍繞一個作家、一部作品是否合乎古典主義的準則而展開論戰。可見，對於「愛爭吵」的法國

3　愛克曼輯錄，朱光潛譯：《歌德談話錄》（北京市：人民文學出版社，1985年），頁45。

作家而言，意在平息爭吵的古典主義只是製造了更多的爭吵。

　　愛爭吵，好論辯的戰鬥性，也極大地影響了法國文學的整體風貌。在一定意義上說，德國作家是居士，英國作家是紳士，法國作家是鬥士。德國作家的居士性格，使德國作家高高地居於群眾之上，營造自己的想像的藝術世界。紳士氣質的英國人的文學風格總體上幽默儒雅，連被貴族文人視為「粗野」的莎士比亞的作品，也有一種從容舒展的英國紳士氣質。英國作家在批判社會時也喜歡使用幽默儒雅的諷刺手法，法國作家多是直截了當的嬉笑怒罵。法國文學的憤世嫉俗、忿忿不平的性格，即使是在最高雅的作品中，例如在二十世紀初羅曼・羅蘭的描寫音樂家生活的長河小說《約翰・克利斯朵夫》中，對社會現實也有極為猛烈的批判，絲毫不亞於十九世紀的批判現實主義作品。英國文學受經驗主義思想影響，擅長日常生活的寫實，對風俗人情及心理的表現非常細膩；德國文學注重從哲學層面上看待世界與人生，擅長表現超驗的層面，而法國文學家則更喜歡密切關注社會現實，干預社會政治，多在社會學層面上描寫人，反映重大歷史與社會問題，表現階級矛盾與階級鬥爭，尤其在反專制、在反宗教教會方面比之其他歐洲文學更為激烈和露骨。因而，法國作家對社會的干預力和影響力，總體上也大於歐洲其他國家，使得法國文學作為一種社會輿論發揮更大的作用。在法國，從文藝復興時代起，主流作家們都自覺地站在時代的最前列，主動地參與法國的歷史進程，參與實際的政治鬥爭，使法國文學發揮了其他國家少見的歷史與政治作用與功能。在法國，玩弄風花雪月的作家始終不是法國文學的主流。作家常常站在時代的風口浪尖上，奉行「行動哲學」，充當了社會良知、時代先鋒的角色。當初，伏爾泰為冤死的卡拉老漢、拉巴爾騎士和風水先生西爾旺奔走呼號、鳴冤叫屈，左拉為昭雪德雷福斯案而憤怒控訴整個資產階級國家機器，雨果為反對拿破崙三世的獨裁政權而流亡異邦、長期堅持鬥爭，羅曼・羅蘭、法郎士、薩特等作家為反對和制止

法西斯侵略戰爭、爭取世界和平而竭盡全力等。這一切都為法國作家
文學贏得了聲譽，備受社會注目，法國文學作品干預社會的能量，也
較別國文學為大，法國作家的社會影響和地位，也遠較別國作家為
高。據說當年雨果在八十壽辰時，六十多萬法國巴黎市民在雨果的窗
戶下遊行表示祝賀，由此可以看出法國人對一個代表社會良知的偉大
作家的特殊尊敬。

二　遊走於「政治夾縫」是法國文學的獨特風景

在歐洲各國文學中，文學與政治的關係都非常緊密。但文學與政
治的聯繫方式卻有所不同，英國作家相對超脫，德國作家比較逃避，
法國作家則對政治十分關注並全心投入。英國作家之所以相對逃避，
是因為英國除了上層的宮廷貴族文學外，還有民間下層的市民文學。
早在十六世紀時，莎士比亞之前的所謂「大學才子」作家群就已經可
以靠出賣作品謀生，成為歐洲文學中現代意義上的較早的一批職業作
家。莎士比亞就是一個職業作家，他的戲劇既能在宮廷府第演出，又
可以在民間上演，因而可以與政治保持若即若離的關係。作家一旦職
業化，一旦經濟獨立，人格就獨立，對政治權力的依存度就會減小，
作家就具有了對社會現實的超越性。英國文學不只是描寫當下政治與
現實社會，而更多地表現共同人性層面上的東西，原因就在這裡。再
看德國，由於落後的政治專制，德國一直到了十九世紀都缺乏起碼的
言論自由和出版自由。一八四二年，馬克思曾寫過一篇題為〈評普魯
士最近的書報檢查令〉一文並於次年在瑞士發表，馬克思激憤地寫
道：「你們讚美大自然悅人心目的千變萬化和無窮無盡的豐富寶藏，
你們並不要求玫瑰花和紫羅蘭散發出同樣的芳香，但你們為什麼卻要
求世界上最豐富的東西──精神只能有一種存在形式呢？我是一個幽
默家，可是法律卻命令我用嚴肅的筆調；我是一個激情的人，可是法

律卻指定我用謙遜的風格，沒有色彩就是這種自由唯一許可的色彩……就是官方的色彩！」在這種情況下，德國作家只有流亡到英國等其他國家才能發表自由的言論，待在國內，就只能思考一些與現實政治無關的形而上學問題，於是導致了德國的相對超越現實的思辨哲學的發達，而關注現實政治的文學相對滯後和貧弱。

　　法國的情況卻大有不同。法國作家對政治太關心了，與政治的關係太緊密了。長期以來，由於法國文學藝術的中心在宮廷和貴族府第沙龍，文學藝術家依附宮廷或達官貴人，靠賞賜和俸祿維生並逐漸形成了一種傳統，所以作家的自由職業化一直到十八世紀才開始形成，比英國晚了二百年。一直到十八世紀的古典主義文學後期和啟蒙主義文學初期，許多有才能的作家都巴望成為宮廷御用作家，或者依附於達官貴族，並以此獲得較高的地位和優裕的生活。但依附政治，依附權力，作家寄人籬下，生活不穩定，甚至也不安全，目睹政治腐敗，或失去恩寵後很容易產生絕望與反抗情緒，形成了作家與宮廷政府、與達官貴族之間的矛盾衝突。另一方面，由於法國人特有的揮霍享樂的生活習慣等其他種種原因，職業化後的法國作家常常面臨經濟生活上的困境（例如十九世紀的巴爾扎克），常常因不滿社會而憤世嫉俗。更重要的是，從歷史上看，法國社會階層多元化，利益多元化，任何一個專制統治者都難以把這些階層的利益統合起來、均衡起來。從民族性格上看，法國人太愛自由了，他們不屈從於極權政治，所以法國社會始終是一個眾聲喧嘩的社會。由於法國社會各階層之間長期的鬥爭，法國社會無論是在帝國時期，還是在共和國時期，始終都不是一個鐵板一塊的極權國家。法國歷史上縱然有不少專制獨裁者，但無論是路易十四，還是拿破崙，誰都沒有真正徹底地把法國社會嚴密地統治起來。這就使得法國在重重複雜的階級關係、社會矛盾和政治鬥爭中，留下了許多「夾縫」。法國作家就是在這些政治夾縫中尋找到了存在與發展的土壤與空間。激烈的思想交鋒、階級鬥爭和社會革

命，每每將具有言論能力的作家推上了時代的前沿，使他們扮演了舉足輕重的社會角色，使法國文學與社會現實緊密相聯，強化了文學干預社會、觸及政治的功能，使法國文學具有別國文學少見的戰鬥性、挑戰性、論辯性。這一方面容易使作家作品成為公眾關注的焦點，使文學免於邊緣化，另一方面也常常給作家自己帶來麻煩，招致政治權力的迫害。從十五世紀法蘭西民族文學開始起步的時候起，在此後五六百年的文學史上，法國作家遭受當局的政治迫害者不知凡幾，作品被禁止發行、作家被投進監獄、作家逃到外地、逃到國外的事情時有發生。從這方面看，法國文學創作的政治環境不但不如英國等歐洲鄰國，甚至也不如日本、中國、印度等東方國家。然而值得注意的是，在法國，許多作家雖不斷地遭受迫害，卻又大量地、不斷地寫作，政治壓力反而成為法國作家寫作的刺激與動力，並在一定意義上促進了法國文學的繁榮。為什麼呢？就因為法國社會中的政治夾縫為作家提供了較多的迴旋空間。作家在朝廷上失寵，可以尋求地方貴族的支持和保護，貴族不可靠，又可以尋求富人資產者的支持，再不行，還可以自我奮鬥，像巴爾扎克那樣，「用筆來完成拿破崙用劍未完成的事業」。

　　世界文學史的眾多史實表明，在鐵板一塊的、密不透風的極權社會中，除了歌舞昇平的文字之外，真正有價值的文學難以出現。絕對的、鐵板一塊的政治統治，會窒息思想、窒息文學。但法國文學史的史實可以表明，適度的政治壓力可以轉換為文學創作的刺激力，有利於文學的繁榮；倘若完全沒有政治壓力，文學則很容易在歌舞昇平中變得虛無縹緲，無足輕重。換言之，御用作家沒有自己的思想和激情，極權統治下的作家也沒有寫作和表達的自由，而只有在夾縫中，作家們才有挑戰感，才有激情和活力。正如地質學上的大陸板塊之間容易出石油一樣；正如捉迷藏遊戲，在可能被捉住和可能捉不住之間左突右衝才有刺激和激情一樣，法國文學創作的肥沃土壤，恰恰就是

這樣的夾縫式、利於遊走的環境，這是法國文學繁榮的主要奧秘之一。這一點還有助於我們理解，為什麼在中世紀的法國和歐洲各國沒有文學的繁榮，那是因為中世紀的法國社會是宗教教會嚴密統治下的極權社會；為什麼在中世紀後期能夠出現城市文學，並能夠些微地透露出反封建教會的情緒，是因為在教會之外，城市市民基層開始形成和壯大。到了文藝復興時期，法國社會在各種力量的對立中，產生了政治夾縫。也使得法國文學在這種夾縫中迅速成長起來。例如，法蘭西民族文化和民族文學的奠基人之一、人文主義作家弗朗索瓦·拉伯雷（1494-1553）他的長篇小說《巨人傳》把諷刺的矛頭直指天主教會，第一二卷出版後旋即被教會判為禁書。第三卷寫出後，拉伯雷向具有人文思想傾向的弗朗索瓦一世的姐姐瓦洛亞尋求保護，並上書國王，要求批准出版第三部，第三部出版了，但又被教會定為禁書，出版商、拉伯雷的好友被宗教裁判所吊死後焚屍，拉伯雷不得不逃到國外躲避。儘管出現了這麼多的波折，付出了這麼大的代價，拉伯雷的《巨人傳》各卷依然在王權與教權的夾縫中最終得以全部出版。再如，十七世紀古典主義作家莫里哀的戲劇，一貫以諷刺貴族階級、教會僧侶為主題，他的《可笑的女才子》的上演激怒了一幫貴族老爺，使該劇停演了半個月，但該劇正好符合路易十四打擊貴族氣焰以鞏固王權的意圖，所以親自解除了禁令，劇本才可能連續演出四個月。莫里哀的最著名的喜劇《偽君子》正式上演的第二天，巴黎最高法院院長便帶領一隊警官闖進劇場，下令禁止演出。巴黎大主教還下令貼出告示，宣稱這是一齣十分危險的喜劇，因為它損害了宗教人士的聲譽，最後還是路易十四解除了禁令。莫里哀的整個創作生涯中，都是依靠王室支持，在王權與貴族、王權與教會的政治夾縫中，以戲劇方式與教會勢力、貴族勢力較量。久而久之，法國作家已經養成了依附於王權，在權力夾縫中遊走的習慣。到了十八世紀，法國啟蒙主義的領袖人物伏爾泰早年仍像十七世紀的作家那樣，用寫頌詩的方式向路

易十五的攝政王邀寵，還曾被邀請參加路易十五的婚禮，後來卻受到
侮辱，並被投進巴士底獄，出獄後流亡英國，不久又投奔德國普魯士
國王腓德烈二世，後來又受辱，逃出普魯士。在這種東奔西走中寫作
的伏爾泰終於得出了這樣的經驗：「在這個地球上，哲學家要逃避惡
狗的追捕，就要有兩三個地洞。」於是聰明的伏爾泰找到了十八世紀
可以利用的另一種「夾縫」──權力所難以控制的偏遠地區──購買
了或租用了三塊房產，作為思考和寫作的「地洞」。一七八九年法國
大革命後，法國社會各派的政治鬥爭並沒有停息，有時甚至更為激
烈，但政治也更為多元化，各種力量相互牽制，作家們的政治夾縫更
多了。而且，作家由於寫作而遇到嚴重危險的時候，實在不行，還可
以遠走他鄉，逃到國外。例如雨果也曾因得罪王室而被迫去國外流亡
長達十九年之久，盧梭、伏爾泰等都曾流亡國外。由於地理環境的便
利和政治上的原因，法國作家及其他歐洲國家的作家因逃避政治迫
害，可以比較容易地流亡到另一個國家。而在亞洲國家，作家遇到政
治迫害時幾乎無處可逃，只有被封殺掉。政治夾縫的存在，是非集權
社會的共通現象，法國最為典型。法國作家善於利用政治夾縫，遊走
於政治夾縫，使政治夾縫成為法國文學的獨特空間，作家們由此獲得
了創作上的相對自由，承擔了更多的時代與社會責任，並成為法國文
學的一大特色。

三　追新求奇是法國文學嬗變發展的特徵

　　人活在歷史的鏈條中，人類文化存在著繼承與創新的矛盾運動。
在世界文學史上，有些民族的文學更多地顯示出繼承性，有些民族文
學更多地顯示出創新性。法國文學屬於後者，而且是後者的代表與典
型。法國文學的創新性，可以用「追新求奇」來概括。這是因為法國
人的民族性格中，追新求奇的因素最為突出。相比而言，在歐美人當

中，法國人不像英國人那樣願意過著清教徒式的簡樸而節儉的生活，而是喜歡奢華排場；法國人也不像德國人那樣嚴肅刻板有餘，輕鬆活潑不足，而是喜歡浪漫風流的生活方式；法國人不像俄國人粗枝大葉，而是喜歡精美雕琢；法國人不像美國人那樣大大咧咧，而是講究繁文縟節。可見，在歐美人當中，法國在這一點上與眾不同。

　　法國人的追新求奇、浪漫風流的性格與生活方式，來自於宮廷時代的生活，以及全民對宮廷生活的豔羨與模仿。由於法國土地肥沃，物產豐富，很久之前，法國宮廷貴族養成了追求奢華、追求享樂的社會風氣。衣必求華美，食必求美味，住必求住堂皇，行必求排場。具體地說，在全世界範圍內，法國人最講究穿戴，是世界上最大的奢侈品的生產和消費大國。從路易十四時代直到二十一世紀的今天，法國服裝不斷花樣翻新，一直領導世界時裝新潮流；在歐洲人當中，法國人最講究吃喝，幾乎人人都懂點烹飪，家家都有點藏酒，各種食品種類繁多，據說光乳酪就有二百六十五種花樣，葡萄酒釀造工藝世界第一，酒的消費量人均世界第一。法國人的追新求異不僅表現在衣食住行上，還表現在個人私生活方面，法國歷來帝王將相、達官貴人風流豔事不斷，上行下效，一般法國人的家庭關係相當鬆散，離婚容易結婚難，婚外戀成為一種約定俗成的風俗習慣，情人關係與夫妻關係同樣重要，甚至更重要。社會輿論上對個人私生活，包括對政治家的私生活放肆持相當寬容的態度，研究者認為婚外戀與烹飪一樣，都是法國人引為自豪的民族遺產的一部分。

　　作家是情感的動物，在法國的這種社會氛圍中，作家的個人私生活更以放肆、放蕩著稱。例如，中世紀法國抒情詩人弗朗索瓦・維庸，生活放蕩不羈，幾乎死於絞刑，但終生不知悔改。十八世紀的小說家薩德（1740-1814）一生多次因性虐待入獄，薩德作品中充滿了性變態描寫，在文學史上以「色情作家」而聞名，西文「性虐待狂」（sadism）一詞即取他的名字為詞根。十九世紀的莫泊桑生活放縱，

深受梅毒的折磨，全身癱瘓，精神失常，死於壯年。象徵主義詩人蘭波和魏爾倫長期過著同性戀的生活。伏爾泰、盧梭、雨果、司湯達、巴爾扎克、喬治桑、繆塞、薩特、女作家喬治‧桑、瑪格麗特‧杜拉絲等等，幾乎所有作家都有情人。有些作家的情人在作家的人生與創作道路上，起了很大作用，如伏爾泰的情人夏特萊夫人、盧梭的情人華倫夫人等，都對作家成長有所幫助，成為法國文學史上的著名典故與佳話。性關係的開放程度，最能反映一個人、一個國家和一個時代的自由與開放的程度，法國作家的性關係的達觀與瀟灑，也最能體現法國文學追新求異的一個側面。

　　法國人及法國作家的求新求異的秉性，甚至影響了法國文學史的進程，決定了法國文學史的面貌。法國文學史發展的根本特點，就是在文藝復興後五百多年的文學發展進程中，作家作品標新立異，思潮流派爭奇鬥豔，理論論爭新見迭出。文學長河中後浪推前浪，新的很快變成舊的，舊的很快為新的所吸收和超越。本來，法國民族文學從中世紀拉丁語文學中脫胎而出，其成熟較之義大利文學為晚，但到了十六世紀的文藝復興時代，法國文學卻以巨人般的形象，釋放出巨大的能量。拉伯雷的《巨人傳》體現了享樂人生，積極進取、以「大」取勝的所謂「龐大固埃主義」，而稍後的蒙田（1533-1592）雖然同為人文主義者，卻在《隨筆集》中獨闢蹊徑，以散文隨筆的文體，將拉伯雷的亢奮的激情與排山倒海的氣勢，轉化為思想的涓涓細流，將「大」化「小」，表現出一個冷靜的思考者的淡淡的懷疑主義，與拉伯雷迥異其趣。到了十七世紀，法國人試圖借助政治權力，為法蘭西文化與文學藝術確立一種標準，參照古希臘羅馬文學，崇尚嚴整、簡練、明晰、理性，而幾乎與此同時，出現了所謂「巴洛克文學」與古典主義相對立，其主要特徵是拒絕理性規則，注重生活的偶然性，強調官能的感覺與感受，語言雕琢，風格繁複而又誇張。進入十八世紀，法國作家推翻了前輩作家所經營的古典主義，在歐洲率先舉起了

啟蒙主義文學的大旗，宣傳自由、平等、博愛、科學與理性，反對宗教蒙昧主義和封建專制主義，形成了啟蒙主義文學慷慨激越、鼓動煽情的風格。稍後，各種反對啟蒙的思想，以宣揚唯靈論、歌頌基督教、鼓吹教權思想、懷念封建正統觀念、追思中世紀文化的反啟蒙思想及反啟蒙文學接踵而至。十九世紀初葉在英國和德國文學影響下興起的浪漫主義文學，又體現了法國文學的自己的特點，夏多布里昂、拉馬丁和維尼的詩歌表現了對法國大革命的恐懼與昔日舊制度的惋惜，雨果則熱情捍衛法國大革命後確立的民主、平等、自由的思想成果；十九世紀中後期法國湧現了巴爾扎克為代表的一大批以批判社會現實為特色的作家，表達了對法國大革命後社會現實的失望，十九世紀後期則有愛米爾·左拉打出自然主義的旗幟，試圖從科學性與客觀性上超越巴爾扎克。同時，各種反理性文化，反現實主義的現代主義流派紛紛登場，迎來了二十世紀法國文學的各行其是、眾聲喧嘩的混亂中有序的文學格局。

　　總之，追新求異是法國文學史發展演變的內在邏輯。在這種邏輯演進中，法國成為近現代歐洲文學、乃至世界文學史上大部分的新思潮，新觀念的策源地。各國文學史上的許多新文體、新方法、新名詞，大都來自法國。法國人為世界文學貢獻了許多新東西。例如，在文學思潮方面，法國是歐洲古典主義文學思潮的策源地，是「巴洛克」文學的故鄉，是「羅可可」風格的鼻祖，是歐洲啟蒙主義文學的大本營，是象徵主義、唯美主義的發源地，是自然主義文學的試驗者，是超現實主義文學的始作俑者，是所謂「新小說派」、「新新小說」的首創者，是繪畫領域和文學領域中的印象主義方法的提倡者，是結構主義和結構主義文學批評與文學研究方法的發明者。在文學的文體樣式上，是法國的蒙田首創了近代歐洲的隨筆文體，是法國的拉封丹（1601-1695）將寓言故事與詩結合起來，完善了「寓言詩」這一文學樣式，是法國的盧梭首創了教育小說（《愛彌爾》），是法國的

盧梭在《懺悔錄》中首創了近代自傳體文學，是法國的狄德羅在《私生子》和《家長》中首創了既非悲劇亦非喜劇的「正劇」，是法國的伏爾泰最先確立了歐洲的哲理小說，是法國的巴爾扎克在其《人間喜劇》中最早嘗試將九十多部小說納入一個有機整體，是法國的莫泊桑將歐洲的短篇小說藝術臻於完美，是法國的凡爾納最早創作科學小說、科幻小說，是法國的左拉最早提出了「試驗小說」和「試驗戲劇」的概念，是法國的薩德最早將性虐待作為題材從事小說創作並寫出性虐待小說，是法國的貝克特最早創立「荒誕派戲劇」，是法國的薩特將存在主義哲學文學化……。在文學管理體制上，是法國人最早興起「沙龍」這一文學聚會方式並產生「沙龍文學」，最早成立國家的最高學術與文學機構「法蘭西學院」……。

　　這一切，都使法國作家長期領導歐洲文學的新潮流，使法國成為歐洲文學的中心，對歐洲文學、乃至世界文學產生了深遠影響。

從宏觀比較文學看德國文學的特性[1]

一　普魯士精神：德國文學的文化心理基礎

　　對於當代讀者而言，「普魯士」這個稱謂已經相當陳舊了。普魯士原本是德國各諸侯國中最強大的國家，一八七一年普魯士人建立了德意志帝國，首次將長期四分五裂的德國統一起來。第一次世界大戰後由於德國的戰敗，普魯士的德意志帝國也宣告解體。但在現代德國人的精神結構中，普魯士人、普魯士帝國的某些根本的東西被繼承下來、延續下來了。「普魯士精神」作為一個概念，也在學者們的反覆使用中得以固定，成為研究德國國民性格的一個關鍵詞。

　　什麼是「普魯士精神」？歸根到柢，「普魯士精神」是以德意志國家主義、日爾曼種族主義為核心的思想觀念。這種觀念首先反映了德國人渴望國家統一和國家強盛的強烈願望。美國歷史學家科佩爾・平森在《德國近現代史──它的歷史和文化》[2]一書中，從歷史、文化的角度，客觀地分析了普魯士精神及德國民族精神形成的根源。他認為：德意志是歐洲「居於中心地區的國家」，但「整個德意志連一個凝聚點也沒有」，德國的最大城市柏林並不像巴黎之於法國、倫敦之於英國那樣成為國家的精神文化中心，德意志長期缺乏那種結成緊密團結的民族國家所必須的中心力量；而且，德意志人從來都不是一

1　本文原載《漢語言文學研究》（開封）創刊號（2010年第1期）。
2　科佩爾・平森：《德國近現代史──它的歷史和文化（中譯本）》（北京市：商務印書館，1998年）。

個單一民族的地區,民族融合的緩慢性,尤其是「中心民族」遲緩出
現,加上其「歐洲走廊」的自然條件,使德意志在歐洲成為一個「遲
到」的民族和破碎的地區。平森還認為,「德意志人愈是體驗到這種
分裂,他們克服這種分裂的嘗試就愈加強有力」,並常常達到一種類
似精神變態的程度。

　　另一方面,「普魯士精神」也是在與周邊列強的戰爭與爭霸中逐
漸形成的,它表現為殘忍與好戰的軍國主義。當初,普魯士人建立的
統一的德意志帝國為資本主義的發展鋪平了道路,而且由於德國是後
起的資本主義國家,因此它能運用當時最新的工業裝備和生產技術,
使得德國人在資本主義生產力的發展方面後來居上,德國在快速發展
過程中同樣也需要工業原料和銷售市場,可是到十九世紀末,全球殖
民地幾乎被老牌的資本主義瓜分完畢,因此德意志帝國為了自身的利
益,在政治上和經濟上都要求重新瓜分世界。這一要求必然招致英法
等老牌帝國的反對,於是,德意志國家主義就以戰爭的手段來實現自
己的目的,連續挑起了史無前例的兩次世界大戰。戰爭需要強人,需
要獨裁者,需要絕對服從,需要國家與民族至上,需要強悍、野蠻與
殘忍。在戰爭的準備與戰爭的過程中,古代德國人某些野蠻天性得到
了畸形膨脹,「普魯士精神」得以形成和發揚。「普魯士精神」的代表
性特徵之一,就是尚武精神,就是殘忍與好戰。當這種精神一旦成為
國家政策時,就形成了軍國主義,軍國主義又必然伴隨著政治上的鐵
腕、乃至鐵血人物的飛揚跋扈。當代德裔美國作家艾米爾・路德維希
在其所著《德國人》[3] 一書中,解剖了德國統治者性格上的先天特
徵,他認為,德國的歷代統治者,從古代條頓族首領,到威廉二世和
俾斯麥首相,再到納粹頭目希特勒,無不實行鐵腕統治,野心勃勃,
妄想征服全世界。路德維希還認為,希特勒的出現並不僅僅是由於偶

3　艾米爾・路德維希著,楊成緒、潘琪譯:《德國人》(北京市:東方出版社,2006
　年)。

然性，它確實是一種德國現象，「一切懷著善良願望的人們，試圖說明希特勒與德國人的性格有所不同，這就錯了，他們沒有抓住要害。希特勒的思想、性格在德國歷史的一開始就能找到他的縮影」。而絕大多數德國人都把這些獨裁者視為民族與國家的希望，習慣於對這些獨裁者五體投地的臣服。這種現象除了在俄羅斯外，在歐洲其他國家都是罕見的。這就形成了「普魯士精神」的另一面，即最高權力者的絕對權力，以及大多數國民的無條件的絕對服從。早在十八世紀末，大文豪歌德就曾看出了德國同胞的奴性，他曾說：「一想到德國人民，我不免常常黯然神傷。作為個人，他們個個可貴；作為整體，卻又那麼可憐」。「也許需要幾個世紀，才能使高尚的精神和高度的文化深入到我們同胞的心中……因為我們每個人都可以說，長期以來他們始終是處於野蠻和愚昧狀態之中」。就缺乏民主自由思想、臣服於獨裁者而言，歌德對德國人「野蠻和愚昧」的概括是有洞察力的。

　　在精神層面上，「普魯士精神」還表現為觀念性、純粹性與絕對性的追求。從歌德筆下的不斷否定、不斷超越的浮士德，到黑格爾的「絕對精神」，再到尼采的「超人」，這是一種冷酷的理想主義。一般而論，就精神觀念本身而言，追求純粹與絕對，本身沒有什麼好壞對錯之分，在哲學、科學及抽象藝術等領域中，這種觀念的發揮具有得天獨厚的優勢和長處。然而，一旦將這種只可能存在於觀念世界中的純粹與絕對付諸實踐和行動的時候，就有可能採取極端手段，否定、毀滅含有雜質的、不純粹的、非絕對的、有缺陷的現實世界，那就會產生災難性的後果。趙鑫珊先生在《希特勒與藝術》一書指出，希特勒瘋狂追求權力的動機，既不是為名利，也不為女色，而是為了「尋找一個世界觀的滿足」，這就是德國的「普魯士精神」的特徵。發生於二戰時期的日本人的南京大屠殺和德國人奧斯威辛大屠殺，其主要不同點就在於，前者是侵略者的獸性在戰爭環境中無組織的、非理性的爆發與宣洩；而後者則是將這種獸性轉化成某種觀念，再以這種觀

念為指導，用理性的方式有組織、有計畫地、有步驟的加以實施的。

　　「普魯士精神」對觀念性、絕對性的追求，使德國人形成了獨特的性格特徵。研究德國人國民性的學者們都認為，德國人總體上是一個嚴肅嚴謹的、喜歡深度思考的、擅長抽象思維的民族。德國人的不苟言笑是出了名的，他們沒有英國人那樣的幽默和法國人那樣的開朗。法國作家斯湯達在《拉辛和莎士比亞》一書第二章節中寫道：「我們相信在巴黎一個晚上流傳的笑話，比整個德國一個月流傳的還要多。」德國人的這種思維偏向究竟是如何造成的，很難說清。但有一點值得注意，就是德國從中世紀以來長期處於嚴重的封建分裂狀態，形成了三百多個各自為政、相對封閉的封建小諸侯國，造成德國資本主義發展極為遲緩，在十九世紀後期之前遠遠落後於英法等先進國家。德國市民階級及知識階層對封建經濟的依附性造成了思想文化上的、政治上的保守性，使德國人在社會和文化生活中積澱了更多的中世紀的遺風，德國人性格中的莊嚴肅穆以及他們宗教信仰的內在性，也在一定程度上反映著中世紀的影響。同時，面對社會現實的無能為力，德國人習慣於和現實妥協，逐漸將思考力與創造力轉向抽象的觀念世界，形成了內斂、內向、好沉思、好冥想的性格。德國的精英人物，大都是哲學家或具有哲學天賦的人，法國作家德·斯塔爾夫人稱德國為「思維的故鄉」。德國人的深度思維、抽象思維的突出才能表現在許多方面，例如，在近現代世界中，德國人的哲學成就最為突出，人們可以不假思索地隨口說出一大串著名德國哲學家、思想家的名字：萊布尼茲、赫爾德、康德、黑格爾、尼采、叔本華、費希特、謝林、馬克思、恩格斯、佛洛伊德、愛因斯坦、馬克思·韋伯等等。在藝術方面，德國人在文學、繪畫、戲劇藝術等特別需要形象思維的領域，和歐洲其他國家相比並不那麼突出，但在音樂方面的成就卻遠在其他國家之上。德國人在音樂方面的創造性顯然與德國人卓越的抽象思維能力密切相關，因為在一切形式的藝術中，音樂是最為抽

象的藝術，正因為音樂是一切藝術中最抽象的藝術，所以尼采斷言音
樂也是一切藝術中最高級的藝術。僅在十八世紀這一個世紀中，當德
國在其他方面還較為落後的時候，在音樂方面卻湧現了一批世界級的
人物，包括巴赫、海德爾、海頓、格魯克、莫札特、貝多芬和舒伯特
等，這些德國人在音樂藝術上的天才創造，每每令後人歎為觀止。

二　「席勒式」風格：文學的哲學化與觀念化

　　德國人還有意無意地、自然而然地將自己所擅長的哲學思辨與抽
象思維遷移到文學創作中來。從德國文學史上看，借助文學形式表達
思想理念是許多作家的一種寫作習慣。誠然，任何一個國家的文學、
乃至任何一個作品都直接間接地表達著作家的思想觀念，但任何文學
之所以是文學，是因為它需要盡可能多地用情感、用形象、用情節特
別是細節來說話，以便與哲學、學術等其他寫作方式相區別。因此，
文學作品首先是一個敘事的世界、情感的世界、美的世界，而思想觀
念只能是隱含於其中、瀰漫於其中的次要的東西。然而在德國文學
中，情況常常並不如此。德國文學不同於其他民族文學的首要特點，
就是文學作品的觀念化與哲學化。在許多德國作家那裡，文學作品不
過是表達思想觀念、哲學主張的一種途徑和方式而已，審美不是根本
目的，審美只有在服務於思想觀念表達的時候才有其價值。而且，德
國文學的哲學化與觀念化，與法國文學中以伏爾泰、盧梭、狄德羅等
為代表的啟蒙主義作家的思想性、哲理性作品不同。法國作家的思想
是現實的、社會的、政治的，而德國文學的哲學化、觀念化卻是超越
時代與社會的、抽象的和終極性的。史達爾夫人在《論德國》
（1813）一書中，從作家與讀者群眾的關係的角度，對法國與德國文
學的異同做了比較。她認為，德國作家風格上的晦澀，是因為他們不
必像法國作家那樣迎合讀者，因為在德國，作家的創作是個人性的，

德國的群眾的水平相對法國較低，所以德國作家指揮著群眾，史達爾
夫人寫道：

> 在德國，一個作家形成他自己的群眾；在法國，群眾指揮著作
> 家。法國比德國有更多的具有思想修養的人，所以群眾的要求
> 也更多；而德國作家卻被高高地放在他的評制者之上，作家支
> 配評判者，不接受評判者的法律。德國作家很少因受到批評而
> 有所改進，即使讀者們或觀眾們感到不耐煩了，也絕不能使作
> 家們縮短他們的作品篇幅，而他們自己也很少是適可而止
> 的……在法國，一個作家最大優點之一就是文筆清楚，因為讀
> 者的首要目的是不必費時地在早上匆匆讀了幾頁之後，就可以
> 使他在晚上的談話中大放光彩。德國人卻相反……他們卻喜歡
> 幽暗。他們每每把原先清楚的東西包藏在含糊裡面，而不走通
> 常走的道路。他們這樣厭惡普通的觀念，以致當他們發現自己
> 不得不說出普通觀念時，他們就用抽象的形而上學把這些觀念
> 包圍起來，使它們在被發現之前倒顯得新奇。德國作家們不受
> 讀者的拘束，讀者把他們的作品當作神諭來接受，並且加以評
> 注，因此他們可以任意把他們的作品封閉在層層的雲霧之
> 中……[4]

　　也就是說，由於拋開了對群眾讀者能否容易接受之類的顧慮，德
國作家可以非常個人化的從事寫作，可以在文學創作中進行深度思考
和深度表達，這就導致了德國文學的哲學化和觀念化。其哲學化觀念
化的表現之一，就是喜歡從抽象人性、終極意義上描寫世界、表現人

4　史達爾夫人：《論德國》，見伍蠡甫主編：《西方文論選》（上海市：上海譯文出版
　　社，1979年），下冊，頁133-135。

生。在英國、法國、俄國等國的作家習慣用文學反映當前的社會現實，揭露社會弊端，批判社會醜惡，他們往往就事論事，不把現實問題引向超現實問題。這樣的作家作品在德國文學中雖然也存在，但典型的德國文學卻不滿足於單純地描寫社會批判現實，而是進一步站在哲學的高度解剖社會現象，由此及彼地思考人生價值和終極問題。德國作家常常把闡述思想觀念作為文學創作的宗旨，當文學形式束縛了作家的思想觀念表達時，作家寧願犧牲文學的審美規律，而讓位於思想觀念的表達，甚至不惜讓作品的人物成為自己的思想觀念的「傳聲筒」。站在文學的角度看，這當然是對文學創作的一種損害。對此，德國古典文學的代表人物歌德有著深刻的觀察與認識。他曾指出：「總的說來，哲學思辨對德國人〔的文學創作〕是有害的，這使他們的風格流於晦澀，不易了解，艱深惹人厭倦。他們愈醉心於某一哲學派別，也就愈寫得壞。但是從事實際生活、只顧實踐活動的德國人卻寫得最好。席勒每逢拋開哲學思辨時，他的風格是雄壯有力的。」[5]歌德是席勒的摯友與文學合作者，他十分了解席勒的創作，歌德說「席勒每逢拋開哲學思辨時，他的風格是雄壯有力的」，也就是說，當席勒拋不開哲學思辨時，他的風格又是另外一種樣子了。稍後，思想家馬克思和恩格斯從英國文學與德國文學比較的角度，總結出了所謂「席勒式」和「莎士比亞化」兩種不同的作品模式。在馬克思、恩格斯看來，「莎士比亞化」就是「情節的生動性與豐富性」，而「席勒式」就是「為了觀念的東西而忘掉了寫實主義的東西」，就是「把人物變成時代精神的單純的傳聲筒」[6]。

　　綜觀整個德國文學史，「席勒式」絕不是席勒個人的風格，而是整個德國文學中的普遍現象，歌德當然也不在例外。歌德雖然看出哲

5　歌德著，朱光潛譯：《歌德談話錄》（北京市：人民文學出版社，1978年），頁39。

6　馬克思：〈致斐迪南·拉薩爾〉、恩格斯：〈致斐迪南·拉薩爾〉，見中文版《馬克思恩格斯全集》（北京市：人民出版社，1972年），第29卷。

學思辨對德國文學的「損害」，不滿意席勒在文學創作中的哲學思辨
傾向，但即使是歌德本人的一些作品，也帶有明顯的「席勒化」的傾
向。歌德的代表作《浮士德》本身就是長篇哲理詩劇，其中有大量的
哲學內容，甚至還有關於生命起源等自然科學的內容（第二部）。他
的長篇小說《威廉‧邁斯特》的下部《威廉‧邁斯特的漫遊時代》更
不注重情節構思，議論多於故事，專注於表達他的哲學思考與社會理
想。在長篇小說《親和力》中，歌德試圖用自然科學中的現象來解釋
人與人之間的愛情關係，力圖表明男女之間的愛情關係如同化學元素
一樣，「親和力」會因為吸引力的變化而變化。不僅歌德如此，在其
他德國作家作品中，形象思維中夾以邏輯思維，具體描寫中穿插抽象
思考，是極為普遍的現象。從十七世紀的作家格里美豪生開始，許多
第一流的德語作家如維蘭德、歌德、席勒、荷爾德林、馮塔納、凱
勒、海塞、湯瑪斯‧曼、布萊希特等，就作品的情節而論很難迎合一
般讀者的欣賞趣味，但作品所表達的思想卻常有相當的深度。

　　「席勒式」的追求思想深度是德國大多數作家的首要追求。但文
學的形象思維在表達哲學理念時有許多的侷限，因而，當作家們感到
形象思維不夠用的時候，便直接訴諸邏輯思維，在作品中直接加進哲
學內容。這些內容往往與作品並無內在的聯繫，就導致了作品在結構
上的散漫，使得許多德國小說在結構上和情節上不夠集中、不夠緊
湊。十九世紀初期的德國浪漫派小說最能體現「席勒式」德國小說的
特點，為了自由地表現作家的思想，浪漫派作家「不能忍受任何法
則」，主張混淆文體界限。在蒂克、諾瓦利斯、施萊格爾等人的作品
中，常常是一段散文敘述後夾雜著一段詩，接著是主人公的哲學思考
與議論，像是小說，像是詩，又像是哲學講義。例如施萊格爾的著名
小說《路琴德》與其說寫的是路琴德和畫家尤利烏斯的愛情故事，不
如說是借兩人的對話發表了作者對許多問題的觀點與見解。該作品簡
直就是各種文體的大雜燴，有書信、對話、長段抒情詩、編年紀事、

短篇小故事等等。著名浪漫派小說家霍夫曼的主要代表作、長篇小說
《公貓穆爾的生活觀‧附音樂指揮克萊斯勒的傳記斷片》由兩部分交
錯而成，一部分是公貓穆爾自述它對生活的觀感，另一部分則是與此
完全無關的音樂指揮克萊斯勒的傳記斷片。為了把這種完全不搭邊的
兩部分內容捏合在一起，作家只好假稱是公貓穆爾把克萊斯勒寫的傳
記斷片的稿紙反面當作自己寫作的稿紙，而排字工人無意中也把反面
上的傳記斷片排印出來，所以小說才把這兩部分毫無關聯的內容放在
了一起了。

　　浪漫派作家小說如此，寫實派作家小說也是如此。為避免讀者將
更多的注意力轉向故事情節，寫實派作家也不願意刻意構思曲折複
雜、有吸引力的故事，不以情節取勝，而以深刻的哲學思想見長。如
海塞在不少作品中喜歡探索人的抽象本質，他的《荒原狼》描寫了
「人性」與「狼性」的衝突；托馬斯‧曼的《魔山》是一部反映第一
次世界大戰前歐洲知識界、思想界各種政治、哲學思潮的「思想型」
小說。十九世紀德國批判現實主義作家馮塔納的代表作長篇小說《艾
菲‧布里斯特》就情節而論在德國小說中已經算是相當集中了，但馮
塔納在許多可以使情節曲折生動的地方只是輕輕帶過，不在情節上多
費筆墨。另一方面，在德國文學史上，也有大眾通俗小說傳統，從十
七世紀的官闈歷史小說，到十八世紀下半葉拉‧勞赫的小說，再到十
九世紀下半葉舍費爾、卡爾‧邁等人流傳甚廣的愛情小說和冒險小說
等通俗小說，雖然情節曲折離奇、引人入勝，但由於思想平庸，無法
代表德國文學的特色與成就，所以德國文學史家們都不想讓他們在文
學史上占什麼地位。

　　在戲劇方面，除了十八世紀戲劇家萊辛等受法國戲劇影響的少數
作家的部分作品外，德國相當多的戲劇屬於只供閱讀，難以上演的
「案頭劇」。歌德的好些戲劇，包括《鐵手葛茲》、《塔索》和《浮士
德》等都是如此，席勒的三部曲《華倫斯坦》主要也適於閱讀。二十

世紀上半期的著名戲劇家布萊希特，提出了和傳統的亞里斯多德的戲劇不同的「非亞氏戲劇」（敘述體戲劇），從理論上論證了將戲劇哲學化、理念化的合法性。布萊希特認為「敘述體戲劇」為了達到使觀眾積極思考的目的，首先要求劇本本身有高度的啟發力和哲理深度，不是要訴諸觀眾的感情，而是要訴諸觀眾的思想，要使觀眾理解事件而不是參與事件，要把傳統的「暗示手法」變為「說理手法」，要使觀眾將「感情」變成「認識」，要迫使觀眾作出自己的理性判斷。可以說，布萊希特「敘述體戲劇」的理論與實踐，是長期以來德國文學、德國戲劇哲學化、觀念化的必然歸結。

　　德國文學哲學化、觀念化在文學思潮上的歸結點，就是二十世紀初出現的表現主義文學。在德國文學史上，除表現主義文學之外的其他文學思潮都來自法國等西歐國家，唯獨表現主義文學產生於德國本土。以卡夫卡為代表的表現主義作家重抽象、重概括，重象徵。為了表現抽象本質，表現主義處理人物時往往無姓名，只加以類型化。例如，「工人」、「資本家」、「兒子」、「父親」「上校」、「貴族」、「老人」、「死人」等等，「兒子」往往代表革命者，父親則代表保守者，「工人」、「資本家」則分別代表社會兩大對立階級。表現主義戲劇常用長篇內心獨白來表現人物的思想，其中必有一個角色是作者思想的「傳聲筒」。人物、事物常常只是抽象概念和觀念的化身和象徵。從根本上看，表現主義的實質不是反現實主義，而是徹底地將文學加以哲學化和觀念化。

　　由於德國文學的哲學化與觀念化的特性，從純文學角度，從情節、故事的角度閱讀德國文學，常常會令人失望，甚至使人對作品望而生畏。德國人在敘事能力方面的確不能與其他民族相比，或者說德國作家不願意在敘事上下更多的功夫。德國文學的侷限在這裡，德國文學的優勢也在這裡。德國作家在形象思維上的貧弱，卻在抽象思維上得到了補償。一定意義上說，一個作家虛構一些曲折離奇的故事或

許並不太難，但要在貌似平常的故事中表現出深刻的思想，就不那麼容易了。在德國人看來，一本書，一部文學作品，讓讀者輕而易舉讀懂，是缺乏水平的表現，作品閱讀的難度與作品的價值成正比。因而，欣賞德國作品是一件高智商的腦力勞動，需要仔細品味，需要全神貫注，而不能一目十行。

三　浮士德原型：對人生終極價值的探求

德國人在文學創作上的哲學化、觀念化傾向，使德國文學在描寫人與人生時，喜歡採取縱深模式，並追尋人生的終極意義與價值，在具體創作中，就表現為德國作家特別喜歡縱向地描寫個人成長與命運，並由此形成了一種寫作模式。這種模式可以追溯到中世紀的騎士文學。德國騎士文學的代表作、沃爾夫拉姆‧封‧埃申巴赫（1170-1220）的長詩《帕爾齊伐爾》描寫了主人公帕爾齊伐爾怎樣從一個單純無知的稚童，成為一個騎士，經過艱難而不懈的追求，終於找到了理想的宗教聖地「聖杯堡」，並最終做了「聖杯堡」的國王，實現人生的理想與追求。到了十六世紀，民間出現了關於浮士德的傳說故事，一五八七年，一本題為《浮士德博士的故事》的書出版，使表現人生終極意義成為此後德國文學創作的首要主題。《浮士德博士的故事》也標誌著德國民族文學初步成型，浮士德這個人物形象，成為德國文學的一個最有代表性的人物模型。在一定意義上可以說，德國人的原型就是浮士德；德國文學的原型也是浮士德。因而，要談德國文學的特性，就要談浮士德。

一般認為浮士德確有其人，據說他生於一四八〇至一五三九年之間，是博士、醫生、天文學家和占卜家，到處漫遊和冒險，還自稱精通點金術，能滿足人們的一切願望。後來浮士德突然死亡，人們都傳說他是被魔鬼召去了。從一五七〇年起，就有人記載他的軼聞趣事，

並逐漸形成了有關浮士德的故事傳說。《浮士德博士的故事》就是在這些民間傳說的基礎上形成文本的。《浮士德博士的故事》主要敘述浮士德用自己的血簽字與魔鬼訂約二十四年，在這二十四年裡，魔鬼為浮士德服務，滿足浮士德的一切要求。魔鬼的條件是：浮士德必須首先放棄宗教信仰（基督教），二十四年契約期滿後浮士德必須死去，死後的靈魂屬於魔鬼。故事書最重要的內容是關於浮士德與魔鬼對科學、天堂與地獄等終極問題的討論，以及浮士德在魔鬼協助下所完成的種種奇蹟，例如他與古代希臘神話中的美女海倫結婚並生育後代等等。故事最後敘述了浮士德死亡時的慘景。浮士德下葬之後，學生們發現了他寫的「自傳」，據說那本就是後來這部民間故事書，而浮士德最後的死亡結局則是後來學生們添加上去的。《浮士德博士的故事》意味深長，非常具有哲理性，在這一點上可以說，它是整個德國文學的一個起點，規定了德國文學的根本特性。從基督教的觀點上，《浮士德博士的故事》的目的在於從基督教立場出發勸人信教，勸人不可妄信異端邪說，更不可與魔鬼為伍，否則下場悲慘。但從非宗教的角度看，浮士德享盡當時基督教所不容許的人間樂趣，實質上沖犯了中世紀的禁欲主義，而魔鬼與浮士德探討天堂、地獄、宇宙形成等科學的奧秘，也體現了浮士德對教會宣揚的蒙昧主義的懷疑，反映了當時人們對科學的探求和對知識的渴望。它實際上包含了人應該為什麼而活，怎樣活才有價值，如何看待生與死的關係，如何處理信仰生活與現實生活的關係，人與最高的善（上帝）、人與誘人墮落的魔鬼之間是何種關係等一系列問題。這些問題實際上也是德國哲學、德國文學所一直探索的根本問題。於是，《浮士德博士的故事》就成為德國文學藝術的一個基本原型。在德國音樂史上，帕遼茲、李斯特、古諾等也寫過以浮士德為主題的交響曲或歌劇，從十七到十九世紀，如萊辛、克林格、歌德、海涅，直至二十世紀的湯瑪斯・曼，德國作家一再取材於浮士德的傳說進行創作。

　　其中，德國狂飆突進運動的早期作家克林格（1752-1831）最著名的長篇小說是《浮士德的生活、事業和下地獄》（1791）。浮士德渴望知識、享受和自由，於是召請魔鬼，要最懂得惡的魔鬼幫助他了解人間一切惡行，在親身體驗和目睹了人間的種種醜惡之後，浮士德不僅對人失望，對上帝也失望了，最後他的肉體被魔鬼撕碎，靈魂也被帶進了地獄。稍後歌德歷經六十年創作的長篇詩劇《浮士德》於一八三一年完成，這部詩劇將歌德本人，乃至同時代的德國知識分子的全部的人生追求的歷程，全都濃縮到浮士德的人生經歷中。根據浮士德與魔鬼的簽約，一旦浮士德感到了「滿足」，他就死亡，並將靈魂交給魔鬼。開始時浮士德追求知識，不滿足；又追求愛情，不滿足；再追求政治權力，也不滿足，最後在以科學改造自然的事業中，終於感到了剎那間的滿足，同時也結束了他的人生。歌德的《浮士德》使浮士德由中世紀《浮士德博士的故事》中的叛教者的形象、十八世紀克林格筆下的懷疑者、恨世者的形象，成為德國資產階級上升時期的一個永無止境的追求者的象徵。歌德的《浮士德》問世幾年後，詩人萊瑙（1802-1850）寫出了詩劇《浮士德》（1835）。萊瑙筆下的浮士德原本是一個不斷追求和懷疑的真理探求者，但與魔鬼訂約後，魔鬼誘引浮士德由一個對真理的渴求者變成了享樂者。可是浮士德即使在感官享受中仍不失去他的懷疑、追求的本性，這本性又使他對自己的行為充滿悔恨，最後他在「真實的自我」和「不真實的自我」之間的痛苦鬥爭中自殺。九十多年後，第二次世界大戰剛剛結束的時候，著名作家、諾貝爾文學獎獲得者托馬斯·曼在長篇小說《浮士德博士——由一位友人講述的德國作曲家安德列昂·萊文柯恩的一生》（1947）把音樂家萊文柯恩的人生追求與經歷與浮士德的人生對應起來，表現了現代德國人中的浮士德精神及藝術創造精神的失落。有評論者認為萊文柯恩作為現代浮士德的化身，是一部描寫現代德國人與德國命運的小說，表現了作者對現代德國及德國人的失望。

　　在浮士德之外，德國文學中還有不少探索個人成長與人生終極意義的作品，文學史家稱之為「成長小說」。這些描寫個人的成長與追求的小說實際上是浮士德文學原型的一種變體和延伸。這類小說的最早作品是《癡兒西木傳》（1669），是作家格里美豪生在西班牙流浪漢小說影響下寫成的敘述個人發展歷程的小說中的重要作品，突破了西班牙流浪漢小說的思想侷限。在他之後，十八世紀啟蒙作家維蘭德的小說《阿迦通的故事》、十八與十九世紀之交的歌德的長篇《威廉・麥斯特》，十九世紀前期浪漫派作家諾瓦利斯的未完成的長篇《亨利希・封・奧弗特丁根》，十九世紀下半葉凱勒的代表作《綠衣亨利》，直到二十世紀的海塞的《玻璃珠遊戲》……這些作家在他們的作品中無不努力尋求人生意義的解答。德國文學中這些特有的「成長小說」都寫主人公的生活探索與精神發展，表現主人公如何孜孜探求、獲得人生意義的答案。正是這些探索人生真諦的文學作品成了德國文學最優秀和最重要的組成部分，顯示了德國文學在人生描寫的縱深度、價值追求的終極性上所具有的獨特優勢，並形成了德國文學中的源遠流長的「浮士德原型」。

論拉丁美洲文學的區域性特徵[1]

一　拉美文學區域的網狀構造

　　拉丁美洲是美國以南所有的美洲地區的統稱，包括北美洲墨西哥、中美洲、西印度群島和南美洲。從十六世紀以來，這個地區的殖民宗主國家西班牙、葡萄牙和法國的語言都屬於拉丁語系，因此稱它為拉丁美洲。當時的歐洲人稱之為「新大陸」，無論是「拉丁美洲」還是「新大陸」，這些稱謂本身都帶有濃烈的殖民文化意味。在拉丁民族入侵之前，這塊廣袤大陸的原始居民是從白令海峽遷徙過來的東北亞人，後來的殖民者稱他們為印第安人。西班牙、葡萄牙殖民者屠殺和驅趕那些印第安人，將拉丁美洲劃分為不同區域，建立了若干數量的總督府實施殖民統治。其中，西班牙在現在的墨西哥建立了「新西班牙總督區」，在中美洲地區建立了「新格拉納達總督區」，在加勒比海地區建立了「古巴總督府」和「波多黎各總督府」，在現在的委內瑞拉地區建立了「加拉加斯總督區」，在現在的秘魯建立了「秘魯總督區」，在現在的智利建立了「智利總督區」，在現在的阿根廷建立了「普拉塔總督區」；葡萄牙則在現在的巴西建立了自己的勢力範圍。同時，法國和英國的殖民者在加勒比海等地區也有少數勢力範圍。因此，在殖民者到來之後，為了便於實施統治，在拉丁美洲編織了一張巨大的覆蓋全土的網，但另一方面卻並沒有形成歐洲和亞洲那樣的明確國家觀念和清晰的國界分隔。後來，各個總督區及其他相關

1　本文原載《蘇州科技學院學報》（蘇州）2010年第3期。

地區在反抗西葡殖民統治並取得勝利之後先後獨立建國。而且，各國
即使在獨立之後，其聯繫性也相當強。表現在宗教意識形態方面，整
個拉丁美洲都與宗主國西班牙、葡萄牙一樣，信奉天主教；表現在民
族性格與社會風俗方面，拉美人與西班牙、葡萄牙人一脈相承，例如
對狂歡與狂歡節的沉醉，對鬥牛和奔牛的癡迷，對運動、刺激與冒險
的愛好，自由奔放、無拘無束、富有幻想、酷愛虛飾和性喜誇張等。
在語言文字方面，大多數拉美國家通用西班牙語，只有巴西——這個
拉丁美洲最大的國家——通用葡萄牙語。這兩種不同的語言確實造成
了西班牙美洲與葡萄牙美洲之間的相對隔膜，形成了文學上的分野。
但西班牙和葡萄牙語作為拉丁語系兩種近親語言，又有著十分密切的
關係，在文學上也具有相當的一致性。雖然由於種種原因，巴西的葡
萄牙語文學與其他拉美國家的西班牙語文學相比，存在著顯而易見的
差距，但正如現代智利學者托雷斯—里奧塞克所指出的：「巴西文學
的發展大致經歷了西班牙美洲文學發展的同樣的階段。巴西文化的根
源所憑藉的各種因素，與普遍存在於新世界其他地區（指西班牙統治
區——引者注）的因素十分相似。」[2]這是我們理解和確認拉美文學
的整體性、一體化的前提。

　　拉丁美洲文化區域與文學區域的網狀構造，是在殖民統治時期就
逐漸形成。除了政治的力量之外，拉美地區特有的文化多樣性，也是
形成拉美文學區域網狀構造的重要條件之一。由於歷史的原因，拉美
文學主要由四種文化融合而成：一是宗主國西班牙與葡萄牙的文化，
二是歐洲文化，三是土著的印第安文化，四是黑人帶入的黑非洲文
化。前二者構成了拉美文化根幹與主流自不待說，後二者作為非主流
文化融入拉美主流文化，則經歷了漫長的曲折過程。一四九二年以

2　〔智利〕托雷斯‧里奧塞克著，吳健恆譯：《拉丁美洲文學簡史》（北京市：人民文
　　學出版社，1978年），頁210-211。

前，美洲大陸已有較為發達的印第安文化，如瑪雅文化、阿茲特克文化、印加文化等。他們在建築、雕刻、繪畫、文學和曆法等方面已達到較高水平，為了爭奪土地資源，西班牙、葡萄牙征服者對印第安人及其印第安文化實施了毀滅性破壞。但劫後餘存的印第安人及其文化頑強地保留下來，到了十九世紀末和二十世紀初，土生土長的殖民者的後代們，開始將印第安土著文化視為拉美文化的根源，並予以尊重、發掘和整理，並影響到了作家的創作，以印第安人生活為題材的文學創作也陸續出現。至於黑人文化，在拉美文學中影響相對較弱，但也不可忽視。非洲黑人隨征服者最早進入墨西哥和秘魯。隨著殖民地種植園經濟的發展和對勞動力需要的增長，由非洲販運到美洲的黑奴增多，殖民統治三百年中運進美洲大陸的黑人約有一千五百萬人，黑人不僅創造了物質財富，同時也把非洲文化傳統帶進拉美，尤其是加勒比海地區，在文學上則以音樂、舞蹈和民間傳說的影響為最大。

　　上述四種文化經過拉丁美洲這座熔爐的冶煉，融合成一種嶄新的拉美文化，它本質上不是一種國家文化、民族文化，而是一種區域文化。從文學角度說，它本質上不是某一個國家或某一種民族的文學，而是一種由若干民族、若干國家構成的區域文學。比較地看，拉美文學整體區域化，其相關性、緊密性甚於歐洲文學區域，更甚於亞洲文學區域。歐洲文學區域中歷史曲折、國家眾多、文化各異、語言眾多，歐洲區域文學的整體性是在漫長的文學發展進程中顯示出來的，呈現出的是 Y 形結構，是在文學發展長河的連續性中顯示出的區域性；亞洲文學區域性是在三個文化圈、文學圈的相對獨立與相互交叉中顯示出來的，是由三個區域文學的交疊構成的大區域，呈現的是三環相交形的結構，而拉丁美洲文學區域是在歐洲殖民者入侵後逐漸形成的，它是在相對較短的時期內，人為編織而成的網狀結構，網線把拉美地區分成了一個個不同的國家，但網線同時也把這些國家連為一體，每一個拉美國家處在這個文學的大網絡上，因此，拉美文學自從

它生成之日起，就是無國界的。即使到了各國獨立之後，靠著語言的相同，作品超越國界流通相對容易和方便，作家跨國來往也是家常便飯。當某國的作家在國內創作受到獨裁政體的限制和威脅，可以出走他鄉；獨裁政權也常常向外驅逐持不同政見的作家，例如在阿根廷羅薩斯獨裁政權統治期間，一批批被驅逐出境的阿根廷浪漫主義作家來到烏拉圭和智利，把他們的文學主張和作品首先帶到了這兩個鄰國，使得這兩個國家與阿根廷的文學在文藝理論、題材和風格上幾乎完全一致。不僅如此，拉美各國作家對於從整體研究和解決文學中存在的問題，有著十分一致和接近的看法。作家們都努力反映大陸的風土人情、自然風貌和社會生活。

誠然，作為一個遼闊的地理區域和文化區域，拉丁美洲內部的不同區域之間的社會文化也有所不同，不同民族結構以及拉美各國之間的差異造成了拉美文學的多樣性。早在一九四○年代，古巴作家卡彭鐵爾就對拉丁美洲作了文化區域的劃分，他把最南部的阿根廷、烏拉圭等稱作「歐洲文化區」，把中南部美洲和墨西哥稱作「印第安文化區」，把加勒比海地區和巴西稱作「黑人文化區」，他認為三者的最大區別在於「南部的相對理性」，「中部的相對神奇」，「加勒比的神奇性加上巴洛克主義」。的確，拉美西南部的阿根廷、烏拉圭等國歐洲移民較多，其文學作品多具有明顯的歐洲風格；安地斯國家和中美洲一些國家中土著居民聚居，有不少優秀的土著文學作品問世；加勒比海地區的黑人人口較多，詩歌就頗有非洲詩歌的特點。但拉美內部的這種小區域的差異，並不影響拉美文學區域性的成立，拉美文學區域是整體性與多樣性的統一。由於歷史、社會和文化的聯繫，由於語言、宗教和政治經濟結構的近似和一致，拉美地區形成了骨肉相聯的文學網狀構造，在多樣性中呈現出整一性。從一定意義上說，研究拉美文學應該從整個區域文學入手，單單以某一個國家為單位展開研究，缺乏充足的可行性，即使是研究國別文學，實際上也勢必要將國別文學

放在整個拉美文學的網路中加以審視。因此，將拉美文學作為一個整體來研究，不僅是拉美地區的學者，也是其他地區和國家的學者長期形成的一種學術習慣。

二　外來化和拉美化

拉丁美洲文學區域整體化的形成，有賴於外來化與本土化的長時期的矛盾運動。

拉丁美洲文學在原初形態上具有很強的外來殖民性。

西班牙人來到新大陸以後，活生生的歷史需要寫成文字，這就形成了編年史；殖民者為了歌頌他們自己的開拓業績，就產生了史詩。歷史和史詩構成了殖民地文學的開端。在當時，新大陸的發現是一件天大的事，吸引了全歐洲的注意力，為了滿足輿論的關切和人們的好奇心，從哥倫布開始，公開的書信、日記以及報導文學應運而生，大都以戰爭記載、風光人情為主，目的是使歐洲人了解新大陸。作者們都是西班牙王室派到新大陸的將領、士兵或神父，他們多數受過良好的教育，能文能武，不僅是軍人，還精通語言藝術，他們是文藝復興時期全面發展的人文主義者，也是新大陸武力或精神方面的征服者。他們的作品使用十六世紀典範的西班牙文和上層宮廷社會的語言，把當地風光，征服戰爭記述下來向歐洲介紹。但總體而言，那時還沒有出現職業作家，因而沒有出現堪與歐洲黃金時代媲美的作品，與歐洲相比，新大陸顯得蒼白、單調和貧乏，就純文學而言，三百多年中只有幾十部史記與史詩傳世。

十六至十八世紀殖民統治時期，拉丁美洲的文化和文學不可能獨立地發展，只能照搬宗主國的文化模式，受到西班牙、葡萄牙文學的深刻影響。從文藝復興開始，具有人文主義思想的資本主義文化隨宗主國文化一道傳入拉丁美洲。文藝復興運動過後，西班牙、葡萄牙的

巴洛克文學和以誇飾綺麗為特點的「貢戈拉主義」文學又傳入拉美，並曾一度占統治地位。「貢戈拉主義」指的是西班牙的一種複雜的形式主義的晦澀文體與文風，宮廷詩人企圖以堆砌的詞藻、幻想的形象、罕見的比喻、誇張的詩句、奇異的構思勝人一籌，這種風格的文學被稱為「貢戈拉主義」或「誇飾主義」。它以費解的隱喻、神話的典故、倒裝句法、浮誇、技巧和抽象的文風達到了晦澀難懂的程度。因為當時的拉美殖民地文學是一種貴族的、特權階級的文學，因而這種「貢戈拉主義」文風頗有土壤。

　　外來殖民者與土生白人的矛盾日益激化，加之法國資產階級革命和啟蒙主義思想的影響，十八世紀末終於爆發了拉美獨立運動和獨立戰爭。獨立運動的理論基礎就來自法國大革命時期提出的「自由、平等、博愛」口號，有一些知識分子和作家直接參加了法國大革命。一七九〇年獨立戰爭首先在海地爆發，接著在整個新大陸發生了連鎖反應。從一八一二年開始，整個拉美捲入了硝煙瀰漫的獨立戰爭，到一八二六年，絕大多數地區宣布獨立，紛紛成立共和國，長達三百年的殖民統治宣告滅亡。三十多年的獨立戰爭對拉美文學區域的形成造成了極大的影響，獨立戰爭不僅使拉美國家在主權和政治上取得了獨立，造就了一批優秀的為獨立運動吶喊的文學家，而且文化與文學的獨立與自立意識得以強化。由於種種原因，那時西班牙、葡萄牙在政治經濟文化與文學上明顯衰落，各方面的優勢都為新興的英、法、美資本主義列強所取代，國際地位一落千丈，文學上的繁榮時代也已不再，十六至十七世紀的黃金時代一去不復返。文藝復興之後西班牙沒有出現過可以與賽凡提斯相比的作家，與此相反，法國的浪漫主義，英國的現實主義和美國的浪漫主義發展到高峰階段，出現了一大批出類拔萃的作家。另一方面，獨立戰爭使拉美新興國家與西班牙、葡萄牙由從前的宗主——附屬國的關係變成了敵國關係，拉美人對西葡文化與文學產生了厭倦與厭惡之情，阿根廷著名作家薩米恩托勸告美洲

人把西班牙完全忘卻──因為它是一個野蠻的國家，在科學、教育、哲學、宗教甚至詩歌方面，都從來沒有產生過任何東西！這些都促使拉美文學迅速產生了與宗主國文學的離心傾向，拉美文壇從此轉向了以法國為中心的西歐文學，自覺師法西歐及法國文學。整個十九世紀，拉丁美洲的文化與文學的主流是擺脫西班牙，而崇尚法國。法國的影響幾乎遍布於文化生活的每個方面。富有者的家庭裡塞滿了法國的家具雕刻和古董櫥櫃，凡出得起錢的都要到巴黎去旅行一次；很多南美家庭甚至在那裡定居下來。青年知識分子，則當然地把去法國巡禮作為一種追求。

在法國及歐洲文學的影響下，三十多年拉美獨立運動時期的文學可以用兩個詞概括：啟蒙思想加新古典主義。啟蒙主義文學主要是宣傳歐洲啟蒙思想，盧梭的《社會契約論》、法國的《人權宣言》、美國的《獨立宣言》以及當時歐洲一批啟蒙主義作家的思想與創作，成為拉美作家的精神源泉；「新古典主義」則以理性主義為核心，以西歐古典文學名家名著為楷模，力圖與西歐文學亦步亦趨。到十九世紀三〇年代，法國的維克托・雨果、拉馬丁、繆塞和英國的拜倫、司各特，是拉丁美洲年輕知識分子最廣泛閱讀的作家。法國、西歐式的浪漫主義、現實主義文學代替了西班牙式的流浪漢小說和騎士小說。到了十九世紀末，英國、法國、義大利、荷蘭、德國開始向拉美大量移民，至二十世紀四〇至五〇年代達到高峰。他們不僅將歐洲發達的科學技術，同時也將歐洲文學新潮、新觀念與新作品帶進拉美，使拉美文壇與歐洲文壇形成了呼應與共振的關係。

然而，就在歐洲化的熱潮中，也孕育著本土主義的、脫歐洲化的潛在因素。

十八世紀末，土生白人（克里約）作家通過對美洲風土人情的描寫抒發了對本鄉本土的熱愛和對殖民統治的不滿，這便是拉美區域文學意識的原型。土生白人要求擺脫宗主國的束縛，爭取民族獨立的思

潮被稱為克里約主義，表現在文學上，則為要求描寫美洲本土題材，
擺脫對外來文學依附性的「美洲主義」。

　　「美洲主義」思潮首先表現在對印第安土著文學傳統的發掘上。
印第安人本來就有著豐富的藝術傳統，這種傳統在遭受殖民主義者的
野蠻摧殘後並沒有完全中斷。他們一直保持著古阿茲特克和印加文化
的傳統，世世代代流傳著自古以來的頌神詩歌和民間英雄的故事。有
些民間故事後來被拉美學者作家用拉丁文記錄了下來。如印第安基切
族的神話傳說與英雄史詩《波波爾烏》，早在十七世紀末就由西班牙
天主教傳教士聖法蘭西斯科・希門尼斯在瓜地馬拉發現並翻譯成西班
牙文。十八世紀，拉美學者和文學家不斷發掘、整理、翻譯印第安文
學作品，這些由白人學者作家整理、翻譯出來的印第安作品，究竟多
大程度上保留了印第安古代文學的原貌，人們一直存有疑問，但有一
點可以肯定，在整理和翻譯印第安文學的過程中，意味著這一時期的
拉美人，已經不像征服時期那樣將印第安人視為野人，承認了印第安
文化的存在及其價值，並且在此基礎上產生了對印第安文化與文學的
認同感，萌發了拉美本土文學的尋根意識。這一點對拉美文學的本土
化產生了深遠的影響。

　　拉美文學本土化在十九世紀初到二十世紀二〇年代的阿根廷「高
喬」（又譯「加烏喬」）文學中，得到了集中體現。

　　高喬人是曾經居住在阿根廷潘帕斯大草原上過著遊牧生活的印第
安與歐洲人的混血種人，他們性格勇敢粗獷，生活自由散漫，特別能
歌善舞，湧現出了許多詩人和歌手。從高喬人自己的口頭演唱，到非
高喬人的高喬題材，從民間歌手到著名詩人，形式上從抒情詩到敘事
詩，所謂「高喬文學」持續了七十年之久（1810-1880）的繁榮。高
喬敘事詩一般取材於印第安人與西班牙人的戰爭、高喬人的英雄業
績、高喬人日常生活中的行為、經歷和見聞。後來，這些敘事詩的規
模更加龐大，加工也更加精細，發展成為高喬史詩。高喬人的生活與

文學藝術引起了居住在城市的拉美作家的好奇與興趣，他們深入草原，了解高喬人的語言與生活，並模仿高喬人的詩歌形式，寫出了一大批表現高喬人生活歷史的詩歌、小說、戲劇等作品被稱為「高喬文學」。優秀的作品有烏拉圭作家阿塞維多・迪亞斯（1851-1924）的長篇小說《孤獨》（1894）、阿根廷作家何塞・埃爾南德斯（1834-1886）的長篇敘事詩《馬丁・菲耶羅》（上部1872，下部1879）等，這些作品表現了道地純粹的不同於歐洲文學的拉丁美洲風情與風格。對此，智利學者托雷斯・里奧塞克在《拉丁美洲文學史》中給予了高度評價，他說：

> 西班牙美洲的文學史，和它的通史一樣，可以看成是爭取獨立的不斷的鬥爭。這就是說，爭取「文學的美洲主義」。這個概念並不具有任何不惜一切代價要求獨創性的沙文主義念頭，它並不意味著西班牙美洲作家為了處理新的題材而必須拋棄文學技巧和傳統的成就。相反，它描繪了一個要求表現最接近於它的土地以及最忠實於它的種族氣質的新世界在日益增長的努力。這種文學的獨立既不曾很快達到，也沒有完全得到，甚至今天它仍然部分地是一個目標。可是，存在著一個穩步地朝著這個目標前進的運動——在這個發展中，民間文學，如加烏喬文學，起著顯著的作用。[3]

他又說：「加烏喬給了他本土某種更偉大的東西，即：一種地區性的文學，為整個西班牙美洲提供了一個精神上和文化上獨立的模型。加烏喬文學產生了，然而加烏喬已經消失，他在文學上的上升也

3　〔智利〕托雷斯・里奧塞克著，吳健恆譯：《拉丁美洲文學簡史》（北京市：人民文學出版社，1978年4月），頁135。

不再繼續，但是，加烏喬類型，在文學史上依然是有益的一章。那些
新生的本土的力量，推動著從歐洲模型的模仿到文學美洲主義的轉
變，支配了當代西班牙美洲文學的領域，這就是它們的榜樣。」可以
說，高喬文學是拉美文學鄉土化、本土化的第一次創作演練，這次演
練開始時並不是針對歐洲文學的，因此，高喬文學在拉美文學本土化
上只是不自覺和半自覺的。但是，高喬文學卻極大地推動了拉美文學
本土化思潮的出現，使此後的拉美文學產生了範圍更廣、規模更大的
地域主義（或稱地方主義）文學運動。

　　如果說，拉美獨立戰爭導致了拉美文學對宗主國西班牙文學的離
心運動，那麼，高喬文學及此後的地域主義及土著主義文學，則引發
了拉美文學的第二次離心運動——對歐洲文化及歐洲文學的疏離。

　　眾所周知，一八七〇年代以後，隨著進入壟斷資本主義時期，歐
洲各國在政治經濟、社會道德、文化等各方面都出現了危機，各國之
間的矛盾也日益尖銳化，歐洲文學中批判資本主義社會的聲音越來越
高。在這種情況下，一直以歐洲為楷模的拉丁美洲知識界也普遍產生
了對歐洲的失望，表現在文學上，就是產生了不再追隨歐洲、而是以
我為主、走自己道路的民族主義和地域主義思潮。在文學創作中，阿
根廷自然主義作家坎巴塞雷斯突出地反映了對歐洲的絕望，理想王國
幻想破滅後產生的頹廢情緒和灰色世界觀，以及由於失望所引起的道
德淪落。與坎巴塞雷斯的消沉、悲觀、頹廢情緒相反，一大批作家積
極提倡發展民族文學、土著文學、地方文學並排斥歐洲文學、洋化文
學，如墨西哥民族主義的倡導者何塞·羅貝斯·波爾帝約·羅哈斯，
秘魯作家、印加文化整理者利伽爾多·巴勒馬等，這種民族主義發展
到二十世紀三〇年代，成為地方主義的大樹，結出了豐滿的碩果——
三部典範的地域主義小說：哥倫比亞作家何塞·歐斯塔西奧·里韋拉
（1889-1928）的長篇小說《漩渦》（又譯《草原林莽惡旋風》
（1924)、阿根廷作家里卡多·吉拉爾德斯（1886-1927）的長篇小說

《堂塞貢多・松勃拉》（1926）、委內瑞拉作家羅慕洛・加列戈斯
（1884-1969）的長篇小說《堂娜芭芭拉》（1929）等。這是拉丁美洲
第一批具有拉美區域特色、可以稱得上獨創的區域性文學作品。如果
說在這以前浪漫主義及新古典主義的作品在不同程度上是歐洲文學的
翻版，那麼地域主義文學作品則是道地的拉美風格的作品，雖然在寫
作技巧和表現手法上吸收了現代文學的營養，但也有突出的拉美地域
特色。地域主義作品描寫了鋪天蓋地的原始森林、神秘莫測的亞馬遜
河谷、茫茫無際的潘帕斯草原，描寫了大自然之子──草原英雄、騎
士，熱帶森林的工頭、奴隸、橡膠工人，表現了人在大自然中的渺
小、蒼白和無能為力。這種景象與感受在世界其他地區都是很難見
到、很難體驗的。

　　同時或稍後，受一九三〇年代世界範圍的左翼文學思潮的影響，
拉美文學在文體上還興起了與地域主義文學相通的「土著主義小說」
創作潮流，出現了玻利維亞作家阿爾德西斯・阿格達斯（1879-
1946）的 《青銅種族》（1919）、秘魯作家阿萊格里亞（1909-1967）
的《廣漠的世界》（1941）、秘魯作家何塞・馬利亞・阿格達斯
（1911-1969）的《深沉的河流》（1959）等著名作家作品。「土著主
義」小說與地域主義本質上是相同的，不同的是地域主義側重表現拉
美文化，描繪拉美的大自然，而土著主義小說則從左翼立場出發描寫
印第安人生活，反映莊園主和其他資產階級的殘暴與貪婪，表現土著
印第安人的反抗鬥爭，也批評印第安人在觀念與習俗上的保守與落
後，具有社會現實主義的傾向。

　　地域主義及土著主義文學所取得的成就，進一步顯示拉丁美洲文
學不再是歐洲文學的一個分支，而是形成了一個獨具特色的拉美文學
區域。地域主義標誌著作家們對拉美區域文化上的自覺，作家們特別
注意利用印第安神話傳說，注意拉美獨特的自然風光與人文景象的描
寫，從而將地域文學之根深深地紮在印第安土著文化之中，不僅大大

促進拉美文學的本土化進程，推動拉美文學在世界文學格局中的自立
與成熟，也為二十世紀中期拉美文學區域的 「新小說」創作熱潮的
形成、特別是魔幻現實主義文學的形成打下了基礎。

三　後進性與突進性

　　與歐洲文學、亞洲文學相比，拉丁美洲區域文學具有明顯的後進
性，作為西班牙－葡萄牙及歐洲文學的分支，十六世紀才開始起步，
十九世紀才有了明確的本土文學意識。但到了二十世紀，拉丁美洲文
學突飛猛進，從文學上的後進區域一躍而成為最具有國際性和先鋒性
的文學區域之一，相當大的程度上領導了世界文學新潮，在世界文學
的格局中舉足輕重。因此，從拉美文學發展進程看，拉美文學區域的
另一個特徵是它的後進性與突進性的矛盾統一。突進性是拉美文學不
斷超越、不斷革新、不斷進步的結果。

　　具體地說，拉丁美洲文學中的後進性與突進性的矛盾運動，經歷
了三個階段。

　　第一階段：模仿歐洲文學（十六世紀殖民時代到十九世紀初的獨
立戰爭時期）。

　　拉美作家對歐洲文學的移植模仿期持續了三百年，在此期間，也
孕育和準備了趕上歐洲文學的諸多條件，例如國家獨立運動為拉美文
學的獨立準備了政治條件，印第安文學的整理發掘也促進了拉美文學
本土性的自覺。

　　第二階段：趕上歐洲文學（十九世紀的浪漫主義至二十世紀初的
現代主義）。

　　拉美文學開始與歐洲文學取得同步性，是在十九世紀二〇年代的
浪漫主義文學時期。那時，法國及歐洲大陸的浪漫主義文學正處在興
盛時代，拉美的浪漫主義文學與歐洲浪漫主義文學不是尾隨其後，而

是同步前進、遙相呼應，拉美浪漫主義文學的基本理念來自於歐洲，但它自由主義、個性主義和張揚創造、肯定自主的精神，卻為拉美文學的獨立準備了理論基礎。委內瑞拉作家、學者、曾任獨立戰爭著名領導人玻利瓦爾省秘書的安德列斯・貝略（1781-1865）曾在一八二三年所寫長詩《與詩談論》中熱情謳歌拉丁美洲，呼喚詩神從歐洲飛向拉丁美洲的廣闊天地，被文學史家認為是拉丁美洲文學的「獨立宣言」。拉美浪漫主義呼應於歐洲浪漫主義，但是在許多方面又不同於歐洲浪漫主義，在「回歸大自然」的口號下，拉美作家並不像歐洲作家那樣追求異域風情，而是歌頌新大陸本身的大自然與風俗人情，相對於歐洲浪漫主義文學「回到中世紀」的口號，拉美作家更重視對古印第安文學的發掘和整理。對於同代的印第安人和混血種人，則將他們的生活理想化。在語言方面，拉美作家主張大量吸收外來語，反對西班牙的純正語言。進入十九世紀六〇年代以後，拉丁美洲浪漫主義小說開始向感傷主義轉化。感傷主義把社會和自然對立起來，認為前者損害了後者，從而主張「回歸自然」。與拉丁美洲前期浪漫主義不同的是，拉丁美洲後期浪漫主義「回歸自然」的取向是美化印第安人和南美帕潘斯大草原上的高喬牧民以及他們近乎茹毛飲血、刀耕火種的原始生活。拉美浪漫主義文學運動大約持續了六十年（1820-1880），它以拉美特色的背景與題材、拉美特有的反抗獨裁主義（考迪羅主義）主題，使拉美浪漫主義獨具一格，得以與歐洲文學並駕齊驅。浪漫主義文學是對文學拉美化的第一次強力推動。

　　十九世紀末期至二十世紀初出現於拉美文壇的現代主義，是繼浪漫主義之後與歐洲文壇同步呼應的另一種重要的文學思潮與文學運動。十九世紀拉丁美洲浪漫主義肩負著宣傳資產階級文明的歷史任務，反映社會問題和社會鬥爭，描寫資產階級的英雄人物，使拉美文學在思想上實現了全面更新。與浪漫主義文學相反，拉美文壇從歐洲學來的各種名目的現代主義思潮流派以一種藝術學派出現，主張藝術

至上主義，逐漸離開政治鬥爭，投身到純文學、純藝術中去，追求藝術上的創新和標新立異。它的出現使得拉美文學特別是詩歌在藝術上趨於精緻與完美。由於這種新穎的詩歌既非古典主義又非浪漫主義，既非歐洲的又非美洲的，拉丁美洲人就稱之為「現代主義」。據說，今天普遍使用的「現代主義」這個概念，不是歐洲人，而是尼加拉瓜著名現代主義詩人魯文・達里奧（1867-1916）首先使用的。二十世紀二〇至三〇年代，作為一種思潮和運動的現代主義在拉丁美洲文壇基本消退了，但現代主義在創作觀念與方法上對後來拉丁美洲文學的影響卻深遠而又持久。繼魯文・達里奧之後，智利的巴勃羅・聶魯達（1904-1973）成為光耀拉美詩壇的又一顆明星，他曾以其卓越的詩歌創作獲得了一九七一年度的諾貝爾文學獎。聶魯達的創作難以歸為某一流派，但他的詩歌在現實主義精神、浪漫主義氣質中，也流露出濃重的象徵主義、超現實主義氣息，標誌著現代主義在拉美文學中的瀰漫和高度成熟。

第三階段：拉丁美洲以「爆炸」方式出現的「新小說」超越歐美文學，領先世界。

這一階段起步於二十世紀中期，那時拉丁美洲文壇出現了一系列內容新鮮、情節新奇、手法新穎、風格獨特、拉美氣息濃烈的小說，評論界稱之為「新小說」。新小說發展了十幾年後，勢頭更猛，創作空前繁榮，名家名作迭出，令讀者應接不暇，使世界文壇頗感驚異，由於其創作勢頭異常猛烈，於是評論家們就使用了「爆炸」這樣一個生動形象的詞兒，來形容拉美文學的壯觀景象。以「爆炸」這樣強烈的、震撼的、富有衝擊性的方式呈現其活力和威力，這在世界文學史上都是罕見的現象。而且，拉美文學的「爆炸」不是瞬間即逝的爆炸，而是連續性的「爆炸」，到了一九七〇至一九八〇年代，拉美文壇上又湧現出一批小字輩的年富力強的作家，他們以其富有創新精神的優秀之作使拉美文學再次出現舉世矚目的繁榮景象，評論界稱之為

「後爆炸」。

在「新小說」及「爆炸文學」中，湧現出各種文學流派，其中重要的包括以阿斯圖里亞斯、加西亞‧瑪爾克斯、卡彭鐵爾等作家為代表的、主張描寫拉美的「神奇現實」，或運用印第安人、黑人的觀念和眼光看待和描寫現實的「魔幻現實主義」或「神奇現實主義」：以阿根廷作家博爾赫斯和科塔薩爾為代表的「幻想派小說」等，尤其是魔幻現實主義，繼承了此前的地方主義及土著主義文學，植根於拉美本土文化，吸收拉美多種族文化的養分，同時借鑒歐美現代文學，致力於描寫原始與現代重疊、文明與野蠻交織、真實與荒誕共存、可怕與誘人夾雜的拉丁美洲特有的自然、現實與人文，這個流派出現了轟動世界的文學名著，如墨西哥作家胡安‧魯爾福（1918-）的《彼得羅‧巴拉莫》、危地馬拉作家阿斯圖里亞斯（1899-1974）的《總統先生》、古巴作家卡彭鐵爾（1904-1980）的《這個世界的王國》、哥倫比亞作家加西亞‧瑪爾克斯的《百年孤獨》等，其中阿斯圖里亞斯、加西亞‧瑪爾克斯分別獲得了諾貝爾文學獎。表明魔幻現實主義不僅成為拉美文學高峰，而且也是當代世界文學的高峰之一。

拉美文學作為歐洲文學一個分支的狀態，持續了三百年；趕上歐洲文學並與之並駕齊驅，用了一百來年；到二十世紀中、後期，終於形成了為世界所公認的獨具特色的拉美區域文學，超越了歐洲、領先了世界，其間只用了三四十年，這種加速度的突飛猛進，給人類和世界文學史留下了諸多啟示。拉美獨立以來，尤其是進入二十世紀以來，拉丁美洲各國許多政客「惡用」、濫用了「民主」與「共和」的名義，在政治上實施殘暴的獨裁統治，獨裁暴君層出不窮（拉丁美洲當代文學中之所以產生了那麼多的描寫獨裁的小說，以致「反獨裁小說」成為一種文學類型，成為「魔幻現實主義」的一大題材與主題，是獨裁暴君橫行的必然反映）；拉美很多國家在經濟與市場經濟改革上也缺乏手腕與力度，致使貧富分化、經濟持久疲憊、社會無序與混

亂處於經常化狀態，這也就是國際學術界所稱的「拉美化」現象。但這一切，卻沒有妨礙，反而在一定意義上促進了拉丁美洲文學的繁榮。這一文學文化現象，與腐土可以為植物提供肥沃的土壤條件是否屬相仿呢？如果不是用獵奇的、純審美的眼光來去看待拉美文學，那就可以看出拉美區域文學在其突飛猛進的繁榮中，包含了多少拉美作家無奈、辛酸與苦難的體驗！作家豐博納在《美女與野獸》（1939）一書中沉痛地寫道：「我的周圍沒有美，沒有歡樂，我的精神備受折磨。我不能在虛無中杜撰美和歡樂……倘若有人認為我的作品不夠美，這沒有關係，因為我的作品描繪了人間地獄。」這應該是拉美許多作家的共同想法和感受。好在拉丁美洲是一個廣闊的地理區域，更是一個統一的文化區域，作家們為逃避獨裁暴君的迫害，在不同國家遷徙流亡較為容易，因而不至於被禁錮一地封殺致死。惡劣而又神奇的社會與自然環境、作家的人身與言論的相對自由，或許是拉美區域文學繁榮的主要原因之一。

黑非洲文學的區域性特徵簡論[1]

一　黑非洲區域文學與「黑人特性」

黑非洲即撒哈拉沙漠以南的非洲部分（撒哈拉以北的北非低於屬於阿拉伯─伊斯蘭文化區域），包括東非、西非、赤道非洲、南部非洲及諸島的廣大地區，土地面積約兩千萬平方公里，居住著約五百個部族，總人口約有五億。因這一地區的居民絕大多數是黑色人種，故一般稱之為「黑非洲」（又稱作「撒哈拉以南非洲」或「熱帶非洲」）。事實上，在這片土地上居住的不全是黑人，還有阿拉伯人、白人、印度人及一些混血人，但這些人群大都是後來遷移過來去的。黑非洲的原始居民和主要居民是黑人，黑非洲的傳統文化也是黑人的文化，從文學的角度看，那裡也形成了一個獨特的「黑非洲文學區域」。

黑非洲文學區域在構造上有著自己的特點。與歐洲的線性結構、亞洲的三「塊」連成一片的結構、拉丁美洲的網狀結構都有明顯不同，黑非洲區域文學的結構存在著相對鬆散性。雖然都屬黑人民族，但黑人本身又分為不同的種族，膚色深淺程度有所差異，而且有無數的相對孤立的部族、族群、村落構成，相互之間的語言、生活習慣、宗教信仰、社會發展水平、生產和生活方式等方面差別很大。中國非洲問題研究者寧騷教授在《非洲黑人文化》一書中將非洲黑人各族的文化劃分為以下若干種類型，包括狩獵─採集文化、原始畜牧文化、

1　本文原載《蘇州科技學院學報》（蘇州）2012年第3期。

沙漠畜牧文化、畜牧文化、農牧混合型文化、農業文化等。寧騷認為：「非洲有多少個黑人部族就有多少個傳統社會，每個傳統社會都有自己的傳統文化。要通過比較研究來概括出所有這些傳統文化的共同特徵，從而對整個非洲黑人文化區的方方面面做出確切的描述和分析，絕非輕而易舉之事。因為與上述阿拉伯—伊斯蘭文化區比較起來，非洲黑人文化區缺乏顯而易見的文化特徵。在撒哈拉以南非洲，比較明顯的統一性是種族上的同質性，然而種族與文化之間的聯繫是極其複雜和含混不清的。」[2] 從文化因素上看，黑非洲區域內部的差異性也不小，在宗教方面，黑非洲區域歷史上沒有一種像基督教、伊斯蘭教、佛教那樣的統一的宗教，而是較為零散龐雜的各種原始宗教。語言的不同差異可以相當程度地反映出文化隔離的程度，世界上任何地區的語言都不像黑非洲這樣繁雜，那裡從來都不存在共同的言語和語言，人口只占世界總人口的不足十分之一，但語言大約卻有一千五百種以上。

但是，儘管差異性如此之大，黑非洲仍然是一個眾所公認的相對完整獨立的文化與文學區域。它在紛繁複雜中呈現了內在的統一，在多樣性中呈現出了共通性。將黑非洲的歷史、文化、宗教、藝術、語言文學等作為一個整體加以研究的文章和書籍層出不窮。國內外大部分研究學者，包括黑非洲地區的學者，都習慣於直接使用「非洲」這一概念，代指「黑非洲」。

黑非洲的共通性、同質性正是從它的差異性中顯示出來的。例如，自然環境險惡，固然造成了黑非洲各地方的隔絕，但險惡的自然環境，卻是非洲絕大部分地區都共同面對的，並因此造成了黑非洲社會的某些共通特點。黑非洲的北部是浩瀚無垠的撒哈拉沙漠，東、南、北三面瀕臨海洋，海岸線平直，缺乏優良港灣，嚴重地限制了與

2　寧騷：《非洲黑人文化》（杭州市：浙江人民出版社，1993年），頁3。

海外的聯繫。大陸上廣布的戈壁、沼澤、大裂谷等地形也阻礙著人員的交通往來。河流受地質構造的影響，水系很複雜，水位落差大，多激流瀑布險灘，不利於航行。赤道橫貫大陸，大部分地區位於南北回歸線之間，是全球惟一的熱帶大陸，除幾內亞灣和剛果盆地及非洲南端外，整個大陸降水量稀少，旱災頻發，終年烈日當頭，酷暑難當。據研究，當地人黑膚色的形成，也是為了抵擋強烈的紫外線輻射而自然形成的保護色。茂密的熱帶雨林橫貫大陸中部，藤葛纏繞、蚊蠅橫飛、病菌肆虐，此是動植物的天堂，卻是人間的煉獄，令人望而卻步。這種種不利的自然地理條件，也妨礙了經濟生產力水平的提高，使社會經濟文化的發展長期遲緩和落後，也造成各個部落與村社之間的相互分割，缺乏交流，各自為政，封閉的原始公社性質的村社一部落文化得以長期留存，幾乎沒有變化。人們普遍懷有家族主義與部落主義觀念，缺乏國家民族意識，不同部落、部族之間的爭鬥、仇殺和戰爭，在歷史和現實中時常發生，成為非洲社會的最大頑疾。這一切，都使黑非洲一直是全球最貧窮最落後的地區。

　　十五世紀起，西方殖民者從非洲大量擄掠黑人奴隸，通過血腥的奴隸貿易進行資本原始積累，使黑非洲損失了一億人口的強壯勞動力，導致了非洲經濟生活的進一步停滯和倒退，對黑非洲而言真是雪上加霜，直到十九世紀初奴隸貿易停止，非洲社會差不多停頓了四個世紀。由於地理屏障、政治經濟的考量等種種原因，歐洲白人只管販賣奴隸，在近四百年的時間裡，其活動範圍基本上限於沿海地區，並未深入非洲大陸腹地，更沒有打算在黑非洲進行殖民開拓。十九世紀末，西方列強開始瓜分非洲，隨後逐漸建立起正式的殖民政權，至二十世紀二〇至三〇年代，西方殖民統治的觸角才延伸到整個大陸內部，基本完成對非洲的政治和經濟殖民化過程。殖民當局通過掠奪原料、向殖民地傾銷商品和輸入資本等手段獲取高額利潤。這些活動客觀上使非洲的某些地區（多為沿海地區和富礦地區）的一些古老的社

會結構趨於解體。但由於黑非洲殖民化的歷史很短，殖民活動總的說來未能根本觸動和破壞黑非洲原有的社會組織結構和相應的村社文化，先進的歐洲文化並沒有在黑非洲紮根並給非洲帶來更多的正面影響，廣大的農村地區，原有的封閉狀態和自給自足的自然經濟基礎並未得到根本的觸動，村社一部落文化的根基在廣大的非洲地區沒有被根本動搖，而是以原有的或者扭曲的形式保留下來。

　　傳統社會結構的普遍的現代遺留，也明顯地體現在傳統宗教方面。近幾百年來，儘管黑非洲地區受阿拉伯伊斯蘭文化和歐洲文化的影響，近半數的黑人信奉了伊斯蘭教或基督教，但由於社會結構和文化水平的制約，很多人在信仰了一神教的同時並沒有放棄原始多神教宗教，而是以原始宗教的觀念理解伊斯蘭教和基督教，使其與原先信仰的原始多神教產生奇妙結合，於是出現了黑非洲伊斯蘭教或基督教的獨特形態。換言之，黑非洲人信仰的基礎，仍然是傳統的以祖先崇拜、鬼魂信仰、巫術圖騰為特徵的原始多神教。這就使得黑非洲的宗教在多樣性複雜性中呈現出相通性，社會結構和心理結構在面臨外來文化衝擊時有一定的穩定性和相當的保守性，生活方式、風俗習慣也具有很強的傳承性和同質性。關於黑非洲宗教文化的相近性和同質性，英國學者 E·帕林德在《非洲傳統宗教》一書中這樣寫道：

　　　　非洲各民族之間實際存在的親屬關係比乍看上去所能見到的要
　　　　密切得多……非洲社會這種較大的同質性，在宗教領域是很明
　　　　顯的……但在宗教信仰方面，這個大陸的許多地方有極其相似
　　　　之處，也許是長期接觸的結果，這些相似之處是不分種族血統
　　　　的。例如，西非的阿散蒂人和東非的吉庫尤人都崇拜至高體
　　　　（一譯「至高神」——引者注），尼日利亞和烏干達都有神聖
　　　　的國王，達荷美和博茨瓦納都有妖巫；象牙海岸和萊索托都有
　　　　送財禮的習俗，加納部分地區的女子和屬半含米特的馬賽族女

子都行割禮，南部非洲的霍屯督人和西非的約魯巴人都實行穴側葬。[3]

　　上述的種種因素，使黑非洲人形成了相似的性格特徵。無論是備嘗熱帶叢林艱危險惡的狩獵民族，逐水草而居的遊牧民族，還是以刀耕火種方式艱苦勞作的農耕民族，都因長期生活在炎熱的氣候、嚴酷的自然條件、封閉的人文環境中，而在性格稟賦上形成了相近的特點。一般來說，黑人的思維方式是簡單的、直觀的、感性的、衝動多變的，缺乏深刻的思慮、細緻的分析和嚴密的推理，因而難以形成思想體系。黑人對嚴酷環境的耐受力極強，四肢相對發達而頭腦相對單純，吃苦耐勞而又懶散無序、躁動不安、自由不羈而又敬畏神靈，日常生活中常表現為隨遇而安，粗獷豪放，率性而為，喜歡強烈的節奏，喜好歌舞，有很好的音樂、歌舞藝術和田徑運動的天賦與素質。

　　二十世紀初，在接觸了外來文化之後，黑人中一些受到西方式教育的精英人物，在外來文化的比照中，在當時歐洲甚囂塵上的民族主義與種族主義思想氛圍中，自身也感到了自己的民族文化的獨特價值，並努力消除此前的黑人文化的劣等感，尋求黑人的文化主體性、共通性與同質性。這一努力集中表現在名為「黑人特性」的文化與文學思潮中。其代表人物是塞內加爾著名詩人、前總統列奧波爾德·桑戈爾（1906-）。桑戈爾等人努力「追本溯源」、發掘黑人傳統文化的共性。一九三〇年代中期桑戈爾在法國巴黎留學期間，同感歐洲文明的墮落，對黑人文明的價值有了充分的認識和自信。他同來自美洲的兩位黑人留學生創辦了《黑人大學生》雜誌，此後不久便明確提出了「黑人特性」（又譯為「黑人性」、「黑人精神」）的口號。桑戈爾給

3　〔英〕E·G·帕林德著，張治強譯：《非洲傳統宗教》（北京市：商務印書館，1992年），頁7-8。

「黑人特性」下的定義是：「黑人世界的文化價值的總和，正如這些價值在黑人的作品、制度、生活中所表現的那樣。」「黑人特性」作為一個政治文化口號，就是突出強調黑人在精神文化上的獨立價值，以抵制白人殖民主義的文化「同化」。桑戈爾以詩歌的形式宣揚「黑人特性」，他的詩歌、他的詩大都從黑非洲的傳統文化、風土人情和審美趣味中汲取靈感、意象和題材。他的詩歌雖然是用法語寫成並接受了法國詩歌、尤其是象徵主義詩歌的很大影響，但卻保持了鮮明的黑非洲文化特色，是「黑人性」口號的具體體現。他歌頌黑非洲的山川大地、黑非洲的文化傳統，歌頌黑非洲人的圖騰：「我應該把圖騰珍藏在我的血管的深處／它是我的祖先，皮膚上交織著風雨雷電／它是我的護身獸，我應該把它深藏（《圖騰》）。」他還為黑人的膚色而歌唱：「主啊！你是黑色的存在，我在對你祈禱。」（《塞內加爾阻擊兵的祈禱》）「我選擇了我的勤勞的黑膚色的人民。」（《讓科拉琴和巴拉豐琴為我伴唱》）他甚至歌頌漆黑的夜：「黑夜啊。你把我從理智沙龍的詭辯，從閃爍其詞的藉口，從蓄謀的仇恨文明的屠殺中解放出來／黑夜啊，你使我的一切矛盾，使一切矛盾都溶化在你『黑人性』的最初的統一之中」。詩人熱情地讚美了心中美的偶像——「黑女人」：「赤裸的女人，黑膚色的女人／你的穿著，是你的膚色，它是生命；是你的體態，它是美！」詩人甚至還以黑非洲生殖崇拜的眼光讚美剛果河：「噢呵！剛果河，你橫臥在你那森林鋪成的河床上，儼然是一位被征服的非洲的女王／群峰像陽物勃起，高高地擎著你的天幕／因為我的頭我的舌頭可以作證，你是女人，因為我的腹部可以作證，你是女人。」（《剛果河》）[4] 桑戈爾的詩歌努力挖掘為西方文化淹沒了的黑非洲文化的價值，力圖從精神文化上維護黑人特性，為黑人在政

4　以上詩句，均引自曹松豪、吳奈譯：《桑戈爾詩選》（北京市：外國文學出版社，1983年）。

治文化上的獨立和解放創造條件。因此,「黑人性」連同黑人性詩歌在當時反殖民化、維護黑人的尊嚴的鬥爭中起到了積極的作用,促進了黑人在文化上的覺醒,加強了黑人在文化整體性上的認同感。但這個口號在黑非洲國家陸續獲得獨立後也受到越來越多的批評。許多人認為這種理論把黑人的目光引向黑非洲的過去,無助於現實和未來。事實上,這個口號也往往被排斥外來文化的狹隘的非洲部落主義者所利用,成為社會發展的障礙。法國著名哲學家讓—保爾—薩特在〈黑色的俄爾甫斯〉一文中,把「黑人特性」的哲學稱為「反種族主義者的種族主義」,尼日利亞著名作家索因卡也反對「黑人特性」論,他說:「我不認為老虎需要隨時隨地地宣揚自己的老虎特性。」桑戈爾在回顧早期的「黑人特性」運動時,承認當初他把黑非洲文化的價值強調得太過了些。他說:「我們對歐洲價值的不信任迅即變為鄙夷,直率地說,變為種族主義。我們這樣想,並且也這樣說——我們黑人種族是世界的精華,我們擔負著前所未有的使命,其他種族都難以獲此殊榮。既出自法西斯的影響又出自對法西斯的逆反。」[5] 一九五〇年代前後,桑戈爾進一步修正了「黑人特性」的理論,認為世界文明是由不同民族的不同文明共同構成的,各種文明應互相融合和補充,而不是由一種文明取代另一種文明,黑人應該保持自己的文化特性,同時也要吸收外來文化的營養。

　　除「黑人特性」理論外,現代黑人世界還產生了「泛非主義」運動,成立了「非洲統一組織」那樣的國際政治組織,這些都體現了非洲、特別是黑非洲地區為強化整體性、加強連帶感所做的努力。看來,黑非洲文化的共通性或同質性是完全可以確認的。而這也正是我們劃分和概括黑非洲文學區域的前提條件。

5　轉引自李保平:《非洲傳統文化與現代化》(北京市:北京大學出版社,1997年),
　　頁184-185。

二　共同的口承文學傳統

　　黑非洲文學區域的共同特點之一，就是具有源遠流長的口承文學傳統。在黑非洲古代傳統文化中，口承是惟一的文學形態。進入十九世紀，乃至二十世紀後，也是文化與文學的主要形態。這首先是由書寫文字的普遍滯後所造成的。黑非洲地區由於處於熱帶氣候，一切所有東西都容易腐爛而難以持久保存，書寫的可靠性和必要性遠遠比我們想像的要低。北非地區的埃及，在乾旱的沙漠氣候條件下，發明了世界上最早的文字，利用了「紙草」等書寫材料，保存了大量文化與文學遺產，但這在黑非洲地區則不可能，從而大大制約了黑人創造和使用文字書寫的動力。因而，黑非洲本土文字出現的時間在世界各文學區域中是最晚的。從十六世紀起，歐洲的一些傳教士、旅行家和語言學家，就試圖用拉丁字母來拼寫非洲各族的語言。在一些地區，黑人借助阿拉伯字母創造了自己的語言文字，其中有的已經發展到成熟水平。如東非沿海地區的斯瓦希里語、西非的豪薩語等，都有了自己的文字書寫體系，並出現了一些文學作品。十九世紀歐洲殖民統治在非洲確立後，拉丁字母得到較為廣泛的使用，許多黑非洲地區的民族開始著手創制自己的文字，大都採用拉丁字母注音。不過，至今黑非洲絕大多數本地語言尚無相應的文字，在一千多種本地語言中，只有五十來種有文字或正在形成文字，不及總數的百分之五。並且，在廣大的農村地區，現代教育尚不普及，成人文盲率很高，有些地區高達百分之八十以上。有書寫文字的民族和地區，其文字流行區域也很有限，僅僅為極少數人所掌握，只在社會個別特權集團（祭司、官員、職業文吏等上層人物）中使用。口頭語言是傳統社會傳播信息與人際交往的唯一媒介，傳統文化、傳統文學的遺產也主要是由人們口耳相傳、口授心記而保留和繼承下來的，傳統的口承文化在當今的非洲仍占據重要地位。

在黑非洲，每一個民族、部族都有自己的口承文化遺產，口承人一般為祭司，巫師、村社長老等，而且是各個黑人部族社會中年齡較大、較有威望的人。在有些部族裡，特別是在西非的許多部族裡，還出現了以保存和講述傳統文化遺產為專門職業的人，稱為「格里奧」。黑非洲口承文化在內容具有綜合性、交叉性和雜糅性，每個部族的口述文化遺產都像是一座圖書館，像是一部百科全書，涵蓋了政治、歷史、宗教、倫理、自然、社會、生產、教育、文學、工藝、娛樂等各方面的知識，這些知識是相互滲透、渾然一體、包羅萬象的。大致劃分起來，可以分為歷史紀事和文學想像兩大形態，雖然兩種形態常常是雜糅在一起的。歷史紀事的內容包括王國史、部族史、家系史，涵蓋了王國形成、部族起源、分裂、遷徙、征戰以及與其他部族的關係等方面。據研究，黑非洲人對歷史紀事的真實性要求很嚴，說唱者嚴格傳承從上輩學來的知識，不能隨意改動，因而可信程度也相當高，現代史學家完全可以依據這些傳說，撰寫出有關部族的大致歷史。歷史紀事之外，口承文化大多屬於文學想像的形態，按照當代世界文學的分類方法，可將它們分為神話、傳說、故事（包括童話、寓言、民間故事）、詩歌（包括敘事詩、抒情詩）、格言警句、諺語等類型。但無論是歷史紀事還是文學想像，黑非洲口承文化的基本特徵均表現為文藝性，換言之，黑非洲口承文化本質上是口承文學。

黑非洲人堅持認為，口承方式比書面方式有更大的優越性。例如，今幾內亞傑利巴·柯洛村的一位祖輩屬於世襲的宮廷史官、名叫馬莫杜·庫雅泰的格里奧就認為：

> 別的民族用文字記下過去的歷史，可是有了這種方法以後，記
> 憶就不再存在，他們對往事失去了知覺。因為文字缺乏人的聲
> 音的魅力……先知是不用文字的，他們的語言卻更為生動。不

會說話的書中的知識一文不值。[6]

　　的確，與書面形式比較起來，口承方式確實有其優勢，在傳播方面，它具有書面文字難以具備的簡易性、隨機性、即時傳遞性，其傳播力也常常大大超乎一般現代人的想像。廣袤地域上的黑非洲文學，在題材、主題、藝術表現手法、價值觀念與宗教觀念上具有相當的一致性，顯然與不同民族文學相互之間的廣泛傳播密切相關。雖然古代黑非洲各地方與各民族的文學的交流沒有任何文獻可徵，但黑非洲民間故事相通性、相似性、同質性，足以證明了黑非洲傳統文學所具有的廣泛的內在聯繫，足以證明在那裡形成一個多樣而完整的文學區域。

　　口承文化與口承文學在非洲也有很強的生命力，具有它的優長，但其侷限性也是顯而易見的。口承文學的片面發達，文字書寫傳統的缺乏，造成了黑非洲傳統文化與文學以民間文化與民間文學為為主，上層精英文化發展很不充分。而上層精英文學與精英文化是必須與文字與文獻結合在一起的。口承文化與口承文學受到時間與空間的制約，具有暫時性、易逝性、淺顯性、模仿性、因襲性的特點，不利於抽象思維、個性思維、深度思維和創造性思維的進行，也不利於思想家、文學家的誕生。流傳下來的充滿感性色彩的神話傳說、故事與諺語中，已包含著種種樸素的思想觀念，如關於人與自然、生與死、過去與未來等範疇的理解，孕育著向理性思維與抽象思維發展的萌芽，然而很少有人在此基礎上進行更高程度的加工、提煉、概括與抽象，從而未能形成有思想高度的文學經典作品。一直到二十世紀上半期，幾乎沒有出現能夠傳世的文化精英人物，在世界上有影響的科學家、思想家、文學家幾乎是空白，到了二十世紀後半期，黑非洲文學使用

6　〔幾內亞〕尼亞奈著，李震環、丁世中譯：《松迪亞塔》（上海市：上海譯文出版社，1983年），頁68。

殖民宗主國的語言進行寫作，才出現了一批世界文學意義上的文學家及其作品。

從宏觀比較文學及區域文學比較的角度看，黑非洲文學區域是世界上僅有的一個從傳統到現代一直以口承文化和口承文學為惟一形態和主要形態的文學區域。黑非洲文學的同質性，也主要是由這一點所決定的。

三　共同的現代文學主題：文化衝突

黑非洲文學區域的現代書面文學是在全面移植西方文學的基礎上，從無到有形成和發展起來的。進入二十世紀後，特別是二十世紀中期以後，在西方殖民文學的引導下，現代教育開始興辦，印刷業及報紙書刊的出現，黑非洲文學也由傳統文學時期進入現代文學階段，主要標誌之一是由傳統的口承文學形態開始向現代的書寫形態的文學轉變。書寫用語主要是殖民者的語言，包括英語、法語、葡萄牙語等，也包括用拉丁字母優化和改造了的傳統民族文字，包括東非的斯瓦希里語、西非的豪薩語等，出現了現代意義上的文學思潮運動、現代意義上的作家詩人。

由於文學藝術傳統和所受的不同宗主國文學的影響，現代黑非洲文學區域中各國文學的繁榮程度、藝術水平也有所差別。總的來看，英語文學、法語文學、葡萄牙語文學最為重要。文學最繁榮的國家是尼日利亞、塞內加爾、南非三個國家。在英語文學中，加納、烏干達、索馬里、肯亞、坦桑尼亞、津巴布韋、南非等國的文學水平較高；在法語文學中，喀麥隆、幾內亞、馬里、塞內加爾、馬達加斯加等國的文學較為先進，安哥拉、莫三比克的葡萄牙語文學在黑非洲現代區域文學也有相當地位。在民族語言文學的創作方面，肯亞、坦桑尼亞的斯瓦希里語文學、尼日利亞的豪薩語與約魯巴語文學也有一定影響。

　　現代黑非洲區域文學的最大特點是主題、題材的集中化、單一化。黑非洲各國與宗主國之間、傳統文化與近代文化之間的關係問題，一直是黑非洲文學所反映和探索的主要問題，黑非洲與西方之間的政治、軍事、文化上的衝突，黑非洲傳統社會文化在這種衝突中的分化瓦解，黑非洲人民的民族意識、近代思想意識的覺醒，覺醒以後對民族出路、國家前途、命運的探索——概而言之，就是文化衝突——構成了黑非洲現代文學的基本題材與主題，而且使用的大都是寫實主義的方法。

　　反映西方文化侵入以後，黑非洲傳統社會文化的分化瓦解是黑非洲文學的最常見的主題。在西非地區，奈及利亞著名英語作家欽努阿・阿契貝（1930-）的作品表現了奈及利亞傳統文化在西方文化衝擊之下的分化瓦解。一九五八年出版的第一部長篇小說《瓦解》就是以反映這種「瓦解」為主題的。主人公奧貢喀沃是村裡的一位有影響的人物，也是伊博族傳統社會秩序和心理意識的象徵。然而他所面對的是在西方文化衝擊下不可避免地走向瓦解的社會現實，只有做傳統社會的殉道者，與他所維護的那個時代一同消亡。阿契貝的另一部著名長篇小說《神箭》（1964）從宗教的角度進一步反映了非洲傳統社會的崩潰。烏馬羅村落的祭司長艾尤陸是村民們所信奉的烏爾烏神的代言人，然而這位祭祀長卻自覺不自覺地受到了白人及其基督教的影響，作為烏爾烏神手中的一支「神箭」，他已喪失了信念和力量，變得遲鈍了，基督終於戰勝了烏爾烏神，傳統的氏族宗教遭到解體。在東非，肯亞著名英語作家詹姆・恩古吉（1938-）的創作也表達了與阿契貝的小說相同的主題。他的著名長篇小說《大河兩岸》（1965）反映的就是肯亞獨立前代表外來文化的基督教與代表傳統文化的部落保守主義之間的鬥爭。以卡波尼為首的一派是極端的排外主義者，也是落後的野蠻勢力的代表。他們竟然把割禮這種落後習俗作為值得自豪的精神支柱，認為割禮是為了保持部族的「純潔性」。以約蘇亞為

代表的一派，主張與部族傳統文化決裂，而用基督教文化取而代之，但這又違背了許多人的民族感情和傳統習慣。小說的主人公瓦伊亞吉受過西式教育，同時又遵循部族的傳統，他企圖在兩派鬥爭中取折衷調和態度。他對白人的文化專制不滿，主張「教育救國」，喚起民眾，消除對立，團結一致爭取民族獨立。但這種美好的願望卻難以實行，最終失敗。作品意味深長地把兩種文明比喻為大河兩岸相對而臥的山梁，相互對峙，難以合一，但是，大河的水不斷地流淌，總有一天，所有的水要交匯於大海。這也是作者的信念。

　　《大河兩岸》中的瓦伊亞吉也是作為覺醒者、探索者的形象被描寫的。事實上，在文學衝突的描寫中全力塑造民族意識覺醒者的形象，也是現代黑非洲區域文學的一大特色。其中，民族自尊意識的覺醒在喀麥隆作家斐迪南・奧約諾（1929-）的創作中得到了生動反映。奧約諾的第二部長篇小說《老黑人與獎章》（1956）中的主人公是一位名叫麥卡的老黑人。第二次世界大戰時，他的兩個兒子被法國殖民者征去當兵。死於前線，他的土地被天主教會騙去蓋了教堂。老麥卡把這一切犧牲當作光榮。當殖民當局授給他一枚獎章時，他及他的親屬更是感到驕傲和感激，對殖民主義存有種種幻想。然而就在授勳之夜，殖民者侈談「友誼」之聲猶在耳際，麥卡因風雨之夜不辨方向，誤入白人居住區而被捕入獄，受盡鞭打和凌辱。殘酷的現實教育了他和他的同胞。老麥卡痛苦地說：「我是最後一個傻瓜，昨天我還相信白人的友誼。」小說生動地揭示了殖民者與被壓迫民族之間的深刻矛盾。麥卡的覺醒，標誌著非洲人民對殖民者的幻想的最後破滅。

　　幻想破滅了的非洲人是如何行動起來尋求出路的呢？塞內加爾著名法語作家桑貝內・烏斯曼（1923-）的創作及時而準確地反映了這個時代的重大問題。他在一九五七年發表的長篇小說《祖國，我可愛的人民》（又譯《塞內加爾的兒子》）成功地描寫了以實際行動謀求民族獨立和自強的新一代非洲黑人。主人公烏馬爾在第二次世界大戰中

被征入法國軍隊，立下戰功。但戰後他放棄了在法國安居的機會，攜著法國妻子伊扎貝拉回到塞內加爾。他是一個黑人，居然娶了一個白人婦女作妻子，這在他的同胞們看來是對自己民族的背叛，而在法國人看來，伊扎貝拉則是一個墮落的女人，烏馬爾為此受到來自親人們和白人們兩方面的指責和侮辱。他頂住了這雙重壓力，堅定地走自己的路。為了使自己的同胞免受殖民當局的剝削，他把自己收穫的糧食低價出賣或無息借錢給黑人同胞，還組織了合作農場，堅決不受殖民者的土產收購公司的盤剝，他還耐心地向年輕人宣傳新思想，幫助他們克服舊的傳統觀念和落後的生產方式的束縛。烏馬爾的事業威脅了殖民統治，殖民者便採取陰謀手段暗殺了烏馬爾。《祖國，我可愛的人民》的主人公找到了振興民族，進而擺脫殖民統治的道路：由暴力上的激烈對立轉為建立和發展獨立的民族經濟。這反映了「二戰」之後黑非洲由民族獨立向民族自立的發展。而且，小說還反映了新的思想意識同落後的傳統觀念之間的矛盾鬥爭。烏馬爾是新一代黑人的代表，他不是一個狹隘的民族主義者和以傳統觀念對抗西方觀念的保守主義者，他的婚姻與傳統觀念實行了決裂，他毫不容情地指出了他的同胞們所固有的缺點，即「宗派主義、阻礙社會進步的等級偏見、狹隘的種族觀念，以及本能上某些『反白種人』的幼稚病」。顯然，烏馬爾的選擇，是代表時代進步和黑人非洲根本利益的正確選擇。無獨有偶，南非作家彼得・亞伯拉罕（1919-）的《獻給烏多莫的花環》（1953）也成功地塑造了探索者的形象，這部長篇小說提出了近代黑非洲國家所面臨的獨立鬥爭特別是獨立後走什麼道路的問題。小說的主人公是作者虛構的「泛非國」的愛國青年邁克爾・烏多莫。烏多莫在英國聯合幾位流亡的同胞，熱衷於討論非洲獨立問題，並回國付諸行動。後來組建政黨，成立「泛非國」，組閣執政，最後在政府內部激進與保守兩派的鬥爭中做了犧牲。《獻給烏多莫的花環》揭示了守舊的民族主義、部落主義勢力與開明派之間的文化觀念上的激烈衝

突、政治上的生死搏鬥。作者把烏多莫寫成了一個民族振興道路的探
索者，把他的死看成是為民族的偉大事業所付出的一份代價。

　　二十世紀六〇年代以後，在西方現代主義的影響下，一些黑非洲
作家超越寫實主義，以現代主義的創作方法處理文化衝突的主題，如
一九八六年度諾貝爾文學獎獲得者、尼日利亞作家英語作家沃萊‧索
因卡（1936-）將現代主義創作手法與黑非洲傳統的宗教文化觀念結
合起來，在一系列戲劇和小說作品中表現了歷史與現實的交錯、傳統
與現代匯合的黑非洲社會，可以說是文化衝突主題的一種變奏。

　　總之，黑非洲文學區域在構造上有著自己的特點。如果說歐洲文
學的區域特徵是呈線性結構、亞洲文學的區域性是三「塊」連成一片
的結構，拉丁美洲文學的區域性是網狀結構，那麼可以說，黑非洲文
學的區域性則彷彿是森林根系狀結構：在相似的自然環境中，生長著
各種喬木、灌木，樹種科目雖然各有不同，外觀千姿百態，大小有
別，高低不等，榮枯有序，每棵樹看上去都是相對孤立或獨立的存
在，然而它們的根系卻是聯在一起的，互相之間盤根錯節，形成了一
個相互依存的共生體。

後記

　　二〇一六年，我的導師王向遠教授從教滿三十週年，在這樣的時候，我參與編輯《王向遠教授學術論文選集》，覺得特別榮幸和高興。在老師迄今為止三十年的從教生涯中，我跟從他度過了碩士博士兩個階段，整整六年，占了三十年的五分之一，很不短的六年！回想起來令人懷念。現在我參與編輯《王向遠教授學術論文選集》，得以用這個方式表達我對老師的感恩。

　　我編輯的這卷是《國學、東方學及東西方文學研究》，是《王向遠教授學術論文選集》的第一卷，所收的二十多篇文章，都是二〇〇八年後，也就是最近八年間陸續發表的，反映了老師近年來關於學科建設的理論與實踐的一個側面。本卷書名中出現了三個關鍵字——「國學」、「東方學」、「東西方文學」，是相互連帶的三個概念，我覺得最關鍵的還是中間的這個「東方學」。實際上，老師最近幾年的主要精力是在做「東方學」的研究，特別是在二〇一四年他開始主持國家社科基金重大項目《「東方學」體系建構與中國的東方學研究》以後。但是在之前，他關於「東方學」的理論思考和建構早就開始了，最顯著的是他在《宏觀比較文學講演錄》（廣西師範大學出版社，2008 年）一書及相關文章中提出的「宏觀比較文學」這一範疇，以及與此相關的「民族文學」、「國民文學」、「區域文學」、「東西方文學」這一系列相關概念，本卷所收錄的若干文章，如〈論阿拉伯文學的民族特性〉、〈論猶太—希伯來文學的特性〉、〈試論波斯文學的民族特性〉、〈論歐洲文學的區域性構造〉、〈試論俄國文學的宏觀特性〉、

〈從宏觀比較文學看法國的文學的特性〉、〈論德國文學的民族特性〉、〈論拉丁美洲文學的區域性特徵〉、〈黑非洲文學的區域性特徵簡論〉等，都體現了老師在這些方面的思考。然後，由文學研究出發，老師的研究進一步超越了文學，而進入跨學科研究，於是順乎其然地跨入了「東方學」。

　　正如王老師在文章中所說，中國的「東方學」研究有豐厚的歷史積澱。但是，關於「東方學」學科原理意義上的學科理論，卻一直處在空白狀態。王老師的「東方學」研究首先聚焦於「東方學」學科理論的建構，要說明「東方學」是什麼，就要清理「國學」與「東方學」「國學」與「涉外研究」的關係、「西方學」與「東方學」的關係，由此，他提出了「國人之學即是國學」、「涉外研究是外傳中國文化的有效途徑」、「中國的東方學是『國學』的自然延伸」等一系列重要論斷。不僅如此，他還把東方學的學理與現實關懷聯繫在一起，寫了〈「一帶一路」與中國的東方學〉這樣的文章，強化了東方學的應用性。這一切，都令人耳目一新，給人啟發，讓人振奮，體現了可貴的理論創新與學術勇氣。

　　「東方學」的理論建構及中國的東方學學術史研究，是王老師眼下正在進行的課題，據我了解，也是未來若干年間老師的工作重點。他所努力提倡的「東方學」這個學科，目前在中國學科體制下，從事的人很少，但卻有重大的學術價值與現實意義。在這個學術領域中，我輩願追隨王老師，為中國的東方學貢獻自己的微薄之力。

李群
二〇一六年八月於湖南大學文學院

作者簡介

王向遠教授一九六二年出生於山東，文學博士、著作家、翻譯家。

一九八七年北京師範大學畢業後留校任教，一九九六年破格晉升教授，二〇〇〇年起擔任比較文學與世界文學專業博士生導師。現任北京師範大學東方學研究中心主任、中國東方文學研究會會長、中國比較文學教學研究會會長，中國作家協會會員。

主要研究領域：東方學與東方文學、比較文學與翻譯文學、日本文學與中日文學關係等，長期講授外國（東方）文學史、比較文學等基礎課，獲「北京師範大學教學名師」稱號。

主持國家社科基金重大項目一項，重大項目子課題一項，獨立承擔國家社科基金一般項目兩項，國家社科基金後期資助項目一項，教育部、北京市社科基金項目共四項。兩部著作入選為國家社科基金項目中華學術外譯項目。

在《中國社會科學》、《文學評論》、《外國文學評論》、《外國文學研究》、《中國比較文學》、《北京師範大學學報》等刊物發表論文二百二十餘篇。著有《王向遠著作集》（全十卷，寧夏人民出版社，2007

年）及各種單行本著作二十多種，合著四種。譯作有《日本古典文論選譯》（二卷4冊）、《審美日本系列》（4種）、《日本古代詩學匯譯》（上下卷）及井原西鶴《浮世草子》、夏目漱石《文學論》等日本古今名家名作十餘種共約三百萬字。

　　曾獲首屆「高校青年教師教學基本功比賽」一等獎、第四屆「寶鋼教育獎」全國高校優秀教師獎、第六屆「霍英東教育獎」高校青年教師獎、教育部「新世紀優秀人才獎」；有關論著曾獲第六屆「北京市哲學社會科學優秀成果」一等獎、第六屆「中國人民解放軍優秀圖書獎」（不分等級）、首屆「『三個一百』原創出版工程」獎等多種獎項。

東方學研究叢書　1801001

王向遠教授學術論文選集
第一卷　國學、東方學與東西方文學研究

作　　　者	王向遠
叢書策畫	李　鋒、張晏瑞
責任編輯	蔡雅如
特約校對	林秋芬
發 行 人	陳滿銘
總 經 理	梁錦興
總 編 輯	陳滿銘
副總編輯	張晏瑞
編 輯 所	萬卷樓圖書股份有限公司
排　　版	林曉敏
印　　刷	百通科技股份有限公司
封面設計	斐類設計工作室
發　　行	萬卷樓圖書股份有限公司

臺北市羅斯福路二段 41 號 6 樓之 3
電話 (02)23216565 傳真 (02)23218698
　　電郵 SERVICE@WANJUAN.COM.TW
大陸經銷　廈門外圖臺灣書店有限公司
　　電郵 JKB188@188.COM
香港經銷　香港聯合書刊物流有限公司
電話 (852)21502100

第一卷 ISBN 978-986-478-069-3
全　套 ISBN 978-986-478-063-1
2017 年 3 月初版

定價：18000 元（全十冊不分售）

如何購買本書：

1. 轉帳購書，請透過以下帳戶
　　合作金庫銀行 古亭分行
　　戶名：萬卷樓圖書股份有限公司
　　帳號：0877717092596

2. 網路購書，請透過萬卷樓網站
　　網址 WWW.WANJUAN.COM.TW

大量購書，請直接聯繫我們，將有專人為您
服務。客服：(02)23216565 分機 10

如有缺頁、破損或裝訂錯誤，請寄回更換

國家圖書館出版品預行編目資料

王向遠教授學術論文選集 / 王向遠著.
李　鋒、張晏瑞 叢書策畫.
－－ 初版. －－ 臺北市：萬卷樓, 2017.03
　　冊；　公分. －－ (王向遠教授學術著作集)
ISBN 978-986-478-063-1(全套：精裝)
ISBN 978-986-478-069-3(第一卷：精裝)
1.文學　2.學術研究　3.文集
810.7　　　　　　　　　　　106002083